El jinete del dragón

CORNELIA FUNKE

Scholastic Inc.

New York Toronto London Auckland Sydney

Mexico City New Delhi Hong Kong Buenos Aires

A Uwe Weitendorf

First published in Germany as *Drachnereiter* by Cecilie Dressler Verlag, Hamburg, 1997
Translated by Rosa Pilar Blanco

ISBN 13: 978-0-545-07916-7
ISBN 10: 0-545-07916-0

Original text copyright © 2000 by Dressler Verlag
Spanish translation copyright © 2002 by Rosa Pilar Blanco, ceded by Ediciones Siruela
S.A., c/ Almagro 25, principal derecha, 28010 Madrid, España
Cover illustration copyright © 2004 by Don Seegmiller
Map illustration copyright © 2004 by Peter Bailey
Inside illustrations copyright © 2004 by Cornelia Funke

12 11 10 9 8 7 6 5 4 3 2 1   8 9 10 11 12 13/0

Printed in the U.S.A.
First Spanish printing, September 2008

Book design by Elizabeth B. Parisi

Lee esta otra gran novela
de Cornelia Funke

. . . .

*El Señor
de los Ladrones*

1. Malas noticias

Nada se movía en el valle de los dragones. La niebla ascendía desde el mar cercano y quedaba suspendida entre las montañas. Los pájaros gorjeaban con timidez en medio del vaho húmedo, y el sol se ocultaba detrás de las nubes.

Una rata bajaba veloz por la ladera. Cayó al suelo, rodó por las rocas musgosas y volvió a levantarse.

—¿No lo dije yo? —renegaba entre dientes—. ¿No se lo dije a ellos?

Levantó la nariz afilada para olfatear, aguzó el oído y corrió hacia un grupo de abetos torcidos situados al pie de la montaña más alta.

—Antes del invierno —murmuraba la rata—. Me lo olí ya antes del invierno, pero no, ellos se negaron a creerlo. Aquí se sienten seguros. ¡Seguros! ¡Bah!

Bajo los abetos estaba oscuro, tan oscuro que apenas se veía la hendidura que se abría en el flanco de la montaña. Se tragaba la niebla como una boca.

—No saben nada —refunfuñaba la rata—. Ése es el problema. Que no saben nada del mundo. Nada, lo que se dice nada.

Tras echar un vistazo cauteloso en torno suyo, desapareció en la hendidura, que albergaba una enorme cueva. La rata entró deprisa, pero no llegó muy lejos. Alguien agarró su rabo, levantándola en el aire.

—Hola, rata. ¿Qué haces aquí?

Rata lanzó un bocado hacia los dedos peludos que la sujetaban, pero lo único que atrapó fueron unos cuantos pelos de duende. Los escupió furiosa.

—¡Piel de Azufre! —rugió—. ¡Suéltame ahora mismo, comesetas, cabezahueca! No tengo tiempo para chistes de duendes.

—¿Que no tienes tiempo? —Piel de Azufre depositó a Rata sobre su pata. Todavía era una duendecilla joven, del tamaño de un niño, piel moteada y claros ojos de gato—. ¿Se puede saber por qué, Rata? ¿Qué es eso tan importante que te traes entre manos? ¿Necesitas acaso un dragón que te proteja de gatos hambrientos?

—¡No se trata de gatos! —siseó, iracunda, Rata.

No le gustaban los duendes. Los dragones, sin embargo, sentían afecto por esas caras peludas. Cuando no podían conciliar el sueño, escuchaban sus extrañas cancioncillas. Y cuando estaban tristes, nadie los confortaba mejor que uno de esos duendes descarados y haraganes.

—Para que te enteres, tengo malas noticias, muy malas —respondió Rata con voz gangosa—. Pero sólo se las contaré a Lung, no a ti.

—¿Malas noticias? ¡Puaj, moho y putrefacción! ¿Qué noticias son ésas? —Piel de Azufre se rascó la barriga.

—¡Bájame-al-suelo! —gruñó Rata.

—Vale —Piel de Azufre suspiró y dejó que Rata saltase al suelo rocoso—. Pero él duerme todavía.

—¡Entonces lo despertaré! —bufó Rata y se adentró más en la cueva, hasta el lugar donde ardía un fuego azul que disipaba la oscuridad y la humedad del vientre de la montaña.

Detrás de las llamas dormía el dragón. Se había enrollado, colocando la cabeza sobre las zarpas. Su cola, larga y dentada, se enroscaba alrededor del cálido fuego. Las llamas hacían relucir sus escamas y proyectaban su sombra contra la pared de la cueva. Rata caminó con presteza hacia el dragón, trepó a su zarpa y le tiró de la oreja.

—¡Lung! —gritó—. ¡Despierta, Lung! ¡Que vienen!

Adormilado, el dragón levantó la cabeza y abrió los ojos.

—¡Ah, eres tú, Rata! —murmuró. Su voz sonaba un poquito ronca—. ¿Se ha puesto ya el sol?

—¡No, pero tienes que levantarte! ¡Tienes que despertar a los demás! —Rata saltó de la pata de Lung y caminó nerviosa de un lado a otro ante él—. Os lo advertí. Pero no quisisteis escucharme.

—¿De qué habla? —el dragón miró inquisitivo a Piel de Azufre, que, sentada junto al fuego, mordisqueaba una raíz.

—¡Ni idea! —Piel de Azufre chasqueó la lengua—. Lleva todo el rato diciendo disparates. Y es que no cabe esperar mucho juicio de una cabeza tan pequeña.

—¿Ah, sí? —resopló Rata furiosa—. Ésta, ésta…

—¡No le hagas caso, Rata! —Lung se levantó, estiró el largo cuello y se desperezó—. Está de mal humor porque tiene la piel húmeda a causa de la niebla.

—¡Qué va! —Rata dirigió una mirada venenosa a Piel de Azufre—. Los duendes siempre están de mal humor. Llevo pateando desde el amanecer para preveniros. ¿Y cómo me lo agradecéis? —su pelo gris se erizó de furia—. ¡Obligándome a escuchar sus peludas sandeces!

—¿Prevenirnos? ¿De qué? —Piel de Azufre arrojó contra la pared de la cueva el resto roído de su raíz—. ¡Trufas y rebozuelos! ¡Como sigas teniéndonos sobre ascuas, te haré un nudo en el rabo!

—¡Piel de Azufre! —Lung, irritado, golpeó el fuego con la zarpa.

Chispas azules volaron sobre la piel de la duende, donde se apagaron como diminutas estrellas fugaces.

—¡Vale, vale, de acuerdo! —gruñó ella—. Pero la verdad es que esta rata es capaz de volverte loca con su eterna palabrería.

—¿Ah, sí? ¡Entonces escuchadme de una vez! —la rata se irguió cuan alta era y, con las patas en jarras, enseñó los dientes—. ¡Viiieeenen los humanos! —bufó en tono tan estridente, que su voz retumbó en las paredes de la cueva—. ¡Vienen los humanos! ¿Sabes lo que significa eso, duende revuelvehojas, comesetas, cabeza hirsuta? ¡Vienen hacia aquiiií!

De repente se hizo un silencio de muerte.

Piel de Azufre y Lung se quedaron petrificados. Sólo Rata seguía temblando de ira. Le temblaban los pelos del bigote y su rabo se estremecía sobre el suelo de la cueva.

Lung fue el primero en recuperar el movimiento.

—¿Los humanos? —preguntó, agachando el cuello y tendiendo su zarpa a Rata.

Con gesto ofendido, ésta se subió despacito encima. Lung la alzó hasta sus ojos.

—¿Estás segura? —le preguntó.

—Por completo —respondió la rata.

Lung agachó la cabeza.

—Tenía que suceder —dijo en voz baja—, ya están en todas partes. Creo que cada vez serán más.

Piel de Azufre seguía aún como atontada. De repente, se levantó de un salto y escupió al fuego.

—¡Imposible! —exclamó—. Aquí no hay nada que ellos apetezcan. ¡Lo que se dice nada!

—¡Bah! —la rata se reclinó tanto hacia atrás, que a punto estuvo de caerse de la zarpa de Lung—. No digas disparates. Tú misma has estado ya con los hombres. No hay nada que ellos no apetezcan. No hay nada que no deseen tener. ¿Es que ya lo has olvidado?

—¡Vale, vale, está bien! —gruñó Piel de Azufre—. Tienes razón. Son codiciosos. Lo quieren todo para ellos.

—¡Sí, exacto! —asintió la rata—. Y yo os digo que vienen hacia aquí.

El fuego del dragón vibró. Las llamas disminuyeron hasta que la oscuridad las devoró como si fuese un animal negro. Sólo una cosa extinguió tan deprisa el fuego de Lung: la tristeza. El dragón exhaló un suave soplido sobre el suelo rocoso y las llamas volvieron a avivarse.

—En verdad, malas novedades son ésas, Rata —reconoció Lung.

Hizo subir a Rata de un salto a su hombro y se dirigió despacio hacia la salida de la cueva.

—Vamos, Piel de Azufre —dijo—. Tenemos que despertar a los demás.

—¡Menuda alegría se llevarán! —gruñó Piel de Azufre, y, tras alisarse la piel, siguió a Lung hasta el exterior, perdiéndose entre la niebla.

2. Reunión en medio de la lluvia

Barba de Pizarra era el dragón más anciano del valle. Había vivido más de lo que podía recordar. Hacía mucho que sus escamas no brillaban, pero aún era capaz de escupir fuego, y los más jóvenes le pedían consejo cuando no sabían qué partido tomar. Cuando todos los demás dragones se apiñaban ya ante la cueva, Lung despertó a Barba de Pizarra. Se había puesto el sol. La noche, negra y sin estrellas, se cernía sobre el valle, y aún llovía.

Al salir de su cueva, el viejo dragón miró malhumorado hacia el cielo. Le dolían los huesos por la humedad, y el frío entumecía sus articulaciones. Los demás dragones retrocedieron con respeto ante él. Barba de Pizarra miró a su alrededor. No faltaba ninguno, pero Piel de Azufre era el único duende allí presente. Caminando con torpeza y arrastrando la cola, el viejo dragón cruzó por la hierba húmeda dirigiéndose hacia una roca que descollaba en el valle como la cabeza cubierta de musgo de un gigante. Subió a ella resoplando y miró en torno suyo. Los demás dragones alzaban la vista hacia él igual que niños asustados. Algunos eran todavía muy jóvenes y sólo conocían ese valle; otros habían venido con él desde muy, muy lejos y recordaban que el mundo no siempre había pertenecido a los humanos. Todos ellos venteaban la desgracia y confiaban en que Barba de Pizarra la conjuraría. Pero él era un dragón viejo y cansado.

—Sube, Rata —dijo con voz ronca—, y cuenta lo que has visto y oído.

La rata subió de un salto a la roca, trepó por el rabo de Barba de Pizarra y se sentó en su espalda. Bajo el cielo oscuro reinaba tal silencio, que sólo se oía el rumor de la lluvia y el merodear de los zorros que cazaban en la noche. Rata se aclaró la garganta.

—¡Vienen los humanos! —proclamó—. Han despertado a sus máquinas, las han alimentado y se han puesto en marcha.

Están a sólo dos días de aquí, abriéndose camino con esfuerzo por las montañas. Las hadas los detendrán un rato, pero tarde o temprano llegarán aquí, pues su meta es vuestro valle.

Los dragones suspiraron, levantaron la cabeza y se apretujaron todavía más en torno a la roca que ocupaba Barba de Pizarra.

Lung se mantenía algo apartado. Piel de Azufre, sentada en su espalda, mordisqueaba una seta seca.

—Parece mentira, Rata —murmuró—, ¿no podrías haberlo dicho con palabras más amables?

—¿Qué significa eso? —preguntó uno de los dragones—. ¿Qué buscan aquí, si ya lo tienen todo donde ellos viven?

—Ellos nunca tienen todo lo que quieren —respondió la rata.

—¡Nos esconderemos hasta que se marchen! —exclamó otro dragón—. Como hemos hecho siempre que uno de ellos se extraviaba por aquí. Están tan ciegos, que sólo ven lo que quieren ver. Volverán a tomarnos por rocas y árboles muertos.

Pero la rata negó con la cabeza.

—¡Llevo mucho tiempo avisándoos! —gritó con voz estridente—. Os he repetido cientos de veces que los hombres maquinaban algo. Pero los grandes no escuchan a los pequeños, ¿verdad? —miró enfadada a su alrededor—. Os escondéis de los humanos, pero no os interesa lo que hacen. Mi estirpe no es tan estúpida. Nosotros entramos en sus casas. Los espiamos. Por eso sabemos lo que se proponen hacer con vuestro valle —Rata carraspeó y se acarició sus bigotes grises.

—Ahora vuelve a hacerse la interesante —susurró Piel de Azufre al oído de Lung, pero el dragón no le prestó atención.

—¿Qué se proponen hacer? —preguntó Barba de Pizarra fatigado—; habla de una vez, Rata.

La rata se retorcía nerviosa un pelo del bigote. La verdad es que no le hacía ninguna gracia ser portadora de malas noticias.

—Van a inundar vuestro valle —respondió con voz vacilante—. Muy pronto, aquí sólo habrá agua. Vuestras cuevas se inundarán

y de esos altos árboles de ahí —señaló con la pata a la oscuridad—
no asomarán ni las puntas.

Los dragones la miraban en silencio.

—¡Eso es imposible! —profirió finalmente uno de ellos—.
Nadie puede hacer eso. Ni siquiera nosotros, a pesar de que
somos más grandes y fuertes que ellos.

—¿Imposible? —la rata rió sarcástica—. ¿Más grandes? ¿Más
fuertes? No entendéis una palabra. Díselo tú, Piel de Azufre.
Cuéntales cómo son los hombres. A lo mejor a ti te creen
—ofendida, arrugó la afilada nariz.

Los dragones se volvieron hacia Lung y Piel de Azufre.

—Rata tiene razón —dijo la duendecilla—. No tenéis ni idea
—escupió al suelo y arrancó un trocito de musgo que se le
había quedado entre los dientes—. Los hombres ya no van por
ahí con armadura, como en los tiempos en que os daban caza,
pero siguen siendo peligrosos. Son lo más peligroso que hay
en el mundo.

—¡Quía! —exclamó un dragón grande y gordo dándole la
espalda con desprecio a Piel de Azufre—. Dejad que vengan
esos bípedos. Ratas y duendes acaso tengan que asustarse
de ellos, pero nosotros somos dragones. ¿Qué pueden
hacernos?

—¿Que qué pueden haceros? —Piel de Azufre tiró su seta
mordisqueada y se levantó. Ahora estaba enfadada, y con
duendes enfadados no valen bromas—. ¡Tú no has salido nunca
de este valle, cabeza hueca! —gritó—. Seguro que crees que los

humanos duermen encima de hojas, como tú. Que no pueden causar más daño que una mosca porque apenas viven más tiempo. Que no tienen en la cabeza más que comer y dormir. Pero no son así. ¡Oh, no! —Piel de Azufre cogió aire—. Las cosas que pasan a veces por el cielo y que tú, botarate, llamas pájaros ruidosos son máquinas voladoras construidas por los humanos. Ellos pueden hablar entre sí aunque se encuentren en otro país. Pueden hacer cuadros que se mueven y hablan, formar recipientes de hielo que nunca se funde, iluminar sus casas de noche como si hubieran atrapado el sol, ellos, ellos... —Piel de Azufre meneó la cabeza— ellos son capaces de hacer cosas maravillosas... y espantosas. Si pretenden sumergir bajo el agua este valle, lo conseguirán. Tenéis que marcharos, tanto si os gusta como si no.

Los dragones la miraban fijamente. Incluso el que poco antes se había vuelto de espaldas. Algunos alzaban la vista hacia las montañas, como si aguardasen que al momento siguiente las máquinas hollarían las negras cumbres.

—¡Maldición! —murmuró Piel de Azufre—. Ese tipo me ha puesto tan furiosa que he tirado una seta deliciosa. Era una negrilla. Pocas veces se encuentra algo tan exquisito —enfadada, se bajó de la espalda de Lung y empezó a rebuscar por la hierba húmeda.

—Ya lo habéis oído —dijo Barba de Pizarra—. Tenemos que marcharnos.

Vacilantes y atenazados por el miedo, los dragones se volvieron de nuevo hacia él.

—Para algunos de vosotros —prosiguió el viejo dragón—, es la primera vez, pero muchos ya hemos huido con frecuencia de los humanos. Sin embargo, esta vez nos costará mucho encontrar un lugar que ya no les pertenezca —meneó compungido la cabeza—. Son cada vez más, me parece a mí. Con cada luna.

—Sí, están por todas partes —afirmó el que poco antes se burlaba de las palabras de Piel de Azufre—. Sólo cuando vuelo por encima del mar dejo de percibir sus luces allá abajo.

—¡Entonces tenemos que intentar vivir con ellos de una vez por todas! —exclamó otro.

Pero Barba de Pizarra meneó la cabeza.

—No —replicó—. No se puede vivir con el hombre.

—Oh, claro que se puede —la rata se acarició la piel mojada por la lluvia—. Perros y gatos lo hacen, y los ratones, y los pájaros, e incluso nosotras, las ratas. Pero vosotros —dejó vagar la mirada por los dragones—, vosotros sois demasiado grandes, demasiado listos, demasiado... —se encogió de hombros— demasiado diferentes. Les daríais miedo. Y lo que asusta al hombre, éste lo...

—Destruye —sentenció el viejo dragón con voz cansada—. A punto estuvieron de exterminarnos una vez, hace muchos,

muchos centenares de años —levantó su pesada cabeza y miró a los más jóvenes, uno detrás de otro—. Yo confiaba en que al menos nos dejasen este valle. Fue una insensatez.

—¿Pero dónde iremos entonces? —gritó desesperado uno de los dragones—. Éste es nuestro hogar.

Barba de Pizarra no respondió. Alzó la mirada hacia el cielo nocturno, en el que aún se ocultaban las estrellas tras las nubes, y suspiró. Después dijo con voz ronca:

—Regresad a *La orilla del cielo*. La huída tiene que tener fin. Soy demasiado viejo. Yo me ocultaré en mi cueva, pero vosotros, los más jóvenes, podéis conseguirlo.

Los jóvenes lo miraron asombrados. Los demás levantaron las cabezas y volvieron la vista con añoranza hacia el este.

—*La orilla del cielo* —Barba de Pizarra cerró los ojos—. Sus montañas son tan altas, que rozan el cielo. Sus laderas ocultan cuevas de piedra de luna y el valle de su regazo está cubierto de flores azules. Cuando érais pequeños, os contábamos historias de ese lugar. Acaso las tomarais por cuentos, pero algunos de nosotros lo hemos visto de verdad —abrió de nuevo los ojos—. Yo nací allí hace tanto tiempo que desde entonces ha transcurrido casi una eternidad. Cuando me alejé de allí volando siguiendo la llamada del vasto cielo, yo era más joven que la mayoría de vosotros. Volé hacia Poniente, cada vez más lejos. Desde entonces, nunca más me he atrevido a volar a pleno sol. He tenido que esconderme de personas que me tomaban por un pájaro infernal. Intenté regresar, pero ya no logré encontrar el camino —el viejo dragón miró a los más jóvenes—. ¡Buscad *La orilla del cielo*! Regresad a sus cumbres protectoras, quizá entonces no necesitéis huir de los hombres nunca más. Aún no han llegado aquí —señaló con la cabeza las oscuras cimas circundantes—, pero lo harán. Lo percibo desde hace mucho tiempo. ¡Volad! ¡Idos volando! Cuanto antes.

De nuevo reinó un completo silencio. Una lluvia fina como el polvo caía del cielo.

Piel de Azufre, tiritando, hundió la cabeza entre los hombros.

—Pues muchas gracias, caramba —dijo a Lung entre susurros—. *La orilla del cielo*, psss. Suena demasiado bonito para ser verdad. El viejo ha debido soñarlo, eso es todo.

Lung, sin decir palabra, levantó la vista meditabundo hacia Barba de Pizarra. De repente, dio un paso adelante.

—¡Eh! —siseó asustada Piel de Azufre—. ¿Qué te propones? No hagas tonterías.

Pero Lung hizo caso omiso.

—Tienes razón, Barba de Pizarra —afirmó—. De todas maneras, estoy harto de limitarme a volar en círculo sobre este valle —se volvió hacia los otros—. Busquemos *La orilla del cielo*. Partamos hoy mismo. La luna está en cuarto creciente. No hay noche mejor para nosotros.

Los demás retrocedieron ante él, como si se hubiera vuelto loco. Barba de Pizarra, sin embargo, sonrió por vez primera aquella noche.

—Eres bastante joven todavía —constató.

—Soy lo bastante mayor —respondió Lung alzando un poco más la cabeza.

Tenía un tamaño parecido al del viejo dragón. Tan sólo sus cuernos eran más cortos y sus escamas brillaban a la luz de la luna.

—¡Alto, alto, un momento, por favor! —Piel de Azufre trepó presurosa por el cuello de Lung—. ¿Pero qué locura es ésta? Tú quizá hayas volado diez veces más allá de estas colinas. Tú, tú... —extendió los brazos señalando las montañas a su alrededor—, tú no tienes ni idea de lo que hay detrás. ¡No puedes echar a volar sin más ni más y cruzar el mundo de los humanos en busca de un lugar que a lo mejor ni siquiera existe!

—¡Cállate, Piel de Azufre! —le ordenó Lung irritado.

—¡De ninguna manera! —bufó la duendecilla—. Mira a los demás. ¿Tienen pinta de querer salir volando? No. Así que olvídate del asunto. Cuando lleguen los humanos, encontraré una hermosa cueva nueva para nosotros.

—¡Escúchala! —recomendó uno de los dragones avanzando hacia Lung—. *La orilla del cielo* sólo existe en los sueños de Barba de Pizarra. El mundo pertenece a los humanos. Si nos escondemos, nos dejarán en paz. Y si de verdad vienen hasta aquí, tendremos que ahuyentarlos.

La rata rió. Con una risa ruidosa y estridente.

—¿Has intentado alguna vez ahuyentar al mar? —gritó.

Pero el dragón no le contestó.

—¡Venid! —les dijo a los demás.

A continuación, dio media vuelta y regresó a su cueva bajo una lluvia torrencial. Uno tras otro lo siguieron. Hasta que sólo quedaron Lung y el viejo dragón. Barba de Pizarra descendió de la peña con las piernas entumecidas y miró a Lung.

—Puedo entender que tomen sólo por un sueño *La orilla del cielo* —dijo—. A mí me sucede lo mismo algunos días.

Lung sacudió la cabeza.

—Yo la encontraré —dijo echando un vistazo en torno suyo—. Aunque Rata se equivoque y los humanos sigan donde están... ha de existir un lugar en el que no tengamos que escondernos. Y cuando lo haya encontrado, volveré a buscaros. Saldré esta misma noche.

El viejo dragón asintió con un gesto.

—Ven a mi cueva antes de partir —le dijo—. Te contaré todo lo que sé. Puede que ya no sea mucho. Pero ahora tengo que resguardarme de la lluvia, o mañana no podré mover estos viejos huesos.

Regresó a su cueva caminando pesadamente y con esfuerzo. Lung se quedó solo con Rata y Piel de Azufre. La duende estaba sentada en su espalda con expresión enfurruñada.

—¡Merluzo! —le riñó en voz baja—. Jugando a hacerte el héroe, buscando algo que no existe. Tsst.

—¿Qué demonios farfullas? —le preguntó Lung volviéndose hacia ella.

Entonces Piel de Azufre explotó.

—¿Y quién te despertará cuando se ponga el sol? —le gritó—. ¿Quién te protegerá de los humanos, te cantará mientras duermes y te rascará detrás de las orejas?

—Eso, ¿quién? —preguntó Rata con tono impertinente.

Aún seguía sentada en la peña que había ocupado el viejo dragón.

—¡Pues yo, naturalmente! —respondió con un bufido Piel de Azufre—. ¿Qué otra cosa puedo hacer?

—¡De eso nada! —Lung se volvió con tanto ímpetu, que Piel de Azufre estuvo a punto de resbalar de su espalda mojada por la lluvia—. Tú no puedes venir.

—¿Ah, no? ¿Y eso por qué? —Piel de Azufre se cruzó de brazos muy ofendida.

—Porque es peligroso.

—A mí me trae sin cuidado.

—Pero si tú odias volar. ¡Te pone enferma!

—Me acostumbraré.

—Sentirás nostalgia.

—¿De qué? ¿Te has creído que voy a esperar aquí hasta que me muerdan los peces? No, iré contigo.

Lung suspiró.

—Bien —murmuró—. De acuerdo. Pero no se te ocurra quejarte por haberme acompañado.

—Seguro que lo hará —soltó Rata. Y con una risita contenida, brincó de la roca hasta la hierba húmeda—. Los duendes sólo se sienten felices cuando rezongan. Pero ahora, reunámonos con el viejo dragón. Si vas a partir esta misma noche, ya no te queda mucho tiempo. Desde luego, no el suficiente para acabar de discutir con esta comesetas cabezadura.

3. Consejos y advertencias

Al llegar, encontraron a Barba de Pizarra a la entrada de su cueva escuchando la lluvia.

—¿No has cambiado de idea? —preguntó cuando Lung se echó a su lado en el suelo rocoso.

El joven dragón negó con la cabeza.

—Pero no volaré solo. Piel de Azufre me acompañará.

—¡Caramba! —el viejo dragón miró a Piel de Azufre—. Bien. Podrá serte útil. Conoce a los humanos, posee una aguda inteligencia y es por naturaleza más desconfiada que nosotros, lo que no te perjudicará en tu viaje. El único problema podría ser su voraz apetito, pero ya se acostumbrará a pasar un poquito de hambre.

Piel de Azufre se miró, intranquila, la barriga.

—Prestad atención —prosiguió Barba de Pizarra—, no es mucho lo que recuerdo. Las imágenes se confunden cada vez más en mi cabeza, pero hay algo que sé con certeza: tenéis que volar a la montaña más alta del mundo. Está situada muy lejos hacia Oriente. Allí buscaréis *La orilla del cielo*, una cadena de cumbres cubiertas de nieve que rodean un valle como si fuesen un anillo de piedra.

Las flores azules de allí… —Barba de Pizarra cerró los ojos—, por las noches, su aroma pende tan denso en el aire frío que se puede paladear —suspiró—. Ay, mis recuerdos palidecen y parecen envueltos en niebla. Pero es un lugar maravilloso —su cabeza cayó sobre sus zarpas, cerró los ojos y su aliento se aceleró—. Había algo más —musitó—. El ojo de la luna. No consigo acordarme.

—¿El ojo de la luna? —Piel de Azufre se inclinó hacia él—. ¿Qué es eso?

Pero Barba de Pizarra se limitó a menear, somnoliento, la cabeza.

—No me acuerdo —resopló—. Guardaos… —su voz se hizo tan queda que apenas se la podía oír—, guardaos de El Dorado —y a continuación un ronquido brotó de su boca.

Lung se incorporó meditabundo.

—¿Qué habrá querido decir? —preguntó Piel de Azufre inquieta—. Anda, vamos a despertarlo.

Pero Lung negó con la cabeza.

—Déjalo dormir. Creo que no puede decirnos más de lo que hemos escuchado.

Abandonaron la cueva en silencio. Cuando Lung miró al cielo, vio la luna por primera vez en esa noche.

—Vaya —dijo Piel de Azufre levantando la mano—, por lo menos ha dejado de llover —de repente, se dio una palmada en la frente—. ¡Por el bejín y la foliota escamosa! —exclamó dejándose resbalar por el lomo de Lung—. Todavía tengo que empaquetar mis provisiones. Quién sabe a qué parajes desolados y sin setas iremos a parar.

Enseguida vuelvo. Pero —añadió agitando amenazadoramente un dedo peludo ante el hocico de Lung—, ay de ti como se te ocurra echar a volar solo.

Y tras estas palabras, desapareció en la oscuridad.

—Oye, Lung, tú no sabes mucho que digamos sobre la meta de tu búsqueda —le comentó preocupada la rata con voz nasal—. No estás acostumbrado a guiarte por las estrellas, y Piel de Azufre está casi siempre tan ocupada con las setas que confundirá el sur con el norte y la luna con el lucero vespertino. No —Rata se acarició la barba y miró al dragón—. Créeme, necesitáis ayuda. Tengo un primo que dibuja mapas, unos mapas muy especiales. Quizá no sepa dónde está *La orilla del cielo*, pero seguro que puede decirte dónde encontrarás la montaña más alta del mundo. Ve a verlo. Visitarlo no está exento del todo de peligros, porque... —Rata frunció el ceño—, vive en una gran ciudad. Pero creo que deberías correr el riesgo. Si te pones pronto en camino, estarás allí dentro de dos noches.

—¿En una ciudad? —Piel de Azufre surgió de la niebla como un fantasma.

—¡Maldición, me has dado un susto de muerte! —exclamó Rata—. Sí, mi primo vive en una ciudad de los humanos. Una vez hayáis dejado el mar a vuestras espaldas, volad siempre tierra adentro hacia el Oriente: no tiene pérdida. Es gigantesca, cien veces más grande que este valle, repleta de puentes y torres. Allí, en un viejo almacén junto al río, vive mi primo.

—¿Se parece a ti? —preguntó Piel de Azufre embutiéndose unas cuantas hojas en la boca. Cargaba a la espalda una mochila rebosante, botín de una excursión al mundo de los humanos—. Claro, vosotras las ratas sois todas iguales: grises, grises, grises...

—¡Un color muy práctico! —bufó Rata—. Al contrario que tus ridículas manchas. Pero mi primo es blanco, blanco como la nieve. Él lo lamenta mucho.

—Dejad de discutir —ordenó Lung levantando la vista hacia el cielo.

La luna estaba muy alta. Si quería partir esa misma noche, ya iba siendo hora.

—Sube, Piel de Azufre —le dijo—. ¿O crees que debemos llevarnos a Rata para que tengas con quien discutir?

—¡No, gracias! —Rata retrocedió unos pasitos asustada—. No me apetece nada viajar. Me basta con conocer el mundo a través de las historias. Es mucho menos peligroso.

—Y yo no discuto jamás —rezongó Piel de Azufre con la boca llena mientras trepaba a lomos del dragón—. Es que estas narices puntiagudas son muy puntillosas.

Lung extendió las alas. Piel de Azufre se agarró deprisa a una de las tremendas púas de su espalda.

—Cuídate, Rata —dijo el dragón, y, agachando el cuello, dio al pequeño animal un tierno empujoncito con el morro—. Ahora durante mucho tiempo no podré protegerte de los gatos salvajes.

Después dio un paso atrás, se separó del suelo húmedo con un vigoroso impulso y se elevó en el aire batiendo poderosamente las alas.

—¡Oh, no! —gimió Piel de Azufre, aferrándose con tanta fuerza que le dolían los dedos.

Lung ascendía cada vez más en el cielo oscuro. Un viento gélido silbaba alrededor de las orejas puntiagudas de la duende.

—Jamás me acostumbraré —murmuró—. A no ser que algún día me salgan plumas —se asomó con cuidado al abismo—. Ni uno —masculló—, pero es que ni uno saca el cuello de la cueva para despedirse. Seguramente no volverán a salir hasta que el agua les llegue a la barbilla. ¡Eh, Lung! —gritó al dragón—. Conozco un sitio encantador ahí delante, tras las colinas. ¿No sería mejor que nos quedásemos aquí?

Pero Lung no contestó.

Y las colinas negras se deslizaron entre él y el valle en el que había nacido.

4. La gran ciudad y el pequeño humano

—¡Por el huevo del diablo! —musitó Piel de Azufre—. Como no encontremos algo pronto, nos capturarán y nos meterán en el zoo.

—¿En el zoo? ¿Eso qué es? —preguntó Lung levantando el hocico del agua. Hacía una hora que había aterrizado en la gran ciudad, en el rincón más oscuro que lograron encontrar, muy alejado de las calles, que incluso ahora, de noche, estaban llenas de ruido y de luz. Desde entonces nadaba de un canal sucio al siguiente, en busca de un escondite para pasar el día. Pero por mucho que Piel de Azufre aguzase sus ojos de gato y alzara al viento su sensible nariz, no hallaban un sitio lo bastante grande para un dragón y que no oliera a humano. Allí todo olía a humano, hasta el agua y la basura que flotaba en el oscuro líquido.

—¿No sabes lo que es un zoo? Luego te lo explicaré —gruñó Piel de Azufre—. Aunque, pensándolo mejor, seguro que prefieren disecarnos. ¡Maldita sea! Necesitaré horas para limpiar esta agua mugrienta de tus escamas.

Lung nadaba como una serpiente plateada por el sucio canal, por debajo de puentes y junto a muros de casas grises. Piel de

Azufre, inquieta, atisbaba sin cesar el cielo, pero el sol delator no se dejaba ver todavía.

—¡Ahí! —cuchicheó de pronto la duende señalando un edificio alto contra el que chapoteaba el agua del canal al chocar contra los muros de ladrillo sin ventanas—. ¿Ves esa abertura? Apretujándote, a lo mejor cabes por ella. Nada hacia allí, quiero husmear un poco.

Con cuidado, el dragón dejó que la corriente lo llevase hasta el muro. Justo por encima del nivel del agua se abría una gran abertura de carga. La puerta de madera que la había cerrado alguna vez pendía, podrida, de las bisagras. De un brinco, Piel de Azufre saltó del lomo de Lung, se agarró al muro mellado y, olfateando, introdujo la cabeza por la abertura.

—Parece en orden —susurró—. Ningún humano ha entrado aquí desde hace años. No hay más que arañas y caca de ratón. Vamos.

Y desapareció como un rayo en la oscuridad. Lung salió del agua apoyándose y, tras sacudirse, introdujo su cuerpo escamoso por la abertura. Lleno de curiosidad, escudriñó a su alrededor la casa de los humanos. Nunca había estado en un edificio. No le gustó. Ante las paredes húmedas se apilaban grandes cajones de madera y cajas de cartón podridas. Piel de Azufre olfateó interesada, pero no olió nada comestible.

Lung, cansado, se dejó caer al suelo delante de la abertura y miró hacia el exterior. Era la primera vez que volaba durante tanto tiempo. Le dolían las alas, y la ciudad estaba llena de rumores y olores inquietantes. El dragón suspiró.

—¿Qué ocurre? —Piel de Azufre se sentó entre sus zarpas—. Bueno, ¿quién tiene ahora nostalgia, eh? —abrió su mochila, sacó un puñado de setas y se las colocó debajo de la nariz—. Toma, huele un poco. Esto disipará de tu nariz el hedor de ahí fuera. A nuestra amiga Rata seguro que le habría encantado. Pero nosotros procuraremos largarnos rápidamente de aquí —con gesto de consuelo acarició las escamas sucias de Lung—. Ahora duerme. Yo también echaré una cabezadita, y luego saldré a buscar al primo de Rata.

Lung asintió. Se le cerraban los ojos. Oyó a Piel de Azufre cantando entre dientes y fue casi como si estuviera de nuevo en su cueva. Sus miembros fatigados se distendieron. El sueño lo invadió con sus dedos blandos... y de repente Piel de Azufre dio un bote.

—¡Ahí hay algo! —cuchicheó.

Lung levantó la cabeza y observó a su alrededor.

—¿Dónde? —preguntó.

—¡Detrás de los cajones! —musitó Piel de Azufre—. Tú quédate aquí.

Se deslizó hacia una pila de cajas que se elevaba hasta el techo. Lung aguzó el oído. Ahora, también lo oía él: un crujido, unos pies deslizándose. El dragón se incorporó.

—¡Sal de ahí! —gritó Piel de Azufre—. Sal de ahí, seas quien seas.

Durante un instante reinó el silencio. Un silencio sepulcral, sólo roto por los rumores de la gran ciudad que penetraban desde el exterior.

—¡Que salgas! —rugió Piel de Azufre otra vez—. ¿O tendré que sacarte yo?

Se oyeron más crujidos. Después, un chico humano asomó entre las cajas. Piel de Azufre retrocedió asustada. Cuando el chico se levantó resultó ser bastante más alto que ella. Él clavó sus ojos incrédulos en la duende. A continuación, miró al dragón.

A pesar del agua del canal, las escamas de Lung seguían reluciendo como la plata y en aquel recinto tan pequeño parecía gigantesco. Atónito, miraba al chico desde arriba inclinando el cuello.

Lung jamás había visto a un humano de cerca. Por lo que Rata y Piel de Azufre le habían contado, se imaginaba a los humanos distintos, completamente distintos.

—¡No huele ni pizca a humano! —gruñó Piel de Azufre.

Ya recuperada del susto, contemplaba al chico con hostilidad, aunque a una distancia prudencial.

—Apesta a ratón —siguió diciendo—. Por eso no lo olí. Eso es.

El chico, sin prestarle atención, levantó su mano sin pelos y señaló a Lung.

—Es un dragón —susurró—. Un dragón auténtico.

Vacilante, dirigió a Lung una sonrisa.

El dragón estiró con cuidado su largo cuello hacia él. Olfateó. Piel de Azufre tenía razón. El chico olía a caca de ratón, pero había algo más. Un olor extraño suspendido en el aire: un olor a humano.

—Pues claro que es un dragón —precisó Piel de Azufre enojada—. ¿Y tú qué eres?

El chico se volvió hacia ella sorprendido.

—¡Cielos! —profirió—. Tú tampoco tienes mala pinta. ¿Eres un extraterrestre?

Piel de Azufre acarició con orgullo su piel sedosa.

—Soy un duende. ¿Es que no lo ves?

—¿Un qué?

—¡Un duende! —repitió Piel de Azufre impaciente—. Esto es típico de vosotros, los humanos. Sabéis por los pelos lo que es un gato, pero ahí acaba todo.

—Pareces una ardilla gigante —dijo el muchacho esbozando una sonrisa.

—¡Muy gracioso! —bufó Piel de Azufre—. Además, ¿qué haces tú aquí? Por regla general un medio hombrecillo como tú no anda correteando solo por ahí.

La sonrisa desapareció de la cara del chico como si Piel de Azufre se la hubiera borrado.

—Por regla general algo como tú tampoco anda correteando por ahí —replicó él—. Y por si te interesa saberlo, vivo aquí.

—¿Aquí? —Piel de Azufre dirigió una mirada sarcástica en torno suyo.

—Sí, aquí —el chico la contemplaba con hostilidad—. Al menos, de momento. Pero si queréis —añadió mirando al dragón—, si queréis, podéis quedaros.

—Gracias —contestó Lung—. Eres muy amable. ¿Cómo te llamas?

El chico se apartó el pelo de la frente con timidez.

—Ben. ¿Y vosotros?

—Esto de aquí —el dragón dio a Piel de Azufre un empujoncito en la barriga con el hocico—, es Piel de Azufre. Y yo me llamo Lung.

—Lung. Que nombre tan bonito —Ben alargó la mano y acarició el cuello del dragón.

Con tanto cuidado como si temiera que Lung fuera a desvanecerse al primer contacto.

Piel de Azufre lanzó al chico una mirada de desconfianza. Se encaminó hacia la abertura y miró al exterior.

—Es hora de buscar a esa rata —anunció—. ¿Puedes decirme, hombrecillo, dónde se encuentran los almacenes del puerto?

Ben asintió.

—No están ni a diez minutos a pie de aquí. ¿Pero cómo piensas llegar allí sin que te disequen y te coloquen en un museo?

—Deja que me ocupe yo de esos detalles —gruñó Piel de Azufre.

Lung, preocupado, metió la cabeza entre ambos.

—¿Crees que puede ser peligroso para ella? —preguntó al muchacho.

Ben asintió.

—Pues claro que sí. Con la pinta que tiene no recorrerá ni diez metros. Me apuesto lo que sea. La primera vieja que la vea llamará a la policía.

—¿A la policía? —preguntó Lung perplejo—. ¿Qué clase de ser es ése?

—Yo sé lo que es la policía —gruñó Piel de Azufre—. Pero tengo que ir a esos almacenes. Y no se hable más.

Se sentó y se disponía a deslizarse hasta el agua sucia, cuando Ben la agarró por el brazo.

—Yo te guiaré —dijo él—. Te vestiremos con mis cosas, y después ya encontraré el modo de pasarte de matute. Llevo aquí mucho tiempo y me conozco todos estos andurriales.

—¿Lo harás? —preguntó Lung—. ¿Cómo podremos agradecértelo?

Ben se puso colorado.

—Bah, no es nada. De veras que no —murmuró.

Piel de Azufre no parecía precisamente entusiasmada.

—Ponerme ropa humana —refunfuñaba—. Puaj, pedo de lobo, me pasaré semanas apestando a humano.

Pero se la puso.

5. La rata de barco

—¿Qué almacén es? —preguntó Ben—. Si no sabes el número, perderemos mucho tiempo buscando.

Estaban sobre un puente estrecho. A ambos lados del canal, los almacenes se alineaban uno junto al otro, extraños edificios estrechos de piedra roja, con ventanas altas y gabletes picudos. El puerto de la gran ciudad no estaba muy lejos. Soplaba un viento frío que a punto estuvo de arrancar a Piel de Azufre la capucha de sus orejas puntiagudas. Mucha gente pasaba apiñada junto a ellos, pero nadie se sorprendió al ver la pequeña figura que se aferraba a la barandilla del puente al lado de Ben. Las mangas demasiado largas de la sudadera de Ben ocultaban las manos de Piel de Azufre. Los vaqueros, con dos vueltas, ocultaban sus patas, y su cara de gato desaparecía entre la sombra de la capucha.

—Rata dijo que era el último almacén delante del río —respondió ella en voz baja—. Su primo vive en el sótano.

—¿Rata? ¿No será una rata de verdad, eh? —Ben miró dubitativo a Piel de Azufre.

—Por supuesto que es de verdad. ¿Qué te has creído? Y deja de quedarte ahí pasmado mirando con cara de bobo. Te sale a las mil maravillas, pero tenemos cosas más importantes que hacer.

Tiró de Ben con gesto impaciente. Al otro lado del puente, una estrecha calle bordeaba la ribera. Mientras caminaban presurosos por la acera, Piel de Azufre, inquieta, acechaba sin parar a su alrededor. El estruendo de los coches y las máquinas le hacía daño en los oídos. Ya había estado antes en ciudades pequeñas, robando verdura de los huertos, husmeando en los sótanos y enfadando a los perros. Pero allí no había huertos, ni arbustos tras los que uno pudiera acurrucarse. Allí todo era de piedra.

Piel de Azufre se sintió muy aliviada cuando Ben la condujo a un estrecho pasadizo entre los dos últimos almacenes, que conducía de vuelta al canal. En los muros rojos había varias puertas. Dos estaban cerradas, pero cuando Ben empujó la tercera, se abrió con un suave chirrido.

La cruzaron rápidamente. Una oscura escalera apareció ante ellos. La luz del día sólo penetraba en el interior a través de una estrecha y polvorienta ventana. Un tramo de escaleras conducía al piso de arriba, y otro al de abajo.

Ben lanzó una mirada desconfiada por los oscuros peldaños inferiores.

—Bueno, ahí abajo seguro que hay ratas. La única cuestión es si entre ellas figurará la que buscamos. ¿Cómo la reconoceremos? ¿Lleva corbata o algo parecido?

Piel de Azufre no le contestó. Tras quitarse la capucha, bajó los escalones a saltos. Ben la siguió. Al pie de la escalera estaba tan oscuro, que Ben sacó su linterna de bolsillo de la chaqueta. Ante ellos apareció un alto sótano abovedado —con más puertas.

—¡Tsst! —Piel de Azufre miró la linterna y meneó despectivamente la cabeza—. Al parecer, vosotros, los humanos, necesitáis maquinitas para todo, ¿no? Hasta para ver.

—Esto no es una máquina —Ben deslizó el cono de luz de la linterna por las puertas—. ¿Qué estamos buscando en realidad? ¿La madriguera de un ratón?

—¡Qué tontería! —Piel de Azufre aguzó las orejas y, caminando despacio, husmeó—. Aquí es.

Se detuvo ante una puerta marrón que sólo estaba entornada. Piel de Azufre la abrió lo justo para deslizarse por ella. Ben la siguió.

—¡Cielo santo! —murmuró el chico.

La estancia alta y sin ventanas en la que habían entrado estaba atiborrada de trastos. Entre los estantes, repletos de archivadores cubiertos de polvo, había montones de sillas viejas, mesas apiladas, armarios sin puertas, montañas de ficheros y cajones vacíos.

Piel de Azufre levantó la nariz olfateando y se deslizó rauda hacia su objetivo. Al seguirla a oscuras, Ben se dio unos porrazos tremendos en las espinillas. Al poco rato, ya no sabía dónde estaba la puerta por la que habían entrado. Cuanto más avanzaban, más arriesgado se tornaba recorrer aquel laberinto. De pronto, unas estanterías obstruyeron el camino.

—Se acabó lo que se daba —dijo Ben moviendo en torno suyo el rayo de luz de su linterna. Pero Piel de Azufre se agachó, se deslizó entre dos estantes y... desapareció.

—¡Eh, aguarda! —Ben introdujo la cabeza en el agujero que ella había traspasado.

Contempló un pequeño despacho. Diminuto, como el de una rata, y situado apenas a un metro de distancia, debajo de una silla. El escritorio era un libro colocado sobre dos latas de sardinas. Una taza de café servía de silla. Los ficheros, llenos a rebosar de pequeñas fichas, eran cajas de cerillas vacías. Una lámpara de escritorio vulgar y corriente situada en el suelo, junto a una silla, iluminaba el conjunto a modo de reflector. El que no aparecía por parte alguna era el usuario de todo aquello.

—Por ahora, quédate ahí —musitó Piel de Azufre a Ben—. No creo que el primo de Rata se muestre entusiasmado al ver a un humano.

—¡Venga ya! —Ben se deslizó por el agujero y se incorporó—. Si no se pega un susto al verte, tampoco se lo pegará conmigo. Además, vive en una casa humana. Así que no seré yo el primero que ella se eche a la cara.

—Él —susurró Piel de Azufre—. Se trata de él. Recuérdalo.

La duende escudriñó en torno suyo. Debajo de la silla, además del despachito, había un escritorio humano, un armario de cajones gigantescos y un viejo globo terráqueo descomunal que pendía, un tanto torcido, de su soporte.

—¿Hola? —llamó Piel de Azufre—. ¿Hay alguien aquí? Maldición, ¿cómo se llamaba el tipo éste? ¿Giselbert? ¿Guisantal? No, Gilbert Rabogrís o algo parecido.

Por encima del escritorio se oyó un crujido. Ben y Piel de Azufre alzaron la vista y descubrieron una rata blanca y gorda que los contemplaba desde la polvorienta pantalla de una lámpara.

—¿Qué es lo que queréis? —preguntó con voz chillona.

—Gilbert, me envía tu prima —explicó Piel de Azufre.

—¿Cuál de ellas? —preguntó desconfiada la rata blanca—. Tengo cientos de primas.

—¿Cuál? —Piel de Azufre se rascó la cabeza—. Bueno, el caso es que nosotros siempre la llamamos Rata a secas, pero… ¡Un momento, sí, ahora caigo! Se llama Rosa. ¡Justo!

—¿Vienes de parte de Rosa?

Gilbert Rabogrís dejó caer una diminuta escala de cuerda desde la lámpara, descendió apresuradamente por ella y, con un golpe sordo, aterrizó encima del gran escritorio.

—Como es natural, eso es otra cosa —se acarició la barba, blanca como la nieve, al igual que su piel—. ¿Qué puedo hacer por vosotros?

—Busco un lugar —respondió Piel de Azufre—. Bueno, en realidad es una cordillera.

—¡Ajá! —la rata blanca asintió satisfecha—. Entonces has venido al sitio adecuado. Conozco todas las cordilleras de este planeta, grandes, pequeñas, medianas. Lo sé todo sobre ellas. Al fin y al cabo, mis informantes proceden del mundo entero.

—¿Tus informantes? —preguntó Ben.

—¡Hmm! Ratas de barco, gaviotas y todo tipo de trotamundos. Además, tengo una parentela muy numerosa.

Rabogrís corrió hacia una enorme caja negra situada sobre el escritorio, levantó la tapa y apretó un botón lateral.

—¡Es un ordenador de verdad! —se asombró Ben.

—Naturalmente —Rabogrís pulsó unas teclas y contempló la pantalla frunciendo el ceño—. Portátil, lo tiene todo. Lo encargué para poner en orden mis documentos. Pero —suspiró y volvió a pulsar el teclado—, este chisme no deja de fastidiarme. Bien, ¿de qué cordillera se trata?

—Sí, claro —Piel de Azufre se rascó la tripa. Las prendas humanas le provocaban un terrible picor en la piel—. Al parecer es la más alta. La cordillera más alta del mundo. Y justo en el centro, en algún lugar, dicen que hay una sierra, *La orilla del cielo*. ¿Has oído hablar alguna vez de ella?

—Ah, se trata de eso. *La orilla del cielo*, vaya, vaya —Rabogrís observó con curiosidad a la duende—. El valle situado encima de las nubes, la patria de los dragones. No es fácil —se volvió y aporreó el teclado con ahínco—. Bueno, en realidad ese lugar no existe —explicó—, pero uno oye cosas. ¿Cómo es que os interesáis por ello? ¡Una duende y un chico humano! Se dice que hasta los

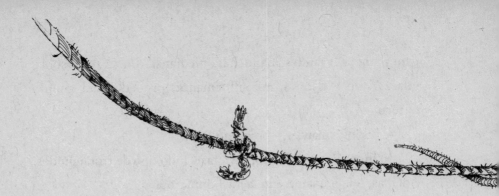

dragones olvidaron hace mucho tiempo dónde está situada *La orilla del cielo*.

Ben abrió la boca, pero Piel de Azufre no le dejó hablar.

—El humano no tiene nada que ver con esto —le explicó—. He venido de viaje con un dragón para encontrar *La orilla del cielo*.

—¿Con un dragón? —Gilbert Rabogrís contempló atónito a Piel de Azufre—. ¿Y dónde lo has escondido?

—En una vieja fábrica —contestó Ben antes de que Piel de Azufre pudiera abrir la boca—. No muy lejos de aquí. Allí está seguro. Hace años que no se ve ni un alma por esa zona.

—¡Ajá! —asintió Gilbert, y luego meneó meditabundo su cabeza blanca.

—¿Qué pasa ahora? —preguntó impaciente Piel de Azufre—. ¿Sabes dónde está *La orilla del cielo*? ¿Puedes decirnos cómo podemos llegar hasta allí con cierta seguridad?

—Despacio, despacio —respondió la rata retorciéndose el bigote—. Nadie sabe dónde se encuentra *La orilla del cielo*. Sobre ese particular sólo hay un par de vagos rumores, nada

más. Pero la cordillera más alta del mundo es desde luego el Himalaya. Aunque… encontrar una ruta segura para un dragón es una tarea muy complicada. Los dragones —soltó una risita contenida—, los dragones no son precisamente discretos, si sabéis lo que quiero decir. Y sus cuernos y garras son muy codiciados. Además, la persona que matase a un dragón saldría semanas enteras por televisión. Reconozco que hasta yo mismo me siento tentado de echarle un vistazo a tu amigo, pero… —sacudió la cabeza y se volvió de nuevo hacia su ordenador— jamás me aventuro más allá del puerto. Es demasiado arriesgado con tanto gato deambulando por ahí. Y no digamos lo que… —puso los ojos en blanco—: ¡perros, pies humanos pisoteándolo todo, raticida! No, gracias.

—¡Pues yo creía que habías recorrido el mundo entero! —exclamó Piel de Azufre asombrada—. Rosa dijo que eras una rata de barco.

Gilbert se tiraba del bigote, abochornado.

—Y lo soy, por supuesto. Aprendí el oficio con mi abuelo. Pero en cuanto zarpa una de esas barcas me mareo. En mi primer viaje salté por la borda antes de salir del puerto. Regresé nadando a la orilla y jamás he vuelto a poner el pie en una de esas bamboleantes latas de sardinas. ¡Vaya! —se inclinó tanto hacia delante que su hocico afilado chocó con la pantalla—. ¿Qué tenemos aquí? El Himalaya. El país de las nieves eternas, como también se le denomina. El techo del mundo, sí. Os espera un largo viaje, amigos míos. Seguidme.

Colgándose de una cuerda tendida desde el escritorio, que cruzaba la estancia, Gilbert Rabogrís llegó hasta el enorme globo terráqueo. Se sentó encima del pesado soporte de madera y con las patas traseras dio un empujón al globo terráqueo. Éste giró chirriando hasta que Gilbert lo detuvo con la pata.

—Bien —murmuró—. ¿Dónde lo tenemos?

Ben y Piel de Azufre lo miraban con curiosidad.

—¿Veis esa banderita blanca? —preguntó la rata blanca—. Ahí nos encontramos más o menos en este momento, pero el Himalaya…
—Gilbert se colgó del soporte y golpeó con la punta del dedo el otro lado del globo terráqueo— el Himalaya está aquí. *La orilla del cielo*, al menos eso dicen las antiguas narraciones, se encuentra en algún lugar de la zona occidental. Por desgracia, como ya os he dicho, nadie tiene datos más concretos y el territorio del que hablamos es muy vasto e inaccesible. Allí por la noche hace un frío que pela y de día —dirigió una sonrisa a Piel de Azufre—, de día seguramente sudarías bastante dentro de tu pellejo.

—Está lejísimos —murmuró Ben.

—¡Vaya si lo está! —Rabogrís se inclinó hacia delante y dibujó una línea invisible en el globo terráqueo—. Más o menos así, estimo yo, debería transcurrir vuestro viaje: primero un buen trecho hacia el sur, luego hacia el este —se rascó detrás de la oreja—. Sí. Sí, no hay duda. Creo que la ruta del sur es la mejor. Ahí arriba, en el norte, los humanos libran una nueva guerra. Además he oído un par de historias muy desagradables sobre un gigante —Gilbert se arrimó tanto al globo que tropezó con el hocico—. Allí, ¿lo véis? Al parecer hace de las suyas en la cordillera Tan Shan. Nada, nada, en serio —Rabogrís sacudió la cabeza—. Es mejor que toméis la ruta sur. Bien es verdad que allí el sol os achicharrará la piel de vez en cuando, pero en cambio apenas lloverá en esta época del año, y la lluvia —soltó una risita contenida—, la lluvia, según he oído, abate a los dragones, ¿no es cierto?

—La mayoría de las veces —respondió Piel de Azufre—. Pero en el lugar de donde procedemos no queda otro remedio que acostumbrarse a ella.

—Cierto, cierto, lo había olvidado. Vosotros venís del lavadero de Europa. En fin, prosigamos —Gilbert dio otro empujoncito al globo—. ¿Por dónde iba? Ah, sí, aquí. Hasta este lugar —señaló golpeando el mapa con la pata—, puedo ofreceros informes de primera mano. Para entonces habréis dejado atrás la mayor parte del recorrido. Pero el territorio de más allá —Gilbert suspiró meneando la cabeza—, punto y final, cero, nada, *tabula rasa*, signo de interrogación. Ni siquiera un grupo de ratones de templos budistas con que me topé hace un año en el puerto pudo proporcionarme un solo dato útil al respecto. Y mucho me temo que precisamente allí está el lugar que buscáis… si es que realmente existe. Pronto encargaré a una pariente mía que cartografíe ese territorio, pero hasta entonces… —se encogió de hombros apesadumbrado—. Si conseguís realmente llegar hasta allí, tendréis que ir preguntando por el camino. No tengo ni idea de qué y quién vive allí, pero apuesto… apuesto a que habrá ratas —afirmó pasándose la mano por sus bigotes blancos—. Estamos en todas partes.

—Menudo consuelo —murmuró Piel de Azufre contemplando el globo terráqueo con expresión sombría—. Parece que nos espera una vuelta al mundo.

—¡Oh, Nueva Zelanda aún está más lejos! —exclamó Gilbert descolgándose por la cuerda de vuelta al escritorio—. Sin embargo, admito que es un camino largo incluso para un dragón. Largo y peligroso. ¿Puedo preguntaros cómo se os ocurrió la idea de emprender este viaje? Sé por Rosa que los dragones no viven nada mal allí arriba, en el norte, ¿verdad?

Piel de Azufre volvió los ojos hacia Ben y lanzó una mirada de advertencia a la rata.

—¡Ah, ya entiendo! —Gilbert Rabogrís alzó las patas—. No quieres hablar porque está delante el humano. Lógico. Nosotras, las ratas, también hemos vivido malas experiencias con los humanos —Gilbert guiñó un ojo a Ben, que se sentía muy compungido sin saber hacia dónde mirar—. Esto no es nada personal —Rabogrís regresó junto al ordenador y comenzó de nuevo a teclear—. En fin, destino del viaje: «Himalaya», viajeros: 1 dragón, 1 duende. Solicito información sobre: ruta más segura, puntos peligrosos, lugares a evitar, mejor época para viajar. ¡Intro!

La rata retrocedió con expresión satisfecha. El ordenador zumbó como un abejorro encerrado, la pantalla parpadeó… y se quedó negra.

—¡Oh, no! —Gilbert Rabogrís saltó sobre las teclas, aporreándolas como un salvaje, pero la pantalla siguió igual.

Ben y Piel de Azufre intercambiaron una mirada de preocupación. Gilbert saltó maldiciendo al escritorio y cerró de golpe la tapa sobre el teclado.

—Ya lo decía yo —despotricó—. Este trasto no deja de fastidiarme. Sólo porque una vez le entró un poquitín de agua salada. ¿Acaso os estropeáis vosotros cuando os cae agua salada?

Iracundo, saltó del escritorio a la silla bajo la que se encontraba el despachito, bajó deslizándose por una de sus patas y comenzó a rebuscar en las cajas de cerillas-ficheros.

Ben y Piel de Azufre se tumbaron en el suelo mientras contemplaban su quehacer.

—Entonces ¿ya no puedes ayudarnos? —le preguntó Piel de Azufre.

—Sí, sí —Rabogrís sacaba de los ficheros fichas del tamaño de una uña y las arrojaba sobre el escritorio—. Si este maldito trasto se niega, tendré que hacerlo a la antigua usanza. ¿Podrá un gigante de vosotros abrir el tercer cajón de ese armario de ahí arriba?

Ben asintió.

Al abrirlo, cayeron hacia él mapas de todas clases, pequeños y grandes, viejos y nuevos. A Gilbert Rabogrís le costó un rato pescar el adecuado. Tenía un aspecto extraño, completamente distinto a los mapas que Ben conocía; parecía más bien un librito doblado incontables veces, con delgadas cintas blancas que asomaban balanceándose por los lados.

—¿Un mapa? —preguntó Piel de Azufre decepcionada cuando Gilbert desplegó orgulloso ante ellos el extraño objeto—. ¿Un mapa? ¿Eso es todo lo que puedes ofrecernos?

—Pues claro, ¿qué te habías creído? —respondió ofendida la rata con las patas en jarras.

Piel de Azufre no supo qué responder. Con los labios apretados, bajó los ojos al mapa.

—Mirad esto —Gilbert pasó delicadamante la pata por los mares y las montañas—. Aquí tenéis la mitad de la Tierra. Y muy pocas manchas blancas sobre las que no he logrado averiguar una palabra. Como ya he dicho, por desgracia la mayoría se encuentra precisamente en el territorio al que os dirigís. ¿Veis estas cintas de aquí?

Guiñándoles el ojo tiró de una de ellas. En el mapa se abrió una especie de ventana y apareció otro mapa.

—¡Genial! —exclamó Ben.

Pero Piel de Azufre se limitó a torcer el gesto.

—¿Qué significa eso?

—Eso —Gilbert se retorcía el bigote, henchido de orgullo— es un invento de mi cosecha. Así podéis ver aumentado cualquier sector del mapa. Práctico, ¿verdad? —y con gesto de satisfacción, cerró de nuevo el mapa y se dio un tironcito de la oreja—. ¿Qué me quedaba aún? Ah, sí. Un momento —Gilbert cogió de su escritorio una bandeja sobre la que había seis dedales llenos de tinta de colores y al lado una pluma de pájaro con el cañón afilado—. Os anotaré además el significado de cada color —les explicó Gilbert dándose importancia—. Seguramente conoceréis ya los más habituales: verde para el terreno llano, marrón para las montañas, azul para el agua, etcétera, etcétera. Esos son archiconocidos, pero mis mapas os informarán de algo más. Me explico: en dorado, por ejemplo... —hundió la pluma en el brillante color—, trazo la ruta de vuelo que os recomiendo. Con rojo —limpió la pluma con cuidado frotándola en la pata de la silla y la sumergió en el dedal rojo— rayo las zonas que deberíais evitar porque los humanos están en guerra. El amarillo significa que me han referido extrañas historias sobre esos lugares, unos lugares a los que la desgracia se pega como baba de caracol, ¿entendéis? Bueno, y el gris... el gris significa que es un buen sitio para descansar —concluyó Gilbert, limpiándose la pluma en la piel y mirando inquisitivo a sus dos clientes—. ¿Queda claro?

—Sí, sí —rezongó Piel de Azufre—. Como el agua.

—¡Magnífico! —Gilbert metió la mano en el bolsillo de la chaqueta, sacó una almohadilla de tinta y un sello diminuto y lo estampó con toda su fuerza en la esquina inferior del mapa—. ¡Sí! —exclamó contemplando de cerca el sello y asintiendo satisfecho—. Se distingue bien —lo secó por encima con unos toquecitos de la manga y miró esperanzado a Piel de Azufre—. Bueno, y ahora hablemos del pago.

—¿Del pago? —preguntó Piel de Azufre estupefacta—. Rosa no me dijo una palabra al respecto.

Gilbert puso en el acto una pata encima del mapa.

—¿Que no lo hizo? Típico. Pues a mí se me paga. El cómo lo dejo a elección de mis clientes.

—Pero yo… yo… no tengo nada —tartamudeó Piel de Azufre—. Salvo unas cuantas setas y raíces.

—Por mí, puedes quedártelas —replicó Gilbert con tono impertinente—. Si eso es todo, nuestro negocio se quedará en nada.

Piel de Azufre apretó los labios y se levantó de un salto. Gilbert Rabogrís le llegaba justo a la rodilla.

—¡Me gustaría encerrarte en uno de tus cajones! —rugió la duende inclinándose sobre él—. ¿Desde cuándo se pide el pago por un pequeño servicio amistoso? ¿Sabes? Si quisiera, podría quitarte tranquilamente el mapa de debajo de tu gordo trasero de rata, pero me da igual. Incluso sin él llegaremos a ese Hamiliya o como se llame… Nosotros…

—Un momento —la interrumpió Ben.

Y apartando a la rata a un lado, se arrodilló delante de ella.

—Como es lógico, pagaremos —anunció—. Seguro que la elaboración del mapa ha sido un trabajo muy costoso.

—¡Desde luego! —afirmó con voz nasal un ofendido Gilbert.

Le temblaba la nariz y su largo rabo blanco se enroscaba de puro nerviosismo.

Ben metió la mano en el bolsillo de su pantalón, sacó dos tiras de chicle, un bolígrafo, dos cintas elásticas y una moneda de cinco marcos y lo depositó todo en el suelo, delante de la rata.

—¿Qué prefieres de todo esto? —preguntó.

Gilbert Rabogrís se pasó la lengua por los dientes.

—No es fácil —dijo, escudriñándolo todo con sumo detenimiento. Al final, señaló los chicles.

Ben los empujó hacia él.

—De acuerdo, venga ese mapa.

Gilbert apartó la pata y Ben guardó el mapa en la mochila de Piel de Azufre.

—Si me das también el bolígrafo —añadió la rata blanca con voz gangosa—, os revelaré otra cosa más que quizá no carezca de importancia.

Ben empujó el bolígrafo hacia Gilbert y guardó el resto de las cosas.

—Suéltalo —dijo.

Gilbert se inclinó un poco hacia delante.

—Vosotros no sois los únicos que buscáis *La orilla del cielo* —musitó.

—¿Qué? —preguntó Piel de Azufre desconcertada.

—Desde hace años no dejan de aparecer cuervos por aquí —susurró Gilbert—. Cuervos sumamente peculiares, en mi opinión. Preguntan por *La orilla del cielo*, pero lo que de verdad les interesa son los dragones que, según dicen, se ocultan allí. Como es lógico, no les he dicho ni una palabra de los dragones que conoce mi querida prima Rosa.

—¿De veras que no? —preguntó desconfiada Piel de Azufre.

Gilbert, ofendido, se irguió cuan alto era.

—¡Pues claro que no! ¿Por quién me tomas? —arrugó la nariz con aire despectivo—. Me ofrecieron un montón de oro, oro y bellas piedras preciosas. Pero esos tipos negros no me gustaron.

—¿Cuervos? —quiso saber Ben—. ¿Cómo que cuervos? ¿Qué tienen que ver con los dragones?

—Oh, ellos no preguntan con un interés personal —Gilbert Rabogrís volvió a bajar la voz—. Vienen por encargo de alguien, pero aún no he averiguado de quién. Sea quien fuere, vuestro dragón debería guardarse de él.

Piel de Azufre asintió.

—El Dorado… —musitó.

Gilbert y Ben la miraron con curiosidad.

—¿Qué has dicho? —preguntó el chico.

—Bah, nada.

Meditabunda, dio media vuelta y se dirigió al agujero del estante.

—Que te vaya bien, Gilbert —se despidió Ben siguiéndola.

—¡Saludad a Rosa de mi parte, caso de que regreséis a casa algún día! —les gritó la rata mientras se alejaban—. Decidle que tiene que venir a visitarme otra vez. Hay un transbordador muy cerca de vosotros en el que no esparcen raticida.

—¿Ah, sí? —Piel de Azufre se volvió de nuevo—. ¿Y qué me darás por decírselo?

A continuación, sin esperar respuesta de Gilbert, desapareció entre los estantes.

6. El fuego del dragón

—¡Podríamos habernos ahorrado todo eso! —gruñó Piel de Azufre cuando salieron a la calle—. Venimos a esta apestosa ciudad sólo por esa rata engreída, ¿y qué nos da? ¡Colmenillas podridas! Un mapa. ¡Un papel lleno de rayujos! Bah, así también habría encontrado yo *La orilla del cielo*, sólo con mi olfato —imitó la voz de Gilbert—. «Bueno, y ahora hablemos del pago». Debí haber atado por el rabo a esa ridícula albondiguilla grasienta al globo terráqueo.

—Vamos, cálmate —Ben le puso a Piel de Azufre la capucha por encima de las orejas y la arrastró tras él calle abajo—. El mapa no está mal. ¡Algunas cosas no se pueden oler!

—¡Venga ya, tú no entiendes ni una palabra de eso! —murmuró Piel de Azufre y por poco chocó con un hombre gordo cuyo teckel olfateaba el borde de la acera.

El perro, cuando le llegó a la nariz el olor a duende, levantó el hocico, sorprendido. Gruñendo, tiró de su correa. Ben arrastró a Piel de Azufre hasta la bocacalle siguiente.

—Ven —le dijo—. Esto es más tranquilo. De todos modos, casi hemos llegado.

—¡Piedras, piedras y más piedras! —Piel de Azufre, inquieta, alzó la vista a los muros de los edificios—. Mi estómago ruge más que esas máquinas para viajar. Cuando nos marchemos de aquí, me iré más contenta que unas pascuas.

—Debe de ser muy emocionante realizar un viaje tan colosal —comentó Ben.

Piel de Azufre frunció el ceño.

—Me habría gustado mucho más quedarme en mi cueva.

—¡Y al Himalaya! —Ben apretó el paso, de lo excitante que le parecía—. ¡Y encima a lomos de un dragón! ¡Hombre! —meneó la cabeza—. Yo explotaría de felicidad. ¡Eso promete aventuras sin cuento!

Piel de Azufre miró al chico y sacudió la cabeza.

—¡Qué disparate! ¿A qué aventuras te refieres? Suena a frío y hambre, a miedo y a peligros. Créeme, nosotros estábamos de maravilla en casa. Quizá sobraba un pelín de lluvia, pero ¿qué más daba? ¿Sabes una cosa? Hacemos este viaje enloquecido por culpa vuestra, humano. Porque no podemos vivir en paz a causa vuestra, pues tenemos que encontrar un lugar donde jamás metáis vuestras narices lampiñas. Pero ¿por qué demonios te estoy contando todo esto? Tú eres uno de ellos. Huimos de los humanos y yo estoy aquí triscando con uno de ellos. ¿Menuda locura, verdad?

Ben, en lugar de responder, propinó un empujón a Piel de Azufre y la metió en la oscura entrada de una casa.

—¿Eh, eh, qué pasa? —Piel de Azufre miró iracunda al muchacho—. Tenemos que cruzar la calle. La fábrica está ahí enfrente.

—De eso se trata precisamente. ¿Es que no ves lo que pasa? —susurró Ben.

Piel de Azufre atisbó por encima de los hombros del chico.

—¡Humanos! —exclamó con voz apagada—. Un montón de humanos. Y traen máquinas consigo —lanzó un suspiro—. Hablando del rey de Roma…

—Tú quédate aquí —la interrumpió Ben—. Yo cruzaré y averiguaré qué sucede.

—¿Cómo? —Piel de Azufre sacudió la cabeza con energía—. Menuda ocurrencia. He de prevenir a Lung. ¡Sin pérdida de tiempo!

Y antes de que Ben pudiera sujetarla, alcanzó la calzada. Corrió entre los coches que pitaban y trepó al muro bajo que rodeaba el patio de la fábrica. Ben corrió tras ella mascullando maldiciones.

Por fortuna, en el patio había tanto jaleo que nadie se fijó en ellos. Unos hombres conversaban junto a una excavadora gigantesca. Ben observó cómo Piel de Azufre se escondía detrás de la enorme pala para espiarlos. Se deslizó deprisa hasta ella y se agachó a su lado.

—No entiendo lo que dicen —le susurró Piel de Azufre—; lo oigo, pero no conozco las palabras. Hablan sin parar de «dinamitar». ¿Qué significa eso?

—Nada bueno —musitó Ben—. ¡Ven, rápido! —y, levantándola de un tirón, corrió hacia la fábrica—. Hemos de reunirnos con Lung. Tenemos que sacarlo de aquí como sea. Inmediatamente.

—Eh, vosotros dos, ¿qué andáis haciendo por aquí? —les gritó alguien.

Desaparecieron deprisa en la oscuridad protectora del gran edificio. A sus espaldas se oían pasos, que provenían de la escalera que conducía abajo. Pasos pesados.

—¡Han entrado por ahí! —gritaba alguien—. ¡Dos niños!

—¡Maldita sea! ¿Cómo ha podido suceder? —vociferaba otro.

Ben y Piel de Azufre siguieron corriendo por los sótanos vacíos y en ruinas de la fábrica. El ruido de sus pasos, que resonaba en los largos pasillos, los delataba. Pero ¿qué podían hacer? Tenían que avisar al dragón antes de que lo descubriera alguien.

—¿Y si llegamos demasiado tarde? —jadeó Piel de Azufre. Al correr, se le resbaló la capucha de sus orejas puntiagudas, pero volvió a subírsela enseguida—. ¿Lo habrán capturado? Quién sabe si no lo habrán disecado ya… —sollozó.

—¡Qué va! Anda, ven —Ben la cogió por el brazo y siguieron corriendo codo con codo.

Los pasos tras ellos se aproximaban cada vez más. Las piernas de Piel de Azufre temblaban, pero ya se encontraban cerca del escondite de Lung. De repente, Ben se detuvo. Jadeó cogiendo aire.

—¡Maldita sea! ¿Por qué no se me habrá ocurrido hasta ahora? Tenemos que despistarlos. Tú sigue corriendo. Di a Lung que se ponga a salvo en el canal. Tenéis que nadar lo más lejos posible de la fábrica. Pronto, todo esto volará por los aires.

—¿Y tú? —jadeó Piel de Azufre—, ¿qué será de ti?

—Me las arreglaré —balbuceó Ben—. ¡Vamos, corre! ¡Avisa a Lung!

Piel de Azufre vaciló un instante, después dio media vuelta y continuó corriendo. Los pasos resonaban muy cerca. Dobló la esquina como una bala y penetró en la estancia donde habían encontrado a Ben. El dragón estaba delante de la abertura, durmiendo.

—¡Lung! —Piel de Azufre saltó entre sus zarpas y lo sacudió—. ¡Despierta, tenemos que irnos! ¡Deprisa!

Adormilado, el dragón levantó la cabeza.

—¿Qué pasa? ¿Dónde está el chico humano?

—Ya te lo explicaré más tarde —cuchicheó Piel de Azufre—. ¡Deprisa, al canal, por la abertura!

Lung aguzó el oído. Se levantó y caminó despacio hacia el corredor por el que había venido Piel de Azufre. Oyó voces humanas, dos voces profundas de hombre y la de Ben.

—¿Qué andas buscando aquí? —le preguntaba con tono rudo uno de los hombres.

—Por la pinta, parece un fugitivo —decía el otro.

—¡Qué tontería! —gritaba Ben—. ¡Suéltenme! Yo no he hecho nada, nada en absoluto.

Inquieto, el dragón estiró un poco más el cuello hacia delante.

—¡Lung! —Piel de Azufre, desesperada, le tiraba del rabo—. Ven de una vez, Lung. Tienes que salir de aquí.

—Pero el chico a lo mejor necesita ayuda.

El dragón avanzó otro paso. Las voces de hombre se volvían cada vez más ásperas y la de Ben más vacilante.

—Tiene miedo —afirmó Lung.

—¡Es un humano! —siseó Piel de Azufre—. Y ellos también lo son. No se lo comerán. Ni lo disecarán, pero a nosotros, como nos echen el guante, sí. ¡De manera que vámonos de una vez!

Pero Lung no se movió. Su cola azotaba el suelo.

—¡Eh, ten cuidado, que se escapa! —vociferó uno de los hombres.

—¡Yo lo atraparé! —gritó el otro.

Ruido de pies, pasos alejándose. Lung avanzó un paso más.

—¡Ya lo tengo! —vociferó un hombre.

—¡Ay! —gritó Ben—. ¡Suelta! ¡Suéltame, asqueroso!

Entonces Lung saltó. El dragón salió disparado por los sótanos de la fábrica como un gato gigantesco. Piel de Azufre corría tras él despotricando. Las voces humanas se tornaron cada vez más ruidosas hasta que el dragón divisó de pronto a dos hombres que le daban la espalda. Uno había agarrado a Ben, que pataleaba.

Lung soltó un leve gruñido. Profundo y amenazador.

Los hombres se volvieron en el acto… y dejaron caer al suelo a Ben como si fuera un saco de patatas. El chico se levantó asustado y corrió hacia Lung.

—¡Pero si tenías que huir! —gritó—. Yo…

—Sube —le interrumpió el dragón sin quitar el ojo de encima a los dos hombres, que seguían allí plantados como si hubieran echado raíces.

Ben trepó al lomo de Lung con las piernas temblorosas.

—Largo de aquí —les ordenó el dragón—. El chico me pertenece —su voz ronca retumbó en el sótano oscuro.

Del susto, los hombres tropezaron entre sí.

—Estoy soñando —tartamudeó uno—. ¡Es un dragón!

Los dos seguían sin moverse del sitio. En ese momento, Lung abrió la boca, gruñó... y escupió una llamarada azul. El fuego lamió los muros sucios, el techo negro, el suelo de piedra e inundó la estancia de llamas poderosas y violentas. Los hombres retrocedieron espantados. Después huyeron dando gritos, como si los persiguiera el mismo diablo.

—¿Qué pasa? ¿Qué pasa? —Piel de Azufre irrumpió sin aliento en la estancia.

—¡Al canal, rápido! —gritó Ben—. Cuando vuelvan, traerán a veinte más con ellos.

—¡Arriba, Piel de Azufre! —dijo Lung con voz contenida, escuchando inquieto el eco de los pasos de los humanos.

Cuando Piel de Azufre alcanzó al fin su lomo, el dragón dio media vuelta y regresó a grandes saltos hasta su escondite.

Por la abertura de carga penetraba todavía la clara luz del día. Lung asomó el hocico con cautela.

—¡Hay demasiada luz! —clamó Piel de Azufre—. Demasiada claridad. ¿Qué haremos ahora?

—¡Vamos! —Ben descendió con ella del lomo de Lung—. Tiene que nadar solo. De ese modo podrá bucear y no lo descubrirán. Nosotros usaremos mi bote.

—¿Qué? —Piel de Azufre se apartó del chico con desconfianza y se apretó contra las escamas de Lung—. ¿Tenemos que separarnos otra vez? ¿Y cómo nos encontraremos de nuevo?

—Ahí hay un puente —explicó Ben dirigiéndose al dragón—. Si buceas a la izquierda del canal no lo perderás de vista. Te esconderás debajo hasta que lleguemos.

Lung, pensativo, miró al chico. Finalmente asintió.

—Ben tiene razón, Piel de Azufre —admitió—. Cuidaos mucho.

Dicho esto, pasó con esfuerzo por la abertura y, sumergiéndose en las profundidades del agua sucia, desapareció.

Piel de Azufre lo siguió intranquila con la mirada.

—¿Dónde está tu bote? —preguntó a Ben sin volverse.

—Aquí.

El muchacho se dirigió a las cajas apiladas y las apartó a un lado. Apareció una barca de madera pintada de rojo.

—¿Llamas bote a eso? —bufó decepcionada Piel de Azufre—. Si apenas es mayor que un cantarelo.

—Si no te gusta, puedes ir nadando —replicó Ben.

—¡Bah!

Piel de Azufre escuchó con atención. A lo lejos se oían voces alteradas.

Ben se deslizó tras la pila de cajas, donde se escondiera en su primer encuentro, y salió de nuevo con una mochila grande.

—Bueno, ¿vienes o no? —le preguntó, empujando su bote hasta la abertura.

—Nos ahogaremos —gruñó Piel de Azufre mirando asqueada el agua mugrienta.

A continuación, ayudó al chico a empujar el bote al agua.

7. Esperando a la oscuridad

Nadie descubrió a Lung en su huida por el canal. En dos ocasiones le salieron barcazas al paso, pero surcaban el agua con tan ruidoso matraqueo, que Lung las oía desde lejos y se sumergía muy hondo, en el fondo del canal, donde la basura se acumulaba en el cieno. En cuanto la sombra oscura del bote desaparecía por encima de él, el dragón salía de nuevo a la superficie y se dejaba arrastrar por la corriente. Las gaviotas describieron círculos sobre su cabeza entre chillidos hasta que las ahuyentó con un ligero gruñido. Por fin, el puente apareció tras unos grandes sauces llorones cuyas ramas flotaban en el agua.

Se elevaba amplio y macizo por encima del río. Más abajo se oía estrépito de motores. Sin embargo, bajo el puente, la sombra, negra como el cieno del fondo del canal, ofrecía protección frente a miradas indiscretas. Lung sacó la cabeza del agua y miró a su alrededor. No se veía un solo humano a la redonda, ni en el agua ni en la orilla. El dragón se deslizó hasta la tierra, se sacudió el agua sucia de las escamas y se instaló entre las zarzamoras que crecían a la sombra del puente.

Se limpió las escamas con la lengua y aguardó.

Pronto el ruido sobre su cabeza lo dejó medio sordo, pero las preocupaciones que le invadían —por Piel de Azufre y por el chico— eran aun peores. Con un suspiro, Lung apoyó la cabeza entre las zarpas y contempló el agua. Las nubes grises se reflejaban en ella. Se sintió solo. Era una sensación desconocida. Hasta entonces, Lung casi nunca había estado solo, y menos en un lugar tan gris y extraño como aquél. ¿Qué ocurriría si Piel de Azufre no regresaba? El dragón levantó la cabeza y recorrió el canal con la vista.

¿Dónde estaban?

Qué curioso. Lung volvió a reposar la cabeza sobre sus patas. También echaba de menos al chico. ¿Habría muchos humanos como él? Al recordar a los dos hombres que habían agarrado a Ben, la punta de su cola se estremeció de furia.

Entonces divisó el bote.

Se dirigía hacia él por el canal como una cáscara de nuez. Con presteza, el dragón sacó su largo cuello fuera de la sombra del puente y expulsó sobre el agua una lluvia de chispas azules.

Cuando Piel de Azufre lo descubrió, se puso a dar saltos tan excitada que el bote se bamboleó amenazadoramente de un lado a otro. Pero Ben, remando con seguridad, lo condujo hasta la orilla. Piel de Azufre brincó de un salto al talud y corrió hacia Lung.

—¡Eeeeh! —gritó—. ¡Eeeeh, estás aquí! —y colgándose de su cuello le mordió la nariz con ternura. Después, con un suspiro, se dejó caer de golpe sobre la hierba al lado del dragón–. ¡No puedes figurarte lo mal que me siento! –gimió–. ¡Ese balanceo! Tengo la tripa como si me hubiera comido una seta matamoscas.

Ben ató el bote a un árbol y se acercó con timidez.

–Gracias –dijo al dragón–. Gracias por haber ahuyentado a esos hombres.

Lung agachó el cuello y le dio un empujoncito con el hocico.

–¿Qué piensas hacer ahora? –le preguntó–. Porque no puedes volver, ¿verdad?

–No –respondió Ben con un suspiro, sentándose en su mochila–. Dentro de poco, la fábrica dejará de existir. Quieren hacerla saltar por los aires.

–¡Encontrarás un nuevo escondite, seguro! –Piel de Azufre rebuscaba husmeando y arrancó unas cuantas hojas de zarzamora–. ¿Sabes qué puedes hacer? Mudarte a casa del primo de Rata. Le sobra sitio.

–¡El primo de Rata! –exclamó Lung–. Con tanto ajetreo me había olvidado por completo de él. ¿Qué es lo que dijo? ¿Sabe dónde tenemos que buscar?

–Sí, sí, más o menos –Piel de Azufre se atiborró la boca de hojas y cogió otro puñado más–. Pero eso también lo habríamos averiguado solos. Lo que sabemos a ciencia cierta es que nos espera un largo viaje. ¿No prefieres pensarlo mejor?

Lung se limitó a menear la cabeza.

–No desistiré, Piel de Azufre. ¿Qué dijo la rata?

—Nos dio un mapa que lo explica todo —contestó Ben—. Cómo tenéis que volar, de qué tenéis que guardaros, en fin, todo eso. Es fantástico.

El dragón se volvió hacia Piel de Azufre muy interesado.

—¿Un mapa? ¿Qué mapa?

—Bueno, pues un mapa —Piel de Azufre lo sacó de su mochila—. Aquí está —anunció extendiéndolo ante el dragón.

—¿Qué significa esto? —Lung contempló perplejo la maraña de líneas y manchas—. ¿Tú sabes leerlo?

—Por supuesto —respondió Piel de Azufre dándose importancia—. Mi abuelo se pasaba la vida dibujando cosas como éstas. Para poder encontrar de nuevo sus provisiones de setas.

El dragón asintió.

—Bien —y ladeando la cabeza, miró al cielo y añadió—: ¿Adónde debo volar primero? ¿Directamente hacia el este?

—Ejem... ¿Hacia el este? Espera un momento —Piel de Azufre se rascó detrás de las orejas e, inclinándose sobre el mapa, siguió con su dedo peludo la línea dorada de Gilbert—. No, creo que al sur. Primero al sur, y luego al este, afirmó él. Sí, exacto, ésas fueron sus palabras.

—Piel de Azufre, ¿estás segura de que comprendes estos garabatos? —preguntó Lung.

—Por supuesto —replicó Piel de Azufre con aire ultrajado—. ¡Ay, malditas ropas humanas! —se quitó, enfadada, la sudadera de

Ben y se despojó de los pantalones—. No puedo pensar con estas cosas puestas.

El dragón la observaba meditabundo. Después estiró el cuello mirando al cielo.

—Se está poniendo el sol —dijo—. Pronto podremos partir.

—¡Qué suerte! —Piel de Azufre plegó el mapa y lo guardó en su mochila—. Ya va siendo hora de que abandonemos esta ciudad. No es lugar para un dragón y un duende.

Ben cogió unas piedras y las lanzó al agua oscura.

—¿No volveréis nunca por aquí, verdad?

—¿Por qué habríamos de hacerlo? —Piel de Azufre embutió unas cuantas hojas más de zarzamora en su mochila—; y desde luego no quiero volver a ver nunca a esa engreída rata blanca.

Ben asintió.

—Claro; pues entonces os deseo mucha suerte —dijo lanzando otra piedra al agua—. Espero que encontréis *La orilla del cielo*.

Lung lo miró.

Ben le devolvió la mirada.

—¿Te gustaría mucho acompañarnos, verdad? —preguntó el dragón.

Ben se mordió los labios.

—Claro —murmuró sin saber adónde mirar.

Piel de Azufre levantó la cabeza y aguzó intranquila las orejas.

—¿Cómo? —preguntó—. ¿Acompañarnos? Pero ¿de qué estáis hablando vosotros dos?

Lung, sin embargo, no le prestaba atención. Se limitaba a observar al muchacho.

—Será un viaje peligroso —anunció—. Muy largo y difícil. Acaso no regreses jamás. ¿No hay aquí nadie que te eche de menos?

Ben negó con la cabeza.

—Estoy solo. Siempre lo he estado —su corazón latió más deprisa y miró con incredulidad al dragón—. ¿Tú... tú me llevarías contigo de verdad?

—Si así lo deseas... —respondió Lung—. Pero piénsalo bien. Ya sabes que Piel de Azufre suele tener un mal humor espantoso.

Las piernas de Ben se tornaron blandas como una gominola.

—Lo sé —respondió sonriendo.

La cabeza le daba vueltas de alegría.

—¡Eh, eh, alto ahí! ¡Un momento, por favor! —Piel de Azufre se interpuso entre ambos—. ¿De qué estáis hablando? Él no puede venir.

—¿Por qué? —Lung le dio con el hocico un empujón en broma en su barriga peluda—. Nos ha ayudado mucho. ¿Acaso no vamos a necesitar cualquier tipo de ayuda?

—¿Ayuda? —Piel de Azufre estuvo a punto de caerse de bruces de la rabia—. ¡Es un humano! ¡Un humano! Es verdad que sólo a medias, pero lo es. ¡Y por culpa de los humanos hemos abandonado nuestra cueva calentita! ¡Por su culpa tenemos que emprender esta búsqueda enloquecida! ¿Y ahora pretendes llevarte a uno?

—Eso pretendo, sí —Lung se levantó, se sacudió e inclinó el cuello de manera que la duende tuviera que mirarle a los ojos—.

Él nos ha ayudado, Piel de Azufre. Es un amigo. Por eso me da igual que sea un humano, un duende o una rata. Además —añadió, mirando a Ben, que se había quedado quieto sin atreverse casi a respirar—, además ya no tiene hogar, igual que nosotros. ¿No es cierto? —dirigió una mirada interrogadora al chico.

—Yo nunca lo he tenido —musitó Ben mirando a Piel de Azufre.

La duende se mordió los labios. Hundió las garras de los dedos de sus pies en la cenagosa orilla del río.

—Vale, vale —refunfuñó al fin—. No diré una palabra más. Pero se sentará detrás de mí. Eso, por descontado.

Lung le dio un empujón tan fuerte que se cayó sobre la hierba sucia.

—Se sentará detrás de ti —remachó—. Y nos acompañará.

8. Perdidos en el aire

Cuando la luna pendía sobre los tejados de la ciudad y unas estrellas perdidas aparecieron en el cielo, Lung salió deslizándose de debajo del puente. En un abrir y cerrar de ojos, Piel de Azufre se subió a su espalda. A Ben, sin embargo, le costó más. Piel de Azufre contempló burlona cómo ascendía por la cola de Lung suspendiéndose de las manos. Cuando al fin llegó arriba, sus ojos revelaban tanto orgullo como si acabase de escalar la montaña más alta del mundo. Piel de Azufre le quitó la mochila, la ató a la suya y colgó ambas detrás de ella, sobre el lomo de Lung, como si fueran alforjas.

—Agárrate fuerte —le explicó—, y átate con esta correa a las púas de Lung o caerás al vacío al primer golpe de viento.

Ben asintió. Lung giró la cabeza y los miró inquisitivo.

—¿Listos?

—¡Listos! —respondió Piel de Azufre—. Adelante. ¡Hacia el sur!

—¿Hacia el sur? —preguntó Lung.

—Sí, y luego hacia el este. Cuando te avise.

El dragón desplegó sus alas resplandecientes y se elevó del suelo. Ben contuvo la respiración y se agarró con fuerza a las púas de Lung.

El dragón ascendió en el cielo. Dejaron atrás el fragor de la ciudad y la noche los envolvió con su oscuridad y su silencio. Muy pronto el mundo humano fue un tenue brillo en las profundidades.

—Bueno, ¿qué te parece? —gritó Piel de Azufre a Ben cuando llevaban un buen rato volando—. ¿Te sientes mal?

—¿Mal? —Ben miró hacia abajo, donde las carreteras se retorcían en la oscuridad como el rastro reluciente de un caracol—. ¡Es maravilloso! ¡Es… ay, no acierto a describir mis sensaciones!

—Yo siempre me siento mal al principio —informó Piel de Azufre—. Y lo único que me ayuda a combatirlo es comer. Busca en mi mochila y pásame una seta. Una de las negras pequeñas.

Ben la complació. Después, volvió a mirar hacia abajo. El viento zumbaba en sus oídos.

—¡Maravilloso! —Piel de Azufre chasqueó la lengua satisfecha—. Viento de cola. Así llegaremos a las montañas antes de que amanezca. ¡Lung!

El dragón giró la cabeza hacia ella.

—¡Hacia el este! —le gritó Piel de Azufre—. Ahora pon rumbo al este.

—¿Ya? —Ben miró por encima de su hombro.

Piel de Azufre tenía el mapa de la rata en el regazo y seguía la línea dorada con el dedo.

—¡Pero si todavía no hemos llegado ahí! —exclamó Ben—. ¡Es imposible! —metió la mano en su chaqueta y sacó un pequeño compás. La linterna, la navaja y el compás eran sus tesoros—. ¡Tenemos que seguir hacia el sur, Piel de Azufre! —le gritó—. Es demasiado pronto para cambiar de rumbo.

—¡Qué va! —la duende se golpeó satisfecha la barriga y se apoyó en las escamas de Lung—. Aquí lo tienes, compruébalo tú mismo, listillo.

Pasó el mapa a Ben. Éste apenas podía sujetarlo de lo mucho que ondeaba al viento. Preocupado, observó las líneas trazadas por la rata.

—¡Tenemos que seguir hacia el sur! —gritó—. Como volemos ahora hacia el este, aterrizaremos en pleno territorio amarillo.

—Bueno, ¿y qué? —Piel de Azufre cerró los ojos—. Tanto mejor. Gilbert nos recomendó esa zona como lugar de descanso.

—¡No, no! —exclamó Ben—. Tú te refieres al gris. Lo que nos recomendó fue el gris. Nos previno del amarillo. Fíjate —Ben encendió su linterna de bolsillo e iluminó lo que Gilbert había garabateado al pie del mapa—, lo escribió aquí, «amarillo = peligro, desgracia».

Piel de Azufre se volvió.

—¡Ya lo sabía! —replicó muy sulfurada—. Vosotros, los humanos, siempre queréis tener razón. No hay quien lo aguante. El vuelo es correcto y exacto. Me lo dice mi olfato, ¿está claro?

Ben notó que Lung aminoraba la velocidad.

—¿Qué ocurre? —preguntó el dragón—. ¿Por qué os peleáis?

—Ah, no es nada —murmuró Ben, plegó el mapa y lo guardó en la mochila de Piel de Azufre.

Después escudriñó, preocupado, la oscuridad.

Muy lentamente llegó la aurora, y en la penumbra gris Ben contempló las montañas por primera vez en su vida. Brotaban oscuras entre la niebla matinal, arqueando el cielo con sus cabezas rocosas. El sol se deslizaba entre los picachos, ahuyentando la penumbra, y pintaba mil colores sobre la roca gris. Lung descendió, giró en círculos buscando entre las escarpadas pendientes y voló por fin hacia una manchita verde que, rodeada de delgados abetos, estaba situada justo encima del límite de la vegetación. El dragón se deslizó hacia allí como un ave gigantesca, aleteó vigorosamente unas cuantas veces hasta quedarse casi inmóvil en el aire y luego se posó suavemente entre los árboles.

Con las piernas entumecidas, Ben y Piel de Azufre bajaron del lomo de Lung y miraron a su alrededor. Por encima de ellos, la montaña se erguía alta en el cielo. El dragón bostezó y buscó un lugar resguardado entre las rocas mientras sus jinetes se acercaban con cuidado al borde del rellano.

Al descubrir abajo, en las laderas verdes, vacas del tamaño de escarabajos, Ben se mareó, y rápidamente retrocedió un paso.

—¿Qué ocurre? —preguntó Piel de Azufre burlona, mientras se acercaba con tanta audacia al precipicio que los peludos dedos de sus pies se asomaron al vacío—. ¿Es que no te gustan las montañas?

—Ya me acostumbraré a ellas —respondió Ben—. Tú también te has acostumbrado a volar, ¿no?

Se volvió hacia Lung. Éste había encontrado un sitio y se había enroscado a la sombra de un saliente rocoso, con el hocico entre las patas, y el rabo alrededor del cuerpo.

—Volar fatiga mucho a los dragones —susurró Piel de Azufre a Ben—. Si después no descabezan un buen sueño, se ponen tristes. Tan tristes que no hay forma de sacar partido de ellos. Y si por casualidad encima llueve, entonces... —ella puso los ojos en blanco— huy, huy, huy, te digo que... Pero, por suerte —añadió mirando al cielo—, no amenaza ni pizca de lluvia, ¿o has cambiado de opinión?

Ben negó con un gesto y escudriñó a su alrededor.

—Por la forma en que miras, es la primera vez que estás en las montañas, ¿verdad? —le preguntó Piel de Azufre.

—Una vez monté en trineo en una montaña de basura —contestó Ben—, pero no era más alta que ese pino de ahí.

Se sentó sobre su mochila en la hierba húmeda de rocío. En medio de aquellas altas cumbres se sintió pequeño —tan pequeño como un escarabajo—. A pesar de todo, no se cansaba de mirar las quebradas y los picos que alteraban el horizonte. Allá, en la lejanía, sobre un picacho, Ben descubrió las ruinas de un castillo, alzándose negras contra el cielo de la mañana. Y a pesar de que apenas eran mayores que una caja de cerillas, tenían un aspecto amenazador.

—Fíjate —dijo Ben dando un empujoncito a Piel de Azufre—, ¿ves ese castillo de ahí?

La duende bostezó.

—¿Dónde? Ah, ése —volvió a bostezar—. ¿Qué pasa con él? Allí de donde procedemos Lung y yo, hay muchos de ésos. Son antiguas moradas de humanos. Deberías saberlo —y abriendo su mochila se atiborró la boca con hojas recogidas debajo del puente–. ¡Bueno! –tiró su mochila sobre la hierba corta–. Ahora, uno de nosotros puede descabezar un sueñecito. ¿Lo echamos a suertes?

–No, no –Ben negó con la cabeza–. Échate tú tranquilamente. De todos modos ahora sería incapaz de dormir.

–Lo que tú digas –Piel de Azufre se dirigió a grandes zancadas al lugar en el que dormía Lung–. Pero procura no caerte, ¿eh? –gritó volviendo la cabeza.

Después se acurrucó junto al dragón y al momento se quedó dormida.

Ben cogió una cuchara y una lata de raviolis de su mochila, la abrió con la navaja y se sentó en la hierba a prudente distancia del precipicio. Mientras comía cucharadas de pasta fría, miró a su alrededor. Montar guardia. Dirigió los ojos al frente, hacia el castillo. Por encima de él, puntos diminutos giraban en el cielo azul. Ben no pudo evitar pensar en los cuervos de los que había hablado Gilbert Rabogrís. «Qué bobada», pensó. «Ya estoy viendo fantasmas».

El sol ascendió poco a poco, disipando la niebla de los valles y provocando somnolencia a Ben. Así que se levantó de un salto y dio unos cuantos paseítos arriba y abajo. Cuando Piel de Azufre comenzó a roncar, se acercó a ella sin hacer ruido, metió la mano en su mochila y extrajo el mapa de Gilbert Rabogrís.

Lo extendió con cuidado y sacó su compás del bolsillo. Luego, tiró de una de las cintas y examinó con más atención las montañas en las que debían encontrarse. Observó las anotaciones de la rata con gesto preocupado.

—¡Aquí! —murmuró—. Lo sabía. Hemos aterrizado en una de esas malditas manchas amarillas. Demasiado al este. Empezamos bien.

De pronto, sintió un susurro a su espalda.

Ben alzó la cabeza. Ahí. Ahí estaba de nuevo. Completamente nítido. Se volvió. Piel de Azufre y Lung dormían. La punta de la cola de Lung se contraía en sueños. Ben, intranquilo, miró en torno suyo. ¿Habría serpientes en las montañas? Las serpientes eran más o menos lo único que le daba auténtico miedo. «Bah, seguramente será un conejo», pensó. Plegó el mapa, lo guardó de nuevo en la mochila de Piel de Azufre y... se quedó boquiabierto.

De detrás de una piedra grande y cubierta de musgo, apenas a un paso de distancia, salió cautelosamente un hombre gordo y bajito. Apenas mayor que una gallina, con un sombrero formidable en la cabeza, del mismo color gris que las rocas de alrededor. En la mano sostenía un pico de piedra.

—No, no es él —dijo el pequeño ser examinando a Ben de la cabeza a los pies.

—¿Cómo que no, Barba de Yeso?

Otros tres tipos gordos asomaron por detrás de la peña. Observaban a Ben como un animal extraño que por alguna increíble casualidad hubiera llegado hasta su montaña.

—Porque con uno así no nos picaría la cabeza, por eso —respondió Barba de Yeso—. Es un humano, ¿es que no lo veis? Aunque pequeño.

El enano, preocupado, miró en todas direcciones. Incluso alzó los ojos hacia el cielo. Después, con paso resuelto, se dirigió hacia Ben, que seguía sentado en el suelo, pasmado. Barba de Yeso se detuvo justo ante él, el pico bien sujeto en sus manitas, como si pretendiera defenderse con él del gigante humano. Los otros tres permanecieron tras la roca y, conteniendo la respiración, observaron a su intrépido y valeroso jefe.

—Eh, sí, a ti te digo, humano —dijo en voz baja Barba de Yeso dando a Ben un golpecito en la rodilla—. ¿Con quién has venido?

—¿Có-có-cómo? —tartamudeó el chico.

El gordo se volvió a sus amigos y se dio unos golpecitos en la frente.

—No es muy listo —les gritó—, pero volveré a intentarlo —se volvió de nuevo hacia Ben, insistió—: ¿Con-quién-estás-aquí? ¿Con un elfo? ¿Con un hada? ¿Con un duende? ¿Con un fuego fatuo?

Sin querer, Ben lanzó una rápida ojeada al lugar donde dormían Lung y Piel de Azufre.

—¡Ajaaa! —Barba de Yeso se apartó a un lado, se puso de puntillas e inspiró, lleno de respeto.

Sus ojos se pusieron redondos como canicas. Tras quitarse su descomunal sombrero, se rascó la calva y volvió a ponerse el sombrero.

—¡Eh, Brillo Plomizo, Barba de Guijo, Roca Amigdaloide! —gritó—. Salid de una vez de detrás de la piedra —y con tono de devoción añadió—: No lo vais a creer. ¡Es un dragón! Un dragón plateado.

Despacio y de puntillas, se deslizó hacia el dormido Lung. Sus amigos le siguieron dando traspiés, presos del nerviosismo.

—¡Eh, esperad un momento!

Ben había recuperado al fin el habla. Levantándose de un salto, se interpuso entre Lung y aquellos tipos pequeñitos. Aunque ellos apenas eran mayores que botellas de limonada, levantaron sus martillos y picos y alzaron la vista hacia él mirándolo con muy malas pulgas.

—¡Paso libre, humano! —gruñó Barba de Yeso—. Sólo queremos contemplarlo.

—¡Piel de Azufre! —gritó Ben por encima del hombro—, ¡Piel de Azufre, despierta, aquí hay unos tipos pequeños muy raros!

—¿Unos tipos pequeños muy raros? —Barba de Yeso dio un paso hacia Ben—. ¿No te estarás refiriendo a nosotros? ¿Lo habéis oído, hermanos?

—Pero ¿qué barullo es éste? —gruñó Piel de Azufre, que salió bostezando de detrás del dragón dormido.

—¡Un duende del bosque! —gritó asustado Brillo Plomizo.

—¡Enanos de las rocas! —gritó Piel de Azufre—. Menuda sorpresa. La verdad es que no existe ningún sitio donde uno esté a salvo de ellos.

De un salto, se plantó entre los hombrecillos, agarró a Brillo Plomizo del cuello y lo levantó en el aire. El enano dejó caer el martillo del susto y se puso a patalear en el aire con sus piernas torcidas. Sus amigos se abalanzaron al momento contra Piel de Azufre, pero la duende los ahuyentó indiferente con su zarpa libre.

—Bueno, bueno, no os alteréis —dijo ella arrebatando a los enanos los martillos y picos de las manos y tirándolos por encima del hombro—. ¿Es que no sabéis que jamás se debe despertar a un dragón, eh? ¿Qué habría pasado si os llega a zampar de desayuno, con esa pinta tan jugosa y crujiente que tenéis?

—¡Bah, grotesca palabrería de duende! —gritó Barba de Yeso.

Dirigió una mirada furiosa a Piel de Azufre, pero, por si las moscas, retrocedió de un salto dos pasitos.

—Los dragones no comen nada que respire —exclamó el enano más gordo, agachándose detrás de una piedra—. Se alimentan únicamente de la luz de la luna. Su fuerza proviene exclusivamente de la luna. Cuando no alumbra, ni siquiera son capaces de volar.

—Vaya, vaya, así que sois un par de listillos, ¿eh? —Piel de Azufre volvió a depositar en el suelo al pataleante Brillo Plomizo y se inclinó sobre los demás—. En ese caso, decidme cómo os habéis enterado de que estábamos aquí. ¿Acaso nos hemos posado a tontas y a locas delante de la puerta de vuestra casa?

Los cuatro le dirigieron una mirada medrosa. Barba de Yeso propinó un empujón al más bajito.

—Venga, Roca Amigdaloide —rezongó—, ahora te toca a ti.

Roca Amigdaloide avanzó inseguro, tocándose sin parar el ala de su sombrero y mirando inquieto a los dos gigantes que se erguían ante él sobre la hierba.

—No, nosotros vivimos un buen trecho más arriba —dijo al fin con voz temblorosa—. Pero esta mañana sentimos picor en la cabeza. Tan fuerte como el que notamos cerca del castillo.

—¿Y eso qué significa? —preguntó Piel de Azufre con tono impaciente.

—Sólo nos pica cuando hay cerca otros seres fabulosos —respondió Piedra Amigdaloide—. Con los humanos y los animales no nos sucede jamás.

—¡Por suerte! —suspiró Brillo Plomizo.

Piel de Azufre contemplaba a los cuatro con expresión de incredulidad.

—Acabas de hablar de un castillo —Ben se arrodilló delante de Piedra Amigdaloide y le dirigió una inquisitiva mirada—. ¿Te referías por casualidad a ése del fondo?

—¡Nosotros no sabemos nada! —exclamó el enano más gordo desde detrás de su piedra.

—¡Cállate, Barba de Guijo! —rugió Barba de Yeso.

Piedra Amigdaloide miraba a Ben como un conejo asustado y volvió a apretujarse deprisa entre los otros. Barba de Yeso, sin embargo, dio un paso hacia el joven humano.

—A ese castillo precisamente nos referimos —gruñó—. Allí, el picor es casi insoportable. Por eso llevamos años sin aparecer por allí, a pesar de que la montaña sobre la que se yergue huele tanto a oro que casi te arranca el sombrero de la cabeza.

Ben y Piel de Azufre observaron el castillo.

—¿Quién vive allí? —preguntó Ben, preocupado.

—Lo ignoramos —susurró Piedra Amigdaloide.

—¡No tenemos ni idea! —murmuró Barba de Guijo dirigiendo una mirada sombría a Ben y a Piel de Azufre.

—Y tampoco queremos saberlo —gruñó Barba de Yeso—. Ahí enfrente ocurren cosas oscuras. No son para nosotros, ¿verdad, hermanos?

Los cuatro volvieron a menear la cabeza y se juntaron un poquito más.

—Parece como si tuviéramos que reanudar el vuelo lo antes posible —dijo Piel de Azufre.

—Ya te advertí que teníamos que evitar el amarillo —Ben miró a Lung intranquilo, pero el dragón seguía durmiendo apaciblemente; sólo había vuelto la cabeza al otro lado—. No hemos volado lo suficiente hacia el sur. Pero tú no quisiste creerme.

—¡Vale, vale, ya está bien! —Piel de Azufre se mordía las garras sumida en sus pensamientos—. Ya no tiene remedio. No podemos irnos de aquí hasta que se ponga el sol. Lung tiene que dormir todo el día, o esta noche estará demasiado cansado para volar. Bien —dio una palmada—, es una ocasión óptima para hacer acopio de provisiones. ¿Cómo anda la cosa, chicos? —se agachó hacia los enanos de las rocas—. ¿Sabéis dónde crecen por aquí bayas o raíces sabrosas?

Los cuatro hombrecillos cuchichearon entre ellos. Al final, Barba de Yeso se adelantó dándose importancia y, aclarándose la garganta, dijo:

—Duende, te mostraremos un lugar, pero sólo si el dragón olfatea las rocas para nosotros.

Piel de Azufre contempló al enano, asombrada.

—¿Y eso para qué sirve?

Barba de Guijo se adelantó también.

—Los dragones huelen tesoros —musitó—. Todo el mundo lo sabe.

—¿Ah, sí? —Piel de Azufre esbozó una sonrisa sardónica—. ¿Y quién os ha contado eso?

—Lo dicen las historias —respondió Barba de Yeso—, las historias sobre la época en que aquí aún había dragones.

—Había muchos, muchísimos —añadió Roca Amigdaloide—. Pero —se encogió de hombros, entristecido—, todos desaparecieron hace mucho —concluyó mirando a Lung con admiración.

—Mi abuelo —dijo en voz baja Brillo Plomizo—, mi abuelo materno aun acertó a cabalgar en uno. ¡El dragón olfateó para él oro y plata, cuarzo y turmalina, cristal de roca, malaquita! —el enano, embelesado, puso los ojos en blanco.

—De acuerdo —concedió Piel de Azufre encogiéndose de hombros—. Se lo pediré al dragón cuando despierte. Pero sólo si me mostráis algunas viandas realmente apetitosas.

—¡Está bien, acompáñanos!

Los enanos de las rocas se llevaron consigo a Piel de Azufre hasta un paraje en el que la montaña caía a pico sobre el valle, y descendieron por las rocas con habilidad.

Piel de Azufre retrocedió, asustada ante el precipicio.

—¿Cómo, bajar por ahí? —preguntó—. Ni hablar del peluquín. A mí me gusta trepar por montañas redondas y blandas como el lomo de un gato. Pero ¿esto de aquí? De ninguna manera. ¿Qué os parece si bajáis solamente vosotros, muchachos? Yo esperaré aquí y os avisaré en cuanto el dragón despierte. ¿De acuerdo?

—Como quieras —respondió Brillo Plomizo desapareciendo en las profundidades—. Pero llámanos.

—Palabra de honor —Piel de Azufre, meneando la cabeza, siguió a los hombrecillos con la vista mientras descendían por la empinada pared rocosa, ágiles como moscas—. Ojalá sepan lo que nos gusta a los duendes —murmuró.

Y se dispuso a montar guardia.

Por desgracia no se fijó en Barba de Guijo, el enano más gordo, que se separaba de los demás y desaparecía bajo las ramas de un abeto sin ser visto.

9. Ortiga Abrasadora, el dragón dorado

Los enanos tenían razón. El castillo en cuyas proximidades había descendido Lung era un lugar oscuro... y mucho más peligroso para un dragón que para unos cuantos enanos de las rocas. A su morador le interesaban tan poco los enanos como las moscas o las arañas. Sin embargo, llevaba más de ciento cincuenta años esperando a un dragón.

La lluvia había corroído hacía mucho los muros del castillo. Las torres se habían desplomado, las escaleras estaban enteramente cubiertas por cardos y espinos. Pero nada de eso molestaba a su morador. Su coraza era insensible a la lluvia, al viento y al frío. Muy abajo, en las húmedas bóvedas del sótano, moraba él, Ortiga Abrasadora, el dragón dorado, añorando los años gloriosos en los que el tejado del castillo aún no tenía agujeros y él salía de cacería, en busca de la única presa que le divertía cazar: dragones.

La coraza de Ortiga Abrasadora seguía brillando como oro puro. Sus garras y dientes eran más afilados que esquirlas de cristal y su fuerza superaba a la de cualquier otro ser viviente. Sin embargo, se aburría. El tedio lo consumía, tornándolo salvaje e iracundo, agresivo como un perro encadenado y tan lunático que había devorado hacía mucho a la mayoría de sus servidores.

Solamente quedaba uno, un alfeñique delgado como un alambre llamado Pata de Mosca. Un día sí y otro también, desde la salida hasta la puesta de sol, bruñía la coraza de Ortiga Abrasadora, limpiaba sus dientes esplendorosos y afilaba sus garras. Un día sí y otro también, desde el orto hasta el ocaso, mientras el dragón dorado yacía en su castillo derruido esperando a que uno de sus innumerables espías le trajera al fin la noticia que llevaba esperando una eternidad: el paradero de los últimos dragones; lo que le permitiría al fin volver a salir de caza.

Esa mañana en la que Lung dormía entre las rocas apenas a unas cuantas cumbres de distancia, llegaron dos espías: uno de los cuervos de Ortiga Abrasadora procedente del norte y un fuego fatuo del sur. Pero sus informes carecían de interés. Sólo cuestiones ridículas sobre un par de trolls por aquí, un par de hadas por allá, una serpiente marina, un ave gigantesca… pero ni una palabra sobre dragones. Nada de nada. En consecuencia, Ortiga Abrasadora se los zampó para desayunar a pesar de saber que las plumas de cuervo le provocaban atroces dolores de tripa.

Cuando Pata de Mosca, armado con bayeta y cepillos, se inclinó ante él, estaba de un humor espantoso. El alfeñique trepó al gigantesco cuerpo de Ortiga Abrasadora para bruñir la coraza de escamas doradas que recubría a su maestro de la cabeza a la punta de la cola.

—¡Cuidado, homúnculo cabeza hueca! —rugió Ortiga Abrasadora—. ¡Ayyy! No me pises la barriga, ¿entendido? ¿Por qué no has impedido que me zampara a ese miserable pájaro negro?

—No me habríais escuchado, maestro —respondió Pata de Mosca.

De una botella verde vertió en un cubo una pequeña cantidad del abrillantador de corazas que los enanos de las rocas preparaban ex profeso para su señor. Ésa era la única forma de abrillantar las escamas y dejarlas como un espejo.

—¡Cierto! —gruñó Ortiga Abrasadora.

Pata de Mosca sumergió la bayeta en el agua limpiadora y puso manos a la obra. Pero en cuanto hubo limpiado tres escamas, su maestro se dio la vuelta entre bostezos y se tumbó de lado. El cubo de Pata de Mosca se cayó y fue a parar al suelo.

—¡Detente! —gritó Ortiga Abrasadora—. ¡Basta de restregar por hoy! Hace que empeore mi dolor de tripa. ¡Afílame las garras, vamos!

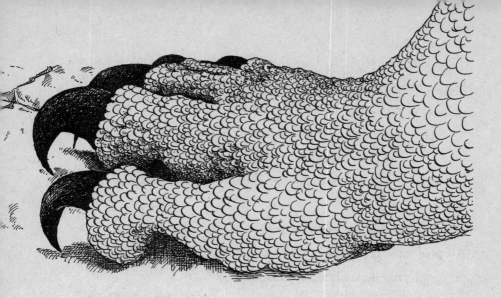

Con un soplido de su aliento helado expulsó a Pata de Mosca de su lomo. El minúsculo hombrecillo rodó y cayó de cabeza sobre las losas resquebrajadas del castillo. Se incorporó de nuevo en silencio y, sacando una lima del cinturón, comenzó a afilar las garras negras.

Ortiga Abrasadora lo observaba malhumorado.

—¡Vamos, cuéntame algo! —gruñó—. Cuéntame mis viejas y heroicas hazañas.

—¡Oh, no, otra vez, no! —farfulló Pata de Mosca.

—¿Qué has dicho? —bufó Ortiga Abrasadora.

—Nada, nada en absoluto —respondió al punto Pata de Mosca—. Ya voy, maestro. Un momento. ¿Cómo era? Ah, sí —el hombrecillo carraspeó—. Una noche de invierno fría y sin luna del año 1423...

—¡Del 1424! —rugió Ortiga Abrasadora—. ¿Cuántas veces tendré que decírtelo, sesos de escarabajo? —y enfurecido intentó golpear al alfeñique, que esquivó hábilmente el golpe.

—Una noche de invierno fría y sin luna del año 1424 —comenzó de nuevo—, el gran alquimista Petrosius de Beleño creó la mayor maravilla que haya conocido el mundo, el ser más poderoso que...

—El ser más poderoso y peligroso —le interrumpió Ortiga Abrasadora—. ¿Esfuérzate un poco, vale? O te daré un mordisco en tus piernas de araña. Continúa.

—El ser más poderoso y peligroso —musitó Pata de Mosca, obediente— que haya puesto jamás sus garras sobre la tierra. Lo creó a partir de una criatura cuyo nombre nadie conoce, de fuego y agua, de oro y hierro, de dura piedra y del rocío que recoge en sus hojas la alquimila. Después lo despertó a la vida con el poder del relámpago y llamó a su obra Ortiga Abrasadora —Pata de Mosca bostezó—. Oh, perdón.

—Sigue, sigue —gruñó Ortiga Abrasadora cerrando sus ojos rojos.

—Sigo, sigo. ¡Como ordene el señor! —Pata de Mosca, con la lima debajo del brazo, se dirigió hacia la zarpa siguiente—. Esa misma noche —prosiguió—, Petrosius creó además doce homúnculos, doce pequeños hombrecillos, el último de los cuales está aquí sentado limándoos las garras. Los demás...

—Sáltate eso —bufó Ortiga Abrasadora.

—¿Debo narrar quizá el fin de Petrosius, nuestro creador, entre los dientes de vuestras honorables fauces?

—No, carece de interés, refiere mis correrías de caza, mis hazañas de gran cazador, limpiacorazas.

Pata de Mosca suspiró.

—Ya al poco de su creación, Ortiga Abrasadora, el Dragón Dorado, el magnífico, el invencible, el que resplandece eternamente, se dispuso a erradicar de la faz de la Tierra a todos los demás dragones...

—¿Erradicar? —Ortiga Abrasadora abrió un ojo—. ¿Erradicar, dices? ¿A qué demonios suena eso?

—Oh, ¿acaso he empleado una palabra distinta en otras ocasiones, maestro? —Pata de Mosca se frotó su nariz afilada—. Ha debido olvidárseme. ¡Ay, y ahora se rompe la lima!

—Ve a buscar una nueva —gruñó Ortiga Abrasadora—. Pero apresúrate o acabarás reuniéndote con tus once hermanos en mi panza.

—Oh, gracias —musitó Pata de Mosca incorporándose de un salto.

En el preciso instante en que se disponía a salir corriendo, un gran cuervo bajaba a saltos la escalera de piedra que conducía a las bóvedas ocultas del castillo.

La aparición del cuervo no sorprendió a Pata de Mosca. Aquellos muchachos de negro plumaje eran los espías más aplicados y fieles de Ortiga Abrasadora —a pesar de que, de vez en cuando, se zampaba a alguno de ellos—. Sobre el lomo del cuervo iba sentado un enano de las rocas. Sólo de tarde en tarde osaba ir por allí alguno de ellos. Ni siquiera llevaban ellos mismos el pulimento de corazas, sino que uno de los cuervos acudía a recogerlo.

Mientras el cuervo bajaba los escalones a saltos, el enano sujetaba con fuerza su descomunal sombrero. Su cara estaba roja de excitación. Al pie de la escalera, descendió presuroso del pájaro negro, avanzó unos pasos hacia Ortiga Abrasadora y se tiró al suelo ante él cuan largo era.

—¿Qué quieres? —preguntó malhumorado el maestro de Pata de Mosca.

—¡He visto uno! —balbuceó el enano sin levantar la cara del suelo—. He visto uno, Vuecencia.

—¿Un qué? —Ortiga Abrasadora se rascó el mentón, aburrido.

Pata de Mosca se acercó al enano y se inclinó hacia él.

—Deberías ir al grano —le susurró al oído—, en lugar de aplastar tu gorda nariz contra el suelo. Mi maestro está hoy de un humor realmente espantoso.

El enano, sacando fuerzas de flaqueza, alzó la mirada hacia Ortiga Abrasadora y a continuación, con dedo tembloroso, señaló la pared situada a su espalda.

—Uno de ésos —dijo con un hilo de voz—. He visto uno igual.

Ortiga Abrasadora giró la cabeza. De la pared pendía un tapiz tejido por los humanos hacía cientos de años. Sus colores se habían desvanecido, pero incluso en la oscuridad se percibía lo que el enano señalaba: un dragón plateado perseguido por caballeros.

Ortiga Abrasadora se incorporó. Sus ojos rojos se clavaron desde arriba en el enano.

—¿Que has visto un dragón plateado? —preguntó, y su voz retumbó por las vetustas bóvedas—. ¿Dónde?

—En nuestra montaña —balbuceó el enano, incorporándose—. Se ha posado allí esta mañana. Acompañado por un duende y un humano. Yo he volado enseguida hasta aquí a lomos de este cuervo para comunicártelo. ¿Me darás ahora una de tus escamas? ¿Una de tus escamas doradas?

—¡Silencio! —gruñó Ortiga Abrasadora—. Necesito reflexionar.

—¡Pero me lo prometiste! —exclamó el enano.

Pata de Mosca lo apartó a un lado.

—¡Calla, cabeza hueca! —murmuró—. ¿Es que no tienes sesos debajo de ese sombrero tuyo tan grande? Alégrate de que no te coma. Monta en el cuervo y lárgate con viento fresco. Seguramente lo que habrás visto será un lagarto grande.

—¡No, no! —protestó el enano—. ¡Es un dragón! Sus escamas parecen hechas de luz de luna, y es grande, muy grande.

Ortiga Abrasadora contemplaba el tapiz. Estaba inmóvil. De pronto se volvió.

—¡Ay de ti —anunció con voz sombría—, ay de ti, si te equivocas! Si me haces albergar vanas esperanzas, te aplastaré como a una cucaracha.

El enano de las rocas hundió la cabeza entre los hombros.

—Acércate, limpiador de corazas —gruñó Ortiga Abrasadora.

Pata de Mosca se sobresaltó.

—¡La lima, la lima, maestro! —gritó—. Voy a buscarla ahora mismo. Corriendo, volando.

—¡Olvida la lima! —bramó Ortiga Abrasadora—. Tengo un trabajo más importante para ti. Vuela a lomos del cuervo hasta la montaña de la que procede este mentecato. Entérate de lo que ha visto. Y si es verdad que hay allí un dragón, averigua entonces por qué está solo, de dónde viene, qué hacen a su lado el humano y el duende. Quiero saberlo todo, ¿me oyes? ¡Todo!

Pata de Mosca asintió y corrió hacia el cuervo, que seguía esperando pacientemente al pie de la escalera.

El enano lo siguió con los ojos, desconcertado.

—Y yo, ¿qué? —preguntó—. ¿Cómo voy a volver?

Ortiga Abrasadora sonrió. Fue una sonrisa horrenda.

—Tú puedes afilarme las garras mientras esté ausente Pata de Mosca. Puedes sacarle brillo a la coraza y limpiar el polvo a las púas, lavarme los dientes y quitarme las cochinillas de la humedad de las escamas. ¡Te nombro mi nuevo limpiacorazas! Éste es mi agradecimiento por la buena noticia que me has traído.

El enano de las rocas lo miró horrorizado.

Ortiga Abrasadora se pasó la lengua por el morro y gruñó satisfecho.

—Me apresuraré, maestro —dijo Pata de Mosca montándose a lomos del cuervo—. Regresaré pronto.

—De eso, nada —replicó irritado Ortiga Abrasadora—. Me informarás por el agua, ¿entendido? Es más rápido que todos esos revoloteos de ida y vuelta.

—¿Por el agua? —Pata de Mosca frunció el ceño—. Pero en la montaña puede costarme mucho encontrarla, maestro.

—Pregunta al enano dónde hay agua, cerebro de insecto —rugió Ortiga Abrasadora dando media vuelta.

Despacio, con pasos pesados, se dirigió hacia el tapiz en el que, tejido con mil hilos, brillaba débilmente el dragón plateado. Ortiga Abrasadora se plantó ante él.

—A lo mejor han vuelto de verdad —murmuró—. Después de tantos, tantísimos años. Aaah, sabía que no podrían ocultarse eternamente de mí. De los humanos, quizá, pero no de mí.

10. El espía

Cuando el cuervo se elevó en el aire desde las murallas derruidas del castillo, Pata de Mosca lanzó la vista atrás, intranquilo. Hasta entonces, el homúnculo sólo había abandonado la fortaleza cuando el ansia de cazar impulsaba a Ortiga Abrasadora hacia los valles para devorar vacas y ovejas. El Dorado viajaba por caminos subterráneos, nadaba por ríos que fluían por las profundidades de la tierra, y si alguna vez pisaba la superficie lo hacía de noche, protegido por la oscuridad. Ahora el sol lucía en el cielo, ardiente y cegador. Y Pata de Mosca no tenía más compañía que un cuervo.

—¿Queda mucho todavía? —preguntó intentando no mirar hacia abajo.

—Es la montaña de ahí enfrente —contestó el cuervo con un graznido—. La de la cima hendida.

Volaba hacia allí como una flecha.

—¿Tienes que volar tan rápido? —Pata de Mosca aferraba sus finos dedos a las plumas del cuervo—. El viento casi me arranca las orejas de la cabeza.

—Pensaba que teníamos prisa —respondió el cuervo sin aminorar la marcha—. Apenas pesas la mitad que ese enano, pese a no ser mucho más pequeño que él. ¿De qué estás hecho? ¿De aire?

—Tú lo has dicho —Pata de Mosca, incómodo, resbalaba de un lado a otro—. De aire y de algunos sutiles ingredientes más. Pero la receta se ha perdido —miró con esfuerzo hacia delante—. ¡Ahí! ¡Ahí, en la hierba, brilla algo! —gritó de repente—. ¡Por la salamandra sagrada! —abrió los ojos como platos—. El bobo del enano tenía razón. Es un dragón.

El cuervo voló en círculos sobre el lugar donde Lung dormía, enroscado entre las rocas. Ben y Piel de Azufre, a unos metros de distancia, se inclinaban sobre el mapa. Tres enanos de las rocas permanecían a su lado.

—Posémonos en ese saliente de ahí —sugirió Pata de Mosca en voz baja al cuervo—. Justo encima de sus cabezas. Así podremos escuchar exactamente lo que dicen.

Cuando el cuervo se posó en el saliente, Piel de Azufre miró desconfiada hacia arriba.

—¡Lárgate! —siseó Pata de Mosca al pájaro—. Escóndete en ese abeto hasta que te haga una señal. A mí no me ve, pero tú pareces inquietarla.

El cuervo volvió a remontar el vuelo y desapareció entre las oscuras ramas del abeto. Pata de Mosca se deslizó con cautela hasta el borde del saliente.

—¡Vale, vale, lo reconozco! —decía en ese momento la duendecilla—. Nos hemos desviado un poquitín de nuestra ruta. Pero no importa. A pesar de todo, esta noche llegaremos al mar.

—¡La única duda es a cuál, Piel de Azufre! —replicó el humano.

Era un humano pequeño. Todavía un muchacho.

—¿Sabes una cosa, joven sabihondo? —replicó con un bufido la duende—. Esta noche el guía serás tú. Al menos, así no tendré que escuchar tus sermones si volvemos a perdernos.

—¿Adónde os dirigís, pues? —preguntó uno de los enanos.

Pata de Mosca aguzó el oído.

—Buscamos *La orilla del cielo* —respondió Ben.

Piel de Azufre le propinó tal empellón que estuvo a punto de caerse.

—¿Quién te ha dicho que se lo cuentes al primer enano que te salga al paso, eh?

El joven apretó los labios.

Pata de Mosca se deslizó un poco más hacia delante. *La orilla del cielo.* ¿Qué sería eso?

—¡Se despierta! —gritó de pronto uno de los enanos—. Mirad, se está despertando.

Pata de Mosca volvió la cabeza… y lo vio: un dragón plateado.

Era mucho más pequeño que Ortiga Abrasadora. Y sus ojos no eran rojos, sino dorados. El dragón estiró sus hermosos miembros, bostezó y luego contempló atónito a los tres tipos diminutos que se escondían detrás del joven humano.

—¡Oh, enanos! —dijo con una voz tan áspera como lengua de gato—. Enanos de las rocas.

El joven se echó a reír.

—Sí. Y están empeñados en conocerte —informó sacando a los enanos de detrás de su espalda—. Éste de aquí es Barba de Yeso; éste otro, Roca Amigdaloide, y el tercero, Brillo Plomizo —miró a su alrededor, sorprendido—. ¿Dónde está el cuarto? Ni siquiera sé su nombre.

—¡Barba de Guijo! —exclamó Barba de Yeso levantando su mirada respetuosa hacia el dragón—. No tengo ni idea de su paradero. Barba de Guijo es un poco especial.

Arriba, en su saliente rocoso, Pata de Mosca apenas podía contener la risa.

—Barba de Guijo es un mastuerzo —murmuró—, y de momento, el limpiacorazas de Ortiga Abrasadora.

Al asomarse el homúnculo un poco más sobre el borde de la roca, se desprendió una piedrecita. Una minucia que cayó directamente sobre la cabeza de la duende. Desconfiada, miró hacia arriba, pero Pata de Mosca retiró deprisa la nariz.

—Estos enanos creen que puedes olfatear tesoros, Lung —dijo el joven humano—. Desearían que olisquearas su montaña.

—¿Tesoros? —el dragón meneó la cabeza—. ¿Qué tipo de tesoros? ¿Os referís a oro y plata?

Los enanos asintieron, mirando expectantes al dragón. Lung se dirigió a la ladera de la montaña y acercó la nariz a las rocas, olfateando. Los enanos se apiñaron excitados alrededor de sus patas.

—Huele bien —dijo el dragón—. Distinto que las montañas de las que vengo, pero bien. Sí, de veras. Sin embargo, ni con mi mejor voluntad puedo deciros a qué.

Los enanos se miraron decepcionados.

—¿Hay más dragones en el lugar de donde procedes? —preguntó, picado por la curiosidad, Roca Amigdaloide.

—Eso también me interesa a mí —susurró Pata de Mosca desde su atalaya.

—Por supuesto —respondió el dragón—. Y espero que también en el lugar al cual me dirijo.

—¡Se acabó! —gritó la duende.

Justo cuando la cosa se ponía emocionante. A Pata de Mosca le habría encantado escupirle en la cabeza. La duende saltó entre los enanos y el dragón, espantando a los hombrecillos.

—Ya habéis oído lo que ha dicho Lung. No sabe si hay tesoros en la montaña. Así que coged vuestros martillos y picos y averiguadlo vosotros mismos. Lung necesita descansar. Nos espera un viaje muy largo.

Eso fue todo. Durante las horas siguientes, Piel de Azufre se encargó de que Pata de Mosca no se enterase de nada interesante. Los enanos hablaron al dragón de los buenos viejos tiempos, cuando sus abuelos cabalgaban todavía sobre los dragones. Lung dio con ellos una vuelta volando alrededor de las copas de los abetos, y después Barba de Yeso dio al dragón una conferencia interminable sobre el cuarzo y la plata. No había quien lo aguantase. De tanto bostezar, Pata de Mosca estuvo a punto de caerse de su atalaya.

Cuando el sol quedó suspendido muy bajo sobre las montañas, abandonó su escondrijo, hizo al cuervo una señal para que le siguiera, y trepó con esfuerzo por las rocas hacia la fuente que había descrito Barba de Guijo. Fue fácil de encontrar. El agua brotaba a borbotones de una hendidura en la roca y se acumulaba en un pilón. Los enanos habían colocado alrededor piedras semipreciosas que refulgían. El cuervo se posó encima graznando y picoteó los escarabajos que halló entre las piedras. Pata de Mosca, sin embargo, trepó a la piedra más alta y escupió al agua clara.

La lisa superficie se encrespó. El agua se oscureció, y en el pilón apareció la imagen de Ortiga Abrasadora. Barba de Guijo estaba sobre su espalda, quitándole el polvo a las púas de su lomo con un enorme pincel.

—¡Por fin! —le gruñó Ortiga Abrasadora a Pata de Mosca—. ¿Dónde has estado durante tanto tiempo? Con la impaciencia he estado a punto de comerme a este enano.

—Oh, no deberíais hacer eso, maestro —respondió Pata de Mosca—. Él tenía razón. Aquí ha aterrizado un dragón. Plateado como la luz de la luna y mucho más pequeño que vos, pero desde luego un dragón.

Ortiga Abrasadora miró fijamente al homúnculo con aire de incredulidad.

—¡Un dragón! —musitó—. Un dragón plateado. He mandado registrar el mundo entero buscándolos, hasta el último rincón infecto. Y ahora se posa uno casi delante de mi puerta —se relamió los dientes y sonrió.

—¿Lo veis? —exclamó Barba de Guijo desde su lomo; del nerviosismo dejó caer el pincel—. Yo lo encontré para vos. ¡Yo! ¿Me daréis ahora la escama? ¿O quizá dos?

—¡Cierra la boca —le ordenó Ortiga Abrasadora con aspereza—, o te enseñaré ahora mismo el oro de mis dientes! ¡Sigue limpiando!

Barba de Guijo, asustado, se deslizó por su espalda hasta el suelo y recuperó el pincel. Ortiga Abrasadora se dirigió de nuevo a su antiguo limpiacorazas.

—Dime, ¿qué has averiguado sobre él? ¿Hay otros de su especie en el lugar del que procede?

—Sí —respondió Pata de Mosca.

Los ojos de Ortiga Abrasadora refulgieron.

—Aaaah —suspiró—. ¡Por fin! ¡Por fin empezará de nuevo la caza! —rechinó los dientes—. ¿Dónde puedo encontrarlos?

Pata de Mosca se frotó su nariz afilada y contempló, nervioso, el reflejo de su maestro.

—Bueno, eso… —encogió la cabeza entre los hombros—, eso no lo sé, maestro.

—¿Que no lo sabes? —Ortiga Abrasadora vociferó tanto que Barba de Guijo cayó de cabeza desde su lomo—. ¿Que no lo sabes? ¿Y qué demonios has estado haciendo todo este tiempo, incompetente pata de araña?

—¡Yo no tengo la culpa! ¡Esa duende es la culpable! —gritó Pata de Mosca—. Procura siempre que el dragón no cuente una palabra sobre su origen. ¡Pero sé lo que busca, maestro! —se inclinó solícito sobre el agua oscura—. Busca *La orilla del cielo*.

Ortiga Abrasadora se incorporó.

Estaba inmóvil. Sus ojos rojos miraban a Pata de Mosca, pero veían a través de él. Barba de Guijo alisó las abolladuras de su sombrero y, despotricando, trepó por el rabo dentado.

El homúnculo carraspeó.

—¿Conocéis ese lugar, maestro? —preguntó en voz baja.

Ortiga Abrasadora seguía mirando a través de él.

—Nadie lo conoce —gruñó al fin—, excepto quienes allí se esconden. Desde que se me escaparon, hace más de cien años, se ocultan en esos parajes. He buscado ese lugar hasta desollarme las patas. A veces estuve tan cerca que creí olerlos. Mas nunca encontré a esos dragones, y la gran cacería concluyó.

—¡Pero ahora podéis cazar a éste! —gritó Barba de Guijo desde su lomo—. Ha sido tan bobo como para posarse justo delante de vuestras narices.

—¡Bah! —Ortiga Abrasadora lanzó un zarpazo despectivo a una rata que se deslizaba veloz por allí—. Y después, ¿qué? Sería una diversión muy efímera. Aparte de que jamás me enteraría de dónde ha venido. Nunca sabría dónde están los demás. No, se me ha ocurrido una idea mejor, mucho mejor. ¡Pata de Mosca!

El homúnculo se estremeció, asustado.

—¿Sí, maestro?

—Lo seguirás —gruñó Ortiga Abrasadora—. Lo seguirás hasta que nos conduzca hasta los otros, a los que busca o a los que ha dejado atrás.

—¿Yo? —Pata de Mosca se golpeó su pecho escuálido—. ¿Cómo que yo, maestro? ¿No vendréis vos conmigo?

Ortiga Abrasadora rugió.

—No me apetece nada volver a desollarme las zarpas corriendo. Me informarás cada noche. Cada noche, ¿entendido? Y cuando él haya encontrado *La orilla del cielo*, me reuniré contigo.

—Pero ¿cómo, maestro? —inquirió Pata de Mosca.

—Soy más poderoso de lo que imaginas. Y ahora, desaparece. Pon manos a la obra —la imagen de Ortiga Abrasadora comenzó a desvanecerse.

—¡Alto! ¡Alto, maestro! —gritó el homúnculo.

Pero el agua del pilón se fue aclarando hasta que Pata de Mosca sólo percibió su propio reflejo.

—¡Oh, no! —musitó—. ¡Oh, no, oh, no, oh, no! —después, con un profundo suspiro, dio media vuelta y se dispuso a buscar al cuervo.

11. La tormenta

Los enanos de las rocas dormían hacía mucho en sus cuevas, cuando Lung se preparó para partir. Esta vez Ben trepó el primero a su lomo, con el compás en la mano. Había estudiado el mapa de la rata durante horas, grabando en su mente cada detalle, las montañas que debían rodear, los ríos que debían seguir, las ciudades que debían evitar. Tenían que dirigirse al sur, muchos centenares de kilómetros todavía. Su próximo destino era el mar Mediterráneo. Con un poco de suerte, alcanzarían sus orillas antes del alba.

El dragón ascendió en el aire con unos vigorosos aleteos. El cielo sobre las montañas era claro. La luna creciente pendía entre miríadas de estrellas y una leve brisa soplaba de cara. El mundo estaba tan silencioso que Ben oía a Piel de Azufre chasquear la lengua a sus espaldas. Las alas de Lung zumbaban al surcar el aire fresco.

Cuando dejaron tras de sí las montañas, Ben se volvió de nuevo y lanzó una última mirada a las cumbres negras. Entonces, por un momento, creyó percibir en la oscuridad a un pájaro grande sobre cuyo lomo montaba una figura diminuta.

—¡Piel de Azufre! —susurró—. Mira hacia atrás. ¿Ves algo?

Piel de Azufre dejó la seta que estaba mordisqueando y echó un vistazo por encima del hombro.

—No hay motivos para preocuparse —aseguró.

—¡Pero podría ser un cuervo! —murmuró Ben—. La rata nos previno en su contra, ¿no? Además, ¿no lleva algo sentado encima?

—¡Precisamente! —Piel de Azufre volvió a concentrarse en su seta—. Justo por eso no existen motivos de preocupación. Es un elfo. A los elfos les encanta volar a la luz de la luna. Sólo son sospechosos los cuervos sin jinete. Pero ni siquiera ésos serían capaces de seguir durante mucho tiempo a un dragón volando, a no ser que posean poderes mágicos.

—¿Un elfo? —Ben se volvió de nuevo a mirar, pero el pájaro y su jinete habían desaparecido como si se los hubiera tragado la noche—. Se han ido —murmuró Ben.

—Pues claro que se han ido. Seguramente se dirigen a uno de esos ridículos bailes de elfos. ¡Hmm! —Piel de Azufre se pasó la mano por la boca y arrojó al vacío el resto amargo de su seta—. Estos hongos de abeto son algo exquisito.

Durante las horas siguientes, Ben lanzó frecuentes ojeadas por encima del hombro, pero no volvió a vislumbrar la figura del pájaro. Lung volaba hacia el sur más rápido que el viento. Ben preguntaba una y otra vez a Piel de Azufre qué veían sus ojos de duende allá abajo, en la tierra. En la oscuridad, él sólo percibía ríos y lagos, pues la luz de la luna se reflejaba en sus aguas. De ese modo, los dos guiaban juntos al dragón tal como había aconsejado la rata, pasando de largo por ciudades y otros lugares peligrosos.

Cuando empezó a clarear el día hallaron un lugar de descanso cerca de la costa griega, en un olivar. Pasaron esa jornada durmiendo entre el canto incansable de las cigarras y partieron cuando salió la luna. Lung se dirigió al sureste, hacia la costa siria. Era una noche templada, y un viento cálido del sur acariciaba el mar. Pero antes del amanecer, el tiempo cambió.

El viento, que soplaba en contra, aumentó de intensidad poco a poco. Lung intentó evitarlo. Ascendió primero para descender luego, pero el viento lo invadía todo. El dragón avanzaba cada vez con mayor dificultad. Las nubes se apilaban ante ellos como cordilleras celestes. Retumbaba el trueno. Los relámpagos iluminaban el cielo todavía oscuro.

—¡Nos desviamos, Lung! —gritó Ben—. ¡El viento te arrastra hacia el sur!

—¡No puedo luchar contra él! —le respondió el dragón.

Se oponía al enemigo invisible con todas sus fuerzas. Pero el viento lo arrastraba consigo, aullando en sus oídos y empujándolo hacia abajo, hacia las olas espumeantes.

Ben y Piel de Azufre se aferraban desesperados a las púas de Lung. Por suerte, también Piel de Azufre se había atado. Sin las correas habrían resbalado del lomo del dragón precipitándose al vacío. La lluvia caía sobre ellos desde las montañas de nubes, azotándolos. Pronto las púas del dragón estuvieron tan resbaladizas que sus manos ya no encontraron asidero y Piel de Azufre tuvo que agarrarse a la espalda de Ben. El mar se encrespaba por debajo de ellos. Entre las olas emergían unas islas, ninguna otra tierra aparecía a la vista.

—¡Creo que estamos siendo arrastrados a la costa egipcia! —gritó Ben.

Piel de Azufre se aferró más fuerte al chico.

—¿Costa? —exclamó ella—. Cualquier costa es buena, cualquiera. Lo principal es no aterrizar en esa sopa de ahí abajo.

Salió el sol, pero sólo era una pálida luz tras las nubes oscuras. Lung luchaba. La tempestad lo empujaba continuamente hacia las olas, tan bajo que la espuma salpicaba los rostros de Ben y de Piel de Azufre.

—¿Tu inteligente mapa dice también algo del tiempo? —gritó Piel de Azufre a Ben.

El chico tenía el pelo empapado. Le dolían los oídos por el fragor de la tempestad. Observó que a Lung le pesaban las alas cada vez más.

—La costa —gritó—. La costa a la que nos arrastra la tormenta... —se limpió el agua de los ojos—, está plagada de zonas amarillas. ¡Plagadita!

Debajo de ellos, un barco bailaba como un corcho en las aguas encrespadas. De pronto, una franja costera apareció entre la bruma.

—¡Ahí! —gritó Ben—. Ahí delante hay tierra, Lung. ¿Conseguirás llegar?

El dragón se enfrentaba al viento haciendo acopio de sus últimas fuerzas y avanzaba despacio, muy despacio, hacia la orilla salvadora.

Debajo de ellos, el mar azotaba los rompientes. Las palmeras se doblaban al viento.

—¡Lo conseguimos! —gritó Piel de Azufre clavando sus pequeñas garras en el jersey de Ben—. ¡Lo conseguimos!

Ben vio ascender el sol entre jirones de nubes. El cielo fue aclarándose lentamente. La tempestad amainó, como si necesitase dormir al despuntar el día.

Con unos últimos aletazos, el dragón dejó atrás el mar, descendió y se posó exhausto en una arena fina y blanda. Ben y Piel de Azufre desataron sus correas mojadas y se deslizaron del lomo de Lung. El dragón, apoyando su cabeza en la arena, había cerrado los ojos.

—¡Lung! —susurró Piel de Azufre—. ¡Levántate, Lung! Tenemos que buscar un escondite. Dentro de poco habrá aquí tanta luz como en la colina de las hadas.

Ben, a su lado, miraba preocupado a su alrededor. Apenas a tiro de piedra, las palmeras bordeaban la orilla del cauce seco de un río. Sus copas susurraban al viento. Detrás ascendía la tierra firme. Se alzaban colinas cubiertas de arena y entre ellas, a la luz de la mañana, se vislumbraban columnas caídas, restos de murallas, y un gran campamento de tiendas.

Sin la menor duda, ocupadas por humanos.

—¡Deprisa, Lung! —apremió Piel de Azufre cuando el dragón se levantó fatigado—. Refugiémonos ahí enfrente, entre las palmeras.

Caminaron por la arena, cruzaron el cauce seco del río, y treparon por el talud rocoso de la orilla en el que crecían las palmeras. Eran lo suficientemente espesas para proteger a Lung de miradas indiscretas en un primer momento, pero el lugar parecía poco adecuado para esconderse durante todo el día.

—A lo mejor encontramos algo en las colinas —opinó Ben—. Una cueva o un rincón oscuro entre las ruinas.

Sacó del bolsillo del pantalón el mapa de la rata, pero estaba tan mojado que era imposible desdoblarlo.

—¡Ay, no! —murmuró—. Tenemos que ponerlo a secar al sol o se estropeará.

—¿Y qué pasa con los humanos? —preguntó Piel de Azufre—. Ahí detrás hay un hervidero de gente —miró intranquila por entre las palmeras hacia el lejano campamento de tiendas—. Porque son humanos, ¿verdad? Yo no había visto nunca tantos que se alojasen en casas de tela.

—Creo que se trata de un campamento de tiendas de campaña de arqueólogos —dijo Ben—. Una vez vi algo parecido en una película. Muy parecido.

—¿Arqueoqué? —preguntó Piel de Azufre—. ¿Qué es eso, una especie de humanos especialmente peligrosa?

Ben se echó a reír.

—No. Desentierran antiguos templos, vasijas y cosas por el estilo.

—¿Para qué? —preguntó Piel de Azufre frunciendo el ceño—. Seguro que todo eso lleva muchísimo tiempo roto. ¿Para qué lo desentierran entonces?

Ben se encogió de hombros.

—Por curiosidad. Para averiguar cómo vivían antes las personas, ¿entiendes?

—Ajá —dijo Piel de Azufre—. ¿Y qué hacen luego? ¿Vuelven a reparar las casas y las vasijas y todo lo demás?

—¡Nooo! —Ben sacudió la cabeza—. A veces pegan de nuevo los fragmentos, pero la mayoría los dejan tal como están.

La duende miró incrédula hacia las columnas rotas. El sol ascendió en el cielo y los humanos parecieron ponerse a trabajar. Lung sobresaltó a Piel de Azufre arrancándola de sus pensamientos.

El dragón bostezó, se desperezó y estiró cansado el pescuezo.

—Voy a tumbarme debajo de esos árboles tan raros —murmuró somnoliento—. El rumor de sus hojas seguro que me cuenta historias maravillosas.

Se tumbó con un suspiro, pero Piel de Azufre tiró de él obligándolo a levantarse de nuevo.

—¡No, no, Lung, esto no es lo bastante seguro! —gritó—. Encontraremos algo mejor, sin duda. A decir verdad, esas colinas de allí no tienen mala pinta. Ben tiene razón. Sólo hemos de encontrar un sitio lejos del campamento de los humanos.

Guió al dragón internándolo más profundamente en el palmeral. De pronto, Ben la sujetó por el brazo.

—¡Eh, aguarda un momento! —señaló atrás, hacia la arena—. Fíjate en eso.

Sus huellas atravesaban con toda claridad la arena húmeda, cruzaban el cauce seco del río y luego ascendían por el talud.

—¡Oh, no! Pero ¿dónde tendré la cabeza? —exclamó Piel de Azufre enfadada, y, tras trepar apresuradamente por el tronco de una palmera, arrancó una de las largas palmas—. Yo me ocuparé de las huellas —susurró a Ben desde arriba—. Busca un buen escondrijo para Lung. Ya daré con vosotros. ¡Venga, largo de aquí!

El dragón se volvió a disgusto. Piel de Azufre bajó de nuevo al lecho del río y borró sus huellas con la palma.

—Vamos —dijo Ben a Lung echándose las mochilas al hombro.

Pero el dragón permaneció inmóvil.

—¿No será mejor que te esperemos? —gritó preocupado a Piel de Azufre—. ¿Qué sucederá si vienen los humanos?

—No te preocupes. ¡A ésos se les oye de lejos! —respondió Piel de Azufre—. ¡Marchaos de una vez!

Lung suspiró.

—De acuerdo. Pero date prisa.

—Palabra de duende —Piel de Azufre miró satisfecha a su alrededor: las huellas del talud y del cauce del río ya habían desaparecido—. Si os topáis con setas por el camino, pensad en mí.

—Prometido —le aseguró Ben echando a andar tras el dragón.

Hallaron un escondrijo para Lung. Entre las faldas rocosas de las colinas, oculta detrás de unos zarzales y a prudencial distancia del campamento humano, descubrieron una gruta.

Alrededor de la entrada se veían horrendas caras grabadas en la gruta. Aquello no pudo más que complacer a Ben.

—Voy a ver por dónde anda Piel de Azufre —advirtió cuando Lung se hubo instalado cómodamente en la fresca cueva—. Dejo aquí las mochilas.

—Hasta ahora —murmuró Lung, ya medio dormido.

Ben desplegó el mapa de la rata y lo puso a secar al sol encima de una roca, sujeto con piedrecitas. Después tornó a reunirse con Piel de Azufre lo más deprisa que pudo. De paso, borró las huellas de Lung. Aunque sus pisadas de humano apenas despertarían sospechas, siempre que podía pisaba sobre las piedras y restos de muralla que sobresalían de la arena por doquier. El sol aún no estaba muy alto en el cielo, pero alumbraba con una claridad cegadora. Empapado de sudor y sin aliento, Ben llegó al cauce seco del río. Allí, bajo las palmeras, hacía más fresco. El muchacho escudriñó a su alrededor.

No había ni rastro de Piel de Azufre. Así que saltó por el talud abajo, cruzó el lecho del río y corrió hacia el lugar de la playa donde Lung se había posado. Pero tampoco allí logró descubrir a Piel de Azufre. Sólo se distinguían las huellas del dragón. Sus grandes zarpas se habían hundido profundamente en la arena, y también se percibía con toda claridad el rastro de su cola al arrastrarse. ¿Por qué no las había borrado Piel de Azufre?

Ben miró a su alrededor preocupado. ¿Dónde se habría metido Piel de Azufre?

El campamento de tiendas era un hervidero de gente. Los coches entraban y salían. Entre las ruinas, los hombres excavaban en la arena caliente.

Ben se dirigió al lugar donde las huellas de Lung surgían como por arte de magia. Piel de Azufre las había borrado hasta allí. El muchacho se agachó en la arena. Estaba revuelta, como si hubiese sido pisoteada por mucha gente. Las huellas de las patas de Piel de Azufre apenas se distinguían ya entre las botas humanas que habían pateado el lugar. Con su corazón latiendo desbocado, Ben se incorporó. Algo más lejos de allí se había detenido un coche. Las huellas de las botas conducían hasta él. Pero las marcas de las patas de Piel de Azufre habían desaparecido.

—Se la han llevado —musitó Ben—. Esos tipejos brutales se la han llevado por las buenas.

Las huellas de ruedas se dirigían justo al campamento.

Ben apretó el paso.

12. Capturada

Cuando Ben se deslizó por el campamento, apenas se veía un alma entre las grandes tiendas. La mayoría de sus moradores estaba en las ruinas, liberando de arena antiquísimos muros en medio del calor de la mañana, mientras soñaban con cámaras funerarias secretas donde dormían las momias. Ben acechaba con ahínco por entre las tiendas hacia el lugar rodeado por cuerdas, donde se ubicaba la excavación. Qué emocionante tenía que ser descender por una de esas escaleras derruidas de cuyos peldaños los arqueólogos rascaban la arena del desierto.

Un rumor de voces alteradas asustó a Ben, arrancándolo de sus ensoñaciones. Deslizándose con cautela, siguió el ruido por las estrechas callejuelas que formaban las tiendas hasta que de repente llegó a una plaza. Hombres con largos y amplios ropajes, algunos de ellos con salacot, se apiñaban en torno a algo situado en el centro de la plaza, a la sombra de una enorme palmera datilera. Unos agitaban los brazos, otros parecían haberse quedado completamente sin habla. Ben se abrió paso entre el tumulto hasta que divisó lo que tanto les excitaba. Bajo la palmera se veían jaulas apiladas de distintos tamaños. Algunas contenían gallinas, otra albergaba un mono de expresión desdichada. En la más grande se acurrucaba Piel de Azufre. Aunque daba la espalda a los mirones, Ben la reconoció en el acto.

Los hombres congregados alrededor del chico se interpelaban en distintos idiomas, inglés, francés, pero Ben logró comprender algunos fragmentos.

—Lo considero una mutación de mono —decía un hombre de nariz gorda y mentón huidizo—; sin la menor duda.

—Permítame dudarlo, profesor Schwertling —le rebatía un hombre alto y delgado situado justo al lado de Ben.

El profesor Schwertling suspiró y alzó sus ojos al cielo con mirada acusadora.

—Oh, por favor. No me venga ahora con la monserga de sus seres fabulosos, Wiesengrund.

El profesor Wiesengrund se limitó a sonreír.

—Querido colega, eso que tiene usted encerrado ahí —dijo con voz suave— es un duende. Un duende de los bosques moteados, para ser más precisos, hecho por lo demás muy asombroso, pues esta especie se encuentra sobre todo en el norte de Escocia.

Ben lo miró atónito. ¿Cómo podía saberlo? Evidentemente, Piel de Azufre también había escuchado el diálogo, pues Ben la vio aguzar las orejas. Sin embargo, el profesor Schwertling se limitó a sacudir la cabeza con expresión burlona.

—Pero ¿cómo puede hacer el ridículo con tanto ahínco, Wiesengrund? —preguntó—. Al fin y al cabo, usted también es un científico, catedrático de Arqueología, doctor en Historia, en Lenguas Antiguas, y en qué sé yo qué más. Y a pesar de todo suelta semejantes mentecateces.

—Oh, en mi opinión son los demás quienes hacen el ridículo —replicó el profesor Wiesengrund—. ¡Un mono, qué disparate! ¿Ha visto usted alguna vez un mono como éste?

Piel de Azufre se volvió hacia ambos con cara de malas pulgas.

—¡Cuescos de lobo! —rugió—. ¡Boletos de Satán!

El profesor Schwertling retrocedió asustado.

—¡Cielo santo! ¿Qué extraños sonidos son ésos?

—Le está insultando, ¿no lo oye? —el profesor Wiesengrund sonrió—. Le está dando a usted nombres de setas. ¡Es un experto en setas! Cuescos de lobo, boletos de Satán, pérfidas. Posiblemente todas ellas variedades que provocan náuseas, y seguro que eso mismo le provocamos nosotros a él. Capturar y encerrar a otros seres vivientes es una horrible arrogancia de los humanos.

El profesor Schwertling se limitó a menear la cabeza con gesto de desaprobación y acercó más su barriga a las jaulas.

Ben intentó hacer una señal a Piel de Azufre sin llamar la atención, pero ella estaba demasiado ocupada en insultar y sacudir los barrotes de la jaula. Entre todas aquellas personas grandes no distinguió a Ben.

—¿Y qué ser es ése de ahí, colega? —preguntó el profesor Schwertling señalando una jaula colocada junto a la de Piel de Azufre.

Ben, asombrado, abrió los ojos como platos. Dentro se sentaba un hombrecillo con la cara hundida entre las manos, pelo estropajoso de color zanahoria y brazos y piernas delgados como un alambre. Llevaba unos curiosos pantalones atados por debajo de la rodilla, una chaqueta larga y estrecha de cuello grande y unas diminutas botas de punta fina.

—Bueno, según su opinión, seguro que será otra mutación —comentó el profesor Wiesengrund.

Su gordo colega meneó la cabeza de un lado a otro.

—No, no, esto podría ser una pequeña máquina de gran complejidad. Estamos investigando a fondo quién la ha perdido aquí, en el campamento. Esta mañana yacía entre las tiendas, bastante empapada. Un cuervo estaba tirándole de la ropa. Aún no hemos logrado averiguar cómo desconectarla, por eso la hemos metido en la jaula.

El profesor Wiesengrund asintió con un gesto. Bajando la vista contemplando meditabundo al hombre diminuto. Ben tampoco podía apartar los ojos de aquella extraña criatura. Piel de Azufre era la única a la que no parecía interesarle el hombrecillo. Había vuelto a dar la espalda a los humanos.

—Hay un punto en el que sí tiene usted razón, Schwertling —reconoció el profesor Wiesengrund aproximándose algo más al minúsculo prisionero—. Ésta no es una criatura de la naturaleza como ese duende de ahí. No, éste es un ser artificial. Aunque no, como usted piensa, una pequeña máquina, sino un ser de carne y hueso, creado por una persona. Los alquimistas medievales eran muy diestros en la creación de tales seres. Sin el menor género de duda —volvió a retroceder un poquito—. Se trata de un genuino homúnculo.

Ben vio cómo el hombrecillo levantaba la cabeza, asustado. Sus ojos eran rojos, su rostro blanco como la nieve y su nariz, larga y puntiaguda.

El profesor Schwertling, sin embargo, se echó a reír. Sus carcajadas eran tan fuertes y atronadoras que las gallinas aletearon en sus jaulas y el mono empezó a chillar atemorizado.

—¡Wiesengrund, es usted único! —exclamó—. ¡Un homúnculo! ¿Sabe una cosa? Daría lo que fuera por oír qué delirante teoría se le ha ocurrido para explicar las extrañas huellas de la playa. Acompáñeme. Las examinaremos juntos. ¿De acuerdo?

—Bueno, en realidad deseaba volver a la cueva de los basiliscos, descubierta por mí —precisó el profesor Wiesengrund lanzando una última mirada a los prisioneros—. He descubierto allí unos jeroglíficos muy interesantes. Pero puedo dedicarle unos minutos. Qué me dice, Schwertling, ¿pondrá en libertad a estos dos si le explico las huellas?

El profesor Schwertling rió de nuevo.

—¡Usted y sus bromas! ¿Desde cuándo libera uno a sus capturas?

—Eso, ¿desde cuándo? —murmuró el profesor Wiesengrund.

Luego, se volvió suspirando y se alejó con su gordo colega al que sacaba más de una cabeza. Ben los siguió con la mirada. Si el tal Wiesengrund sabía que Piel de Azufre era un duende, seguramente también reconocería las huellas de dragón. La verdad es que ya iba siendo hora de regresar junto a Lung.

Ben miró preocupado en torno suyo. Unas cuantas personas continuaban alrededor de las jaulas. Ben se sentó en el polvo, junto a la enorme palmera, y esperó. Transcurrió un tiempo interminable hasta que todos se marcharon de nuevo al trabajo. Cuando la plaza quedó al fin vacía, Ben se levantó de un salto y corrió hacia la jaula de Piel de Azufre. Volvió a mirar a su alrededor con cuidado. Sólo un gato flaco se deslizó ante él.

El hombre minúsculo había vuelto a enterrar el rostro entre las manos.

—Piel de Azufre —musitó Ben—. Piel de Azufre, soy yo.

La duende se volvió sorprendida.

—¡Bueno, por fin! —exclamó furiosa—. Creía que no ibas a llegar antes de que esos repugnantes pedos de lobo me hubieran disecado.

—Sí, sí, cálmate —gruñó Ben mientras inspeccionaba la cerradura de la jaula—. Llevo un buen rato aquí, pero ¿qué podía hacer mientras estuvieran todos congregados partiéndose la cabeza pensando en si eres o no eres un mono?

—Uno me reconoció —cuchicheó Piel de Azufre entre los barrotes—. ¡Eso no me gusta!

—¿Es verdad que procedes de Escocia? —preguntó Ben.

—¿Y a ti qué te importa? —Piel de Azufre le lanzó una mirada de preocupación—. Bueno, ¿qué? ¿Abres o no este chisme?

Ben se encogió de hombros.

—No lo sé. Parece difícil.

Sacó su navaja del bolsillo del pantalón e introdujo la punta en la cerradura.

—¡Date prisa! —farfulló en voz baja Piel de Azufre lanzando una mirada preocupada a su alrededor.

Entre las tiendas no se veía a nadie.

—Todos esos están en la playa contemplando el rastro de las huellas de Lung —murmuró Ben—. ¡Ay, maldita sea, este chisme se resiste!

—¡Disculpadme! —dijo de repente alguien con voz vacilante—. Si me liberáis, os podría ser muy útil.

Ben y Piel de Azufre se volvieron sorprendidos.

El homúnculo, que estaba junto a la reja de su jaula, les sonreía.

—Por lo que puedo apreciar, la cerradura de mi prisión es fácil de abrir —anunció—. A causa de mi tamaño consideraron suficiente una cerradura muy simple.

Ben echó un vistazo a la cerradura y asintió.

—Cierto —confirmó el chico—. Está chupado —y cogiendo su navaja se dispuso a actuar, pero Piel de Azufre lo agarró por la manga a través de la reja.

—Eh, aguarda un momento, no tan deprisa —cuchicheó—. No tenemos ni idea de quién es este tipo.

—Bah, déjate de bobadas —Ben sacudió la cabeza con gesto de burla.

De un golpe, rompió la cerradura de la jaula, abrió la pequeña puerta enrejada y sacó al hombrecillo.

—¡Mis más rendidas gracias! —dijo el alfeñique inclinándose ante el muchacho—. ¿Seréis tan amable de sostenerme ante la cerradura? Veré qué puedo hacer por este duende malhumorado.

Piel de Azufre le lanzó una mirada sombría.

—¿Cómo te llamas? —preguntó Ben curioso.

—Pata de Mosca —respondió el hombrecillo.

Introdujo sus deditos delgados en la cerradura de la jaula y cerró los ojos.

—¡Pata de Mosca! —gruñó Piel de Azufre—. Desde luego, te va como anillo al dedo.

—¡Silencio, por favor! —replicó Pata de Mosca sin abrir los ojos—. Ya sé que a los duendes os gusta mucho parlotear, pero éste no es el momento adecuado.

Piel de Azufre apretó los labios. Ben miró a su alrededor. Oyó voces. Todavía lejanas, aunque se aproximaban cada vez más.

—¡Deprisa, Pata de Mosca! —gritó al homúnculo—. Viene gente.

—Enseguida estará —respondió Pata de Mosca.

La cerradura soltó un chasquido, y el hombrecillo sacó los dedos con una sonrisa de satisfacción. Ben lo alzó deprisa sobre su hombro y abrió la puerta de la jaula a Piel de Azufre. Ésta saltó despotricando a la arena polvorienta.

—Pata de Mosca —Ben condujo al homúnculo hasta la jaula donde se encontraba el mono triste—, ¿podrías reventar también su cerradura?

—Si así lo deseáis… —respondió el homúnculo poniendo manos a la obra.

—Pero ¿qué está haciendo? —murmuró Piel de Azufre—. ¿Es que os habéis vuelto locos? Hemos de irnos.

El mono chilló nervioso y retrocedió al rincón más alejado de su jaula.

—Pero no podemos dejarlo aquí —dijo Ben.

¡Zas! Ben abrió la puerta de la jaula y el mono, con un par de saltos apresurados, puso pies en polvorosa.

—¡Ven de una vez! —clamó Piel de Azufre.

Pero Ben aún abrió las jaulas de las gallinas. Por fortuna, en lugar de cerraduras, sólo tenían pestillos. Pata de Mosca, sentado en el hombro de Ben, miraba asombrado al chico. Las voces se acercaban poco a poco.

—Termino enseguida —gritó Ben abriendo la última jaula.

Una gallina aturdida alargó el pescuezo hacia él.

—¿Cómo saldremos de aquí? —gritó Piel de Azufre—. ¡Rápido, contesta de una vez! ¿Hacia dónde vamos?

Ben acechó a su alrededor, desconcertado.

—¡Maldita sea, he olvidado cómo llegué hasta aquí! —gimió—. Estas tiendas son todas iguales.

—¡Están a punto de llegar! —Piel de Azufre le tiraba de la manga—. ¿Dónde está la salida?

Ben se mordió los labios.

—Da igual —balbuceó—. Las voces proceden de esa dirección, así que tomaremos la contraria.

Y cogiendo a Piel de Azufre de la pata, tiró de ella. Apenas habían desaparecido entre las tiendas, un griterío estalló a sus espaldas.

Ben corrió a la derecha, luego a la izquierda, pero por todas partes surgían humanos a su encuentro, intentando cogerlos, cortarles el paso. Si Ben y Piel de Azufre salieron bien librados a pesar de todo, fue gracias al homúnculo que, ágil como una ardilla, trepó hasta la cabeza de Ben, se sentó encima igual que un capitán en su barco bamboleante y, con órdenes estridentes, los guió fuera del campamento.

Cuando estuvieron a una distancia prudencial de las tiendas aminoraron el paso y se internaron entre los zarzales para esconderse. Piel de Azufre y Ben se dejaron caer al suelo jadeantes, y unas cuantas lagartijas huyeron despavoridas. Pata de Mosca se bajó de los pelos de Ben y se sentó en la arena junto al chico con aire satisfecho.

—No hay duda —reconoció—, ambos tenéis piernas ágiles, en ese aspecto no podría competir con vosotros. Pero a cambio yo tengo ágil la mente. No se puede tener todo en la vida.

Piel de Azufre se incorporó respirando pesadamente y miró al hombrecillo desde arriba.

—Por lo visto no eres nada presumido, ¿verdad? —le preguntó.

Pata de Mosca se limitó a encogerse de hombros.

—No le hagas caso —le aconsejó Ben mientras atisbaba a través de las ramas—. Está de broma.

No se veía a nadie. Ben apenas daba crédito a sus ojos: habían conseguido despistar a sus perseguidores. Al menos de momento. Volvió a dejarse caer en la arena, aliviado.

—Descansaremos aquí un rato —decidió—, y después intentaremos reunirnos con Lung. Como se despierte y vea que no hemos vuelto, saldrá a buscarnos.

—¿Lung? —Pata de Mosca se sacudía la arena de la chaqueta—. ¿Quién es ése? ¿Un amigo vuestro?

—¡Eso a ti no te importa, alfeñique! —rugió Piel de Azufre levantándose—. Gracias por la ayuda, etcétera, etcétera, pero nuestros caminos se separan aquí. Vamos —tiró de Ben hacia arriba—, ya hemos descansado bastante.

Pata de Mosca, agachando la cabeza, suspiró.

—Bien, bien, marchaos ya —susurró—. Oh, sí, lo comprendo perfectamente. Pero ahora me devorarán los buitres, sí, seguro que lo harán.

Ben lo miró consternado.

—¿De dónde vienes? —le preguntó—. ¿Es que no tienes casa? En algún sitio tendrías tu hogar, quiero decir, antes de que te capturasen.

Pata de Mosca asintió con tristeza.

—Oh, claro, pero no deseo volver allí nunca más. Le pertenecía a una persona que me obligaba a limpiar oro un día sí y otro también, a hacer el pino y a contar historias hasta que mi cabeza echaba humo. Por eso me escapé. Pero soy un cenizo. Apenas me libré de mi maestro, me atrapó un cuervo y me llevó con él. La última noche, en plena tormenta, me soltó de entre sus garras y... ¿dónde me dejó caer? Justo encima del campamento del que acabamos de escapar. Cenizo, cenizo, cenizo, yo siempre tengo mala sombra.

—Es una historia estupenda —dijo Piel de Azufre—. Venga, hemos de irnos —tiraba del brazo de Ben, pero éste no se movía.

—No podemos abandonarlo aquí por las buenas —exclamó—. Más solo que la una.

—Por supuesto que podemos —contestó Piel de Azufre en voz muy baja—, porque no creo ni una palabra de su conmovedora historia. En este alfeñique hay algo que no encaja. Es muy raro que aparezca aquí al mismo tiempo que nosotros. Además, me parece que se relaciona demasiado con cuervos.

—Pero tú dijiste que los cuervos sólo son sospechosos cuando van solos —contestó Ben en un murmullo.

Pata de Mosca simulaba no prestar atención a sus cuchicheos. Sin embargo, poco a poco se deslizaba hacia ellos.

—¡Olvida lo que te dije! —cuchicheó Piel de Azufre—. A veces solo digo tonterías.

—Cierto, por ejemplo, ahora —replicó Ben—. Nos ha ayudado, parece que lo olvidas. Y por eso estamos en deuda con él.

Ben tendió la mano al homúnculo.

—Vamos —le dijo—. Te llevaremos un trecho con nosotros. Ya encontraremos un sitio que te agrade. ¿De acuerdo?

Pata de Mosca subió de un salto y le hizo una profunda reverencia.

—Tenéis un corazón tierno, Excelencia —dijo—. Acepto vuestra oferta con el mayor de mis agradecimientos.

—¡Madre mía! —gimió Piel de Azufre.

Se dio la vuelta, enfadada. De regreso a la gruta no pronunció palabra.

Sin embargo, Pata de Mosca, sentado en los hombros de Ben, bamboleaba las piernas.

13. El basilisco

Lung no estaba preocupado. Dormía profunda y apaciblemente. Fuera, el calor del sol aumentaba, pero la gruta seguía fresca y el dragón soñaba con las montañas, con enanos de las rocas que ascendían trepando por su cola, y con el canal sucio que fluía a través de la gran ciudad humana.

De repente, alzó la cabeza. Algo le había sobresaltado sacándole de su sueño. Un hedor espantoso llegó hasta su nariz, derramándose sobre él como el agua sucia con la que soñaba momentos antes. El zarzal de la entrada de la cueva dejaba colgar las hojas marchitas.

El dragón se incorporó intranquilo, aguzando los oídos.

Un silbido brotó de una rendija situada en el rincón más oscuro de la cueva. Un crujido de plumas y unas garras arañaron el suelo rocoso. De pronto salió de la oscuridad el ser más espeluznante que Lung había visto jamás.

Parecía un gallo gigantesco, de plumaje amarillo y grandes alas erizadas de espinas. Los ojos del monstruo eran fijos y estaban inyectados en sangre, y sobre la espantosa cabeza parecía portar, a modo de corona, una guirnalda de espinas descoloridas. Su cola serpenteaba como el cuerpo escamoso de una serpiente, y en su extremo, una garra intentaba atrapar un botín invisible.

El monstruo avanzó con lentitud y torpeza hacia Lung.

El dragón contenía la respiración. Se sentía mareado por el hedor. Retrocedió hasta que su cola se enganchó en las ramas espinosas situadas delante de la cueva.

—¡Aaaah, me has despertado! —graznó la horrenda criatura—. ¡Un dragón! ¡Un dragón de fuego! Tu olor dulzón ha penetrado en mi sueño más oscuro y lo ha echado a perder. ¿Qué buscas aquí, en mi cueva?

Lung sacudió de su cola las ramas espinosas y dio un paso hacia el monstruo. La pestilencia que lo envolvía dificultaba su respiración, pero la fealdad de la extraña criatura había dejado de asustarle.

—No sabía que ésta era tu cueva —respondió—. Perdóname, pero, si me lo permites, permaneceré aquí hasta que oscurezca. No conozco otro lugar en el que esconderme de los humanos.

—¿De los humanos? —exclamó el monstruo con tono sibilante; y abriendo su pico curvo se echó a reír—. ¿No me digas que te refugiaste en mi cueva huyendo de los humanos? Eso está bien. Pero que muy bien.

Lung miró al espantoso gallo con curiosidad.

—¿Quién eres? —quiso saber—. Nunca había oído hablar de una criatura como tú.

El gallo extendió sus alas espinosas con un graznido estridente. De su plumaje cayeron muertos escarabajos y arañas.

—¿Acaso no conoces mi nombre? —graznó—. ¿No lo conoces, dragón de fuego? Yo soy la mayor pesadilla de este mundo y tú me has arrancado de mi sueño. Tú eres la luz, pero yo soy la oscuridad más negra, y voy a devorarte. Nosotros no podemos estar juntos en el mismo sitio. Nos sucede igual que al día y a la noche.

Lung se había quedado petrificado. Intentaba moverse, deseaba hacer retroceder con su fuego al horrible gallo hasta la grieta de la que había surgido, pero sencillamente se había quedado petrificado. Los ojos del monstruo comenzaron a centellear. Las espinas de su cabeza temblaban.

—¡Mírame, dragón de fuego! —susurraba el gallo amarillo—. Mírame... muy... profundamente... a... los... ojos.

Lung quería apartar la vista, pero los ojos rojos se lo impedían, llenando su cabeza de una niebla negra en la que se desvanecían todos sus conocimientos.

De pronto, un dolor agudo lo arrancó de su aturdimiento. Alguien le había pisado la cola, con toda su fuerza. Lung se volvió, —y vio a una persona quieta en la entrada de la cueva, un hombre delgado como un palillo con pantalones cortos. En las manos llevaba un espejo, un gran espejo redondo que sostenía bien alto por encima de su cabeza.

Lung oyó a su espalda al gallo batiendo las alas.

—¡Apártate a un lado, dragón, salta! —gritó el hombre—. ¡Deprisa! ¡Salta hacia un lado y no lo mires, si aprecias en algo tu vida!

—¡No, mírame, dragón de fuego! —chillaba el gallo azotando las rocas con su cola de serpiente—. ¡Mira hacia aquí!

Pero Lung miró al humano, se apartó a un lado... y el monstruo contempló su propio reflejo.

Profirió un grito tan espantoso que días y días después aún resonaba en los oídos de Lung. Luego batió las alas hasta que sus plumas de color amarillo bilioso cubrieron todo el suelo de la cueva, se infló hasta que las púas de su cabeza rozaron el techo de la gruta... y explotó en mil pedazos.

Lung miraba incrédulo el lugar donde había estado el monstruo.

El hombre que estaba junto a él dejó caer el espejo, agotado.

—¡Cáspita, nos hemos librado por los pelos! —suspiró apoyando el espejo contra la pared de la cueva.

Lung estaba como anestesiado, con la vista clavada en los restos del monstruo. Nada quedaba de él, excepto plumas y un polvo fétido.

El hombre se aclaró la garganta y se aproximó al dragón con cautela.

—Permite que me presente —hizo una pequeña reverencia—: Barnabás Wiesengrund, catedrático de Arqueología, especializado en fenómenos fantásticos de cualquier tipo. Es para mí un gran honor conocerte.

Lung asintió obnubilado.

—¿Puedo rogarte —prosiguió Barnabás Wiesengrund— que escupas tu fuego de dragón sobre los despojos de esta horrenda criatura? Sólo así podremos impedir que esta cueva quede contaminada durante cientos de años. De ese modo también nos libraríamos —se tapó su enorme nariz— del repugnante hedor.

Lung seguía mirando al hombre con bastante asombro, pero satisfizo su deseo. Cuando exhaló su fuego azul sobre los restos del monstruo, éstos se transformaron en un fino polvo plateado cuyo resplandor inundó toda la gruta.

—¡Aaaah! —exclamó el profesor—. ¿No es maravilloso? Esto vuelve a demostrar una vez más que incluso del mayor de los horrores puede surgir algo bello, ¿no es cierto?

Lung asintió.

—¿Qué criatura era ésa? —preguntó.

Barnabás Wiesengrund se sentó en una piedra y se pasó la mano por la frente.

—Eso era un basilisco, amigo mío. Un ser fabuloso, igual que tú, pero del lado oscuro.

—¿Un basilisco? —el dragón meneó la cabeza—. Nunca he oído hablar de un ser semejante.

—Por fortuna esos monstruos son muy, pero que muy escasos —explicó el profesor—. Normalmente matan con el mero sonido de su voz o con una simple mirada de sus horribles ojos. En tu lugar, cualquier ser mortal habría perecido, pero ni siquiera un basilisco puede aniquilar tan fácilmente a un dragón.

—Pues tú lo has aniquilado con un simple espejo —replicó Lung.

—Oh, sí, así ha sido —sonriendo tímidamente, Barnabás Wiesengrund se pasó la mano por su pelo canoso y desgreñado—. Aunque no tiene gran mérito, ¿sabes? Ningún basilisco sobrevive a la visión de su propio reflejo. Ciertamente, hasta este momento nunca había tenido ocasión de comprobarlo en la realidad, pero eso afirman todos los libros. Y a veces son de fiar.

El dragón lo observaba con aire meditabundo.

—Creo que me has salvado la vida, ¿verdad? —dijo—. ¿Cómo puedo agradecértelo?

—Oh, no hay nada que agradecer —el profesor dirigió una sonrisa a Lung—. Ha sido un honor para mí. Un extraordinario honor, incluso, créeme —contemplaba al dragón lleno de admiración—. Ni en mis mejores sueños habría osado imaginar que me toparía con un dragón durante mi corta vida humana, ¿sabes? Éste es un día muy feliz para mí —el profesor, conmovido, se frotó la nariz.

—Tú sabes mucho sobre ésos que vosotros, los humanos, denomináis seres fabulosos, ¿no es cierto? —Lung, curioso, inclinó su cuello hacia Barnabás Wiesengrund—. La mayoría de los humanos ni siquiera saben que existimos.

—Llevo ya más de treinta años investigando en ese ámbito —respondió el profesor—. A los diez años, tuve la suerte de encontrarme a un hada de los bosques que se había enredado en la red de un árbol frutal de nuestro jardín. Como es lógico, desde entonces nadie ha logrado convencerme de que las hadas sólo existen en los cuentos. «¿Por qué», pensé entonces, «no van a existir todos los demás seres?». Y así, finalmente, convertí su búsqueda —la búsqueda de esos seres de los que hablan las historias más remotas— en mi profesión. He hablado con enanos de piedras raras; con trolls, del sabor de la corteza de árbol; con hadas, de la vida eterna, y con una salamandra, de brujería. Sin embargo, tú eres el primer dragón que me encuentro. Yo tenía casi la certeza de que tu especie se había extinguido.

—¿Qué te ha traído a este lugar? —le preguntó Lung.

—La búsqueda de Pegaso, el caballo alado —repuso el profesor—. Pero en su lugar encontré esta gruta. Alrededor de la entrada hay jeroglíficos grabados en la roca que previenen claramente del basilisco. Has de saber que ya los antiguos egipcios conocían a estos monstruos. Creían que salen de un huevo venenoso de ibis. Pero también existe la teoría de que un basilisco nace siempre que un gallo de cinco años pone un huevo. Por fortuna, esto no sucede con excesiva frecuencia.

Bueno, sea como fuere, ésa es la razón por la que escondí fuera el espejo. Pero, para sincero, no me había atrevido a entrar en la gruta hasta ahora.

Lung, al recordar los ojos rojos del basilisco, comprendió de sobra el miedo del profesor.

—Tú lo despertaste —afirmó Barnabás Wiesengrund—. ¿Lo sabías?

—¿Yo? —Lung meneó la cabeza con incredulidad—. Él me dijo lo mismo, pero yo me he limitado a dormir aquí. ¿Cómo he podido despertarlo?

—Con tu presencia —contestó el profesor—. A lo largo de mis investigaciones he averiguado un dato muy interesante: un ser fabuloso atrae a otro. Uno percibe la presencia del otro. Algunos notan un hormigueo en la cabeza, a otros les pican las escamas. ¿No has sentido nunca algo parecido?

Lung meneó la cabeza.

—A mí las escamas me pican muchas veces —contestó—, pero nunca le he dado importancia.

El profesor asintió, meditabundo.

—Supongo que el basilisco debió de olerte.

—Me dijo que perturbé sus sueños oscuros —murmuró Lung.

Se estremeció. Seguía sintiéndose mal por el hedor que había esparcido el monstruo.

El profesor Wiesengrund carraspeó.

—Aún me queda un ruego que hacerte —afirmó—. ¿Me permitirías pasar la mano por tus escamas? Es que los humanos sólo nos convencemos de que algo es real cuando lo tocamos.

Lung estiró su largo cuello hacia el profesor.

Barnabás Wiesengrund acarició con respeto las escamas del dragón.

—¡Maravilloso! —musitaba—. Absolutamente maravilloso. Ah, y por otra parte, lo de tu cola, ejem, habértela pisado, lo lamento de veras. Pero no sabía de qué otro modo apartar tu mirada del basilisco.

Lung sonrió y meneó su rabo dentado de un lado a otro.

—Oh, no tiene mayor importancia. Un poco de saliva de duende de Piel de Azufre, y... —el dragón se detuvo y miró a su alrededor—. No han llegado aún —inquieto, se acercó a la entrada de la cueva—. ¿Dónde se habrán metido?

El profesor carraspeó detrás de él.

—¿Echas de menos a tu duende?

Lung se volvió sorprendido.

—Sí.

Barnabás Wiesengrund suspiró.

—Me lo temía —dijo—. Ahí enfrente, en el campamento de tiendas, han capturado a un duende de los bosques.

Lung dio tal coletazo que a punto estuvo de derribar al profesor.

—¿A Piel de Azufre? —exclamó—. ¿Que la han capturado? —se sintió mareado de furia y enseñó los dientes—. ¿Dónde está? Tengo que ayudarla.

—No, tú no —replicó Barnabás Wiesengrund—. Sería demasiado peligroso para ti. Yo la liberaré. De todos modos, hace tiempo que me proponía forzar esas jaulas —y sujetando con decisión el espejo bajo el brazo se encaminó hacia la entrada de la cueva—. Volveré pronto —aseguró—. Con tu amiga Piel de Azufre.

—Oh, Piel de Azufre ya está aquí —gruñó una voz desde los matorrales espinosos que crecían delante de la cueva, y la duendecilla se abrió paso entre los matorrales secos.

Ben la seguía con Pata de Mosca sobre el hombro. Parecían algo exhaustos, con arañazos de espinas, polvorientos y sudorosos. Lung se dirigió hacia ellos, lanzó a Pata de Mosca una breve ojeada de asombro y, muy preocupado, olfateó por todas partes a Ben y a Piel de Azufre.

—¿Te capturaron? —preguntó a la duende.

—Sí, sí, pero Ben me liberó. Junto con ese alfeñique de ahí —Piel de Azufre examinó con desconfianza al profesor desde la cabeza a las botas polvorientas—. Por el huevo del diablo, ¿qué demonios hace aquí este humano?

—Por lo que veo, eso que tienes a tu lado también es un humano —constató Barnabás Wiesengrund con una levísima sonrisa.

—Él no cuenta —rugió Piel de Azufre, irritada, con los brazos en jarras—. Él es un amigo. Pero ¿qué eres tú? Medita bien la respuesta, porque en este momento los humanos me ponen enferma, terriblemente enferma. Me provocan retortijones, sarpullidos y dolor de muelas, ¿entendido?

Barnabás Wiesengrund sonrió.

—Entendido —repuso—. Bueno, yo…

—¡Un momento! —gritó Piel de Azufre, avanzando hacia el profesor con aire desconfiado—. ¿No te he visto yo a ti junto a las jaulas?

—¡Basta ya, Piel de Azufre! —la interrumpió Lung—. Él me ha salvado la vida.

La respuesta dejó a Piel de Azufre sin habla. Miró con incredulidad primero al dragón y después a Barnabás Wiesengrund.

—¿Él? —preguntó—. ¿Y cómo demonios lo ha hecho?

En ese momento, Pata de Mosca se inclinó desde el hombro de Ben, olfateó con su nariz afilada y levantó la cabeza, asustado.

—¡Aquí ha estado un basilisco! —susurró con expresión aterrada—. ¡Ay, que el cielo nos ayude!

Todos se volvieron asombrados hacia el hombrecillo.

—¿Eso qué es? —preguntó Lung.

—¡Bah, ése! —Piel de Azufre hizo un ademán despectivo con la mano—. Es un homuncoloso o algo parecido. Lo encontramos por casualidad en el campamento humano y ahora se ha pegado a Ben como una lapa.

Pata de Mosca le sacó la lengua desde el hombro de Ben.

—Es un homúnculo, mi querida duende —explicó Barnabás Wiesengrund, y acercándose a Ben estrechó con mucho cuidado la manita de Pata de Mosca—. Encantado de conocerte. Este día en verdad rebosa de encuentros notabilísimos.

El hombrecillo sonrió halagado.

—Me llamo Pata de Mosca —se presentó, haciendo una reverencia al profesor.

Pero cuando Lung alargó el cuello por encima del hombro de Barnabás Wiesengrund y lo miró, el homúnculo agachó la cabeza, turbado.

—¿Qué es lo que ha estado aquí? —preguntó Piel de Azufre impaciente—. ¿Qué es lo que ha dicho el alfeñique? ¿Un vasolisto?

—¡Chssss! —Pata de Mosca se puso un dedo delante de los labios—. ¡Un ba-si-lis-co! —susurró—. ¡No deberías pronunciar muy alto su nombre, cabeza peluda!

Piel de Azufre arrugó la nariz.

—¿Ah, no? ¿Y eso por qué?

—Un basilisco —dijo Pata de Mosca con un hilo de voz— es la pesadilla más sombría de este mundo, el terror negro que acecha en fuentes y grietas hasta que alguien lo despierta. A los duendes como tú los mata con un simple graznido de su pico curvo.

Ben miró inquieto en torno suyo.

—¿Y algo así ha estado aquí? —preguntó.

—Sí —confirmó el profesor Wiesengrund con un suspiro—. Por fortuna yo estaba presente para ayudar a tu amigo el dragón. Sin embargo, ya va siendo hora de que me deje caer de nuevo por el campamento o si no seguramente enviarán un destacamento en mi busca. Ah, por cierto, ¿cuándo partiréis de nuevo? —preguntó desde la entrada de la cueva—. ¿O pretendéis quedaros aquí?

—¿Quedarnos? No nos faltaba más que eso —respondió Piel de Azufre—. Qué va, reanudaremos el vuelo en cuanto se ponga el sol.

—Entonces, si os parece bien, volveré por aquí antes de que oscurezca —comentó el profesor—. Seguro que necesitaréis provisiones para el viaje. Además, desearía haceros todavía un par de preguntas.

—Nos alegrará tu visita —contestó Lung dando a Piel de Azufre un empujón en la espalda con el hocico.

—Por supuesto que nos alegraremos —murmuró ella—. Pero ahora, ¿puedo contar mi aventura de una vez? ¿O es que a nadie le interesa que hayan estado a punto de disecarme?

14. El relato del profesor Wiesengrund

Cuando regresó Barnabás Wiesengrund, con una cesta grande en una mano y una cacerola abollada en la otra, el cielo ya se teñía de rojo.

—Se me ha ocurrido cocinar algo para todos —informó—. A modo de despedida. No lo hago tan bien como mi mujer, pero algo he aprendido de ella. Es una lástima que no esté aquí para conoceros. Los duendes de los bosques son una de sus especialidades.

—¿Está usted casado? —preguntó Ben con curiosidad—. ¿Tiene hijos?

—Oh, sí —contestó el profesor—. Una hija. Ginebra. Debe de ser más o menos de tu edad. Por el momento tiene que ir al colegio, es una pena, por eso no ha podido acompañarme en esta ocasión, pero la mayoría de nuestras expediciones las emprendemos los tres juntos. Mi querido dragón —prosiguió mientras tiraba al suelo de la cueva un puñado de hojas secas—, ¿serías tan amable de regalarnos una pizca de tu fuego azul?

136

Lung lanzó una pequeña lengua de fuego sobre las hojas. El profesor colocó unas piedras alrededor del fuego que chisporroteaba y puso encima la cazuela.

—He preparado una sopa —aclaró—. Una sopa de garbanzos con hierbabuena, como la que se toma en esta región. Pensé que una duende, un chico y un homúnculo delgado como un alambre seguramente no tendrían nada que objetar a una comida caliente antes de reanudar el viaje. Porque a los dragones les basta con la luz de la luna, ¿verdad? ¿O estoy mal informado?

—No —Lung sacudió la cabeza, apoyó el hocico entre sus patas y contempló el fuego—. La luz de la luna es todo cuanto necesitamos. Nuestra fuerza aumenta con la luna, pero también decrece con ella. En las noches de luna nueva suelo sentirme demasiado cansado para abandonar mi cueva.

—Bueno, confío en que eso no os cause problemas durante vuestro viaje —dijo el profesor removiendo la cazuela.

Piel de Azufre, sentada en cuclillas junto al fuego, olfateaba ansiosa.

—Bueno, como esto no esté listo enseguida —murmuró mientras su estómago gruñía con fuerza—, me zamparé una de esas plantas con pinchos, os lo aseguro.

—No te lo aconsejo —le advirtió Barnabás Wiesengrund—. En algunos cactus viven hombres de arena, y son poco amigos de bromas. Además... —tomó una cucharada de sopa y la probó— la comida está lista. Creo que será de tu agrado.

Gracias a mi esposa, conozco muy bien los gustos de los duendes —se volvió hacia Ben—. Y tú, ¿tienes familia? Aparte de Piel de Azufre y Lung, quiero decir.

Ben meneó la cabeza.

—No —musitó.

El profesor lo contempló, meditabundo.

—Bueno, hay peores compañías que un dragón y una duendecilla —dijo al fin—, ¿no te parece?

Metió la mano en su cesta y sacó tres escudillas pequeñas, cucharas soperas y una cucharilla de café diminuta para Pata de Mosca.

—Pero caso de que alguna vez te apeteciera la compañía de los humanos... yo... ejem —el profesor se frotó la nariz con timidez—, yo ni siquiera sé tu nombre.

El chico sonrió.

—Ben —contestó—. Me llamo Ben.

—En fin, Ben —el profesor llenó una escudilla de sopa y se la entregó a Piel de Azufre, que se relamía con impaciencia—, si alguna vez te apeteciera compañía humana, ven a visitarnos a mi familia y a mí —y llevándose la mano al bolsillo del pantalón, sacó una tarjeta de visita doblada y algo manchada y se la tendió al muchacho—. Toma, ésta es mi dirección. Podríamos mantener interesantes conversaciones sobre duendes y dragones. Y quizá a tús amigos les apetezca acompañarte. Seguro que mi hija te caerá bien. Es una experta en hadas, las conoce mejor que yo.

—Gracias —tartamudeó Ben—. De veras, es usted muy amable.

—¿Muy amable? ¿Y eso por qué? —el profesor le entregó una escudilla de sopa caliente—. ¿Qué hay de amable en ello? —le pasó la cucharilla a Pata de Mosca—. ¿Te importaría compartir plato con Ben? Por desgracia sólo tengo tres escudillas.

El homúnculo asintió y se sentó en el brazo de Ben. Barnabás Wiesengrund se volvió de nuevo hacia el muchacho.

—¿Qué tiene de amable mi invitación? Lo amable sería que tú la aceptaras. Eres un tipo agradable y, además, después de este viaje seguro que tendrás cosas muy interesantes que contar. En el fondo, pensándolo bien, incluso es muy egoísta por mi parte invitarte.

—En cuanto volvamos, te llevaremos con él —terció Piel de Azufre chasqueando la lengua—. Así nos libraremos de ti durante algún tiempo. ¡Pata de perdiz y lengua de vaca, qué rica sabe esta sopa!

—¿De veras? —el profesor sonrió halagado—. Caramba, algo ha de tener, si es una duende quien lo dice. Esperad, tenéis que espolvorear por encima unas cuantas de estas hojas frescas de hierbabuena. Tomad.

—¡Hierbabuena, hmm! —Piel de Azufre puso los ojos en blanco—. Tendríamos que llevarte de cocinero, Barnabás.

—¡Qué más quisiera yo! —suspiró el profesor—. Pero por desgracia me mareo a gran altura, por no hablar ya de volar. Además, pronto me reuniré con mi familia. Subiremos a un barco y emprenderemos la búsqueda de Pegaso, el caballo alado. No obstante, me siento muy honrado por vuestra oferta —hizo una ligera reverencia y a continuación se sirvió un plato de su deliciosa sopa.

—Lung nos ha contado que usted cree que él atrajo al basilisco —dijo Ben—. ¿Es cierto?

—Me temo que sí —el profesor Wiesengrund llenó por segunda vez de sopa la escudilla del chico y le ofreció un pedazo de pan de hogaza—. Estoy firmemente convencido de que un ser fabuloso atrae a otro. En mi opinión, Lung nunca lo ha notado porque tiene constantemente un ser fabuloso cerca, en concreto tú, querida Piel de Azufre. Pero a la mayoría de vuestros congéneres debería picarles la piel en cuanto os acercáis a ellos, y a algunos les impulsará hacia vosotros la curiosidad.

—¡Bonita perspectiva! —murmuró Piel de Azufre contemplando la cacerola humeante con expresión sombría—. Los enanos de las rocas aún tenían un pase, pero lo que he escuchado del basilisco... —sacudió la cabeza preocupada—. ¿Qué vendrá a continuación?

—Bueno...

Barnabás Wiesengrund se quitó de sus grandes narices las gafas, completamente empañadas del vapor de la cocción, y las limpió.

—¿Sabes? Ya no quedan demasiados seres fabulosos en este planeta. La mayoría desaparecieron hace siglos. Mas, por desgracia, los que consiguieron sobrevivir fueron precisamente los ejemplares más desagradables. De modo que, si vuestro viaje es largo, preparaos para recibir alguna que otra sorpresa.

—Profesor —Ben sorbió los últimos restos de sopa de su escudilla y la depositó sobre el plateado polvo de basilisco que aún cubría el suelo de la cueva—, ¿ha oído usted hablar alguna vez de *La orilla del cielo*?

Piel de Azufre propinó a Ben un codazo en el costado. Lung levantó la cabeza. Pata de Mosca aguzó el oído.

—Oh, sí —respondió el profesor mientras rebañaba su escudilla con un trozo de pan—. Llaman *La orilla del cielo* a la cordillera legendaria tras la cual, al parecer, se oculta el valle del que son oriundos los dragones. No sé mucho más sobre el asunto.

—¿Qué más? —quiso saber Lung.

—Bueno… —Barnabás Wiesengrund frunció el ceño—, se dice que *La orilla del cielo* se encuentra en el Himalaya. Son nueve cumbres blancas, todas de altura casi idéntica, que rodean como un anillo protector el fabuloso valle. Hace unos años, Vita, mi mujer, y yo nos propusimos buscarlo, pero entonces nos topamos con huellas de unicornio. En fin… —meneó la cabeza—. Una colega, la famosa Subaida Ghalib, emprendió entonces la búsqueda, por desgracia fallida, a pesar de que no existe nadie en el mundo que sepa de dragones más que ella —el profesor miró a Lung—. Quizá deberíais hacerle una visita. En este momento está en Pakistán. Si pretendéis ir al Himalaya, os pilla de camino.

—No sé… —Piel de Azufre lanzó una mirada de añoranza a la cazuela humeante, y Barnabás Wiesengrund volvió a llenarle la escudilla–. La verdad es que Lung lo sabe todo sobre dragones. Al fin y al cabo, él es uno de ellos.

El profesor sonrió.

–Sin duda. Pero Lung no puede volar cuando no hay luna, ¿verdad?

Piel de Azufre arrugó la nariz.

–Ningún dragón puede.

–Claro, ¿pero fue siempre así? –inquirió el profesor–. Hace poco Subaida me escribió diciéndome que cree haber encontrado algo capaz de sustituir al poder de la luna. Al menos durante un corto tiempo. Sus palabras eran muy misteriosas. Como es natural, no puede demostrarlo. No conoce a ningún dragón que pruebe su teoría.

Lung había estado mirando fijamente el polvo plateado del basilisco, meditabundo, pero de repente levantó la cabeza.

–Qué interesante –comentó–. Desde mi partida llevo dándole vueltas a la cabeza pensando qué ocurrirá si llegamos a las montañas altas con luna nueva.

–Como ya he dicho –el profesor se encogió de hombros–, Subaida sigue la pista de algo, pero no quiso revelarme más detalles. Ahora vive en un pueblo de la costa del mar de Arabia, muy cerca de la desembocadura del Indo. Allí, además de sus investigaciones sobre la luz lunar, sigue la pista de una extraña historia, al parecer acaecida cerca de ese pueblo hace más de ciento cincuenta años.

–¿Trata de dragones? –preguntó Ben.

—Por supuesto —sonrió el profesor—. ¿De qué si no? Subaida es dragonóloga. Por lo que sé, habla incluso de bandadas enteras de dragones.

—¿Bandadas de dragones? —repitió Lung incrédulo.

—Sí, sí —Barnabás asintió—. Algunas personas de ese pueblo sostienen que sus abuelos aún llegaron a contemplar bandadas de dragones que aparecían ante su costa todas las noches de plenilunio para bañarse en el mar —el profesor frunció el ceño—. Una de esas noches, debió de ocurrir hace unos ciento cincuenta años, surgió del mar un monstruo que atacó a los dragones que se estaban bañando. En realidad, ese ser sólo podía ser una serpiente marina, pero lo raro es que las serpientes marinas y los dragones son parientes lejanos y yo no conozco ni un solo caso en el que hayan combatido. Total, que ese monstruo marino atacó a los dragones y desde entonces desaparecieron. Subaida sospecha que regresaron a *La orilla del cielo* y a partir de ese momento jamás han vuelto a abandonar su escondite.

Lung levantó la cabeza.

—Se escondieron —dijo—. Huir, esconderse, ser perseguidos: las historias de dragones sólo tratan de eso. ¿Es que no hay otras?

—¡Por supuesto! —exclamó el profesor—. Precisamente allí adonde os dirigís, el dragón es un portador de la suerte, un ser sagrado. Claro que si apareciera uno de verdad... —meneó la cabeza—, no sé qué diría la gente al respecto. Debes tener cuidado.

El dragón asintió.

—Y también deberíamos guardarnos de los monstruos marinos —comentó Piel de Azufre sombría.

—Oh, pero eso sucedió hace mucho tiempo —la tranquilizó el profesor—. Y sólo existe esta única historia al respecto.

—Además, no se trataba de ningún monstruo marino —murmuró Pata de Mosca, y, asustado, se tapó la boca con los dedos.

Ben se volvió sorprendido hacia él.

—¿Qué es lo que has dicho?

—¡Oh, eh, pues nada! —balbuceó Pata de Mosca—. Solamente decía que, ejem, que seguro que ya no existen los monstruos marinos. Sí, es justo lo que acabo de decir.

—Pues yo no estaría tan seguro —replicó Barnabás Wiesengrund meditabundo—. Pero si la historia os interesa, deberíais sobrevolar Pakistán y visitar a Subaida. A lo mejor ella puede ayudaros a burlar a la luna. Quién sabe.

—¡No estaría mal! —Ben depositó en el suelo a Pata de Mosca, se levantó de un salto y corrió fuera, hacia la roca donde había extendido el mapa de Gilbert Rabogrís. Había vuelto a secarse y, cuando Ben lo desplegó de nuevo ante el profesor, crujió.

—¿Puede usted enseñarme dónde se encuentra el pueblo de pescadores en el que vive actualmente esa investigadora de dragones? —preguntó.

Barnabás Wiesengrund se inclinó asombrado sobre el mapa.

—Caramba, joven, esto es digno de verse —dijo—. Una verdadera obra de arte cartográfica, cabría decir. ¿Quién os lo dio?

—Una rata —respondió Piel de Azufre—. Pero ese chisme todavía no nos ha servido de mucha ayuda.

—¡Una rata, vaya, vaya! —murmuró el profesor, inclinándose más sobre la obra de arte de Gilbert Rabogrís—. Me encantaría que también me hiciera un mapa a mí. Estos lugares rayados en amarillo, por ejemplo, son muy interesantes. Conozco algunos.

¿Qué significa el amarillo? Aaah —dijo contemplando la leyenda—. Ahí lo dice. Amarillo: desgracia, peligro. Oh, sí, eso puedo confirmarlo. ¿Lo véis? —puso el dedo en el mapa—. Estamos aquí. Todo amarillo. Vuestro mapa habría podido avisaros de la existencia de la cueva.

—Bueno, en realidad no debíamos haber aterrizado aquí bajo ningún concepto, ¿sabe usted? —le aclaró Ben—. La noche pasada, la tormenta nos arrastró hacia el oeste —señaló la línea dorada que había trazado Gilbert Rabogrís—. Fíjese, ésta es la ruta que hemos de tomar. Y no pasa por ese pueblo, ¿verdad?

Barnabás Wiesengrund sacudió la cabeza y meditó durante unos instantes.

—No, pero una escapadita hasta allí no os supondría un rodeo considerable. Sólo tendríais que trasladar vuestra ruta unos cientos de kilómetros hacia el sur, lo que no significa demasiado en el largo viaje que os espera. Aunque —el profesor frunció el ceño pensativo—, como ya os he dicho, Subaida no podrá ayudaros en vuestra búsqueda de *La orilla del cielo*. Ella misma la buscó en vano. No, en esa búsqueda… —Barnabás Wiesengrund meneó la cabeza— nadie podrá ayudaros. *La orilla del cielo* es uno de los grandes misterios de este mundo.

—Pues tendremos que buscar por todas partes —dijo Ben volviendo a doblar el mapa—. Aunque tengamos que sobrevolar el Himalaya en todas direcciones.

—El Himalaya es muy grande, hijo —advirtió el profesor—. Inconmensurable.

Se pasó la mano por el pelo gris y con un palito dibujó jeroglíficos en el polvo. Uno parecía un ojo estrecho.

—¿Qué significa eso? —preguntó Ben con curiosidad.

—¿Esto? Oh, la... —el profesor se incorporó de golpe y se quedó mirando al dragón.

Lung, asombrado, le devolvió la mirada.

—¿Qué pasa? —preguntó Ben.

—¡El djin! —exclamó el profesor—. El djin de los mil ojos.

—¿Mil dices? —murmuró Piel de Azufre lamiendo su escudilla—. Yo ni siquiera conozco a alguien que tenga tres.

—¡Atended! —el profesor, nervioso, se inclinó hacia delante—. Hasta ahora, el hecho de atraer a otros seres fabulosos más bien os ha perjudicado, ¿no es cierto? Al menos no habéis obtenido la menor ventaja de ello, ¿me equivoco?

El dragón negó con un gesto.

—Sin embargo, ¿qué os parecería atraer a un ser que podría ayudaros en vuestra búsqueda?

—¿Te refieres al djin? —preguntó Ben—. ¿Uno de esos que están metidos en una botella?

El profesor se echó a reír.

—Asif no se dejaría encerrar en una botella, muchacho. Es un djin muy importante. Se dice que es capaz de hacerse grande como la luna y pequeño como un grano de arena. Cuentan que su piel es azul como el cielo al anochecer. Está cubierta de miles de ojos en los que se reflejan miles de lugares del mundo, y cada vez que Asif parpadea miles de lugares nuevos aparecen en el espejo de sus pupilas.

—No me gustaría encontrármelo jamás —gruñó Piel de Azufre—. ¿Por qué íbamos a querer atraerlo?

El profesor bajó la voz.

—Porque ese djin conoce la respuesta a todas las preguntas de este mundo.

—¿A todas? —preguntó Ben incrédulo.

Barnabás Wiesengrund asintió.

—Volad hasta él. Y preguntadle dónde se encuentra *La orilla del cielo*.

Los tres amigos se miraron. Pata de Mosca se deslizaba inquieto de un lado a otro por los hombros de Ben.

—¿Dónde lo encontraremos? —preguntó Lung.

—Tendríais que dar un rodeo, pero creo que merecería la pena —el profesor desplegó un poco el mapa de Gilbert Rabogrís—. Aquí está. Tenéis que dirigiros al extremo inferior de la Península Arábiga —colocó el dedo sobre el mapa—. Si seguís hacia el sur la carretera de la costa a lo largo del Mar Rojo hasta aquí —dio un golpecito en un punto—, donde se bifurca hacia el este, tarde o temprano os toparéis con una sima llamada Wadi Juma'ah. Es tan escarpada y estrecha que la luz del sol sólo llega hasta el fondo durante cuatro horas al día. A pesar de todo, allí abajo crecen enormes palmeras y un río fluye entre sus paredes rocosas incluso cuando en los demás lugares el calor del sol ha evaporado el agua. Allí vive Asif, el djin de los mil ojos.

—¿Lo ha visto usted alguna vez? —preguntó Ben.

Barnabás Wiesengrund sacudió la cabeza sonriendo.

—No, él jamás se mostraría ante mí. Carezco de interés para él. Pero un dragón —miró a Lung—, un dragón sería algo completamente distinto. Lung tiene que atraer a Asif. Y tú, Ben, debes plantear la pregunta.

—¿Yo? —replicó el chico asombrado.

El profesor asintió.

—Sí, tú. Asif sólo responde a preguntas cuando se cumplen tres condiciones. Primera: tiene que formularla un humano. Segunda: nunca ha debido serle hecha antes al djin. Si a Asif ya le hubieran preguntado lo mismo alguna vez, el interrogador tendría que pasarse el resto de su vida sirviendo al djin —Lung y Ben cruzaron una mirada de alarma—; y tercera —prosiguió el profesor—: la pregunta debe tener siete palabras justas, ni una más ni una menos.

—¡Ni hablar! —Piel de Azufre se levantó de un salto y se rascó la piel—. ¡No, no y mil veces no! Esto tiene muy mala pinta. ¡Malísima! Me pica la piel sólo con imaginarme que me encuentro a Milojos. Creo que es preferible que sigamos el camino que nos recomendó esa rata vanidosa.

Lung y Ben callaron.

—Sí, sí, vuestra rata… —comentó el profesor mientras recogía sus escudillas y utensilios de cocina y los guardaba en su cesta—. Ella también conocía la existencia del djin. Pintó de amarillo chillón Wadi Juma'ah. ¿Sabéis una cosa? —dijo en medio del silencio—.

Acaso Piel de Azufre tenga razón. Olvidaos del djin. Es un ser demasiado peligroso.

Lung seguía callado.

—¡Qué va, volemos hasta él! —sugirió Ben—. No tengo miedo, y al fin y al cabo soy yo quien tiene que preguntarle —arrodillándose de nuevo junto a Barnabás Wiesengrund, se inclinó sobre el mapa—. Por favor, profesor, muéstreme con toda exactitud dónde se encuentra la sima.

Barnabás Wiesengrund dirigió una inquisitiva mirada primero al muchacho, y luego a Lung y a Piel de Azufre.

La duende se limitó a encogerse de hombros.

—El chico tiene razón. Pregunta él —dijo—. Y si ese djin conoce la respuesta, nos habremos ahorrado un montón de búsquedas.

El dragón permanecía inmóvil, sin decir palabra. Sólo su cola se movía, inquieta, de un lado a otro.

—¡Venga, Lung! —le animó Ben—. ¡No pongas esa cara!

El dragón suspiró.

—¿Por qué no puedo hacer yo la pregunta? —inquirió irritado.

—¿Sabéis una cosa? —exclamó Piel de Azufre levantándose de un salto—. Que la pregunta la plantee el homusculoso, ni más ni menos. Es algo pequeño, pero por lo demás parece un humano. Ese djin de los mil ojos debe de estar hecho un lío de tantas cosas como ve. Seguro que lo toma por un humano. Y si el interrogatorio sale mal, Pata de Mosca tendrá un nuevo maestro y nosotros nos habremos librado de él.

—¡Basta ya, Piel de Azufre! —Ben buscó con la vista a Pata de Mosca y se dio cuenta de que había desaparecido—. ¿Dónde se habrá metido? —preguntó preocupado—. Si hace un momento estaba aquí —y volviéndose hacia Piel de Azufre, repuso enfadado—: Se ha escapado porque estás todo el rato burlándote de él.

—¡Bobadas! —replicó furiosa la duende—. A Pata de Araña le ha aterrorizado el mil ojos de piel azul y ha puesto pies en polvorosa. ¡Una suerte, es lo único que puedo decir!

—¡Qué mala eres! —le increpó Ben.

Y levantándose de un salto, corrió hacia la entrada de la cueva y miró fuera, buscando.

—¡Pata de Mosca! —gritó—. Pata de Mosca, ¿dónde estás?

Barnabás Wiesengrund le puso una mano en el hombro.

—Tal vez Piel de Azufre tenga razón y al pequeñuelo le huela a chamusquina vuestro viaje —apuntó, y, levantando la vista al cielo, añadió—: Está oscureciendo, queridos amigos. Si de verdad queréis consultar al djin, debéis partir enseguida. El camino que conduce hasta él discurre en su mayor parte por el desierto, lo cual significa días calurosos y noches frías —cogió su cesta y dedicó otra sonrisa a Ben—. Eres un joven valiente, ¿sabes? Ahora bajaré enseguida al campamento y os traeré provisiones para el viaje. A ti tampoco te vendrían mal un bote de crema para el sol y un pañuelo para la cabeza como el de los árabes. Y no te preocupes por el homúnculo. Esas criaturas son muy testarudas. Quién sabe, quizá simplemente sienta deseos de regresar junto a su creador.

Después apartó a un lado las ramas espinosas de la entrada de la cueva y, caminando pesadamente, se alejó en el crepúsculo.

Piel de Azufre se acercó a Ben y echó un vistazo a su alrededor.

—No obstante, me gustaría mucho saber dónde se ha metido —dijo.

Afuera, un cuervo graznaba desde lo alto de las palmeras.

15. El segundo informe de Pata de Mosca

Rata de Mosca corría raudo en medio de la oscuridad. El sol se hundía, rojo, detrás de las ruinas, y las columnas proyectaban largas sombras sobre la arena. En la penumbra de la noche que se avecinaba, los rostros pétreos de las altas murallas parecían aun más inquietantes que por el día, pero el homúnculo no les prestó atención. Estaba acostumbrado a las caras de piedra. En el castillo de su maestro había cientos de ellas. No, a él le embargaban otras preocupaciones.

—Por todos los cielos y los infiernos —murmuraba mientras la arena caliente le quemaba los pies—, ¿dónde encontraré agua en estos parajes? No hay más que tierra abrasada, dura como las escamas de mi maestro. El sol absorbe hasta la última gota. ¡Ay, qué furioso estará conmigo por haberme retrasado tanto! ¡Qué furioso!

El homúnculo corría cada vez más deprisa. Se deslizaba sigiloso hacia los templos en ruinas, fisgaba entre las palmeras, pero, al final, acabó sentado sin saber qué hacer en el lecho reseco del río.

—Y ese cuervo bellaco también ha desaparecido —se lamentó—. ¿Qué voy a hacer ahora? ¿Qué voy a hacer?

El sol se puso tras las colinas pardas, y sombras negras se acercaron a Pata de Mosca. De pronto, se dio una palmada en la frente.

—¡El mar! —exclamó—. ¡Qué lastimosa cabeza hueca la mía! ¡El mar!

Se levantó de un salto tan rápido que tropezó con sus propios pies. Con la agilidad de una ardilla corrió por el lecho seco del río, resbaló y rodó por las escabrosas orillas que descendían poco a poco y cayó en la fina arena que lamían las olas saladas del mar. El rumor inundó sus oídos. La espuma le salpicó la cara. Pata de Mosca trepó a una roca bañada por las olas y escupió al agua oscura. Poco a poco, apareció la imagen de su maestro, deformada por el oleaje, agrandándose y creciendo sobre el enorme espejo marino.

—¿Dónde has estado tanto tiempo? —rugió Ortiga Abrasadora.

Se estremecía de ira, hasta el punto de que Barba de Guijo, el enano, se tambaleaba sobre su lomo.

—¡No he podido evitarlo! —exclamó Pata de Mosca retorciéndose las manos—. Caímos en medio de una tempestad y luego el cuervo me dejó en la estacada. Los humanos me capturaron y… y… —soltó un gallo—, y luego el chico me liberó, y luego no pude escaparme sin ser visto, y luego no encontraba agua y luego…

—¡Y luego y luego y luego! —le interrumpió grosero Ortiga Abrasadora—. ¡Deja ya de aburrirme con tanta palabrería hueca! ¿Qué has averiguado?

—Buscan *La orilla del cielo* —balbuceó Pata de Mosca.

—¡Aaaaarg! —rugió Ortiga Abrasadora—. ¡Eso hace tiempo que lo sé, majadero! ¿Es que el cuervo, antes de marcharse, te sorbió tu cerebro raquítico? ¿Qué más?

Pata de Mosca se pasó la mano por la frente mojada. Estaba empapado por las salpicaduras de la espuma del mar.

—¿Qué más? Oh, un montón de cosas, pero vos me aturulláis por entero, maestro. Al fin y al cabo he atravesado momentos muy duros.

Ortiga Abrasadora soltó un gruñido de impaciencia.

—¡Sigue limpiando! —rezongó al enano que acababa de acurrucarse entre las púas de su lomo para echar una cabezadita.

—Bueno —continuó Pata de Mosca—. Un humano les ha contado una historia muy extraña. De dragones atacados por un monstruo que emergió del mar. ¿Erais vos, maestro?

—No me acuerdo —gruñó Ortiga Abrasadora cerrando un instante los ojos—. Ni quiero acordarme, ¿entendido, Pata de Mosca? Entonces se me escaparon. Huyeron a pesar de que los tenía casi entre mis dientes. Olvida esa historia. No vuelvas a contármela nunca más o te devoraré igual que a tus once hermanos.

—¡Ya está olvidada! —le aseguró Pata de Mosca a renglón seguido—. Completamente olvidada. Mi memoria es un agujero negro, maestro, un colosal agujero negro. Oh, mi cabeza es un queso lleno de agujeros negros.

—¡Cállate!

Iracundo, Ortiga Abrasadora golpeó con la zarpa las resquebrajadas losas de piedra de su castillo. Su imagen adquirió unas dimensiones tan formidables en el agua brillante que Pata de Mosca, asustado, hundió la cabeza entre los hombros. Al homúnculo le temblaban las rodillas y su corazón saltaba como un conejo en fuga.

—Bien, ¿qué has averiguado sobre *La orilla del cielo?* —preguntó Ortiga Abrasadora con voz queda y amenazadora—. ¿Dónde piensan buscarla?

—Oh, lo ignoran. Pretenden visitar a una mujer que sabe mucho de dragones y que vive en la costa que no debo recordaros. Aunque ella tampoco sabe dónde está *La orilla del cielo* y por eso…

—Por eso, ¿queeeeeé? —vociferó Ortiga Abrasadora.

—Por eso quieren preguntárselo a un djin —masculló Pata de Mosca—. A un djin azul de mil ojos. Al parecer conoce la respuesta a todas las preguntas, pero sólo contesta a un humano, por eso tiene que aventurarse el muchacho.

El homúnculo calló. Con gran sorpresa por su parte, sintió preocupación por el joven humano. Era una sensación rara y ajena para él, y Pata de Mosca no comprendía cómo se había infiltrado en su corazón.

—¡Vaya, vaya! —gruñó Ortiga Abrasadora—. Es portentoso. Dejemos que el hombrecillo haga la pregunta por nosotros. ¡Qué práctico! —su horrenda boca se deformó en una sonrisa sarcástica—. ¿Cuándo sabré la respuesta, Pata de Araña?

—Oh, seguramente proseguiremos el viaje durante unos días —respondió Pata de Mosca vacilante—. Aún tendréis que mostrar un poco de paciencia, maestro.

—¡Aaaah! —rezongó Ortiga Abrasadora—. ¡Paciencia, paciencia! Ya se me ha acabado la paciencia. Quiero volver a salir de caza de una vez. Estoy harto de vacas y ovejas. Dame noticias tuyas tantas veces como sea posible, ¿entendido?

—¡Entendido, maestro! —murmuró Pata de Mosca apartándose de la frente el cabello mojado.

La imagen de Ortiga Abrasadora comenzó a desvanecerse en el mar.

—¡Alto! —gritó Pata de Mosca—. ¡Un momento, maestro! *¿Cómo* los seguiré? ¡El cuervo se ha ido!

—Bah, ya se te ocurrirá algo —dijo la voz de Ortiga Abrasadora desde una remota lejanía, mientras su imagen se iba desvaneciendo poco a poco—. Eres un pequeñajo muy astuto.

Se hizo el silencio, únicamente roto por el rumor del mar. Pata de Mosca miró compungido las olas oscuras. Luego, con un suspiro, saltó de la roca a la arena húmeda y volvió a trepar con esfuerzo por los acantilados. Cuando al fin llegó arriba jadeante, vio que Lung, Ben, Piel de Azufre y el profesor se aproximaban a grandes zancadas por el lecho seco del río.

El homúnculo se acurrucó rápidamente detrás de una mata de hierba. ¿Qué hacer ahora? ¿Qué respondería cuando le preguntasen dónde había estado? La tal Piel de Azufre seguro que preguntaba. Oh, ¿por qué no se habrían quedado un ratito más en la gruta? Entonces, habría podido deslizarse dentro como un ratoncito sin que nadie se diese cuenta de su salida.

Los cuatro se detuvieron apenas a tres pasos del escondrijo de Pata de Mosca.

—Bien, amigos míos —dijo el profesor—, aquí tenéis las provisiones que os había prometido —entregó a Ben una bolsa llena a reventar—. Por desgracia no me quedaban demasiadas cosas, pero admito haber birlado algunos frutos secos de las tiendas de mis colegas. También he incluido crema para el sol. Deberías utilizarla siempre, Ben. Y esto de aquí —echó al chico un paño claro alrededor de la cabeza—, se lleva en esta tierra para protegerse del sol. Se llama kefia. Espero que te preserve de una insolación. A nosotros, los rostros pálidos, nos afecta muy deprisa en esta parte del mundo. Por lo que respecta a vosotros —añadió dirigiéndose a Piel de Azufre y al dragón—, las escamas y el pelo bastarán para protegeros. Pero, ahora, volvamos al camino…

Encendió una linterna de bolsillo y se inclinó sobre el mapa junto con Ben.

—Según lo que me habéis referido de las artes voladoras de Lung, necesitaréis unos cuatro días. Primero, como ya os dije, volaréis hacia el sur. Por suerte sólo viajáis de noche, pero durante el día tenéis que buscar los lugares más sombreados que podáis encontrar, pues el calor será terrible. Todo el camino está plagado de ruinas, fortalezas derrumbadas y ciudades hundidas. Muchas quedaron enterradas hace mucho tiempo por la arena del desierto, pero siempre hallaréis algo que ofrezca protección incluso a un dragón. Como volaréis siempre bordeando el mar —siguió con el dedo la línea de la costa—, el agua será una guía fiable incluso en la oscuridad. Y la luna clara de esta época os permitirá también distinguir la carretera de la costa. Se extiende en dirección sur hasta lugares muy remotos. Al cuarto día de viaje, el terreno se tornará más montañoso. Divisaréis ciudades pegadas a las rocas como los nidos de un pájaro gigante. A eso de la medianoche deberíais toparos con una estrecha desviación de la carretera, en la que encontraréis un cartel con los siguientes signos árabes —el profesor escribió con un bolígrafo en el margen del mapa—. Por lo que sé, también lo pone debajo en inglés, pero, por si acaso, os lo escribiré así. Significa *Shibam,* que es el nombre de una maravillosa ciudad antigua. Seguid la carretera hasta que tuerza hacia el norte. Allí os toparéis con la sima que buscáis. Es una suerte para vosotros que Lung pueda volar, pues no existe camino que conduzca hasta allí abajo. La gente ni siquiera se ha atrevido a construir un puente por encima —Barnabás sonrió—. Algunos sostienen que la sima oculta la entrada del infierno, pero para vuestra tranquilidad, os diré que semejante hipótesis es sumamente improbable. En cuanto hayáis llegado sanos y salvos al fondo, buscad un gran automóvil sin cristales. Cuando lo hayáis encontrado, tocad la bocina, sentaos en el suelo a diecisiete pasos exactos del coche y esperad.

—¿Un coche? —preguntó Ben perplejo.

—Sí —el profesor se encogió de hombros—. Al parecer, Asif se lo robó a un jeque muy rico. Eso al menos afirman las más recientes historias sobre él. Es un error suponer que los espíritus y seres fabulosos viven siempre en casas, en ruinas o en cuevas. A veces manifiestan una marcada predilección por, llamémoslos así, alojamientos modernos. En una ciudad en ruinas en la que hace algunos años busqué huellas de unicornio, dos djins vivían en botellas de plástico.

—Increíble —murmuró Ben.

—¿Por qué? ¡A los elfos terrestres les encanta utilizar como vivienda latas enterradas! —gritó Piel de Azufre desde el lomo de Lung.

Había trepado hasta allí para verificar que las correas estuvieran bien sujetas. La tormenta había enseñado a Piel de Azufre que en ese viaje era preferible atarse a las púas del lomo del dragón.

—Los botes son asombrosamente apropiados para asustar a los paseantes —explicó ella—. Los elfos no tienen más que golpear las paredes de hojalata con sus martillos de bellota —Piel de Azufre soltó una risita—. Tendríais que ver qué saltos hacen dar a los humanos.

El profesor meneó la cabeza sonriendo.

—Oh, sí, tratándose de los elfos, me lo imagino perfectamente —plegó el mapa y se lo devolvió a Ben—. A propósito de elfos,

160

en vuestro camino hacia el sur es posible que encontréis una variedad muy concreta. Cerca de las ciudades derrumbadas que yacen enterradas bajo la arena, pululan por la noche los elfos del polvo. Deambulan de un lado a otro zumbando e intentarán apartaros de vuestro camino. No les hagáis caso, pero tampoco os mostréis demasiado groseros con ellos. Pueden volverse muy desagradables, igual que sus parientes del frío norte.

—¡Lo que nos faltaba! —gimió Piel de Azufre desde el lomo de Lung—. ¡Elfos! —puso los ojos en blanco—. ¡La cantidad de disgustos que me han dado ya esos pequeños gaznápiros! Una vez me dispararon sus horribles flechas picantes sólo porque subí a su colina para recolectar setas de miel.

El profesor soltó una risita.

—Me temo que sus parientes árabes no se comportan ni un ápice mejor, de modo que manteneos lo más lejos posible de ellos.

—Así lo haremos.

Ben se guardó el mapa en el bolsillo de la chaqueta y alzó los ojos hacia el claro cielo estrellado. El calor del día había desaparecido y sentía algo de frío. A pesar de todo, reconfortaba respirar el aire fresco.

—¡Ah, otra cosa más, muchacho! —Barnabás Wiesengrund entregó a Ben un libro grueso y ajado de tanto leerlo—. Guárdate también esto. Es un pequeño regalo de despedida. Este libro describe casi todos los seres fabulosos de los que se tiene noticia en este mundo. Quizá te sea útil durante el viaje.

—¡Oh, muchas gracias, profesor!

Ben aceptó el libro con sonrisa tímida, acarició las tapas con devoción y lo hojeó.

—Vamos, vamos, guárdalo —le apremió Piel de Azufre—. No podemos quedarnos aquí hasta que te lo leas. Fíjate en lo alta que está ya la luna.

—¡Vale, vale!

Ben se quitó la mochila y colocó con cuidado el mapa y el libro del profesor entre sus pertenencias.

Pata de Mosca se incorporó con cautela al abrigo de su mata de hierba. ¡Las mochilas! Eso era. La tal Piel de Azufre seguro que no lo llevaría consigo, por mucho que se empeñara el muchacho. Pero si se escondía en la mochila de Ben… El homúnculo echó a correr silencioso como una sombra.

—Huy, ¿qué ha sido eso? —preguntó Piel de Azufre inclinándose desde el lomo de Lung—. ¡Acaba de pasar algo corriendo! ¿Hay ratas del desierto por aquí?

Pata de Mosca, de un salto, se metió de cabeza entre las cosas de Ben.

—También tengo algo para ti, Piel de Azufre —dijo Barnabás Wiesengrund hundiendo la mano en su cesta—. Mi mujer me lo dio para cocinar, pero creo que a ti te resultará más útil que a mí —y puso una bolsita en la pata de Piel de Azufre.

Ella la olfateó con curiosidad.

—¡Senderuelas secas! —exclamó—. ¡Setas de tinta, apagadores! —miró incrédula a Barnabás Wiesengrund—. ¿Piensas regalármelas todas?

—¡Claro! —el profesor sonrió—. Nadie aprecia tanto las setas como un duende, ¿no?

—Cierto.

Piel de Azufre volvió a husmear en la bolsa y después corrió con ella hacia su mochila. Estaba en la arena, al lado de la de Ben. Pata de Mosca apenas se atrevió a respirar cuando ella ató ambas mochilas entre sí para el viaje. Sin embargo, Piel de Azufre estaba demasiado embriagada por el aroma de sus setas para reparar en el homúnculo que se ocultaba entre los jerseys de Ben.

Éste acechó en todas direcciones.

—Vaya, Pata de Mosca parece haberse ido de verdad —murmuró.

—¡Menuda suerte! —afirmó Piel de Azufre introduciendo su bolsa de setas en lo más hondo de su mochila, aunque no sin haber picado antes un poco—. Olía a desgracia, creedme. Cualquier duende lo hubiera percibido en el acto, pero vosotros, los humanos, no os dais cuenta de nada.

A Pata de Mosca le habría encantado morderle sus dedos peludos, pero permaneció en su escondrijo sin asomar siquiera la punta de la nariz.

—Quizá te haya molestado que sea un homúnculo, Piel de Azufre —comentó el profesor Wiesengrund—. Esas criaturas pocas veces son apreciadas por seres que han nacido de manera natural. A la mayoría de ellos le resultan incluso inquietantes. Por eso, un homúnculo suele sentirse muy solo, marginado, y se aferra a su creador. Además, vive, por lo general, mucho más tiempo que la persona que lo creó. Considerablemente más.

Piel de Azufre meneó la cabeza y cerró su mochila.

—¡Y dale con el homúnculo! —exclamó—. El caso es que olía a desgracia, y punto.

—Es una tozuda —musitó Ben al profesor.

—Ya lo había notado —le respondió también entre susurros Barnabás Wiesengrund.

Después se acercó a Lung y contempló de nuevo sus ojos dorados.

—Para ti sólo tengo esto —dijo tendiendo al dragón su mano abierta.

Dentro había una escama dorada, brillante, fría y dura como el metal. El dragón, picado por la curiosidad, se inclinó sobre ella.

—Encontré dos de estas escamas hace muchos, muchos años —explicó el profesor—. En el norte de los Alpes. Allí desaparecían sin cesar vacas y ovejas, y las gentes narraban historias escalofriantes de un monstruo gigantesco que bajaba por la noche desde las montañas. Desgraciadamente, por aquel entonces sólo pude encontrar las escamas, que se parecen muchísimo a las tuyas, aunque son completamente diferentes al tacto. En el mismo lugar también había huellas, pero estaban borradas por la lluvia y por los campesinos furiosos que habían estado pisoteando la zona.

En su escondrijo, Pata de Mosca aguzó el oído. ¡Sólo podía tratarse de las escamas del maestro! A lo largo de su vida, Ortiga Abrasadora solamente había perdido tres, y a pesar de que en cada ocasión había enviado a todos sus cuervos a buscarlas, nunca logró recuperar ninguna. No le iba a gustar nada saber que un humano había recogido dos de ellas.

El homúnculo asomó la nariz por los jerseys de Ben para lanzar una ojeada furtiva a la escama, pero la mano del profesor estaba demasiado alta.

—No huele —observó Lung—. Como si estuviera hecha de nada. Pero de ella asciende un frío intenso, como si fuera de hielo.

—¿Puedo verla? —preguntó Ben inclinándose sobre la mano del profesor.

Pata de Mosca escuchaba con atención.

—Cógela y obsérvala con atención —le recomendó el profesor Wiesengrund—. Es un objeto curioso.

Ben cogió con cuidado la escama y pasó los dedos por sus duros bordes. Verdaderamente parecía metal, pero no lo era.

—Creo que son de oro falso —le explicó el profesor—. Un metal con el que los alquimistas en la Edad Media intentaban obtener oro puro. Como es lógico, en vano. Pero tiene que haber sido fundido con algo más, porque la escama es dura, muy dura. Yo no he conseguido hacerle el menor arañazo ni siquiera con una punta de diamante. En fin —Barnabás Wiesengrund se encogió de hombros—, llevaos una. A lo mejor descubrís este otro enigma en vuestro viaje. Hace tanto tiempo que las llevo conmigo de un lado a otro que he perdido la esperanza.

—¿Quieres que la guarde? —preguntó Ben al dragón.

Lung asintió. Alzando meditabundo la cabeza, miró hacia el mar. Ben arrojó las mochilas a Piel de Azufre, que las cogió al vuelo y las colgó sobre el lomo de Lung.

—¡Adelante! —gritó ella—. ¡Quién sabe! A lo mejor mañana aterrizamos por casualidad en el lugar que buscamos.

—El tiempo es propicio, Piel de Azufre —comentó el profesor escudriñando el cielo.

Ben se acercó a él y le tendió la mano con timidez.

—Adiós —murmuró.

El profesor Wiesengrund tomó la mano de Ben y la estrechó con fuerza.

—Hasta la vista —se despidió—. Y espero de verdad que volvamos a vernos. Ah, sí, toma esto —y entregó una tarjetita al muchacho—. Por poco me olvido de ella. Es una tarjeta de visita de Subaida. Si después de vuestra excursión para ver al djin decidís visitarla, dadle recuerdos de mi parte. Si necesitáis más provisiones o cualquier otra cosa, seguro que ella os lo proporcionará complacida. Si no han cambiado mucho las cosas en el pueblo donde ella investiga, sus habitantes seguirán esperando con añoranza el regreso de los dragones. Pero es mejor que te asegures de ello antes de que Lung aparezca entre las cabañas.

Ben asintió y guardó la tarjeta con sus demás tesoros.

Después, trepó por la cola de Lung y se volvió de nuevo hacia el profesor.

—Espero que conserves mi tarjeta de visita, ¿eh?

Ben asintió.

—Entonces, mucha suerte —gritó el profesor Wiesengrund cuando Lung desplegó las alas—. Y meditad muy bien la pregunta que le plantearéis al djin. ¡Guardaos de los basiliscos y escribidme si encontráis a los dragones!

—¡Adiós! —gritó Ben agitando la mano.

Lung se elevó en el aire. El dragón describió un círculo sobre el profesor, escupió a modo de despedida una llama azul en la noche y se perdió en la oscuridad.

16. Siempre hacia el sur

Durante las noches siguientes, Lung voló raudo como el viento. La impaciencia lo impulsaba a avanzar. El viento de cara azotaba con tal fuerza a sus dos jinetes, que Piel de Azufre tuvo que meterse hojas en las orejas y Ben se ató con fuerza alrededor de la cabeza el paño que le había regalado el profesor. Las noches eran frescas, pero de día hacía tanto calor que apenas podían dormir. Descansaban entre los muros derrumbados de ciudades desaparecidas, siguiendo el consejo del profesor, lejos de carreteras y pueblos. Mientras Lung y Piel de Azufre dormían a la sombra, Ben se sentaba, a veces durante horas, entre las vetustas piedras y contemplaba la arena ardiente que se extendía hasta el horizonte, por donde de vez en cuando pasaba un polvoriento camión o unos camellos que se balanceaban sobre sus patas largas y delgadas en medio del calor del día. Le habría encantado conocer mejor ese exótico país; pero sólo de noche, cuando Lung sobrevolaba a veces las ciudades, lograba echar una breve ojeada sobre las cúpulas, esbeltas torres y casas blancas de techo plano que se apiñaban entre antiguas murallas.

El mar Rojo siempre quedaba a su derecha. Bajo ellos serpenteaba hacia el sur la interminable carretera al pie de una cadena montañosa igual de interminable. Detrás, un terreno árido y rocoso se extendía hasta el horizonte. Las ciudades y los pueblos parecían inmersos en él como si fueran islas. Profundas simas se abrían como desgarros en el paisaje yermo.

El aire estaba cargado de aromas desconocidos. Pero la segunda noche, negros vapores se cernieron por encima de las montañas, envolviendo a Lung y a sus jinetes en una bruma hedionda antes de alejarse flotando sobre el mar. También de aquello les había advertido Barnabás Wiesengrund. Eran nubes de hollín

procedentes de los pozos de petróleo de Oriente, que, tras una guerra, ardían como antorchas. Poco antes de que saliera el sol y abrasase la tierra con sus rayos, Lung se sumergió en las aguas del mar Rojo para limpiarse la suciedad negra, pero esa sustancia viscosa se había adherido firmemente a sus escamas. Piel de Azufre se pasó casi toda la mañana siguiente limpiando las alas del dragón y aseando entre denuestos su espesa piel. A Ben, la suya, lisa, le facilitó las cosas.

Cuando se disponía a sacar una camiseta limpia de su mochila, los dedos de Ben casi chocaron con la cabeza de Pata de Mosca.

El homúnculo tuvo el tiempo justo de agacharse. Desde su partida, sólo salía de la mochila cuando estaba completamente seguro de que todos dormían. Entonces estiraba sus miembros doloridos, cazaba moscas y mosquitos, que por fortuna abundaban por aquellos calurosos parajes, y se deslizaba de vuelta a su escondite en cuanto se movía uno de los otros tres.

Quería demorar al máximo el momento de ser descubierto. Su miedo a Piel de Azufre y su desconfianza eran demasiado grandes. En una ocasión había echado un vistazo a la escama que el profesor había entregado a Ben. El joven la guardaba en una bolsa que llevaba colgada del cuello. Pata de Mosca escudriñó el interior mientras Ben dormía. La bolsa contenía, además, una foto pequeña, una piedra, una concha y un poco de polvo plateado de la cueva del basilisco. La escama procedía, sin la menor duda, de la coraza de Ortiga Abrasadora. No había nada en el mundo tan frío y tan duro al tacto. Cuando Ben se agitó en sueños, él volvió a meterla en la bolsa con un escalofrío y se sentó junto al muchacho. Hacía lo mismo cada vez que dormían los otros tres. Apoyado con cuidado, con sumo cuidado, en los hombros del muchacho, leía el libro que el chico dejaba siempre abierto a su lado. Era el mismo que Barnabás Wiesengrund le había regalado, y lo leía todos los días hasta que se le cerraban los ojos. Estaba lleno de maravillas.

El libro contenía todos los conocimientos de los humanos sobre unicornios y genios del agua, sobre Pegaso, el caballo volador, y sobre el ave Roc, el pájaro gigante que alimenta con ovejas a sus crías. El libro también hablaba de hadas, de fuegos fatuos, de serpientes marinas y de trolls.

Pata de Mosca se saltó algunos capítulos, como el de los enanos de las rocas. Conocía de sobra a esos individuos. Pero finalmente, al tercer día, cuando los demás dormían y la luz del sol de la tarde lo bañaba todo en una neblina amarilla, Pata de Mosca topó con el capítulo dedicado a los homúnculos, los seres artificiales de carne y hueso creados por el hombre.

Su primera intención fue cerrar el libro.

Escudriñó a su alrededor. Ben murmuraba en sueños, pero Piel de Azufre roncaba con la tranquilidad de siempre y Lung dormía como un tronco.

Entonces Pata de Mosca empezó a leer con el corazón palpitando. ¡Oh, sí! Ya sabía que tenía un corazón. Pero aquellas páginas amarilleadas por el tiempo contaban más cosas. *Un homúnculo suele vivir más que su creador*, leyó. También lo sabía. Pero lo que venía después, lo ignoraba por completo. *Por lo que se sabe, un homúnculo puede vivir casi ilimitadamente, a no ser que desarrolle un gran apego por una persona. En tales casos, el homúnculo muere el mismo día que la persona a la que ha entregado su corazón.*

—¡Oh, oh! ¿Lo sabías? ¡Pues no lo olvides, Pata de Mosca! —susurró el alfeñique—. Preserva tu corazón si en algo aprecias tu vida. Has llegado a ser viejo, más viejo que todos tus hermanos, más viejo que tu creador. No te conviertas en un chiflado en la vejez y se te ocurra aficionarte a un humano.

Levantándose de un salto, pasó hacia atrás las páginas hasta llegar al punto donde Ben había abierto el libro. Después levantó la vista hacia el sol. Sí, ya iba siendo hora de informar a su maestro. Llevaba dos días sin dar noticias suyas, aunque lo cierto era que no había nada que informar.

Pata de Mosca se giró y contempló al joven humano. Mañana. Mañana por la noche llegarían a la sima del djin. Y si éste conocía de verdad la respuesta que su maestro llevaba buscando desde hacía más de cien años, Ortiga Abrasadora se pondría en camino hacia *La orilla del cielo* para volver a salir por fin de caza.

Pata de Mosca sintió un escalofrío. No, no, mejor no pensarlo. ¿Qué le importaba a él? No era más que el limpiacorazas de su señor. Hacía lo que Ortiga Abrasadora le ordenaba desde que él, Pata de Mosca, había salido de un pequeño vaso de colores igual que un polluelo de su cascarón. ¿Qué importaba que aborreciese a su señor? Lo único importante era que su maestro se lo zamparía de un bocado si no le llevaba la respuesta que anhelaba desde hacía tanto tiempo.

—Cuida tu corazón, Pata de Mosca —susurró el homúnculo—. Y ahora ve, y haz tu trabajo.

Antes de que Lung tomara tierra, Pata de Mosca había visto brillar agua cerca, en un viejo aljibe que hacía mucho que nadie usaba, aunque seguía recogiendo la valiosa agua de lluvia. El homúnculo se disponía a encaminarse hacia allí cuando sintió moverse a Ben. Rápidamente se ocultó detrás de una piedra.

El chico se incorporó medio dormido, bostezó y se desperezó. Luego, se levantó y trepó a la alta muralla tras la que habían montado su campamento. Aquel día, Lung se había visto obligado a internarse un gran trecho en el interior del país hasta que sobre una colina, entre árboles del incienso que crecían como muertos en la tierra arenosa, descubrieron una fortaleza derruida. El patio seguía rodeado de murallas, pero los edificios traseros se habían desplomado y estaban cubiertos de arena. Allí sólo vivían las lagartijas y algunas serpientes, que Piel de Azufre espantó a pedradas apenas llegaron.

Ben se sentó en lo alto de la muralla con las piernas colgando y miró hacia el sur. Allí, altas montañas se alzaban en el cielo caluroso, ocultando el horizonte.

—Ya no puede quedar muy lejos —le oyó murmurar Pata de Mosca—. Si los datos del profesor son correctos, mañana llegaremos a la sima.

Pata de Mosca acechaba desde detrás de su piedra. Por un momento, deseó mostrarse al chico, que miraba al infinito sumido en sus pensamientos. Pero luego cambió de idea. Sigiloso, con una rápida ojeada a la durmiente Piel de Azufre, se deslizó dentro de la mochila y desapareció como una lagartija entre las pertenencias de Ben. Su informe al maestro tendría que esperar.

Ben permaneció un buen rato sentado en la muralla. Pero en cierto momento, suspiró y se pasó la mano por la cara, que le ardía por el sol. De un brinco saltó a la arena y corrió hacia Piel de Azufre.

—Eh, Piel de Azufre —dijo en voz baja sacudiendo por el hombro a la duende—. ¡Despierta!

Piel de Azufre se estiró y parpadeó al sentir el sol.

—¡Pero bueno, si todavía hay mucha luz! —cuchicheó mientras se volvía hacia Lung, que dormía plácidamente a la sombra de los viejos muros de la fortaleza.

—Ya lo sé, pero me prometiste que meditaríamos juntos sobre la pregunta. Ya sabes.

—Ah, claro, la pregunta —Piel de Azufre se frotó los ojos—. Vale, pero sólo si antes comemos algo. Este calor da hambre.

Caminó torpemente sobre sus plantas peludas por la arena caliente en dirección a su mochila. Ben la siguió sonriente.

—El calor, no me hagas reír —replicó burlón—. Desde que estamos de viaje hemos tenido lluvia y tempestad y qué se yo qué más. Sin embargo, tú siempre estabas hambrienta.

—Bueno, ¿y qué?

Piel de Azufre extrajo de su mochila la bolsa de setas y la olfateó placenteramente mientras se relamía. Luego, colocó dos hojas grandes sobre la arena y sacudió las setas encima.

—¡Hmmm! ¿Qué comeré ahora?

Ben se limitó a menear la cabeza. Hurgó en su mochila para sacar la cantimplora de agua y algunas aceitunas de las que le había dado el profesor. La bolsa se había escurrido hasta el fondo. Al rebuscar, el muchacho tocó algo peludo. Asustado, retiró la mano.

—¿Qué pasa? —preguntó Piel de Azufre.

—Me parece que dentro hay un ratón —respondió Ben.

—¿Un ratón?

Piel de Azufre apartó su seta, se inclinó sobre la mochila y, rápida como el rayo, agarró fuerte. De un tirón sacó a Pata de Mosca, que pataleaba.

—¡Menuda sorpresa! —exclamó—. Pero ¿a quién tenemos aquí?

—¡Pata de Mosca! —exclamó Ben, sorprendido—. ¿Cómo has ido a parar a mi mochila? Y… y… —contemplaba asombrado al pequeño homúnculo— ¿cómo es que has estado tan callado durante todo este tiempo?

—¡Oh, joven señor! Porque, porque…

Pata de Mosca intentaba liberarse de la fuerte presa de Piel de Azufre, pero la duende no aflojaba por mucho que el alfeñique se retorciera.

—Vaya, vaya, ¿así que eso te hace tartamudear, eh? —gruñó ella.

—¡Suéltame, monstruo peludo! —gritó Pata de Mosca—. ¿Cómo voy a poder explicar algo así?

—Vamos, suéltalo —le recomendó Ben—. Le harás daño.

A disgusto, Piel de Azufre depositó al homúnculo sobre la arena.

—Gracias —murmuró Pata de Mosca, mientras se enderezaba ofendido la chaqueta.

—Bueno, ¿por qué no dijiste nada? —preguntó el chico.

—¿Que por qué no dije nada? ¡Pues por ella, naturalmente! —Pata de Mosca señaló con dedo tembloroso a Piel de Azufre—. Sé de sobra que quiere librarse de mí, así que me escondí en la mochila. Y después —se pellizcó la nariz y lanzó una mirada furiosa a Piel de Azufre—, después callé porque me daba miedo que me arrojase al mar si me descubría.

—¡No es mala idea! —refunfuñó Piel de Azufre—. No es para nada una mala idea.

—¡Piel de Azufre! —Ben dio un codazo en el costado a la duende, y luego, volviéndose hacia el homúnculo con expresión preocupada, añadió—: Ella nunca haría algo así, Pata de Mosca. De veras. En realidad es muy simpática. Sólo que le gusta dárselas siempre de, de... —miró de reojo a Piel de Azufre— de dura, ¿comprendes?

Pata de Mosca, sin embargo, no parecía muy convencido. Lanzó una mirada de desconfianza a Piel de Azufre, a la que ella respondió con gesto malhumorado.

—Toma —Ben entregó al homúnculo unas miguitas de pan de hogaza—. Seguro que tienes hambre, ¿verdad?

—Mi más rendida gratitud, joven señor, pero yo, ejem… —Pata de Mosca carraspeó tímidamente— yo cazaré ahora mismo unas cuantas moscas.

—¿Moscas?

Ben contempló al hombrecillo con aire de incredulidad. Éste, abochornado, se limitó a encogerse de hombros.

—¡Moscas! ¡Puaj, por la oronja mortal! —exclamó Piel de Azufre—. ¡Desde luego, te pega, ratón de patas de araña!

—¡Piel de Azufre! —gritó Ben enfadado—. ¡Déjalo ya! Él no te ha hecho nada, ¿está claro? Es más: te liberó de aquella jaula, ¿o ya lo has olvidado?

—¡Vale, vale! —Piel de Azufre volvió a concentrarse en sus setas—. De acuerdo, prometo que no lo tiraré al mar, ¿entendido? Pero ahora reflexionemos sobre la pregunta que tienes que hacer al mil ojos.

Ben asintió y sacó un papel arrugado del bolsillo del pantalón.

—Ya he apuntado algo. Presta atención.

—Un momento —le interrumpió Piel de Azufre—. ¿Es preciso que lo escuche el alfeñique?

Ben suspiró.

—Pero ¿otra vez con la misma canción? Por qué no va a poder escuchar, ¿eh?

Piel de Azufre miró al homúnculo de la cabeza a los pies.

—¿Y por qué habría de hacerlo? —replicó impertinente—. Opino que cuantos menos oídos escuchen esa pregunta, mejor.

—Me voy —advirtió Pata de Mosca—. Me voy ahora mismo.

Pero Ben lo sujetó por la chaqueta.

—Tú te quedas aquí —le dijo—. Yo confío en ti. Quien tiene que hacer la pregunta soy yo. De manera que deja de dar la tabarra, Piel de Azufre.

La duende lo miró con resignación.

—Como quieras. Pero tu credulidad nos traerá un montón de disgustos. Me apuesto mis setas.

—Estás loca, Piel de Azufre —repuso Ben—. Estás como una cabra.

Pata de Mosca estaba sentado en su rodilla sin saber adónde mirar. Se había sentido pequeño e inútil muchas veces en su vida, pero nunca tanto como en ese momento. Estaba tan avergonzado que le habría gustado confesárselo todo al chico en el acto. Pero no fue capaz de pronunciar ni una sola palabra.

—Veamos, ¿cómo era eso? —Ben alisó su papel—. ¿Dónde-se-esconde-La-Orilla-del-Cielo? Siete palabras.

—Hmm, no está mal —murmuró entre dientes Piel de Azufre—. Pero en cierto modo, suena raro.

—Oh, se me ha ocurrido otra frase —Ben dio la vuelta al papel—. Con otras siete palabras: ¿Dónde podemos encontrar La Orilla del Cielo?

Pata de Mosca se deslizó de la rodilla de Ben sin llamar la atención y retrocedió unos pasos. Piel de Azufre se volvió en el acto hacia él.

—Eh, tú, ¿dónde demonios quieres ir otra vez? —gruñó.

—Me voy a pasear, cara peluda —respondió Pata de Mosca—. ¿Tienes algo que objetar?

—¿A pasear? —Ben, sorprendido, siguió con la vista al homúnculo—. ¿No será mejor que te acompañe? —le gritó mientras se alejaba—. Quiero decir, que no sabemos qué tipo de animales vagan por aquí…

El corazón de Pata de Mosca se apesadumbró por tamaña solicitud.

—No, no, joven señor —le dijo por encima del hombro—. Soy pequeño, pero en absoluto desvalido. Además, no parezco nada apetitoso, tan delgado como soy.

Después, desapareció por un agujero de la muralla.

17. El cuervo

ata de Mosca caminaba presuroso por el aire caliente como entre algodón.

Una y otra vez levantaba su nariz puntiaguda olfateando. Sí, el aljibe debía encontrarse justo al pie de la colina, bajo el gran árbol del incienso. Ya olía el agua con toda claridad. Se abría camino afanosamente entre los escombros y la hierba espinosa. Sus miembros le dolían horrores de tanto jugar al escondite en la mochila de Ben.

Todo eso se lo debía a Piel de Azufre, esa duende estúpida, desconfiada y sabihonda. Bah, se burlaba de que él comiera moscas y ella se atiborraba de setas apestosas. Sólo esperaba que pillara pronto una venenosa, que le royera a fondo la barriga, a ver si dejaba de ser descarada para siempre.

Entre unos arbustos enmarañados, Pata de Mosca topó con unas huellas, seguramente de conejos que corrían veloces hacia el agua. Siguió la estrecha senda, hasta que de repente una sombra oscura se abatió sobre él. Asustado, el homúnculo dio un grito y se tiró boca abajo.

Unas garras negras se hundieron en el polvo a su lado. Un pico curvo le tiró de la chaqueta.

—Te saludo, Pata de Mosca —graznó una voz familiar.

El homúnculo levantó la cabeza con cautela.

—¿Cuervo?

—¡El mismo! —graznó el cuervo.

Pata de Mosca se sentó suspirando y se apartó de la frente el cabello revuelto. Después, cruzó los brazos ante el pecho y lanzó al pájaro negro una mirada de reproche.

—¿Y te atreves a presentarte aquí? —le increpó—. Tengo ganas de arrancarte las plumas y hacerme un cojín con ellas. ¡El diablo sabe que no es mérito tuyo que yo siga con vida!

—Sí, sí —graznó el cuervo contrito—. Tienes razón. Pero ¿qué podía hacer? Me tiraron piedras y tú no te movías, así que me busqué un árbol seguro y no te quité ojo de encima.

—¿Que no me quitaste ojo de encima? ¡Bah! —Pata de Mosca se levantó—. Llevo tres noches viajando alrededor del mundo sin dar contigo. Vamos, tengo que encontrar agua —y sin más reemprendió la marcha.

El cuervo aleteaba detrás malhumorado.

—Para ti es muy fácil hablar —despotricaba—. ¿Crees que era fácil seguir a ese miserable dragón? Vuela tres veces más veloz que el viento.

—Bueno, ¿y qué? —Pata de Mosca escupió con desprecio al polvo—. ¿Para qué te alimentó nuestro maestro con grano mágico desde que empezaste a dar saltos? Y ahora, cállate. Tengo cosas más importantes que hacer que oír tus graznidos.

El antiguo aljibe estaba detrás de una colina no muy alta. Una estrecha escalera de piedra conducía hasta abajo. Los escalones estaban agrietados y en las hendiduras crecían flores silvestres. Pata de Mosca bajó a saltos. El agua de la vieja pila estaba turbia y cubierta de polvo. El homúnculo respiró hondo y se acercó al borde.

—Dile que no pude evitarlo, ¿me oyes? —graznó el cuervo, y aleteando se marchó hasta un desnudo árbol del incienso.

Pero Pata de Mosca no le prestaba atención. Escupió en el agua y en lo más profundo del aljibe apareció una imagen, la cabeza de Ortiga Abrasadora. Barba de Guijo, en medio de los dos poderosos cuernos, les quitaba el polvo con un plumero de pavo.

—¡Tres… días! —gruñó Ortiga Abrasadora con voz ronca y amenazadora—. ¿Qué es lo que te dije?

—No había nada que informar, maestro —contestó Pata de Mosca—. Sol y polvo es todo cuanto hemos visto los últimos días, nada más que sol y polvo. Me he pasado casi todo el tiempo escondido en la mochila del chico. Estoy completamente magullado.

—¿Cuándo iréis a ver al djin? —rugió Ortiga Abrasadora.

—Mañana —Pata de Mosca tragó saliva—. Ah, otra cosa, maestro, el cuervo ha vuelto. Así que será mejor que vaya montado en él.

—¡Sandeces! —Ortiga Abrasadora enseñó los dientes—. Seguirás en la mochila. Cuanto más cerca estés de ellos, antes oirás la respuesta del djin. El cuervo te seguirá para casos de apuro.

—Pero la duende… ¡no confía en mí! —objetó Pata de Mosca.

—¿Y el dragón y el chico?

—Ellos sí —el homúnculo agachó la cabeza—. El chico incluso me protege de la duende.

Ortiga Abrasadora torció su horrible boca en una mueca burlona.

—¡Pequeño imbécil! —gruñó—. Tengo que estarle agradecido de veras. Sobre todo cuando mañana averigüe para mí dónde están los demás dragones. ¡Aaaah! —cerró sus ojos rojos—. ¡Menuda fiesta me espera! En cuanto conozcas la respuesta, me informarás, ¿entendido? Yo me pondré en marcha inmediatamente. Y antes de que ese estúpido dragón vuelva a estar en el aire, habré alcanzado *La orilla del cielo*.

Pata de Mosca clavó la vista, atónito, en la imagen de su maestro.

—¿Cómo pensáis hacerlo? —quiso saber—. Es un largo camino para vos.

—Oh, tengo mis propios medios —bufó Ortiga Abrasadora—, pero eso a ti no te importa, patas de araña. Y ahora regresa antes de que sospechen algo. Yo iré a coger unas cuantas vacas.

Pata de Mosca asintió.

—Ahora mismo, maestro. Pero hay algo más —añadió acariciando una flor que crecía junto al agua—. El humano grande, Wiesengrund, tenía dos de vuestras escamas.

De repente se hizo un silencio sepulcral, sólo roto por el canto de unas cigarras entre la hierba.

—¿Qué has dicho? —preguntó Ortiga Abrasadora.

Sus ojos rojos ardían.

Pata de Mosca hundió la cabeza entre los hombros.

—Tenía dos escamas —repitió—. Una aún sigue en sus manos. La otra se la regaló al chico. Yo la vi, maestro. Debe de ser una de las que perdisteis hace mucho tiempo en las montañas.

Ortiga Abrasadora soltó un gruñido de furia.

—Así que están en poder de los humanos.

Sacudió la cabeza indignado. Tan fuerte que Barba de Guijo a duras penas logró agarrarse a uno de sus cuernos.

—¡Quiero recuperarlas! —vociferó Ortiga Abrasadora—. Nadie debe poseerlas. Nadie. Donde faltan, la piel me pica. ¿Acaso ese hombre pretende averiguar el secreto de mi coraza? —Ortiga Abrasadora entornó sus ojos rojizos—. Quítale la escama al muchacho, ¿entendido?

Pata de Mosca asintió en el acto.

Ortiga Abrasadora se pasó la lengua por los dientes.

—De la que está en poder del hombre grande me ocuparé personalmente —refunfuñó—. ¿Cómo dices que se llama?

—Wiesengrund —respondió Pata de Mosca—. Profesor Barnabás Wiesengrund. Pero pronto abandonará el lugar desde el que os informé la última vez.

—¡Yo soy rápido! —bufó Ortiga Abrasadora—. Muy rápido —se sacudió de tal forma que sus escamas tintinearon—. Y ahora, lárgate. No te preocupes por la duende desconfiada. Me la zamparé muy pronto de aperitivo. Y al hombrecito, también.

Pata de Mosca tragó saliva. De pronto, su corazón se desbocó.

—¿Al chico también? —dijo con un hilo de voz.

—¿Por qué no? —Ortiga Abrasadora bostezó aburrido. Pata de Mosca pudo divisar el fondo de su garganta dorada—. No saben nada mal, esos bípedos vanidosos.

Después, la imagen de Ortiga Abrasadora desapareció. Sólo polvo flotaba sobre la turbia superficie del agua. Pata de Mosca se apartó del borde del aljibe y, al girarse, se sobresaltó.

Arriba en la escalera estaba Piel de Azufre, con su botella de agua vacía en la mano.

—¡Caramba! —exclamó ella, descendiendo los escalones despacio—. ¿Qué andas haciendo por aquí? Pensé que te apetecía dar un paseo.

El homúnculo intentó pasar rápidamente a su lado, pero Piel de Azufre se interpuso en su camino. Él miró por encima del hombro. El amenazador borde del aljibe estaba cerca. Y él no sabía nadar. Piel de Azufre se arrodilló a su lado y llenó su botella con el agua polvorienta.

—¿Con quién estabas hablando?

Pata de Mosca se apartó del agua cuanto pudo. Si volvía a aparecer su maestro, estaba perdido.

—¿Hablando? —tartamudeó—. Ejem, pues sí, estaba hablando. Con mi reflejo, si no tienes nada que objetar.

—¿Con tu reflejo? —Piel de Azufre sacudió burlona la cabeza.

Pero luego miró en torno suyo y descubrió al cuervo que, posado en el árbol, los contemplaba con curiosidad. Pata de Mosca trepaba a toda prisa escaleras arriba. Piel de Azufre lo sujetó por la chaqueta.

—Espera, espera, no tengas tanta prisa —le dijo—. ¿Acaso has estado hablando con ese plumas negras de ahí?

—¿Con ése? —Pata de Mosca tiró de su chaqueta librándola de su presa y simuló sentirse ofendido—. ¿Tengo yo pinta de hablar con pájaros?

Piel de Azufre se encogió de hombros e, incorporándose, tapó su botella.

—No tengo ni idea —contestó—. Pero es preferible que no te sorprenda haciéndolo. ¡Eh, plumas negras! —dijo volviéndose y alzando la vista hacia el cuervo—. ¿Conoces por casualidad a este alfeñique?

Pero el cuervo se limitó a batir sus alas negras, y se alejó de allí con un estrepitoso graznido.

18. Barnabás Wiesengrund recibe visita

arnabás Wiesengrund estaba haciendo las maletas. No es que tuviera mucho que recoger. En sus viajes sólo se llevaba una vieja bolsa con un par de camisas, unos calzoncillos, su jersey favorito y un estuche repleto de lápices. Además, siempre portaba consigo una cámara fotográfica y una gruesa y manchada libreta de apuntes donde escribía todas las historias que llegaban a sus oídos. En su interior también pegaba fotos, copiaba las inscripciones que había descubierto y dibujaba seres fabulosos según las descripciones de las personas que se habían topado con ellos. El profesor había llenado ya casi cien libretas que guardaba en su casa, en su despacho, clasificadas pulcramente según la especie de los seres fabulosos y sus lugares de aparición. «Ésta de aquí», se dijo Barnabás Wiesengrund acariciando con ternura sus tapas, «ésta de aquí ocupará un lugar de honor porque tiene pegada una foto de Lung...». El dragón, para agradecerle su ayuda, le había permitido fotografiarlo.

—Ay, me muero de impaciencia por saber lo que Vita dirá al respecto —el profesor suspiró al guardar la libreta en su bolsa de viaje—. Ella siempre ha temido que los dragones se hayan extinguido.

A la caída de la tarde, cogió una toalla con una sonrisa de satisfacción y salió a limpiarse el polvo y el sudor del rostro antes de partir.

Su tienda estaba emplazada justo al borde del campamento, cerca del único pozo. Un burro y un par de camellos estaban atados a una estaca no muy lejos de allí y dormitaban envueltos en el cálido aire nocturno. No se veía ni un alma. El campamento parecía desierto. La mayoría de sus moradores se habían marchado a la ciudad vecina. Los demás dormían en sus tiendas, escribían cartas a sus familias o estaban enfrascados en sus anotaciones.

Barnabás Wiesengrund se acercó al pozo, colgó su toalla del brocal y subió un cubo de agua de maravillosa frescura, mientras silbaba entre dientes y contemplaba las estrellas, tan innumerables aquella noche como los granos de arena que pisaban sus pies.

De repente, el burro y los camellos levantaron asustados la cabeza. Resoplando, saltaron y tiraron de sus cuerdas. Pero Barnabás no se dio cuenta de nada. Estaba pensando en su hija, preguntándose si habría vuelto a dar un estirón en las cuatro semanas que llevaba sin verla. De repente un sonido lo sobresaltó, arrancándolo de sus agradables pensamientos. Procedía del fondo del pozo y sonaba como un resuello, el resuello de un animal grande, muy grande.

Asustado, el profesor depositó el cubo sobre el brocal y retrocedió. Sabía mejor que nadie que los pozos son un apreciado lugar de residencia para algunas criaturas hostiles en grado sumo. Sin embargo, la curiosidad del profesor venció a su cautela y, en consecuencia, no hizo lo que habría sido razonable, es decir, dar media vuelta y largarse por el camino más rápido. En lugar de eso, Barnabás Wiesengrund se quedó quieto y aguardó impaciente a lo que se disponía a salir del pozo. Con la mano izquierda aferraba el pequeño espejo que guardaba para cualquier eventualidad en el bolsillo trasero de su pantalón. Allí llevaba otras cosas más que podían serle útiles en encuentros peligrosos.

El resuello subió de tono. Un extraño tintineo brotaba del pozo, como si mil anillos de hierro ascendieran raspando las ásperas piedras.

El profesor frunció el ceño. ¿A qué ser fabuloso correspondía aquello? Ni con su mejor voluntad se le ocurrió ninguno, así que por precaución retrocedió más. En el preciso momento en que la luna saliente desaparecía tras negros jirones de nubes, una zarpa formidable cubierta de escamas doradas se deslizó fuera del pozo.

Los animales, berreando y con los ojos desorbitados, arrancaron de la arena las estacas a las que estaban atados y, arrastrándolas tras ellos, huyeron hacia el desierto. Barnabás Wiesengrund, sin embargo, permaneció inmóvil como si hubiera echado raíces.

—¡Barnabás! —se dijo a sí mismo en un murmullo—. Lárgate ahora mismo de aquí, grandísimo merluzo.

Sus pies dieron otro paso atrás y ya no se movieron del sitio.

La gruesa pared del pozo reventó en pedazos como un montón de fichas de dominó y del interior salió con esfuerzo un dragón formidable. Sus escamas doradas brillaban a la luz de la luna como la cota de malla de un gigante. Sus garras negras se hundían profundamente en la arena y su larga cola armada de púas se arrastraba ruidosamente tras él. Un enano con un plumero enorme se aferraba a uno de sus cuernos.

Despacio, con pasos que hacían temblar el desierto, el monstruo avanzaba hacia Barnabás Wiesengrund como una apisonadora. Sus ojos rojos como la sangre brillaban en la oscuridad.

—¡Tuuuú tienes algo que meee perteneceeee! —gruñó Ortiga Abrasadora con voz tonante.

El profesor apoyó la cabeza en la nuca y fijó sus ojos en las fauces abiertas del monstruo.

—¿De veras? ¿Y qué es? —gritó con la mirada fija en aquellos dientes afilados como lanzas.

Al mismo tiempo deslizó muy despacio la mano en el bolsillo trasero de su pantalón, donde, además del espejo, había una cajita pequeña.

—¡La escama, bufón! —bramó Ortiga Abrasadora, y su aliento gélido estremeció a Barnabás Wiesengrund—. Devuélveme mi escama o te aplastaré como a un piojo.

—¡Ah, claro, la escama! —exclamó el profesor dándose una palmada en la frente—. La escama dorada, por supuesto. Así que era tuya. Interesante, sí señor, muy interesante. Pero ¿cómo te has enterado de que la tengo yo?

—¡Déjate de charla! —rugió Ortiga Abrasadora y avanzó una zarpa de forma que las garras negras chocaron contra la rodilla de Barnabás Wiesengrund—. Percibo que la tienes tú. Dásela al enano, vamos.

La cabeza del profesor era un hervidero de interrogantes. ¿Cómo lo había encontrado ese monstruo? ¿Qué sucedería si también sabía quién poseía la segunda escama? ¿Estaría en peligro el muchacho? ¿Cómo podía avisarle?

El enano de las rocas empezó a descender apresuradamente por el cuerpo de Ortiga Abrasadora.

En ese momento, Barnabás Wiesengrund dio un salto y desapareció bajo el vientre del gigantesco dragón. Corriendo hacia sus patas traseras, saltó a una de sus formidables zarpas y se aferró a la coraza escamosa.

—¡Sal de ahí! —vociferó Ortiga Abrasadora girando iracundo sobre su propio eje—. ¿Dónde estás?

El enano cayó a la arena como una ciruela madura y se tiró apresuradamente entre unas piedras para evitar ser aplastado por su furibundo maestro, que pateaba el suelo sin cesar. Barnabás Wiesengrund se agarró con fuerza a la pata de Ortiga Abrasadora y se echó a reír.

—¿Que dónde estoy? —le gritó al monstruo—. En un lugar donde no me atraparás, como es lógico.

Ortiga Abrasadora se detuvo resollando e intentó alcanzar la pata trasera con el hocico, pero su cuerpo carecía de flexibilidad. Sólo consiguió introducir la cabeza entre las patas traseras y mirar iracundo al hombrecillo que colgaba de su cuerpo dorado como una garrapata.

—¡Dame la escama! —bramó Ortiga Abrasadora—. Dámela y no te devoraré. Tienes mi palabra.

—¿Tu palabra? ¡Uf!

Barnabás golpeó la gigantesca pata de la que estaba colgado. Sonó como si golpease una caldera de hierro.

—¿Sabes una cosa? Creo que conozco tu identidad. Eres el que en las antiguas historias denominan Ortiga Abrasadora, ¿no es cierto?

El dragón dorado no contestó. Pateaba el suelo con toda su fuerza para que el humano se desprendiera. Pero sus zarpas se hundían en la arena del desierto mientras Barnabás seguía colgado de su pata.

—¡Sí, tú eres Ortiga Abrasadora! —exclamó el profesor—. Ortiga Abrasadora, el dragón dorado. ¿Cómo he podido olvidar las historias que hablan de ti? Debí haberme acordado ya entonces, cuando encontré las escamas doradas. Dicen que eres un embustero, un ser sanguinario y taimado, vanidoso y sediento de sangre. De ti se cuenta incluso que devoraste a tu creador, lo que, para ser sinceros, se merecía por haber creado un monstruo como tú.

Ortiga Abrasadora escuchaba las palabras del profesor con la cabeza gacha. Sus cuernos se clavaban en la arena.

—¿Ah, sí? —gruñó—. Habla cuanto quieras. Te devoraré enseguida. No puedes estar eternamente colgado ahí debajo. ¡Limpiacorazas! —levantó su horrible hocico y miró a su alrededor—. Limpiacorazas, ¿dónde estás?

Barba de Guijo asomó de mala gana la cabeza en su escondrijo.

—¿Sí, Gran Dorado?

—Ve y hazle cosquillas al humano con tu plumero —gruñó Ortiga Abrasadora—. A lo mejor eso provoca su caída.

El profesor, al oír estas palabras, tragó saliva.

Aún podía sujetarse, pero los dedos le dolían y, por desgracia, tenía muchas cosquillas. Tampoco cabía esperar ayuda. Si hasta entonces los bramidos del gigantesco dragón no habían sacado a nadie de su tienda, posiblemente tampoco lo harían en lo sucesivo. No, tendría que salvarse por sí mismo. Pero ¿cómo? Por más que se devanaba los sesos, no se le ocurría una sola idea.

El enano de las rocas apareció entre las patas delanteras de Ortiga Abrasadora con gesto hosco, el sombrero lleno de arena y su plumero de plumas de pavo. Vacilando, se dirigió hacia Barnabás Wiesengrund con paso torpe.

«Ya va siendo hora de que te inventes algo, amiguito», se dijo el profesor, «o tu amada esposa no volverá a verte nunca más». Y entonces se le ocurrió una idea.

—¡Eh, enano! —cuchicheó en el momento en que Barba de Guijo, con su desmesurado sombrero, debajo de la zarpa de su maestro, alargaba las plumas de pavo hacia el profesor.

Barnabás Wiesengrund se sacó del dedo la alianza de oro con los dientes y la escupió a los pies del enano de las rocas. Éste dejó caer en el acto el plumero y, recogiendo el anillo, acarició con aire experto el metal brillante.

—No está mal —murmuró entre dientes—. Macizo.

En ese mismo instante, el profesor resbaló y de un batacazo aterrizó en la arena junto al asustado enano.

—¿Qué sucede, Barba de Guijo? —atronó la voz de Ortiga Abrasadora desde la oscuridad—. ¿Se ha soltado ya?

El enano intentó responder, pero el profesor le tapó la boca rápidamente.

—Escucha, Barba de Guijo —susurró al oído al hombrecillo—. Si le dices a tu señor que he desaparecido conseguirás el anillo, ¿está claro?

El enano le mordió en los dedos.

—Lo conseguiré de todos modos —farfulló a pesar de la mano de Barnabás Wiesengrund.

—¡No lo conseguirás! —susurró el profesor arrebatándole el anillo—. Porque me comerá con alianza incluida. Así que, ¿trato hecho?

El enano, tras una ligera vacilación, asintió.

—¡Limpiacorazas! —vociferó Ortiga Abrasadora—. ¿Qué ocurre?

Agachó de nuevo la cabeza y, enseñando los dientes, intentó mirar entre sus patas delanteras. Pero para entonces había oscurecido tanto que no acertó a distinguir lo que sucedía junto a sus patas traseras.

Barnabás Wiesengrund tiró el anillo delante de las botas del enano.

—¡No se te ocurra traicionarme! —le dijo en un susurro—. Porque entonces le contaré a tu señor que se te puede sobornar, ¿entendido?

El enano se agachó para coger el anillo. El profesor se arrastró por la arena hacia la cola de Ortiga Abrasadora tan deprisa como pudo. Jadeando, trepó por ella y se agarró a las púas. Barba de Guijo lo observaba con los ojos abiertos como platos. Después se guardó el anillo debajo de su grueso chaleco.

—¡Limpiacoraaazaaaas! —bramó Ortiga Abrasadora—. ¿Qué demonios sucede?

El enano levantó su plumero, echó una última mirada en torno suyo, y apareció con expresión contrita entre las gigantescas patas delanteras.

—¡Se ha ido, Gran Dorado! —exclamó encogiéndose de hombros con aire desconcertado—. Esfumado. Como tragado por la arena.

—¿Queeeeé? —Ortiga Abrasadora acercó tanto su enorme hocico a su limpiacorazas, que éste retrocedió asustado—. ¿Dóooonde está, enano? —bramó Ortiga Abrasadora, y golpeó tan fuerte con el rabo que a Barnabás Wiesengrund le saltó la arena alrededor de las orejas y le costó un esfuerzo tremendo sujetarse.

El enano de las rocas palideció y apretó las manos contra su chaleco.

—No lo sé —balbuceó—. ¡No lo sé, Gran Dorado! Cuando me metí debajo de vuestra panza de oro ya había desaparecido.

Ortiga Abrasadora empezó a escarbar la tierra.

Cavó y cavó, pero por mucho que hurgó en la arena del desierto, siguió sin encontrar a Barnabás Wiesengrund. Barba de Guijo, subido a una piedra, deslizaba sin cesar los dedos debajo del chaleco para palpar el anillo de oro del profesor.

Barnabás Wiesengrund se aferró durante todo el rato a la púa de la cola de Ortiga Abrasadora esperando la oportunidad para dejarse caer sobre la arena y escabullirse de allí. Al principio temió que el monstruo se abalanzase sobre el campamento y se zampase a un par de colegas ya que no lo había atrapado a él. Ortiga Abrasadora, sin embargo, parecía recelar de los humanos. Y cuando, a pesar de haber revuelto medio desierto y haber desenterrado más ruinas que todos los arqueólogos juntos, no encontró al profesor, se quedó resoplando en la arena. Moviendo el rabo convulsivamente y enseñando los dientes, miró hacia el este.

—¡Limpiacorazas! —bramó—. ¡Sube! Tenemos que volver. Quiero oír lo que ha dicho ese djin.

Barnabás Wiesengrund se estremeció. Del susto, por poco le pellizca el rabo a Ortiga Abrasadora. ¿Había dicho «djin», el monstruo? Alargó un poco la cabeza para oír mejor.

—Ya voy, Gran Dorado —gritó el enano de las rocas.

Con gesto enfurruñado, caminó pesadamente hacia su maestro y trepó a su coraza.

—¡Ay de ese mentecato de espía como continúe sin informar! —gruñó Ortiga Abrasadora mientras Barba de Guijo se sentaba de nuevo entre sus cuernos—. Como no me entere pronto de dónde está *La orilla del cielo*, me zamparé sin más preámbulos a ese dragón junto con su hombrecillo y el duende greñudo. Puaj, los duendes tienen un sabor asqueroso a setas. Además, son demasiado peludos.

Barnabás Wiesengrund contuvo el aliento. No podía dar crédito a lo que acababa de escuchar.

Ortiga Abrasadora se volvió y, con un gruñido de furia, trotó hacia la sima de la que había salido. Poco antes de alcanzarla, el profesor se dejó caer en la arena y se deslizó tan deprisa como le permitieron sus piernas entre los escombros del muro del pozo. Al borde del agujero, Ortiga Abrasadora se detuvo de nuevo y giró la cabeza. Sus ojos rojos escudriñaron la arena revuelta y la zona de tiendas.

—Te encontraré, humano Wiesengrund —le oyó gruñir el profesor—. Te encontraré, y la próxima vez no te escaparás de mí. Ahora le toca el turno al dragón plateado.

Luego, se introdujo de nuevo en la sima. Su cola dentada se deslizó en el negro agujero del pozo. Un chapoteo y un resoplido surgió de las profundidades, y Ortiga Abrasadora desapareció.

Barnabás Wiesengrund se sentó, como fulminado por el rayo, entre las ruinas del pozo.

—¡Tengo que avisarles! —murmuró—. Tengo que prevenir a Lung y a los demás de este monstruo. Pero ¿cómo? ¿Y quién, por todos los diablos, quién le ha hablado del djin a Ortiga Abrasadora, el Dorado?

19. La señal indicadora

La cuarta noche, el terreno que sobrevolaba Lung se tornó más montañoso, tal como les había dicho el profesor. Un agreste paisaje rocoso se extendía bajo ellos a la luz de la luna. La tierra parecía un arrugado ropaje gris. Las rocas se arqueaban a gran altura, clavándose algunas de ellas en el cielo como si fueran espinas. Ben, lleno de asombro, divisaba allí abajo ciudades pegadas a pendientes empinadas que proyectaban hacia la luna mil almenas de adobe claro.

—¡Como en *Las mil y una noches*! —murmuró.

—¿Qué dices? —preguntó Piel de Azufre.

—Como *Las mil y una noches* —repitió Ben—. Son historias, ¿sabes? Muchas historias. De alfombras voladoras y todo eso. En ellas también aparecen djins.

—Ya, ya —murmuró Piel de Azufre.

Estaba harta de rocas y de arena. Le dolían los ojos de tantos tonos grises, amarillos y pardos. Deseaba ver árboles. Quería oír el rumor del follaje al ser mecido por el viento y desterrar de sus oídos ese eterno canto de grillos. Dos veces y ante su apremio, Lung había aterrizado junto a una señal indicadora, pero en ambas ocasiones resultó ser una carretera equivocada. Ben se lo había confirmado en el acto, blandiendo el mapa ante sus narices, pero la impaciencia iba poco a poco enloqueciendo a la duendecilla.

—Pues tiene que ser la próxima —repuso ella—; tiene que ser la próxima bifurcación, ¿verdad?

Ben asintió.

—Por supuesto —de pronto se inclinó hacia delante—. ¡Eh, Piel de Azufre! —exclamó, muy nervioso—. Fíjate. Ahí abajo. ¿Ves eso?

A la luz de la luna las oscuras faldas de las montañas que bordeaban la carretera resplandecían más claras que el mar.

—¡Oh, no! —gimió Piel de Azufre—. Son ellos. Seguro.

—¿Quiénes? —Ben se inclinó tanto hacia delante que estuvo a punto de resbalar del lomo de Lung—. ¿Quiénes, Piel de Azufre?

—¡Elfos! —Piel de Azufre tiró de su correa—. ¡Lung! —vociferó—. ¡Asciende, Lung! ¡Deprisa!

Sorprendido, el dragón aminoró su vuelo y miró en torno suyo.

—¿Qué sucede?

—¡Elfos! —gritó Piel de Azufre—. ¡Míralos! ¡Pululan por todas partes!

El dragón ascendió en el acto con vigorosos aleteos.

—¡Oh, no! —exclamó Ben—. ¿No podríamos volar un poquito más bajo? Me encantaría observarlos de cerca.

—¿Te has vuelto loco? —Piel de Azufre sacudió la cabeza ante semejante manifestación de la necedad humana—. Ni hablar del peluquín. A lo mejor llevan consigo flechas del amor y tú, hombrecillo zopenco, te enamoras en el acto de la próxima corneja que nos encontremos. No, no y no.

—Por una vez Piel de Azufre tiene razón, joven señor —corroboró Pata de Mosca. Iba metido debajo de la chaqueta de Ben. Sólo asomaba su cabeza entre dos botones—. Podremos darnos con un canto en los dientes si no reparan en nosotros.

Ben contempló desilusionado el bullicioso y resplandeciente hervidero.

—¡Oh, no! —suspiró Piel de Azufre—. La carretera se bifurca ahí delante. Precisamente ahora. Y también hay un letrero.

—He de volar más bajo —dijo Lung—, o Ben no podrá leerlo.

—¿Más bajo? —Piel de Azufre puso los ojos en blanco—. Pues qué bien. Justo ahora que andan revoloteando por ahí esas criaturas brillantes. ¡Bonete y pardilla, esto no nos traerá más que disgustos!

Lung se dejó caer poco a poco hasta posarse en la carretera asfaltada.

Cuando Ben se disponía a comparar las letras del profesor con las de la señal, comprobó que ésta estaba completamente cubierta de un enjambre de elfos del polvo. Apenas mayores que una mariposa limonera, eran amarillos como la arena, de alas irisadas y cabellos verde polvo. Zumbando y revoloteando, se reían con risitas contenidas y aleteaban alrededor del cartel, de forma que Ben acabó completamente mareado de tanto mirar.

—Ya tenemos el disgusto encima —murmuró Piel de Azufre—. Vaya que sí.

Un grupito pequeño de aquellos seres leves como plumas se separó del enjambre y voló hacia Lung, posándose en sus púas, en su nariz y en sus cuernos. Otros aletearon alrededor de Ben y de Piel de Azufre, les pellizcaron las mejillas riendo, les tiraron del pelo y de las orejas.

Pata de Mosca encogió la cabeza hasta que solamente asomó su nariz por entre los botones de la chaqueta de Ben.

—¡Joven señor! —gritaba—. ¡Joven señor!

Pero con todos aquellos trinos y risas de los elfos, Ben no lo podía oír. Contemplaba a aquellos pequeños seres resplandecientes completamente abstraído.

—¿Qué, te siguen gustando lo mismo de cerca? —le dijo Piel de Azufre al oído.

Ben asintió.

Una elfa le hizo cosquillas debajo de la barbilla y le sacó una diminuta lengua amarilla. Acto seguido se sentó en su rodilla y le guiñó un ojo. Ben contemplaba, lleno de admiración, sus alas de colores.

—¡Eh, tú! —Piel de Azufre miró a la elfa por encima del hombro de Ben—. ¿Podríais ser tan amables de despejar el cartel? Tenemos que ver si esa carretera de ahí es la correcta.

La elfa del polvo cruzó las piernas, plegó las alas y dirigió a la duende una amplia sonrisa.

—No es la correcta —respondió con un gorjeo—. De ningún modo.

Ben se inclinó perplejo hacia ella.

—¿Por qué? —preguntó.

—Porque es la equivocada —respondió el pequeño ser haciéndole un guiño—. ¡Terminantemente, ambiguamente, triplemente equivocada, por supuesto!

Y le entró tal ataque de risa, que casi se cae de la pierna de Ben. Piel de Azufre soltó un gemido.

—¿Qué carretera hemos de tomar entonces? —preguntó el muchacho.

—Cualquiera menos ésa —contestó la elfa.

—¡Ajá! —respondió Ben aturdido.

En ese momento, una segunda elfa del polvo se reunió con ellos aleteando. Situándose sobre los hombros de la primera, esbozó una sonrisa de una a otra de sus picudas orejas.

—¿Qué pasa, Mukarrib?

—Quieren tomar la carretera equivocada —trinó Mukarrib—. Diles que es la equivocada, Bilqis.

—¡Es la equivocada! —gorjeó Bilqis a renglón seguido—. Yo diría incluso que es la más superequivocadísima de todas, sin la menor sombra de duda.

—¡No lo aguanto más! —gruñó Piel de Azufre—. Si estas estúpidas pizcas atolondradas no se bajan inmediatamente del letrero, yo...

—¿Qué ha dicho tu amigo? —preguntó Mukarrib—. ¿Es que ahora vamos a enfadarnos?

Otros tres elfos llegaron volando y se posaron riendo en los hombros de Ben.

—No, claro que no —balbuceó el muchacho—. Ella sólo dice que vuestras alas son preciosas.

Los elfos del polvo rieron halagados y uno se posó en la mano de Ben. Éste, admirado, alzó a la pequeña criatura para contemplarla de cerca. Era liviana como una pluma, pero

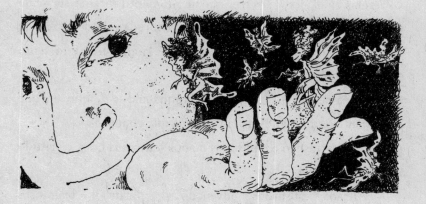

cuando el chico levantó la mano con cuidado para rozar sus alas tornasoladas, todos los elfos se alejaron zumbando.

Lung giró la cabeza hacia ellos.

—¿Qué hacemos, Piel de Azufre? —preguntó.

Las pequeñas criaturas hacían cabriolas por todas las púas del dragón.

—Podrías espantarlos con unas llamitas —susurró Piel de Azufre—. No tengo ni idea de lo que ellos harán después, pero hemos de continuar.

El dragón asintió. De pronto, Pata de Mosca sacó el brazo fuera de la chaqueta de Ben y le pellizcó la mano.

—¡Ay! —gritó el chico mirando asombrado al homúnculo.

—Joven señor —musitó Pata de Mosca—, joven señor, yo sé cómo librarnos de ellos. ¡Alzadme!

Por suerte en ese momento los elfos estaban ocupados en tirarse rodando por el rabo de Lung. Mukarrib y Bilqis daban volteretas en el aire, y los tres que un momento antes se sentaban en el hombro de Ben, jugaban al corro sobre la cabeza de Piel de Azufre. Ben extrajo a Pata de Mosca de la chaqueta y lo sentó sobre su hombro.

—Deséame suerte —musitó el homúnculo—. Confío en que sean idénticos a los elfos de la montaña que conozco.

Luego carraspeó, se puso las manos junto a la boca y gritó lo más alto que pudo:

—¡Alejaos, absurdos advenedizos! ¡Brincad, brumosos botarates! ¡Desapareced, destemplados diablillos! ¡Ea, esfumaos, elfos encopetados!

El efecto fue asombroso. Enloquecidos, los elfos echaron a volar todos a la vez como un enjambre de abejorros, se elevaron en el aire formando una nube resplandeciente y empezaron a despotricar sin orden ni concierto con sus vocecitas gorjeantes.

—¡El letrero! —exclamó Piel de Azufre—. ¡Veo el letrero!

Pero apenas había pronunciado estas palabras, los elfos se dispersaron de nuevo y con un griterío iracundo echaron a volar hacia el dragón. Al sacudir sus cabellos verdes, un polvo plateado cayó suavemente sobre Ben y Piel de Azufre. Lung soltó tal estornudo que de su nariz brotaron chispas azules.

—¡Has roto el hechizo, cara peluda! —gritó Pata de Mosca—. Están esparciendo polvos del sueño. ¡Deprisa, continuad! La F, íbamos por la F.

—¡F! —tartamudeó Ben, mientras los elfos le soplaban el polvo plateado en la nariz y le tiraban de los pelos, enloquecidos.

Lung volvió a estornudar.

—¡Fuera, fanfarrones flameantes! —gritó Ben, justo a tiempo, porque dos elfos habían agarrado por los brazos a Pata de Mosca y se disponían a llevárselo de allí.

Lo soltaron entre denuestos y cayó de cabeza en el regazo de Ben.

—¡Gaznápiros! —chilló el homúnculo agitando furioso sus pequeños puños—. ¡Galopines, golfantes, greñudos... greñudos...!

—¡Gruñones! —prosiguió a gritos Piel de Azufre sacudiéndose el polvo del sueño de la piel—. ¡Guardaos, galopines, golfantes, greñudos gruñones! ¡Huid, horrendos haraganes!

Los elfos volvieron a dispersarse alocadamente, pero luego se congregaron de nuevo con furioso zumbido sobre la señal, para alejarse remolineando en dirección a las oscuras laderas de las montañas. Durante un instante aún acertaron a percibir su resplandor en la noche; después, también éste se desvaneció. Ya no se oían risas, ni el frufrú de las alas, ni sus vocecitas gorjeantes. Sólo el rumor del mar, el canto de los grillos y el lejano zumbido de un camión por la carretera de la costa inundaban la noche.

—¡Un coche! ¡Viene un coche! —gritó Piel de Azufre sacudiendo a Ben un puñetazo en la espalda—. ¡Deprisa! ¿Qué pasa con ese letrero?

Ben comparó los caracteres.

—¡Magnífico! —exclamó—. ¡Ésta es la carretera!

—¡Atención, sujetaos bien! —indicó Lung y, con un batir de alas, se separó del suelo.

El automóvil se aproximó, pero cuando su luz cayó sobre el letrero, el dragón había desaparecido entre las montañas.

—¿Va todo bien? —le preguntó Piel de Azufre preocupada—. ¿Cuánto polvo te has tragado?

—Me parece que con el estornudo lo he expulsado todo —respondió Lung—. No tengo ni pizca de sueño. ¿Qué tal estáis vosotros?

Piel de Azufre bostezó a modo de respuesta.

—¡Eh, Pata de Mosca! —añadió mirando por encima del hombro de Ben al homúnculo, que se restregaba los ojos exhausto—. ¿Cómo sabías tanto de los elfos?

—Me han dado ya muchos quebraderos de cabeza —respondió Pata de Mosca somnoliento—. Pero no estaba seguro de que las iniciales idénticas sirvieran también con esta especie.

—Pues han servido —murmuró Piel de Azufre—. Por fortuna. De otro modo nos habrían dormido en medio de la carretera con su maldito polvo —y bostezó de nuevo.

Debajo de ellos, la carretera que Lung seguía se internaba cada vez más entre las rocas. El dragón tenía que volar con cuidado para que sus alas no tropezasen contra las paredes de piedra.

—Una vez tuve que llegar hasta la W —contó Pata de Mosca con voz de sueño—. Pero esos mastuerzos nunca se dan cuenta de que te saltas la C.

Ben se frotó la nariz, que le picaba.

—A pesar de todo, me habría encantado observarlos más tiempo —murmuró—. Eran tan graciosos. Y sus alas resplandecían como pompas de jabón.

—¿Sabes una cosa? —Piel de Azufre se reclinó en las púas de Lung y cerró los ojos—. Si estás tan chalado por esos currutacos alados, ¿por qué no atrapas uno?

—¿Atrapar uno? —Ben se volvió hacia ella con gesto de incredulidad—. ¿Y cómo?

—Es muy sencillo —murmuró Piel de Azufre—. Mezclas en un cuenco un poquito de leche, dos cucharadas de miel y pétalos de rosa frescos, luego lo dejas al aire libre en una noche cálida de luna llena.

Ben seguía mirándola incrédulo.

—¿Y después? —preguntó bostezando.

Las alas de Lung susurraban en la oscuridad.

—Después —contestó Piel de Azufre en voz baja—, después te garantizo que pronto llegará revoloteando uno de esos bobalicones para hundir su lengua en la leche dulce como la miel y perfumada de rosas. Entonces, ¡zas!, le echas encima una telaraña y ya es tuyo.

—¿Una telaraña? —Ben sacudió la cabeza irritado—. ¿Y dónde demonios voy a conseguir una telaraña?

—Ése es tu problema, chaval —masculló Piel de Azufre—. Yo te he contado cómo capturar a un elfo. El resto es cosa tuya.

Ben también se recostó.

—Bah, de todos modos no pretendo capturar a ninguno —musitó—. La caza me trae sin cuidado. ¿Y a ti?

Piel de Azufre, sin embargo, dormía ya. También Pata de Mosca roncaba suavemente sobre el regazo de Ben. En su nariz brillaba el polvo de elfo.

—Lung —llamó Ben en voz baja—. ¿De verdad no tienes sueño?

—Ni pizca —le respondió el dragón—. Quién sabe, a lo mejor el polvo de elfo despabila a los dragones.

—Pues a los humanos les sucede lo contrario —musitó Ben. Y al punto se quedó dormido.

Lung continuó volando imperturbable en medio de la noche. Siempre siguiendo la carretera que debía conducirlo hasta el djin azul.

20. La cañada del djin

Ben se despertó cuando Lung aterrizaba. Asustado, miró a su alrededor. El cielo estaba claro. Una lechosa bruma matinal pendía sobre las montañas. La carretera terminaba detrás de una curva muy pronunciada y ante ellos las rocas caían a pico en el vacío como si la tierra se hubiese partido en dos. No había puente que condujese hasta el otro lado de la cañada.

«Tiene que ser ésa», pensó Ben. «La cañada del djin azul». Lung se detuvo junto al precipicio y miró hacia abajo. Un rumor ascendía desde el fondo.

Ben se volvió. Piel de Azufre seguía roncando apaciblemente. El muchacho cogió en brazos con cuidado al durmiente Pata de Mosca y descendió con él del lomo de Lung.

—¿Qué, has dormido ya tu borrachera de elfo? —le preguntó el dragón dándole un empujoncito burlón con el hocico cuando estuvo a su lado—. Fíjate en esto. Creo que hemos encontrado la morada del djin.

Ben, cauteloso, bajó los ojos hacia la cañada.

No era muy ancha, apenas el doble que la carretera que ellos habían seguido. Al principio, las rocas caían desnudas hacia las profundidades, pero a los pocos metros proliferaban espesos matorrales. Las flores cubrían la piedra y desde el fondo de la cañada gigantescas palmeras se estiraban hacia la luz. Allí abajo estaba oscuro. En ese preciso momento, un rumor llegó con toda claridad a oídos de Ben. Debía de proceder del río del que les había informado el profesor. Pero Ben escuchó además otros rumores: voces de animales, chillidos roncos de pájaros extraños.

—Eh, ¿por qué no me habéis despertado? —protestó malhumorada Piel de Azufre desde el lomo del dragón.

Pata de Mosca, que seguía durmiendo en brazos de Ben, se despertó sobresaltado y miró, desconcertado, a su alrededor.

—Puedes quedarte ahí encima, Piel de Azufre —dijo Lung, asomando el cuello por la cañada—. Vamos a volar hacia ahí abajo. Pero no será fácil posarse en medio de esa espesura.

El dragón se deslizó hacia el fondo como una sombra. Las hojas de palmera azotaron el rostro de Ben cuando Lung atravesó el techo verde de los árboles. El dragón batió las alas con fuerza unas cuantas veces y aterrizó suavemente a la orilla de un río que fluía perezosamente. Los rayos del sol caían sobre el agua. Ben miró hacia arriba. El cielo parecía infinitamente lejano. Alrededor de ellos, entre miles de hojas, sonaban silbidos y chirridos, gruñidos y graznidos. El aire era sofocante y húmedo, y enjambres de mosquitos zumbaban por encima de la corriente.

—¡Negritos y moreletes! —Piel de Azufre se bajó de la espalda de Lung y se hundió hasta el pecho en las enredaderas—. ¿Cómo vamos a encontrar nada en esta selva? —miró molesta a su alrededor.

—Empezando a buscar —repuso Lung abriéndose camino por la espesura.

—¡Eh, eh, aguarda un momento! —Piel de Azufre se agarró con fuerza a su cola—. ¡Para ti es fácil hablar! Tú no te hundes hasta la barbilla en estas hojas. ¡Hmm! —mordió una para probarla—. Son deliciosas. Absolutamente deliciosas.

—¿Quieres montarte sobre mi espalda? —le preguntó Lung volviéndose hacia ella.

—¡No, no! —Piel de Azufre denegó con una seña—. Está bien. Ya me abriré camino. Hmm. De veras —y arrancando una hoja tras otra, las embutía en su mochila—. Estas hojas son demasiado exquisitas.

Ben sentó a Pata de Mosca en su hombro y sonrió.

—Piel de Azufre —dijo Lung mientras su cola se movía con impaciencia de un lado a otro—. Ven de una vez. Ya recogerás provisiones cuando hayamos encontrado al djin.

Se volvió. Ben lo siguió. No tardaron en desaparecer los dos entre los árboles.

—¡Qué mala idea! —refunfuñó Piel de Azufre, caminando tras ellos—. Como si ese djin no pudiera esperar ni cinco minutos. Yo no me alimento exclusivamente de la luz de la luna. ¿Acaso pretende que en algún momento me caiga, muerta de hambre, de su espalda?

Lung se abría camino siguiendo el curso del río. Cuanto más avanzaban, más se estrechaba la cañada. Al final, una enorme palmera caída cerró el paso al dragón. Sus raíces hirsutas se elevaban al aire. El largo tronco, sin embargo, descansaba sobre unos grandes peñascos en el río, formando una especie de puente sobre el agua.

—¡Espera un momento! —Ben sentó a Pata de Mosca en el rabo de Lung, trepó al tronco de la palmera caída y caminó un corto trecho por él.

—¡Mirad! —gritó señalando la otra orilla—. Allí, entre las flores rojas.

Lung dio un paso en el agua y estiró el cuello.

Efectivamente, allí estaba el enorme coche gris, invadido por las enredaderas, cubierto de flores caídas y lagartos que tomaban el sol sobre el capó.

Sin perder el equilibrio, Ben recorrió el tronco de la palmera y saltó a la otra orilla. El dragón vadeó el agua poco profunda y se detuvo en la orilla, a la espera. Ben apartó las enredaderas y atisbó el interior del automóvil. Al mirar por una ventanilla lateral, un gran lagarto sentado en el asiento delantero le rugió. Ben retrocedió asustado. El lagarto desapareció entre los asientos de un salto.

—No tiene cristales —comentó Ben en voz baja—. Tal como dijo el profesor.

Con cautela, volvió a introducir la cabeza por la ventanilla del coche. El lagarto había desaparecido, pero en el asiento trasero se enroscaban dos serpientes. Ben apretó los labios, metió la mano por la ventanilla y tocó la bocina. Luego, retrocedió rápidamente.

Bandadas de pájaros echaron a volar con gran estrépito. Los lagartos se deslizaron veloces por la chapa caliente del vehículo y desaparecieron entre las enredaderas.

De nuevo reinó el silencio.

Ben retrocedió, cauteloso. Según el profesor, tenían que esperar a diecisiete pasos del coche. Ben los contó. Uno... dos... tres... cuatro... Diecisiete pasos eran muchos pasos. Deliberadamente no los dio demasiado grandes. Tras el decimoséptimo se sentó en una piedra. Lung se tumbó tras él, en medio de flores y hojas. Piel de Azufre y Pata de Mosca se acomodaron en sus zarpas. Todos miraban, expectantes, al coche.

Asif no se hizo esperar demasiado.

Un humo azulado ascendió de las ventanas del automóvil, cada vez más alto hasta que Ben tuvo que echar la cabeza sobre la nuca para contemplar la columna de humo. Entre las copas de las palmeras se aglomeraban cendales de humo que comenzaron a girar alrededor de sí mismos cada vez más deprisa hasta que la gigantesca columna de humo formó un cuerpo, azul como el cielo vespertino y tan descomunal que su sombra oscurecía la cañada. Sobre su piel, los hombros, los brazos y la gorda barriga centelleaban los mil ojos de Asif, pequeños y relucientes como piedras preciosas.

Ben retrocedió hasta percibir a sus espaldas las escamas de Lung. Piel de Azufre y Pata de Mosca se acurrucaron sobre el lomo del dragón. Sólo Lung permaneció inmóvil, contemplando al djin con la cabeza levantada.

—¡Aaaahhh! ¡Fíjateeee! —el djin se inclinó sobre ellos.

Mil ojos, mil imágenes brillaron sobre sus cabezas y el aliento de Asif recorrió la cañada de un extremo a otro como el viento cálido del desierto.

—¿Qué teneeemos aquiiiií? —dijo el djin con voz atronadora—. Un dragón, un dragón auteeeéntico. ¡Caraaaamba! —su voz sonaba hueca como el eco y rebotaba en las paredes rocosas de la cañada—. Por tu cuuuulpa me ha picado tanto la piel, que han tenido que rascármela mil sirvientes.

—No fue ésa mi intención, djin —declaró Lung mirando hacia arriba—. Hemos venido para hacerte una pregunta.

—¡Ooooooooooh! —el djin esbozó una sonrisa—. Yo sóooooolo respondo a las preguntas de los humanos.

—Lo sabemos —Ben se incorporó de un salto, se apartó el pelo de la frente y alzó la vista hacia el gigantesco ser—. ¡Yo soy quien te pregunta, Asif!

—¡Ooooooh! —musitó el djin—. Conque el escarabajillo co- nooooce nuestro nombre. ¿Qué preguuuunta es ésa? Y tuuuú, ¿conooooces mis condiciones?

—Sí —contestó Ben.

—Bieeeen.

El djin se inclinó un poco más. Su aliento calentaba como el vapor de una cacerola. A Ben le caían gotas de sudor de la punta de la nariz.

—Preguuuunta —susurró Asif—. No me vendriiiía nada mal otro criaaaado. Uno que me limpiara las orejas, por ejemplo. Tuuuú tienes justo el tamaño adecuaaaado.

Ben tragó saliva. La cara de Asif estaba ahora precisamente sobre su cabeza. En sus fosas nasales crecían pelos azules, gruesos como troncos de árbol joven, y sus orejas puntiagudas, que sobresalían mucho del cráneo calvo, eran mayores que las alas de Lung. Desde lo alto, dos ojos gigantescos, verdes como los de un gato colosal, contemplaban burlones a Ben. Éste descubrió en ellos su propio reflejo, diminuto y perdido. En los demás ojos de Asif la nieve caía sobre ciudades remotas y los barcos se hundían en el mar.

Ben se limpió las gotas de sudor de la punta de su nariz y preguntó en voz alta:

—¿Dónde podemos encontrar *La orilla del cielo*?

Piel de Azufre cerró los ojos, Lung contuvo la respiración y Pata de Mosca empezó a temblar de los pies a la cabeza. Ben esperaba la respuesta del djin con su corazón latiendo desbocado.

—*La oriiiiiilla del cielo* —repitió Asif.

Se estiró hacia el cielo unos cuantos metros más. Después soltó tal carcajada que de las paredes de la cañada se desprendieron piedras y rodaron con estrépito hacia el fondo. Su gorda barriga tembló sobre la cabeza de Ben como si fuera a caerse en cualquier momento.

—¡Hombrecillo, hombrecillo! —atronó el djin inclinándose de nuevo sobre el chico.

Lung se situó ante Ben en ademán protector, pero Asif apartó suavemente al dragón con su mano colosal.

—*La oriiiiiilla del cielo* —repitió de nuevo—. ¿Eso no lo preguntas para ti, verdaaaaad?

—No —respondió el muchacho—. Mis amigos necesitan saberlo. ¿Por qué?

—¿Por qué? —el djin le dio un empujón en el pecho con su imponente dedo índice, pero en el lugar donde lo rozó el gigante Ben sólo sintió un soplo cálido.

—¿Por queeeeeé? —atronó Asif tan alto que Pata de Mosca se tapó los oídos con las manos—. Tuuuuuú eres el primero. El primeeeero que no pregunta para él, humano pequeño como un escarabajo. El primeeeero en tantos miiiiles de años que yo mismo he perdido la cueeeeeenta. Por eso responderé a tu pregunta doblemente complacido. A pesar de lo bieeeeeen que me vendrías como criado.

—¿Tú… tú… tú… tú conoces la respuesta? —la lengua de Ben se le pegaba en la boca.

—¿Que si conooooozco la respuestaaaaaa? —el djin soltó otra carcajada.

Dejándose caer de rodillas, colocó su pulgar azul ante el rostro de Ben.

—Miiiira ahí deeeeentro —susurró—. Mira en mi ojo doscientos veintitrés. ¿Qué es lo que ves?

Ben se inclinó sobre el pulgar de Asif.

—Un río —musitó en voz tan queda que Lung tuvo que aguzar el oído para entenderlo—. Fluye entre montañas verdes. Cada vez más lejos. Ahora se vuelven más altas. Todo se queda sin árboles y vacío. Ahí hay montañas de forma muy extraña, como, como… —pero la imagen cambió.

—El río fluye junto a una casa —murmuró Ben—. No es una casa normal. Es un palacio o algo parecido.

El djin asintió.

—Míralo ateeeeeentamente —le aconsejó en voz baja—. Con mucha atencioooooón.

Ben así lo hizo hasta que la imagen se desvaneció. Entonces Asif le mostró su dedo índice.

—He aquí mi ojo doscientos cincuenta y cinco —le explicó—. ¿Qué ves en él?

—Un valle —dijo Ben—. A su alrededor hay nueve montañas altas, con las cumbres cubiertas de nieve. Casi todas de idéntica altura. El valle está sumergido en la niebla.

—¡Bieeeeen! —Asif parpadeó.

Y la imagen volvió a difuminarse, al igual que las otras novecientas noventa y nueve imágenes de sus ojos, y apareció una nueva.

Ben abrió los ojos de par en par.

—¡Ahí, ahí! —preso del nerviosismo, se inclinó sobre el descomunal dedo de Asif—. ¡Lung, ahí hay un dragón! ¡Un dragón igual a ti! ¡En una cueva gigantesca!

Lung inspiró profundamente. Intranquilo, dio un paso hacia delante. Pero en ese momento Asif volvió a parpadear y la imagen de su ojo doscientos cincuenta y cinco desapareció como las otras. Ben se incorporó decepcionado. El djin retiró la mano y la apoyó en su ciclópea rodilla, mientras con la otra se acariciaba el largo bigote.

—¿Has grabado bieeeeen en la memoria lo que has visto? —preguntó al muchacho.

Ben asintió.

—Sí —balbuceó—. Pero, pero...

—¡Cuidaaaaado! —Asif se cruzó los brazos delante del pecho y miró al chico con severidad—. Has hecho una pregunta. Pero guaaaarda tu lengua o acabaraaaaás convertido en mi criaaado.

Ben inclinó la cabeza confundido.

El djin se incorporó y, ligero como un globo, flotó en el aire.

—Sigue el curso del Indo y busca las imágenes de mis ojos —le recomendó Asif con voz de trueno—. Búscalas. Entra en el palacio adosado a la montaña y destruye la luz de la luna en la cabeza del dragón de piedra. Entonces, veinte dedos te indicarán el camino hacia *La orilla del cielo*. Y el oro valdrá menos que la plata.

Ben, sin habla, alzó la mirada hacia el imponente djin. Asif sonreía.

—Tuuuuuuú has sido el primero —repitió.

Luego se hinchó como una vela al viento y sus piernas y brazos volvieron a convertirse en humo azul. Asif empezó a girar hasta que hojas y flores bailaron en su remolino y él no fue más que una columna de humo azul. Con un golpe de viento, ésta se disolvió y desapareció.

—Busca las imágenes —murmuró Ben cerrando los ojos.

21. Rata de Mosca toma una decisión

Lung habría preferido salir volando inmediatamente.

Pero el sol todavía estaba alto en el cielo, y a pesar de que en la cañada del djin ya oscurecía, aún faltaban muchas horas hasta el crepúsculo. Así que buscaron un lugar junto al río, muy lejos del escondrijo del djin, entre las hojas que tan bien le sabían a Piel de Azufre, para esperar a la luna. El dragón, incapaz de conciliar el sueño, paseaba inquieto de un lado a otro por la orilla del río.

—Lung —Ben extendió el mapa sobre un mar de flores blancas y se inclinó sobre él—. Deberías dormir, en serio. Queda todavía un largo camino hasta el mar.

Lung apoyó el cuello sobre el hombro de Ben y siguió con los ojos el dedo del muchacho sobre montañas y terrenos yermos.

—Aquí —le explicó Ben—, aquí deberíamos encontrar la costa. ¿Ves la señal de la rata? En mi opinión, el trayecto hasta allí no nos causará problemas. Sin embargo, esto —recorrió suavemente con el dedo el enorme mar que se encontraba entre la península Arábiga y el delta del Indo—, esto me preocupa. No tengo ni idea de dónde podrás posarte. No hay una sola isla a la redonda. Y precisamos dos noches como mínimo para cruzarlo —meneó la cabeza—. No tengo ni idea de cómo conseguirlo sin hacer escalas.

Lung, meditabundo, contempló primero el mapa, y después al chico.

—¿Dónde está el pueblo en el que vive la investigadora de dragones?

Ben dio un golpecito en el mapa.

—Aquí. Justo en la desembocadura del Indo, de modo que no nos supondría un rodeo visitarla. ¿Sabes dónde nace el Indo?

El dragón negó con la cabeza.

—¡Justo en el Himalaya! —exclamó Ben—. Eso concuerda, ¿no? Ya sólo nos queda encontrar el palacio que he visto y luego…

—Y luego, ¿qué? —Piel de Azufre se acuclilló junto a ellos sobre las flores perfumadas—. Romperás la luz de la luna en la cabeza de un dragón. ¿Puedes explicarme lo que significa eso?

—Todavía no —reconoció Ben—. Pero ya lo entenderé.

—¿Y lo de los veinte dedos? —la duende bajó la voz—. Suponiendo que ese tipo azul no nos haya tomado el pelo.

—¡Oh, no, no! —Pata de Mosca subió al regazo de Ben—. Ésa es sencillamente la forma de expresarse de los djins. El joven señor tiene razón. Las palabras se desvelarán por sí mismas. Ya lo verás.

—Ojalá —gruñó Piel de Azufre, enroscándose debajo de una enorme hoja de helecho.

Lung se tumbó a su lado y reclinó la cabeza sobre sus patas.

—Destruir la luz de la luna —murmuró—. Suena realmente enigmático —y bostezando cerró los ojos.

El frío y la oscuridad se abatieron sobre las palmeras. Ben y Piel de Azufre se arrimaron a las cálidas escamas de Lung y pronto los tres se quedaron dormidos.

Sólo Pata de Mosca permanecía sentado y despierto a su lado entre las flores blancas, cuyo aroma lo mareaba. Al escuchar la tranquila respiración de Ben y contemplar las escamas plateadas y el rostro amable del dragón, tan distinto del de su maestro, suspiró. Una pregunta zumbaba en su cabeza como un abejorro encerrado:

«¿Debo informar a mi maestro de la respuesta del djin traicionando así al dragón plateado?».

A Pata de Mosca esa pregunta le provocaba tales dolores de cabeza que apretaba las manos contra sus sienes palpitantes. Tampoco había robado la escama al muchacho. Se reclinó en la espalda de Ben y cerró los ojos. Quizá el sueño trajese por fin algo de sosiego a su mente. Pero justo cuando sentía que el aliento tranquilo de los otros tres lo iba adormeciendo, algo tiró de su manga. El homúnculo se incorporó, asustado. Por casualidad, ¿no empezaría a mordisquearle uno de los horrendos lagartos gigantes que tanto abundaban entre las enredaderas?

Pero el que estaba posado entre la hojarasca tirándole de la manga con el pico era el cuervo.

—¿Qué quieres? —susurró irritado el homúnculo.

Se levantó sigiloso e hizo una seña al ave para que se alejase de los durmientes. El gran pájaro caminó torpemente tras él.

—Te has olvidado de informar —graznó—. ¿Cuánto tiempo pretendes esperar todavía?

—¿Y a ti qué te importa? —Pata de Mosca se detuvo detrás de un arbusto alto—. Yo... yo prefiero esperar a que hayamos cruzado el mar.

—¿Se puede saber por qué? —el cuervo picoteó una oruga en las ramas y miró al homúnculo con desconfianza—. No hay absolutamente ningún motivo para esperar —graznó—. Eso solamente enojará al maestro. ¿Qué ha dicho el djin?

—Eso se lo referiré yo a nuestro maestro —repuso, evasivo, Pata de Mosca—. Y tú podrías haber abierto los oídos.

—¡Baaaah! —graznó el pajarraco—. Ese tipo azul no paraba de crecer, de manera que preferí ponerme a salvo.

—Bueno, pues mala suerte para ti.

Pata de Mosca se rascó una oreja y atisbó a Lung a través de las ramas. Sin embargo, el dragón y sus amigos dormían profundamente, mientras las sombras de la cañada se tornaban cada vez más negras.

El cuervo se atusó el plumaje con el pico y miró al homúnculo con gesto de desaprobación.

—Te estás volviendo muy descarado, alfeñique —graznó—. Y no me gusta. Quizá debería informar de ello al maestro.

—¡Oh, pues hazlo! El diablo sabe que eso no supondrá una novedad para él —replicó Pata de Mosca, aunque con el corazón latiendo acelerado—. Por otra parte, tranquilízate. Yo... —dijo haciéndose el importante— le informaré hoy mismo. Te doy mi palabra de honor. Pero antes necesito ver el mapa. El mapa del chico.

El cuervo ladeó la cabeza.

—¿El mapa? ¿Por qué?

Pata de Mosca adoptó una expresión sarcástica.

—No lo entenderías, pico torcido. Y ahora lárgate de una vez. Como te vea la duende, no volverá a creer que no existe ninguna relación entre nosotros.

—¡Vale! —el cuervo atrapó otra oruga y batió las alas—. Pero os seguiré. No te quitaré ojo de encima. Y darás tu informe.

Pata de Mosca siguió al cuervo con la vista hasta que desapareció entre las copas de las palmeras. Después se dirigió a toda prisa hacia la mochila de Ben, sacó el mapa y lo extendió. Sí, informaría. Ahora mismo. Pero sería un informe especial, muy especial. Inspeccionó el mapa buscando mares y montañas, hasta que sus ojos se detuvieron en una vasta superficie de color marrón claro. Él sabía lo que significaba *marrón*. Ben había explicado con todo detalle cómo leer esa maravilla de mapa. *Marrón* significaba: ni una gota de agua a la redonda. Justo lo que buscaba Pata de Mosca.

—¡Estoy harto! —murmuró—. Verdaderamente harto de ser su espía. Lo mandaré al desierto. Sí, al mayor desierto que pueda encontrar.

Solamente el desierto sería capaz de mantener un tiempo a Ortiga Abrasadora lejos del pequeño humano y del dragón plateado. Si su maestro sólo hubiera querido zamparse al antipático duende, ¡de acuerdo: concedido! Pero al humano, no. En eso él, Pata de Mosca, no lo ayudaría. Había presenciado cómo Ortiga

Abrasadora devoraba a sus hermanos y a su creador. Pero Ortiga Abrasadora no le hincaría jamás sus ávidos dientes al pequeño humano. Jamás.

Pata de Mosca grabó en su mente la situación del gran desierto. Y después se internó más profundamente en la cañada, muy lejos del escondrijo del djin azul y del dragón dormido.

E inclinándose sobre el río, informó a su maestro.

22. Desaparece la luna

Tres días y tres largas noches después, Lung había alcanzado la orilla del mar de Arabia y esperaba la noche. Sus escamas estaban polvorientas y cubiertas de arena amarilla. Había transcurrido mucho tiempo desde que partiera del valle del norte para emprender la búsqueda de *La orilla del cielo*. Su ciudad le parecía infinitamente lejana e infinito era el mar oscuro que se extendía ante él.

Lung alzó los ojos hacia el cielo. La última luz desapareció como tragada por las olas, y sólo la luna pendía sobre el agua, redonda y clara como la plata. Faltaba mucho tiempo para la llegada de la luna nueva, de la luna negra: ¿habría encontrado para entonces *La orilla del cielo*?.

—Diez días aún —musitó Ben.

Estaba en la arena junto al dragón, e igual que Lung miraba hacia donde el mar y el cielo se fundían y hacia donde, oculta entre las olas y las montañas, se encontraba la meta de su viaje.

—Antes de diez días hemos de pisar el palacio que vi en el ojo de Asif. Entonces seguro que quedará poca distancia.

Lung asintió. Miró al chico.

—¿Sientes nostalgia?

Ben negó con la cabeza y se apoyó en las cálidas escamas del dragón.

—No —contestó—. Podría seguir volando así siempre.

—Yo tampoco siento nostalgia —reconoció Lung—. Pero me encantaría saber cómo les va a los demás. Si los humanos se han acercado más. Si el estrépito de sus máquinas resuena ya en las oscuras montañas. Mas, por desgracia —suspiró y volvió a mirar al mar, donde la luz de la luna nadaba entre las olas formando charcos plateados—, por desgracia yo no tengo miles de ojos como Asif. Quién sabe, a lo mejor encuentro *La orilla del cielo* cuando ya sea demasiado tarde.

—¡Qué va! —Ben acarició con ternura el flanco plateado del dragón—. Has conseguido llegar muy lejos. Apenas hayamos cruzado el mar, casi habremos alcanzado nuestro destino.

—Cierto —dijo Piel de Azufre tras ellos.

Había salido a llenar de agua las cantimploras.

—Huele —aconsejó a Ben, colocando debajo de su nariz un puñado de hojas espinosas que exhalaban un olor denso y especiado—. Éstas pican en la lengua, pero su sabor es casi tan exquisito como su olor. ¿Dónde están las mochilas?

—Aquí —Ben las empujó hacia ella—. Pero ten cuidado, no vayas a aplastar a Pata de Mosca. Está durmiendo entre mis jerseys.

—Vale, vale, no te preocupes, no le romperé ninguna piernecita —refunfuñó Piel de Azufre mientras guardaba en su mochila las hojas aromáticas.

Cuando se inclinaba sobre el equipaje de Ben, Pata de Mosca asomó los brazos bostezando. Tras mirar a su alrededor, volvió a esconder la cabeza con rapidez.

—¿Qué te pasa? —le preguntó Ben sorprendido.

—¡Agua! —respondió el homúnculo desapareciendo hasta la punta de la nariz entre los jerseys llenos de arena de Ben—. Tanta agua me pone nervioso.

—Pues qué bien, en eso coincidimos, sin que sirva de precedente —comentó Piel de Azufre echándose la mochila sobre sus hombros peludos—. Yo tampoco soy muy amiga del agua que digamos. Pero ahora tenemos que cruzar por ahí.

—Uno nunca sabe a quién puede ver en el agua —murmuró Pata de Mosca.

Ben, asombrado, inclinó la vista hacia él.

—¿Qué quieres decir? ¿A qué te refieres? ¿A los peces?

—Claro, claro —Pata de Mosca soltó una risita nerviosa—. A los peces, por supuesto.

Piel de Azufre trepó al lomo de Lung meneando la cabeza.

—Hay que ver, las cosas que suelta a veces —gruñó—. Ni siquiera los elfos dicen tales tonterías. Y mira que rajan ésos cuando la noche es larga.

Pata de Mosca le sacó su lengua picuda.

Ben no pudo reprimir una sonrisa.

—¿Quieres que deje la mochila abierta? —preguntó al homúnculo.

—No, no —contestó—, ciérrala con toda tranquilidad, joven señor. Estoy acostumbrado a la oscuridad.

—Como quieras.

Ben ató la mochila, subió con ella al lomo del dragón y se ató a las púas de Lung con las correas. Luego, sacó su compás del bolsillo del pantalón. Si no querían fiarse del olfato de Piel de Azufre, les haría muchísima falta en los días y noches siguientes. Ante ellos se extendían cientos de millas de agua y nada más que agua. No había costa alguna que les permitiera orientarse, sólo las estrellas, y de éstas ninguno de ellos entendía demasiado.

—¿Listos? —gritó Lung sacudiéndose por última vez la arena del desierto de las escamas y extendiendo sus alas.

—¡Listos! —respondió Piel de Azufre.

El dragón ascendió hacia el cielo oscuro y voló hacia la luna.

Era una hermosa noche, cálida y cuajada de estrellas.

Muy pronto dejaron atrás la costa montañosa. La oscuridad se tragó la tierra firme y delante de ellos, a sus espaldas, a la izquierda y a la derecha sólo se veía agua. De vez en cuando las luces de un barco fulguraban abajo, entre las olas. Las aves marinas pasaban volando y graznaban asustadas al divisar a Lung.

Poco después de medianoche, Piel de Azufre profirió de repente un grito de pánico y se inclinó sobre el cuello del dragón.

—¡Lung! —gritó—. ¡Lung! ¿Has visto la luna?

—¿Qué le pasa? —preguntó el dragón.

Durante todo el tiempo se había limitado a mirar a las olas, pero ahora alzó la cabeza. Lo que vio hizo que sus alas se tornaran pesadas como el plomo.

—¿Qué sucede? —Ben se inclinó asustado sobre el hombro de Piel de Azufre.

—La luna —gritó ella excitada—. Se está tiñendo de rojo.

Entonces también lo vio Ben. Un resplandor rojizo como el cobre cubría la luna.

—¿Qué significa eso? —balbuceó confundido.

—¡Que está a punto de desaparecer! —exclamó Piel de Azufre—. ¡Se avecina un eclipse lunar, un mohoso y asqueroso eclipse lunar! ¡Precisamente ahora! —y desesperada, miró hacia abajo, al mar rugiente y encrespado.

Lung volaba cada vez más despacio. Batía las alas exhausto, como si de ellas pendieran pesos invisibles.

—¡Vuelas demasiado bajo, Lung! —le advirtió Piel de Azufre.

—No puedo evitarlo —contestó el dragón, fatigado—. Estoy tan débil como un polluelo de pato, Piel de Azufre.

Ben levantó la vista hacia el cielo, donde la luna pendía entre las estrellas como una moneda oxidada.

—¡Oh, ya hemos experimentado esto un par de veces! —clamaba Piel de Azufre—. ¡Pero entonces estábamos sobre la tierra! ¿Qué vamos a hacer ahora?

Lung descendía poco a poco. Ben sentía en los labios el sabor salado de la espuma. Y entonces, de repente, a la luz del último fulgor rojizo que la luna agonizante proyectó sobre las olas, vio asomar a lo lejos en medio del agua una cadena de pequeñas islas muy extrañas. Se elevaban por encima del mar como una sucesión de jorobas medio hundidas.

—¡Lung! —gritó Ben lo más alto que pudo.

El rumor del mar le arrancaba las palabras de los labios, pero el dragón tenía fino el oído.

—¡Ahí delante! —vociferó el chico—. Ahí delante se divisan islas. Intenta posarte allí.

En ese preciso instante, la sombra negra de la Tierra se tragó a la luna.

Lung se precipitó desde el cielo como un pájaro herido, pero la primera de las extrañas islas estaba ya debajo de él. A Ben y Piel de Azufre les pareció que ascendía hacia ellos desde el encrespado mar. Más cayendo que aterrizando, el dragón se posó, arrancando casi a sus jinetes de las correas. Ben notó que todo su cuerpo temblaba. Piel de Azufre no se sentía mejor. Pero el dragón, con un suspiro, se desplomó, plegó las alas y se lamió el agua salada de las patas.

—¡Puercoespín y cantaor! —Piel de Azufre se deslizó del lomo de Lung con las piernas temblorosas—. ¡Este viaje me costará cien años de vida! Qué digo, ¿cien? ¡Quinientos, mil! ¡Brrr! —sacudiéndose, observó la escarpada pendiente en la que rompían las olas negras—. Esto habría podido convertirse en un baño infernal.

—¡No lo entiendo! —Ben se echó las mochilas al hombro y descendió por el rabo de Lung—. En el mapa no había señalada ninguna isla.

Con los ojos entornados escudriñó la oscuridad, donde una puntiaguda colina tras otra se elevaban sobre el mar.

—Eso sólo demuestra lo que yo digo siempre —sentenció Piel de Azufre—. Que el mapa no sirve para nada —olfateando, miró en torno suyo—. Qué raro, huele a pescado.

Ben se encogió de hombros.

—Bueno, ¿y qué? Estamos en medio del mar.

—No, no —Piel de Azufre sacudió la cabeza—. Quiero decir que esta isla huele a pescado.

Lung volvió a incorporarse sobre sus patas y contempló con más detenimiento el suelo sobre el que se encontraba.

—Fijaos —les comentó—. Esta isla está cubierta de escamas de pez. Como si fuera un... —levantó la cabeza y se quedó mirando a los otros dos.

—¡Un pez gigantesco! —susurró Ben.

—¡Volved a mi lomo! —gritó Lung—. Deprisa.

En ese mismo momento, un temblor sacudió la isla.

—¡Corre! —gritó Piel de Azufre empujando a Ben hacia el dragón.

Resbalaban por la joroba mojada y escamosa. Lung alargó el cuello hacia ellos, y mientras la isla se abombaba ascendiendo cada vez más por encima de las olas, los dos se elevaron asidos a sus cuernos y, agarrándose a sus púas, treparon a su lomo y se ataron a él con manos temblorosas.

—¡Pero la luna, la luna sigue sin aparecer! —gritó Ben desesperado—. ¿Cómo vas a volar así, Lung?

Tenía razón. Un agujero negro se abría en el cielo donde debía estar la luna.

—¡Tengo que intentarlo! —gritó el dragón desplegando las alas.

Mas por mucho que se esforzase, su cuerpo no se elevaba en el aire ni un centímetro. Ben y Piel de Azufre intercambiaron una mirada de pánico.

De repente, una cabeza formidable salió disparada del mar ante ellos con un estrepitoso resoplido. Sobre ella crecían grandes aletas como si fueran un penacho de plumas. Unos ojos oblicuos relucían burlones bajo los gruesos párpados y una lengua bífida bailoteaba entre los dos dientes afilados como agujas que asomaban por la estrecha boca.

—¡Una serpiente marina! —exclamó Ben—. Nos hemos posado en una serpiente marina.

La serpiente elevó fuera del agua su largo e interminable cuello hasta que su cabeza se cernió justo por encima de la de Lung. El dragón se había quedado petrificado sobre su lomo escamoso.

—¡Caramba! —siseó la serpiente con voz suave y melodiosa—. Qué extraña visita en mi reino de sal y de agua. ¿Qué impulsa a salir al mar a un dragón, a un pequeño humano y a una velluda duendecilla, tan lejos de las piedras y de la tierra? Seguramente no sólo el apetito por unos cuantos peces brillantes y escurridizos —su lengua bailoteaba sobre la cabeza de Lung como un animal hambriento.

—¡Agachaos! —ordenó el dragón en voz baja a Ben y a Piel de Azufre—. Agachaos cuanto podáis detrás de mis púas.

Piel de Azufre obedeció en el acto, pero Ben se quedó con la boca abierta y la vista clavada en la serpiente. Era maravillosa, genial. A pesar de que en aquella noche sin luna sólo las estrellas proyectaban algo de luz, cada una de sus millones de escamas relucía como si hubiera apresado todos los colores del arco iris. Cuando la serpiente reparó en la admiración de Ben, lo miró desde lo alto con una sonrisa burlona. Él apenas tenía el tamaño de la palpitante punta de su lengua.

—¡Agacha la cabeza de una vez! —cuchicheó Piel de Azufre—. ¿O prefieres que te la arranque de un mordisco?

Pero Ben no la escuchaba. Notó que Lung tensaba cada uno de sus músculos, como si se aprestase a combatir.

—No buscamos nada en tu reino, serpiente —gritó, y su voz resonó igual que cuando salvó a Ben de los humanos desconocidos en la vieja fábrica—. Nuestro objetivo está allende el mar.

Un estremecimiento recorrió el cuerpo de la serpiente marina. Ben oyó, para alivio suyo, que se estaba riendo.

—Vaya, ¿y qué importa eso? —siseó ella—. Por lo que sé de tu fogosa especie, necesitas la luna para ascender en el aire, así que tendrás que quedarte conmigo hasta que vuelva a aparecer. Pero no te preocupes. Estoy aquí por curiosidad, por pura e insaciable curiosidad. Quería comprobar por qué me picaban mis escamas desde la puesta del sol como no lo hacían desde hace cientos de años. Un ser fabuloso atrae a otro, seguro que conoces esta regla, ¿verdad?

—Cada vez estoy más harto de ella —replicó Lung, pero Ben notó que sus músculos se distendían poco a poco.

—¿Harto? —la serpiente meció de un lado a otro su largo cuerpo—. A esa regla le debes que la luna negra no os haya ahogado a tus dos amigos y a ti —inclinó su hocico afilado hasta la altura de Lung—. Bueno, ¿de dónde vienes? ¿Y adónde vas? No he visto a uno de tu especie desde el día en que tus plateados parientes fueron molestados durante su baño y desaparecieron de mi reino.

Lung se irguió más derecho que una vela.

—¿Conoces esa historia? —preguntó.

La serpiente sonrió y repanchigó en las olas su cuerpo colosal.

—Por supuesto. Incluso la presencié.

—¿Que la presenciaste? —Lung dio un paso atrás. Un gruñido brotó de su pecho—. ¡Entonces el monstruo marino fuiste tú! ¡Tú los ahuyentaste!

Piel de Azufre, asustada, rodeó con sus brazos a Ben.

—¡Oh, no! ¡No! —gimió—. ¡Cuidado, ahora nos comerá!

La serpiente, sin embargo, se limitó a observar a Lung con expresión sarcástica.

—¿Yo? —dijo con voz sibilante—. ¡Qué disparate! Yo sólo cazo barcos. Fue un dragón. Un dragón como tú, sólo que mucho, mucho más grande, con una coraza de escamas doradas.

Lung le dirigió una mirada de incredulidad.

La serpiente asintió.

—Sus ojos eran rojos como la luna que agoniza, ansiosos y sedientos de muerte —el recuerdo borró la sonrisa de su hocico afilado—. Aquella noche —refirió mientras el mar columpiaba su enorme cuerpo—, llegaron tus parientes desde las montañas al mar, como siempre que la luna pendía, llena y redonda, en el cielo. Yo me dejé arrastrar muy cerca de la costa con mi hermana, tan cerca que podíamos distinguir los rostros de las personas que, sentadas delante de sus cabañas, esperaban a los dragones. Nosotras ocultamos nuestros cuerpos en el agua para no asustarlos, porque los humanos temen lo que desconocen, sobre todo si es más grande que ellos. Además —sonrió—, no sienten demasiado aprecio por nosotras, las serpientes.

Ben agachó la cabeza, abochornado.

—Los dragones —prosiguió la serpiente— se sumergieron en las espumosas olas del mar, y parecía como si todos estuvieran hechos de luz de luna —miró a Lung—. Las gentes de la orilla sonreían. Tu especie —volvió a dirigirse al dragón— aplaca la ira que siempre llevan consigo. Vosotros, los dragones, disipáis su tristeza. Por eso os consideran portadores de la buena suerte. Pero aquella noche —siseó bajito la serpiente—, llegó uno que traía la desgracia. Cuando salió del mar, el agua se encrespó alrededor de sus enormes fauces. Los peces flotaban muertos sobre las olas. Los dragones, asustados, extendieron sus alas mojadas, pero de repente bandadas de pájaros negros ocultaron la luna. Ninguna nube, por muy negra o pesada que sea, es capaz de arrebatar su poder a la luna. Pero esos pájaros lo lograron. Sus plumas negras se tragaban su luz, y los dragones, por mucho que batiesen sus alas, eran incapaces de volar. Todos habrían estado perdidos si entonces mi hermana y yo no hubiéramos atacado al monstruo.

La serpiente marina calló unos instantes.

—¿Lo matasteis? —quiso saber Lung.

—Lo intentamos —repuso la serpiente—. Nos enroscamos alrededor de su coraza y le cerramos la boca con nuestros cuerpos. Pero sus escamas doradas eran frías como el hielo y nos quemaban. No transcurrió mucho tiempo antes de que nos viésemos obligadas a soltarlo, pero nuestro ataque al monstruo hizo huir a la desbandada a los pájaros negros y con la luz de la luna los dragones recobraron su capacidad de volar. Los humanos, desde la orilla, petrificados por el horror y la tristeza, los siguieron con la vista mientras seguían el curso del Indo y desaparecían en la oscuridad. El monstruo se sumergió en las olas y por más que mi hermana y yo lo buscamos en las profundidades abisales, no descubrimos ni rastro de él. Los pájaros negros se alejaron volando y graznando. Los dragones, sin embargo, nunca regresaron, a pesar de que los humanos pasaron muchas noches de plenilunio esperando en la orilla.

Cuando la serpiente concluyó su relato, nadie dijo una palabra.

Lung levantó la vista hacia el cielo negro.

—¿Y nunca has vuelto a oír hablar de él? —preguntó.

La serpiente se mecía de un lado a otro.

—Oh, una oye muchas historias. Tritones y ondinas, que suelen subir nadando por el Indo, hablan de un valle situado en lo alto de las montañas, sobre cuyo fondo se proyecta a veces la sombra de un dragón en pleno vuelo. También se dice que los duendes ayudaron a los dragones a esconderse. Si miro a tu acompañante —añadió observando a Piel de Azufre—, eso resulta bastante probable, ¿no es cierto?

Lung calló. Estaba enfrascado en sus pensamientos.

—Me gustaría saber de verdad dónde se encuentra ese monstruo —gruñó Piel de Azufre—. No me gusta nada eso de que aparezca de repente para luego volver a desaparecer.

La serpiente inclinó la cabeza hasta que su lengua cosquilleó las puntiagudas orejas de Piel de Azufre.

—Ese monstruo está aliado con los poderes del agua, duende —informó con voz sibilante—. A pesar de su condición de seres del fuego, todos los dragones pueden nadar pero éste domina el agua. El agua es su medio natural, mucho más que el mío. Yo nunca he vuelto a ver a ese dragón, pero a veces siento pasar algo gélido por las profundidades abisales del mar. Entonces sé que él, el dragón de la coraza dorada, ha salido de caza.

Lung seguía callado.

—Dorado —murmuró—. Era dorado. Piel de Azufre, ¿no te recuerda nada eso?

La duende lo miró desconcertada.

—Pues no. ¿A qué? Bueno, sí, espera un momento…

—¡El viejo dragón! —exclamó Lung—. Nos previno contra el Dorado antes de nuestra partida. Es curioso, ¿no crees?

De repente, Ben se dio una palmada en la frente.

—¡Dorado! —exclamó—. ¡Justo! ¡Escamas doradas! —abrió apresuradamente la mochila—. Perdona, Pata de Mosca —dijo cuando la cabeza del homúnculo apareció por entre su ropa—. Sólo busco mi bolsa. Por la escama.

—¿Por la escama? —el homúnculo se despabiló de golpe.

—Sí, quiero enseñársela a la serpiente.

Ben apartó con cuidado el objeto dorado del resto de sus recuerdos.

Pata de Mosca se deslizó, intranquilo, fuera de su cálido escondite.

—¿A qué serpiente? —preguntó atisbando fuera de la mochila y desapareciendo de nuevo entre los jerseys de Ben con un grito de pánico.

—¡Eh, Pata de Mosca! —Ben volvió a sacarlo cogido por el cuello—. No temas. Es bastante grande, pero muy simpática. Palabra de honor.

—¿Simpática? —masculló Pata de Mosca enterrándose lo más hondo que pudo—. Con su tamaño, incluso la simpatía es peligrosa.

La serpiente marina, curiosa, acercó más su cabeza.

—¿Qué quieres enseñarme, pequeño humano? —preguntó—. ¿Y qué es lo que anda cuchicheando en tu bolsa?

—Oh, sólo es Pata de Mosca —contestó Ben, y, colocándose con cuidado sobre el lomo de Lung, mostró su mano abierta con la escama a la serpiente—. ¡Mira! ¿Podría pertenecer esta escama al dragón gigante?

La serpiente se inclinó tan cerca de la mano de Ben, que la punta de su lengua le cosquilleó el brazo.

—Sí —siseó—. Tal vez. Presiónala contra mi cuello.

Ben la miró atónito, pero cumplió su deseo. Cuando la escama dorada rozó el cuello de la serpiente, todo su cuerpo se estremeció hasta el punto de que Lung casi resbala de su lomo.

—Sí —siseó—. Es una escama de ese monstruo. Quema como el hielo, a pesar de que parece oro cálido.

—Siempre está helada —informó Ben—. Incluso cuando la pones al sol. Lo he comprobado.

La devolvió a su bolsa con esmero. De Pata de Mosca no se veía ni rastro.

—Hermoso primo —la serpiente se dirigió al dragón—. Deberías vigilar bien a tu hombrecito. Poseer algo que procede de un ser tan rapaz y salvaje entraña sus riesgos. A lo mejor algún día exige la devolución de lo que le pertenece. Aunque sólo sea una de sus escamas.

—Tienes razón —Lung se volvió intranquilo hacia Ben—. Quizá deberías tirar la escama al mar.

El muchacho meneó la cabeza.

—Ay, no, por favor —suplicó—. Me gustaría conservarla, Lung. Es un regalo, ¿comprendes? Además, ¿cómo puede saber ese monstruo que la tengo?

Lung asintió pensativo.

—Es cierto. ¿Cómo puede saberlo? —alzó la vista hacia la luna. Un leve resplandor de un tono rojo herrumbroso brillaba donde ésta había desaparecido.

—Bien, pronto reaparecerá la luna —anunció la serpiente al reparar en la mirada de Lung—. ¿Quieres volver a remontarte en el aire, fogoso primo, o debo llevaros por el mar sobre mi espalda? Aunque en ese caso deberías confiarme cuál es vuestro destino.

Lung la miró sorprendido. Sus alas seguían pesándole y notaba sus miembros tan cansados como si llevase años sin dormir.

—Oh, sí, vamos —dijo Ben, poniendo su mano sobre las escamas—. Déjala que nos lleve. Seguro que ella no se extravía y tú podrás descansar. ¿De acuerdo?

Lung se giró hacia Piel de Azufre.

—Seguramente me marearé —gruñó ésta—. Pero a pesar de todo… la verdad es que deberías descansar un poco.

Lung asintió y se volvió de nuevo hacia la serpiente.

—Nuestra meta es el pueblo ante cuya costa fueron ahuyentados los dragones. Queremos visitar a alguien.

La serpiente asintió y dejó que su cuello se deslizara de nuevo en el agua.

—Os llevaré hasta allí —prometió.

23. La piedra

La gran serpiente marina transportó al dragón y a sus amigos por el mar de Arabia durante dos días con sus noches. A ella no le asustaba la luz diurna, pues no temía a los humanos. Sin embargo, atendiendo a los ruegos de Lung, los llevó por las zonas del mar que jamás surcaba ningún barco. Su lomo escamoso era tan ancho que Lung podía dormir encima, Piel de Azufre, comer, y Ben, corretear de un lado a otro. Cuando el mar estaba en calma, la serpiente se deslizaba sobre el agua como si fuera un espejo de cristal verde. Pero si las olas eran altas y embravecidas, abombaba su cuerpo en el aire de modo que a sus tres jinetes no les salpicaba a la cara ni una sola gota de espuma.

Piel de Azufre combatió el mareo comiendo las exquisitas hojas del valle del djin. Lung durmió durante casi toda la travesía. Ben, por su parte, solía sentarse delante, muy cerca de la alta cresta de la serpiente, escuchando atentamente su voz melodiosa mientras le hablaba de todos los seres que ocultaban las aguas del mar que se extendía ante él. El chico oyó asombrado sus historias de ondinas y tritones, pulpos de ocho brazos, reyes del mar y gigantescas rayas cantarinas, peces brillantes y enanos de los corales, demonios con cara de tiburón y niños marinos que cabalgaban a lomos de las ballenas. Ben se sentía tan extasiado con las narraciones de la serpiente marina que olvidó por completo que Pata de Mosca iba en su mochila.

El homúnculo, acurrucado entre los objetos de Ben con el corazón palpitante, oía a Piel de Azufre chasquear la lengua al comer y la voz sibilante de la enorme serpiente, y se preguntaba sin cesar dónde estaría su maestro.

¿Habría ido de verdad al desierto Ortiga Abrasadora? ¿Seguiría deteniéndolo la arena? ¿Habría descubierto ya la traición de Pata de Mosca o continuaría buscando en las cálidas arenas el rastro de Lung? La cabeza de Pata de Mosca estaba a punto de explotar con tantas preguntas, pero peor que ellas, mucho peor, fue el lacerante sonido que llegó hasta sus finos oídos el segundo día de su viaje con la serpiente marina: era el ronco graznido de un cuervo.

Sobreponiéndose, extraño y amenazador, al rumor de las olas, eclipsaba el siseo de la serpiente y hacía latir con violencia el corazón de Pata de Mosca. Con cautela, se asomó fuera de la mochila que colgaba todavía del lomo de Lung. El dragón respiraba tranquila y profundamente en sueños. Muy arriba, en el cielo azul en el que ardía el caluroso sol, un pájaro negro volaba en círculo entre gaviotas blancas.

Pata de Mosca encogió la cabeza hasta que sólo su nariz quedó fuera de la tela áspera de la mochila. Seguro que aquél no era un cuervo cualquiera extraviado al que el viento hubiera arrastrado hasta esa parte del mundo, a pesar de que Pata de Mosca habría dado cualquier cosa por creerlo. No. Desde luego que no. ¿No podía alzarse de repente hacia el cielo la serpiente gigante y cazarlo con la lengua igual que una rana a una mosca?

La serpiente, sin embargo, no se dignaba levantar la vista.

«Tengo que inventarme una buena historia para él», se decía Pata de Mosca. «La mejor. ¡Piensa, Pata de Mosca!»

El homúnculo no era el único que se había fijado en el cuervo.

Por la noche la oscuridad ocultaba al pájaro negro, pero a Piel de Azufre no le pasó desapercibido en el cielo azul. Pronto estuvo segura de que les seguía. Guardando el equilibrio, caminó con habilidad por el cuerpo de la serpiente hacia delante, donde iba sentado Ben a la sombra de su tocado tornasolado escuchando con suma atención una historia de dos reinas submarinas enemistadas.

—¿Has visto? —le preguntó Piel de Azufre, muy alterada.

La serpiente marina, sorprendida, volvió la cabeza y Ben emergió enojado del reino submarino en el que las historias le habían hecho sumergirse.

—¿Qué? —preguntó siguiendo con la mirada a un grupo de delfines que se cruzaba en el camino de la serpiente.

—¡El cuervo, hombre! —exclamó Piel de Azufre—. Mira hacia arriba. Salta a la vista, ¿no?

Ben alzó los ojos al cielo.

—¡Es cierto! —murmuró pasmado—. Es un cuervo auténtico.

—Nos sigue —gruñó Piel de Azufre— desde hace algún tiempo. Estoy completamente segura. Durante todo el viaje he tenido la sensación de que nos acechaba uno de esos picos torcidos. Poco a poco empiezo a creer lo que dijo la rata blanca. Que alguien envía a esos cuervos. ¿Qué pasa si detrás está el monstruo dorado? ¿Qué pasa si los cuervos son sus espías?

—No lo sé —Ben cerró los ojos—. Parece una locura.

—¿Y qué me dices de los cuervos que oscurecieron la luna cuando intentaron huir los dragones? —preguntó Piel de Azufre—. Porque eran cuervos, ¿verdad, serpiente?

La serpiente marina asintió disminuyendo la velocidad.

—Pájaros negros de ojos rojos —silbó—. Todavía hoy se divisan a veces en la costa.

—¿Lo oyes? —Piel de Azufre se mordió los labios irritada—. ¡Ojalá tuviera una piedra! Ya me encargaría yo de espantar a ese pajarraco de negro plumaje.

—Yo tengo una —le informó Ben—. En mi mochila. En la bolsa de la escama. Me la regalaron los enanos de las rocas. Pero es muy pequeña.

—No importa.

Piel de Azufre se levantó de un salto y regresó hasta Lung caminando sin caerse por el dorso de la serpiente.

—Pero ¿cómo vas a llegar tan alto con una piedra? —preguntó Ben cuando ella trajo la mochila.

Piel de Azufre se limitó a soltar una risita contenida. Rebuscó en la mochila del chico hasta encontrar la bolsa. La piedra era ciertamente pequeña, apenas mayor que un huevo de pájaro.

—¡Eh! —Pata de Mosca asomó preocupado su nariz afilada por la mochila—. ¿Qué te propones hacer con esa piedra, cara peluda?

—Librarme de un cuervo.

Piel de Azufre escupió un par de veces en la piedra, la embadurnó de saliva y volvió a escupir. Ben la miraba asombrado.

—Deberías olvidarlo —cuchicheó Pata de Mosca por encima del borde de la mochila—. Los cuervos se toman esas cosas muy a pecho.

—¿Ah, sí? —Piel de Azufre se encogió de hombros, mientras jugaba tirándose la piedra de una zarpa a la otra.

—¡De veras! —la voz de Pata de Mosca se volvió tan estridente que Lung alzó la cabeza y Ben contempló sorprendido al homúnculo.

Hasta la serpiente marina se giró.

—Los cuervos... —balbuceó Pata de Mosca—, los cuervos son rencorosos... vengativos... al menos los que yo conozco.

Piel de Azufre le lanzó una mirada de desconfianza.

—Vaya, ¿a tantos conoces?

Pata de Mosca dio un respingo.

—Bue…, bue…., bueno, en realidad, no —tartamudeó—. Pe…
pero… lo he oído decir.

Piel de Azufre se limitó a sacudir la cabeza con desprecio
y miró al cielo. El cuervo se acercaba, describiendo círculos
cada vez más bajos. Ben distinguía claramente sus ojos. Eran
rojos.

—Eh, Piel de Azufre —le dijo estupefacto—. El cuervo tiene
los ojos rojos.

—¿Rojos? Vaya, vaya —Piel de Azufre sopesó la pequeña piedra
en su zarpa por última vez—. Pues eso no me gusta un pimiento,
la verdad. Ese pajarraco tiene que irse.

Rápida como el rayo cogió impulso y lanzó la piedra hacia
el cielo.

Ésta voló en línea recta hacia el cuervo, le acertó en el ala
derecha y quedó adherida a sus plumas como una lapa. Con un
graznido furioso, el pájaro negro bailoteó, batiendo con fuerza
las alas, y voló a la deriva por el cielo como si hubiera perdido
la orientación.

—¡Bien! —exclamó satisfecha Piel de Azufre—. De momento,
ése tendrá bastante con ocuparse de sí mismo.

Ben observó con incrédulo asombro cómo el cuervo, cada
vez más nervioso, lanzaba picotazos a su ala, hasta que al fin se
alejó de allí aleteando con torpeza. Muy pronto fue un punto
minúsculo en la lejanía.

Piel de Azufre rió.

—No hay nada mejor que la saliva de duende —dijo regresando junto a Lung para descabezar un sueñecito a su sombra.

La serpiente marina sumergió de nuevo el cuello en el agua fresca y Ben volvió a sentarse bajo su cresta para escuchar sus historias. Pero Pata de Mosca, pálido, se acurrucó en la mochila de Ben e, invadido por la desesperación, pensó que también el cuervo sabía perfectamente el modo de llamar al maestro.

24. La cólera de Ortiga Abrasadora

Ortiga Abrasadora estaba furioso. Su cola dentada azotaba la arena del desierto hasta que nubes de bruma amarilla lo rodearon y Barba de Guijo se arrodilló, tosiendo, entre sus cuernos.

—¡Aaaarg! —rugía mientras sus gigantescas zarpas pateaban las dunas del Gran Desierto—. Por todos los diablos y las babas del infierno, ¿qué me ha contado ese cabeza de chorlito de patas de araña? ¿Que se ocultaban a un día de marcha del oasis? ¡Bah! Entonces, ¿por qué llevo más de dos días de camino desollándome las patas en esta arena caliente?

Resoplando, se detuvo en la cima de una duna y contempló el desierto. Sus ojos rojos lagrimeaban por el calor, pero su coraza seguía fría como el hielo a pesar de que el sol ardía implacable en el cielo.

—¡A lo mejor ese djin ha mentido! —gritó Barba de Guijo.

Limpiaba sin pausa la arena de las escamas doradas de Ortiga Abrasadora, pero el viento del desierto era rápido, mucho más rápido que él. Las articulaciones de Ortiga Abrasadora rechinaban y crujían como si no hubieran sido aceitadas desde hacía semanas.

—¡A lo mejor, a lo mejor...! —gruñó Ortiga Abrasadora—. A lo mejor ese mentecato de homúnculo lo ha entendido todo al revés.

Alzó la vista hacia el sol ardiente. Los buitres volaban en círculo por el cielo. Ortiga Abrasadora abrió la boca y sopló su hediondo aliento sobre ellos: se precipitaron como heridos por el rayo yendo a parar a las fauces abiertas de Ortiga Abrasadora.

—Nada más que camellos y buitres —dijo chasqueando la lengua—. ¿Cuándo encontraré por fin algo apetitoso que comer?

—Perdón, Gran Dorado —Barba de Guijo extrajo unas plumas de buitre de entre los dientes de Ortiga Abrasadora—. Sé que confiáis en ese escuerzo, pero —se limpió el sudor de la nariz— qué sucedería si...

—¿Si qué? —preguntó Ortiga Abrasadora.

El enano de las rocas se enderezó el sombrero.

—Creo que ese tal Pata de Araña, pálido como el yeso, os ha mentido —dijo dándose importancia—. Sí, eso es lo que creo.

Ortiga Abrasadora se detuvo como fulminado por el rayo.

—¿Cómo?

—Me apuesto lo que sea —Barba de Guijo escupió en su trapo—. Su último informe sonaba raro.

—¡Pamplinas! —Ortiga Abrasadora se sacudió la arena de sus escamas y siguió caminando pesadamente—. Ese patas de araña jamás se atrevería a tanto. Es un gallina. Desde que vino al mundo hace lo que le digo. No, habrá entendido algo mal con ese cerebro de mosquito que tiene, ésa debe de ser la razón.

—¡Como opinéis, Gran Dorado! —masculló entre dientes el enano, reanudando sus tareas de abrillantado con cara avinagrada—. Vos siempre tenéis razón, Gran Señor. Si decís que no se atreve, es que no se atreve. Y nosotros seguiremos sudando en el desierto.

—Cállate —Ortiga Abrasadora rechinó los dientes y giró la cabeza—. De todos modos, como limpiacorazas era el mejor. Tú te olvidas siempre de cortarme las garras. Y tampoco sabes contarme mis hazañas.

El dragón se deslizaba dunas abajo envuelto en una gigantesca nube de polvo. Diminutos fuegos fatuos los rodeaban como mosquitos y, con sus vocecitas, susurraban a Ortiga Abrasadora mil caminos que lo conducirían fuera del desierto. Barba de Guijo no daba abasto para ahuyentarlos de la cabeza de su dorado maestro.

—Eh, deja de restregarme los ojos, limpiacorazas —gruñó Ortiga Abrasadora y se tragó una docena de fuegos fatuos que se habían metido en sus fauces sin querer—. Con tu continuo manoteo, ¿cómo voy a ver si hay agua en alguna parte de este maldito desierto?

Volvió a detenerse y, parpadeando, contempló la arena que se extendía hasta el horizonte como un mar amarillo.

—¡Aaaaarrrr, qué rabia! Estoy a punto de salirme de mis casillas. Ni una gota de agua a la redonda. ¡Así jamás saldré de aquí! Nunca había estado en un lugar tan desesperante.

Ortiga Abrasadora pateaba el suelo con furia, pero en la arena el ruido no impresionaba demasiado.

—¡Tengo que morder algo ahora mismo! —bramó—. ¡Morder, destrozar, patear, desgarrar!

Barba de Guijo miró preocupado en torno suyo. Hasta donde alcanzaba la vista no había nada que destrozar a mordiscos... excepto él mismo. Pero Ortiga Abrasadora parecía buscar algo de mayor tamaño. Con ojos lacrimosos acechó a su alrededor hasta que su mirada cayó sobre un cactus que crecía como una columna en la arena del desierto. Con un gruñido maligno avanzó hacia él como una apisonadora.

—¡No, Gran Dorado! —gritó Barba de Guijo, pero ya era demasiado tarde.

Ortiga Abrasadora hundió con satisfacción sus dientes en el cactus... y retrocedió gimiendo. Mil diminutas espinas se clavaron en sus encías, la única parte de su cuerpo que no estaba blindada.

—¡Quítamelas, limpiacorazas! —aulló—. ¡Quítame estas cosas punzantes y ardientes!

Barba de Guijo se deslizó por el poderoso hocico abajo, se sentó en los terroríficos dientes delanteros y puso manos a la obra.

—¡Esto me lo pagará! —berreaba Ortiga Abrasadora—. Ese homúnculo cabeza de chorlito me pagará cada maldita espina. Necesito encontrar agua. ¡Agua! ¡Tengo que salir de este desierto!

En ese instante, la arena que rodeaba el cactus mordido se alzó como un tenue velo y en el aire caliente surgió un ser que parecía cambiar de forma a cada soplo del viento del desierto. Los miembros arenosos crecieron y se estiraron hasta que apareció ante Ortiga Abrasadora un jinete embozado sobre un camello de finas patas. Su ondeante vestimenta también se componía de miles de granos de arena, al igual que el resto de su figura.

—¿Quieres agua? —susurró el jinete.

Su voz sonaba como el rechinar de la arena.

Barba de Guijo, dando un grito, cayó de cabeza delante del hocico de su maestro. A Ortiga Abrasadora, de la sorpresa, se le cerró de golpe el morro lleno de heridas.

—¿Qué diablos eres? —gruñó al jinete de arena.

El camello translúcido bailoteó ante las narices del gigantesco dragón como si no le inspirara el más mínimo respeto.

—Soy un hombre de arena —rechinó el extraño ser—, y te lo pregunto de nuevo: ¿Quieres agua?

—Sí —bufó Ortiga Abrasadora—. ¡Qué pregunta tan estúpida, siiiií!

El hombre de arena ondeaba al viento como una vela agujereada.

—Yo te daré agua —dijo con voz tenue—. Pero ¿qué recibiré a cambio?

Ortiga Abrasadora escupió, iracundo, espinas de cactus.

—¿Qué recibirás a cambio dices? ¡Que no te devore! ¡Eso es lo que recibirás!

El hombre de arena rió. La boca era un simple agujero en su cara arenosa.

—¿Qué recibiré? —repitió—. Dilo de una vez, gigante de hojalata.

—¡Prométele cualquier cosa! —le cuchicheó al oído Barba de Guijo.

Pero Ortiga Abrasadora agachó sus cuernos resollando de rabia. Con la coraza tintineando saltó hacia delante y soltó un mordisco. Sintió rechinar entre sus dientes y el hombre de arena se desvaneció. Cuando los granos de arena bajaron remolineando por su garganta, Ortiga Abrasadora tosió. Luego, enseñó los dientes en una sonrisa malévola.

—¡Asunto zanjado! —gruñó, y se disponía a dar media vuelta cuando Barba de Guijo empezó a aporrear su frente blindada como si acabara de volverse loco.

—¡Gran Dorado! —exclamó—. ¡Ahí! ¡Mirad ahí!

En el lugar donde acababa de desplomarse el hombre de arena, otros dos surgieron súbitamente. Alzaron sus puños a través de los que se filtraba la deslumbrante luz del sol, y un viento repentino se levantó en el desierto.

—¡Fuera de aquí, Gran Dorado! —gritó Barba de Guijo, pero ya era demasiado tarde.

El viento acarició las dunas aullando, y allí donde la arena se arremolinaba más hombres de arena surgían del suelo. Galopando con sus camellos hacia Ortiga Abrasadora, lo rodearon. Una formidable nube de polvo impenetrable formada por cuerpos arenosos envolvió al dragón.

Ortiga Abrasadora atizaba mordiscos en torno suyo como un perro rabioso. Soltaba bocados hacia las finas patas de los camellos y a los ondulantes mantos de sus jinetes. Pero por cada hombre de arena que lograba atrapar, otros dos surgían del suelo del desierto. Cabalgaban en círculo a su alrededor por la arena volátil, cada vez más deprisa. Barba de Guijo, despavorido, se caló el sombrero por encima de los ojos. Ortiga Abrasadora bramaba y rugía, daba zarpazos y soltaba continuas tarascadas con sus pavorosos dientes. Pero lo único que conseguía apresar era arena, chirriante y polvorienta arena que arañaba su boca y su garganta. A cada ronda que cabalgaban los hombres de arena, más profundamente se hundía en ella Ortiga Abrasadora, más y más hondo, hasta que su cabeza desapareció resoplando y tosiendo en el mar arenoso. Cuando los jinetes de arena detuvieron sus camellos, ya no se veía ni rastro del dragón dorado ni de su limpiacorazas. Sólo un tremendo montón de arena descollaba sobre las dunas. Durante unos instantes, los camellos se quedaron parados, resoplando, mientras las capas de sus señores ondeaban al viento. Después, el aire recorrió las dunas suspirando y los hombres de arena se desplomaron y volvieron a fundirse con el desierto.

Al poco rato, una víbora que reptaba sobre la arena oyó escarbar en la extraña colina. Una cabecita pequeña con un sombrero desmesurado asomó al exterior.

—¡Gran Dorado! —gritó la cabeza, quitándose el sombrero y sacudiendo al desierto dos dedales de arena—. Lo he conseguido. Estoy al aire libre.

La serpiente se disponía a aproximarse a él sin llamar la atención para comprobar si por casualidad aquella criatura era comestible, cuando unas horrendas fauces salieron bruscamente de la montaña de arena y la barrieron con su aliento hediondo hasta más allá de la siguiente duna.

—¡Vamos, limpiacorazas! —gruñó Ortiga Abrasadora—. Desentiérrame. Y quítame de los ojos esta maldita arena.

25. En el delta del Indo

Las nubes ocultaban la luna y las estrellas cuando la serpiente marina alcanzó la costa de Pakistán. En la oscuridad, Ben distinguió cabañas en la playa llana, barcas a la orilla y la desembocadura de un río formidable que se vertía en el mar a través de incontables brazos.

—Aquí es —siseó la serpiente al chico—. Aquí es donde venían los dragones hasta que el monstruo los ahuyentó. Ese río es el Indo, también conocido como el sagrado Sindh. Síguelo y os conducirá a las montañas del Himalaya.

Serpenteó junto al poblado, donde ardían linternas ante algunas cabañas, y se deslizó hacia la desembocadura del Indo. Entre los brazos del río, el terreno era llano y fangoso, cubierto de aves marinas blancas que ocultaban los picos en su plumaje. Cuando la serpiente deslizó su enorme cabeza sobre un banco de arena, el griterío de los pájaros rompió el silencio de la noche.

Ben saltó de la cabeza de la serpiente a la arena húmeda y miró hacia el pueblo, pero éste yacía oculto entre las suaves colinas.

—Lung podrá esconderse allí, entre los juncos —dijo la serpiente marina levantando la cabeza con un sonido sibilante—, hasta que averigües si tus congéneres del poblado siguen siendo amigos de los dragones.

—Te damos las gracias —dijo Lung mientras dejaba que Piel de Azufre bajara de su lomo—. Me ha sentado bien descansar un rato.

La serpiente inclinó el cuello con un leve siseo.

—El río aquí es poco profundo —le explicó a Ben—. Puedes vadearlo si te diriges al poblado. Yo podría depositarte allí, pero asustaría tanto a los pescadores que no se atreverían a salir al mar durante días y días.

Ben asintió.

—Lo mejor será que me ponga en marcha ahora mismo —dijo—. Eh, Pata de Mosca —abrió su mochila—. Ya puedes sacar la nariz. Estamos en tierra.

El homúnculo, medio dormido, se arrastró fuera de las cálidas prendas humanas, asomó la cabeza por la abertura de la mochila para volver a esconderla en el acto.

—¡En tierra! ¡En tierra! —exclamó enojado—. Pues yo sigo viendo agua por todas partes.

Ben meneó la cabeza con aire burlón.

—¿Quieres acompañarme al pueblo o te dejo con Lung y Piel de Azufre?

—¿Con Piel de Azufre? ¡Oh, no! —respondió presuroso Pata de Mosca—. Prefiero ir contigo.

—De acuerdo —Ben cerró la mochila.

—Nosotros nos esconderemos ahí detrás —dijo Piel de Azufre señalando un banco de arena sobre el que crecían juncos muy espesos—. Pero esta vez no te olvides de borrar nuestras huellas.

Ben asintió. Cuando se dio la vuelta para despedirse de la serpiente marina, la playa estaba vacía. En la lejanía, Ben vio asomar por encima del mar tres jorobas relucientes.

—Oh —murmuró desilusionado—, ya se ha ido.

—Quien viene deprisa, se va deprisa —sentenció Piel de Azufre, escarbando entre sus dientes afilados con un junco.

Lung levantó la vista hacia el cielo: la luna salía en esos momentos de detrás de las nubes.

—Espero que la mujer humana haya encontrado de verdad algo que sustituya a su luz —murmuró—. Quién sabe si no volverá a dejarnos en la estacada, igual que cuando volábamos sobre el mar —suspiró y dio un empujoncito a Piel de Azufre—. Anda, borremos nuestras huellas.

Rápida y silenciosamente emprendieron la tarea.

Ben, sin embargo, se marchó con Pata de Mosca a buscar a Subaida Ghalib, la especialista en dragones.

26. Un reencuentro sorprendente

Los pájaros revoloteaban chillando en el cielo nocturno mientras Ben vadeaba las aguas cálidas del río. Por los bancos de arena se arrastraban tortugas gigantescas que llegaban desde el mar para depositar sus huevos, pero Ben apenas tenía ojos para ellas.

Con un suspiro contempló la tarjeta de visita de la especialista en dragones, que le había entregado Barnabás Wiesengrund. No le serviría de mucho. En ella figuraban dos direcciones, una en Londres y otra en Karachi, y su nombre: Subaida Ghalib. Ben contempló el mar. Una banda clara pendía sobre el horizonte. El día comenzaba a disipar la noche con sus cálidos dedos.

—A lo mejor le planto directamente la tarjeta delante de las narices a un par de niños —murmuró Ben— y alguno me dice dónde vive.

De pronto, Pata de Mosca lo tiró del lóbulo de la oreja. Había salido de la mochila y se estaba acomodando en el hombro de Ben.

—Ellos no podrán leer la tarjeta —le comentó.

—¿Por qué? —Ben frunció el ceño—. Hasta yo puedo leerla. Su-bai-da Gha-lib.

—¡Magnífico! —Pata de Mosca soltó una risita—. Entonces deberíais leerles el nombre. Aquí apenas habrá quien pueda descifrar esa escritura. Eso contando con que los niños de este poblado sepan leer. ¡La tarjeta está escrita con caracteres europeos, joven señor! Aquí se escribe de una manera completamente distinta. La especialista en dragones entregó al profesor una tarjeta de visita en el idioma de éste, no en el suyo, ¿comprendéis?

—¡Ajá! —Ben contemplaba admirado al homúnculo y a punto estuvo de tropezar con una tortuga que se cruzó en su camino—. Hay que ver cuánto sabes, Pata de Mosca.

—Bueno… —el aludido se encogió de hombros—. He pasado infinidad de noches en la biblioteca de mi maestro leyendo libros sobre brujería y sobre la historia de los humanos. He estudiado Biología, hasta donde lo permiten los libros humanos, Astronomía, Astrología, Geografía, Ciencia de la Escritura y diversas lenguas.

—¿De veras?

Ben subió las suaves colinas que ocultaban el poblado. Pronto divisó las primeras cabañas. Delante había redes de pesca colgadas a secar. En una vasta playa llena de barcas resonaba el fragor del mar. Entre las barcas, Ben vio a hombres con turbante en la cabeza.

—¿Conoces también el idioma que se habla aquí? —le preguntó al homúnculo.

—¿El urdu? —Pata de Mosca hizo una mueca—. Por supuesto, joven señor. Lo aprendí cuando me dedicaba a las grandes religiones universales. No es mi idioma favorito, pero me las arreglaré.

—¡Estupendo! —a Ben se le quitó un peso de encima. Si Pata de Mosca entendía el idioma que se hablaba allí, no sería difícil encontrar a la especialista en dragones—. Creo que lo mejor será que en principio no te vea nadie —advirtió al homúnculo—. ¿Crees que podrás sentarte entre mi ropa para traducirme bajito lo que digan?

Pata de Mosca asintió y trepó de vuelta a la mochila.

—¿Qué tal así? —susurró—. ¿Me oís, joven señor?

Ben asintió. Tras descender por la colina, llegó a unos cercados de cabras. Las gallinas correteaban a sus pies. Los niños jugaban al sol de la mañana delante de cabañas bajas, saltando alrededor de mujeres que, sentadas delante de las cabañas, reían mientras limpiaban pescado. Ben, vacilante, prosiguió la marcha.

Los niños fueron los primeros en descubrirlo. Se le acercaron, llenos de curiosidad, hablándole, y, cogiéndolo de la mano, se lo llevaron con ellos. La mayoría eran más pequeños que Ben. Sus rostros eran casi tan oscuros como sus ojos, y su pelo, negro como ala de cuervo.

—¿Cómo se dice «buenos días»? —susurró Ben por encima del hombro.

Los niños lo miraban asombrados.

—*Salam aleikum* —cuchicheó Pata de Mosca—. *¡Khuea hasiz!*

—*Salam aleikum*. Khu... ejem... *khuea hasiz* —repitió Ben a duras penas.

A su alrededor, los niños rieron, le palmearon los hombros y le hablaron a mayor velocidad que antes.

Ben levantó las manos en un gesto de defensa.

—¡Alto! —exclamó—. No, no, no entiendo. Un momento —giró la cabeza—. ¿Cómo se dice, «vengo de muy lejos»? —musitó por encima del hombro.

Los niños miraban su mochila, perplejos. Entonces Ben comprobó, sorprendido, que Pata de Mosca salía de improviso, trepaba a su cabeza agarrándose de las orejas y el pelo y hacía una reverencia.

—Buenos y santos días —saludó en un urdu un tanto deficiente—. Venimos con intención amistosa y queremos visitar a alguien.

—¡Pata de Mosca! —cuchicheó Ben—. Baja ahora mismo de ahí. ¿Es que te has vuelto loco?

Casi todos los niños retrocedieron asustados. Solamente dos, un chico y una chica, se quedaron quietos, mirando atónitos al hombre diminuto que estaba subido a la cabeza del extranjero y hablaba su idioma. Entretanto, también algunos adultos se habían dado cuenta de que sucedía algo desacostumbrado. Tras abandonar sus quehaceres, se aproximaron y al ver al homúnculo se quedaron tan estupefactos como sus hijos.

—¡Maldita sea, Pata de Mosca! —se quejó Ben—. Eso no ha sido una buena idea. Seguramente ahora me tomarán por un brujo o algo parecido.

Pero de pronto la gente empezó a reírse. Se daban empujones, aupaban a sus hijos pequeños y señalaban al homúnculo situado sobre la cabeza de Ben con el pecho hinchado de orgullo y haciendo una reverencia tras otra.

—¡Oh, gracias, muchas gracias! —exclamó en urdu—. Mi maestro y yo estamos sumamente complacidos por tan amable recibimiento. ¿Tendríais ahora la bondad de mostrarnos la residencia de la famosa especialista en dragones Subaida Ghalib?

Los circundantes fruncieron el ceño.

Pata de Mosca hablaba un urdu muy pasado de moda, tan antiguo como los libros en los que lo había estudiado. Finalmente, el chico que seguía todavía junto a Ben preguntó:

—¿Queréis ir a casa de Subaida Ghalib?

Al oír el nombre de la especialista en dragones, Ben se sintió tan feliz que asintió con vehemencia, olvidando que Pata de Mosca estaba en su cabeza. El homúnculo se cayó y aterrizó en la mano del chico desconocido. Éste, asombrado, miró con respeto a Pata de Mosca. Luego lo depositó con sumo cuidado en la mano extendida de Ben.

—¡Caramba, joven señor! —murmuró el homúnculo mientras se alisaba la ropa—. No me he desnucado por los pelos.

—Perdón —dijo Ben colocándolo sobre su hombro.

El chico que había cogido a Pata de Mosca al vuelo tomó de la mano a Ben y se lo llevó de allí. Todo el pueblo los siguió a lo largo de la playa, cruzando frente a las cabañas y barcas, hasta llegar a una cabaña algo apartada de las demás.

Junto a la puerta se veía la figura de un dragón de piedra con una corona de flores azules alrededor del cuello. Encima del marco, en la pared de madera de la cabaña, estaba pintada la luna llena y, sobre el tejado, tres dragones de papel con colas de varios metros de largo ondeaban al viento.

—Subaida Ghalib —dijo el chico desconocido señalando la abertura de la puerta apenas cubierta con un paño de colores. Después añadió algo más.

—Ella trabaja de noche y duerme de día —tradujo Pata de Mosca—, pues investiga el misterio de la luna negra. Pero ahora tiene visita y debería estar despierta. Sólo tenemos que tocar esas campanitas de ahí.

Ben asintió.

—Dile que muchas gracias —susurró al homúnculo.

Éste tradujo. Los habitantes del pueblo sonrieron y retrocedieron un paso, pero no se marcharon. Ben se situó ante la puerta de la cabaña con Pata de Mosca y tiró del cordón de las campanas. El tintineo de las campanitas ahuyentó a dos pájaros del tejado de la cabaña, que se alejaron volando entre graznidos.

—¡Maldición! —exclamó Ben asustado—. Eran cuervos, Pata de Mosca.

En ese mismo momento, alguien apartó el paño de colores de la puerta, y Ben se quedó mudo de asombro.

—¡Profesor! —balbuceó—. Pero ¿qué hace usted aquí?

—¡Ben, muchacho! —exclamó Barnabás Wiesengrund introduciéndolo en la cabaña con una sonrisa de oreja a oreja—. Me alegro de verte. ¿Dónde están los demás?

—Oh, se han escondido en el río —contestó Ben patidifuso mirando a su alrededor.

En un rincón de la pequeña estancia a la que lo había arrastrado el profesor, una mujer robusta y una chica más o menos de la edad de Ben se sentaban sobre cojines dispuestos alrededor de una mesita baja.

—Buenos días —murmuró Ben con timidez. Pata de Mosca hizo una reverencia.

—Oh —dijo la chica volviéndose hacia el homúnculo—. Eres un elfo de lo más extraño. Nunca había visto uno como tú.

Pata de Mosca se inclinó por segunda vez sonriente y halagado.

—Perdón, respetable dama, no soy un elfo, sino un homúnculo.

—¿Un homúnculo? —la chica miró asombrada a Barnabás Wiesengrund.

—Éste es Pata de Mosca, Ginebra —le explicó el profesor—. Fue creado por un alquimista.

—¿De veras? —Ginebra contempló al homúnculo llena de admiración—. Hasta hoy nunca me había topado con un homúnculo. ¿A partir de qué animal te hizo el alquimista?

Pata de Mosca se encogió de hombros apesadumbrado.

—Eso por desgracia lo ignoro, noble dama.

—Ginebra —los interrumpió el profesor mientras rodeaba con el brazo los hombros de Ben—. ¿Me permites presentarte también a mi joven amigo Ben? Ya has oído hablar de él. Ben, ésta es mi hija Ginebra.

Ben se puso más colorado que un tomate.

—Hola —musitó.

Ginebra le dirigió una sonrisa.

—Tú eres el jinete del dragón, ¿verdad? —le preguntó.

—¡El jinete del dragón! —la mujer sentada junto a Ginebra alrededor de la mesita baja cruzó los brazos—. Mi querido Barnabás, ¿podrías presentarme por fin a este asombroso joven?

—¡Naturalmente! —Barnabás Wiesengrund sentó a Ben en un cojín libre junto a la mesa y se acomodó a su lado—. Éste de aquí, querida Subaida, es mi amigo Ben, el jinete del dragón, del que tanto te he hablado. Ésta, querido Ben —señaló a la mujer gorda y bajita vestida con ropas de colores cuyo pelo gris colgaba en una trenza hasta sus caderas—, es Subaida Ghalib, la famosa especialista en dragones.

La señora Ghalib inclinó la cabeza sonriendo.

—Es un gran honor para mí, jinete del dragón —contestó en el idioma de Ben—. Barnabás me ha contado cosas asombrosas acerca de ti. Al parecer, no sólo eres un jinete de dragón, sino también amigo de un duende y, según veo, llevas a un verdadero homúnculo sentado sobre tu hombro. Estoy muy contenta de que estés aquí. Barnabás no estaba seguro de si vendríais, así que desde su llegada hace dos días os hemos estado esperando con ansiedad. ¿Dónde… —miró interesada a Ben—, dónde está tu amigo, el dragón?

—Muy cerca de aquí —respondió el muchacho—. Él y Piel de Azufre se esconden junto al río. Yo quería comprobar primero si pueden venir aquí sin peligro, tal como me aconsejó —miró a Barnabás Wiesengrund— el profesor.

Subaida Ghalib asintió.

—Muy inteligente por tu parte, a pesar de que creo que en este pueblo no los amenaza ningún peligro. Porque no eres el primer jinete de dragón que llega hasta aquí. Sin embargo, de eso hablaremos más tarde —miró al chico sonriente—. Me alegro de que lo hayas organizado así. La llegada de un dragón habría provocado tal revuelo que seguramente no habríais conseguido nunca llegar hasta mi cabaña. ¿Sabes una cosa? —Subaida Ghalib sirvió a Ben una tacita de té y sus pulseras entrechocaron con un tintineo parecido al de las campanitas de su puerta—, para ti el dragón debe de ser algo cotidiano desde hace tiempo, pero mi corazón late como el de una jovencita cuando me imagino mi encuentro con él. Y seguro que a las gentes de este pueblo les ocurre lo mismo.

—Oh, a mí también me sigue pareciendo muy emocionante —musitó Ben mientras lanzaba una ojeada fugaz a Ginebra, que a su vez sonreía a Pata de Mosca.

El homúnculo, halagado, le tiró un beso.

—Debes traer aquí a Lung lo antes posible —le aconsejó Barnabás Wiesengrund—. He de informaros de algo a los tres —se frotó la nariz—. Por desgracia, no es una casualidad que volvamos a encontrarnos en este lugar. He venido a ver a Subaida para preveniros.

Ben lo miró sorprendido.

—¿Para prevenirnos?

El profesor asintió.

—Sí, así es —se quitó las gafas y las limpió—. He tenido un encuentro muy desagradable con Ortiga Abrasadora, el Dorado.

Del susto, Pata de Mosca casi se quedó sin respiración.

—¿El Dorado? —exclamó Ben—. ¿El dueño de las escamas? ¿Sabía usted que fue él y no un monstruo marino quien expulsó del mar a los dragones?

—Sí, ya me lo ha contado Subaida —respondió Barnabás Wiesengrund asintiendo con una cabezadita—. Se me habría debido ocurrir su nombre mucho antes. Ortiga Abrasadora, el Dorado. Existen un par de historias espantosas sobre él, aunque todas ellas tienen muchos cientos de años de antigüedad. Excepto la que sucedió aquí, frente a estas costas.

Pata de Mosca se deslizaba inquieto por el hombro de Ben.

—Te lo aseguro, muchacho —prosiguió el profesor—, cuando pienso en ese monstruo todavía me tiemblan las piernas. Gracias a mi conocimiento de los enanos de las rocas estoy sentado aquí ahora. ¿Conservas aún la escama dorada que te di?

Ben asintió.

—Es suya, ¿verdad?

—Sí, y no estoy seguro de que debas conservarla. Pero todo eso lo referiré cuando se hayan reunido con nosotros Piel de Azufre y Lung. Te aconsejaría que fueses a buscarlos ahora mismo. ¿Qué opinas tú, Subaida? —miró inquisitivo a la investigadora de dragones.

Subaida Ghalib asintió.

—Con toda certeza, las personas de este pueblo no suponen el menor peligro —reconoció—, y por aquí apenas vienen forasteros.

—Pero, ¿y los cuervos? —preguntó Pata de Mosca.

Los demás lo miraron asombrados.

—¡Es verdad, los cuervos! —exclamó Ben—. Me había olvidado por completo de ellos. Había dos posados sobre el techo de la cabaña. Nosotros creemos que son espías. Espías de ese tal... ¿cómo dijo usted que se llamaba?

—Ortiga Abrasadora —contestó Barnabás Wiesengrund, intercambiando con Subaida una mirada de preocupación.

—Esos cuervos... —comentó la especialista en dragones cruzando sus manos; Ben observó que llevaba un anillo con una piedra diferente en cada dedo de su mano izquierda—. A mí también me inquietan desde hace algún tiempo. Ya estaban aquí cuando llegué. Suelen posarse arriba, junto a la tumba. A veces, sin embargo, tengo la sensación de que me siguen, vaya a donde vaya. Como es lógico, pensé inmediatamente en la antigua historia de los pájaros negros que oscurecieron la luna para impedir a los dragones huir de Ortiga Abrasadora. He intentado espantarlos, pero tan pronto los ahuyento vuelven a aparecer al cabo de pocos minutos.

—Piel de Azufre tiene un método —comentó Ben levantándose de su cojín—, con el que no regresan nunca más. Bueno, hasta ahora. Voy a buscar a esos dos.

—Un método peligroso —murmuró Pata de Mosca.

Los demás lo miraron sorprendidos. El homúnculo, asustado, hundió la cabeza entre los hombros.

—Mi muy querido Pata de Mosca —lo interpeló Barnabás Wiesengrund—, ¿sabes algo más concreto acerca de esos cuervos?

—No, ¿por qué lo preguntas? —Pata de Mosca se encogió mucho—. ¡Por supuesto que no! Pero pienso que no deberíamos irritarlos. Los cuervos pueden ser muy malignos —carraspeó—, sobre todo los de ojos rojos.

—Ajá —asintió el profesor—. Sí, yo también lo he oído decir. Por lo que se refiere a tu sospecha de que sean espías —prosiguió mientras conducía a Ben hacia la puerta—, Ortiga Abrasadora estaba enterado de vuestra escapada para ver al djin. Me dio la impresión de que alguien cercano a vosotros le informa de todos vuestros movimientos. Me he devanado los sesos pensando en quién podría ser y...

—¿Los cuervos? —le interrumpió Ben asustado—. ¿Qué le han contado todo los cuervos? Yo no vi ninguno donde el djin.

Pata de Mosca se puso primero rojo y luego blanco como el papel. Todo su cuerpo empezó a temblar.

—Eh, Pata de Mosca, ¿qué te pasa? —le preguntó Ben observándolo preocupado.

—Oh... eh... —Pata de Mosca apretaba sus manos temblorosas contra las rodillas sin atreverse a mirar a Ben—. Yo vi uno —balbuceó—. Un esp..., un cuervo, sí. Con toda seguridad. En las palmeras, mientras vosotros dormíais. Pero no quise despertaros.

Qué bien que nadie pudiera oír su corazón: latía enloquecido.

—Bueno, eso es fatal —murmuró Barnabás Wiesengrund—. Pero si Piel de Azufre conoce el modo de ahuyentarlos, quizá no debamos preocuparnos demasiado, aunque nuestro amigo el homúnculo no aprecie los métodos de duende. Duende y homúnculo... no simpatizan demasiado, ¿verdad, Pata de Mosca?

Pata de Mosca logró esbozar una débil sonrisa. ¿Qué podía contestar? ¿Que los cuervos mágicos son vengativos? ¿Que Piel de Azufre quizá había tirado hace mucho una piedra de más? ¿Que su maestro tenía cuervos de sobra?

Ben se encogió de hombros y apartó la tela que cubría la puerta de la cabaña.

—Me voy a buscar a Lung —anunció—. Si los cuervos están aquí, repararán en él de todos modos.

Subaida Ghalib se levantó de su cojín.

—Nosotros llevaremos a nuestros gatos a los tejados, y debajo de cada árbol. Tal vez así logremos mantener alejados a los cuervos para evitar que nos espíen.

—Bien.

Ben se inclinó con timidez ante ella, dirigió otra mirada a Ginebra y salió. Los habitantes del pueblo, que seguían esperando delante de la cabaña, lo miraron con curiosidad.

—Diles que volveremos enseguida —susurró Ben a Pata de Mosca—. Y también que traeremos un dragón con nosotros.

—Como desees —contestó el homúnculo.

Y tradujo las palabras del muchacho.

Se levantó un rumor de asombro. La gente se echó a un lado y Ben se puso en marcha con Pata de Mosca.

27. El dragón

Cuando Lung se dirigió al poblado con Ben y Piel de Azufre, el cielo brillaba a la suave luz de la mañana y el sol aún no calentaba demasiado. Bandadas de aves marinas blancas describían círculos por encima del dragón y anunciaban su llegada con gritos excitados.

Los habitantes del poblado ya estaban esperándolo delante de sus cabañas, con sus hijos en brazos. La playa estaba alfombrada de flores. Sobre los techos de las cabañas tremolaban dragones de papel, y hasta los niños más pequeños llevaban puestas sus mejores galas. En lo alto del lomo del dragón Ben se sentía como un rey. Miró a su alrededor buscando a los cuervos, pero no logró descubrir ninguno. Los gatos del pueblo, blancos, amarillos, atigrados y moteados, pululaban por doquier, por los tejados, delante de las cabañas y en las ramas de los escasos árboles. Lung pasó ante gatos y humanos, pisando los pétalos de flores, hasta que descubrió a Barnabás Wiesengrund. Cuando se detuvo ante el profesor, todos a su alrededor retrocedieron respetuosamente. Sólo Subaida Ghalib y Ginebra permanecieron en su sitio.

—Mi querido Lung —dijo Barnabás con una profunda inclinación—. Contemplarte me hace hoy tan feliz como en nuestro primer encuentro. A mi esposa la conocerás después, pero ahora te presento a mi hija Ginebra. A su lado se encuentra Subaida Ghalib, la especialista en dragones más famosa del mundo, que te ayudará a vencer a la luna negra.

Lung volvió la cabeza hacia ella.

—¿Puedes hacerlo? —le preguntó.

—Creo que sí, *Asdaha* —Subaida Ghalib se inclinó sonriente—. *Asdaha*, así te llamas en nuestra lengua. *Khuea hasiz*. Dios te guarde. ¿Sabes que me imaginaba tus ojos exactamente así? —con gesto vacilante levantó la mano y acarició las escamas de Lung.

Entonces, los niños perdieron el último resquicio de temor. Bajaron de los brazos de sus padres, rodearon al dragón y lo acariciaron. Lung se lo permitió, dándoles a todos suaves empujones con el hocico. Los niños se escondían riendo entre sus patas y los más valientes se agarraron a las púas de su rabo y treparon hasta el lomo. Piel de Azufre observaba muy inquieta aquel barullo humano. Le picaban las orejas y ni siquiera mordisquear su robellón la tranquilizaba. Tenía por costumbre evitar el encuentro con humanos, esconderse cuando los olía o escuchaba. Aunque esto había cambiado gracias a Ben, esa multitud humana incrementaba dolorosamente los latidos de su corazón de duende.

Cuando el primer chico extraño apareció tras ella, del susto se le cayó la seta de las patas.

—¡Eh, eh! —bufó al chico—. ¡Baja de ahí, hombrecillo!

El chico, asustado, se agachó detrás de las púas de Lung.

—Déjalo, Piel de Azufre —la tranquilizó Ben—. ¿No ves que a Lung no le importa?

Piel de Azufre se limitó a gruñir mientras sujetaba con fuerza y desconfianza su mochila.

Pero el chico desconocido, poco interesado en su contenido, se limitaba a mirar fijamente a la peluda duende. Preguntó algo en voz baja. Otros dos niños más aparecieron a su espalda.

—¿Qué es lo que quiere? —rezongó Piel de Azufre—. Apenas entiendo este lenguaje humano.

—Ha preguntado si eres un pequeño demonio —tradujo Pata de Mosca, que estaba sentado entre las piernas de Ben.

—¿Cómo?

Ben sonrió burlón.

—Algo parecido a un espíritu maligno.

—¡Lo que me faltaba! —replicó Piel de Azufre enfurecida—. ¡Pues no, no lo soy! —bufó a los niños que atisbaban por detrás de las púas de Lung—. Soy un duende. Un duende de los bosques.

—¿*Dubidai?* —preguntó una niña señalando el pelaje de Piel de Azufre.

—¿Y eso qué significa? —la duende frunció la nariz.

—Parece ser la denominación local de «duende» —opinó Pata de Mosca—. Aunque se asombran de que sólo tengas dos patas.

—¿Dos solamente? —Piel de Azufre sacudió la cabeza—. ¿Acaso ellos tienen más?

Un niño pequeño alargó la mano como un valiente, vaciló un instante y acarició la pata de Piel de Azufre. Al principio, ella retrocedió sobresaltada, pero después se lo permitió. El niño murmuró algo.

—Vaya, vaya —refunfuñó Piel de Azufre—. Eso sí que lo he entendido. El hombrecillo de piel de boletus dice que parezco una reina de los gatos. ¿Qué me decís ahora? —dijo acariciándose halagada su piel moteada.

—Vamos, Piel de Azufre —le dijo Ben—. Dejemos un poquito de sitio libre aquí arriba. A nosotros el lomo de Lung nos resulta de lo más familiar, pero para estos niños es algo completamente nuevo.

Pero Piel de Azufre sacudió la cabeza con energía.

—¿Cómo? ¿Bajar ahí abajo? ¡De ninguna manera! —asustada, se agarró con fuerza a las púas de Lung—. No, yo me quedo aquí arriba tan ricamente. Baja tú y déjate pisotear por tus congéneres.

—Bueno, pues entonces quédate, gruñona peluda —y colocando a Pata de Mosca en su mochila, Ben pasó junto a los niños descolgándose del lomo de Lung.

El dragón estaba en ese momento dándole un lametón en la nariz a una niña que le había colgado una corona de flores en los cuernos. Cada vez más niños trepaban a su lomo, se agarraban a sus púas, tiraban de las correas de cuero con las que se ataban sus jinetes y acariciaban las cálidas escamas plateadas. Piel de Azufre, cruzada de brazos en medio de todo ese barullo, sujetaba con firmeza su mochila.

—Piel de Azufre está enfadada —murmuró Ben al oído del dragón.

Lung, tras echar un vistazo, sacudió la cabeza burlón.

También los adultos se apiñaban alrededor del dragón para tocarlo e intentar captar una mirada suya. Lung se volvió hacia Subaida Ghalib, que observaba con una sonrisa a los niños subidos a su lomo.

—Cuéntame cómo se puede vencer a la luna —le rogó.

—Para eso deberíamos buscar un lugar más tranquilo —repuso la investigadora—. Acompáñame al lugar donde hallé la solución al misterio.

Al levantar las manos, sus pulseras tintinearon y los anillos de su mano refulgieron a la luz del sol. En el acto reinó el silencio. Las voces excitadas enmudecieron. Los niños se deslizaron del lomo de Lung, y ya sólo se oyó el rumor del mar. Subaida Ghalib dirigió unas palabras a los habitantes del pueblo.

—Voy a ir con el dragón a la tumba del jinete del dragón —tradujo Pata de Mosca—. He de tratar con él cuestiones importantes que no pueden llegar a oídos indiscretos.

Los habitantes del pueblo levantaron la vista hacia el cielo. Subaida les había hablado de los cuervos. Pero el cielo estaba vacío, excepto una bandada de aves marinas blancas que se dirigía hacia el río. Un anciano avanzó y dijo algo.

—Entonces prepararemos la fiesta mientras tanto —continuó traduciendo Pata de Mosca—. La fiesta que celebra el regreso de los dragones y del jinete del dragón.

—¿Una fiesta? —quiso saber Ben—. ¿Para nosotros?

Subaida se volvió sonriente hacia él.

—Naturalmente. No os dejarán partir de nuevo sin asistir a ella. Las gentes de aquí creen que un dragón trae un año de suerte. Suerte y lluvia, que aquí es considerada casi la mayor suerte de todas.

Ben miró el cielo azul.

—Pues no tiene pinta de llover —comentó.

—Quién sabe. La suerte del dragón viene como el viento —respondió Subaida—. Pero ahora, acompañadme —y volviéndose, hizo una seña a Lung con su mano cuajada de anillos.

El dragón se disponía a seguirla cuando Ginebra Wiesengrund le dio unos tímidos golpecitos en la pata delantera.

—Por favor —le pidió—, ¿crees que te resultaría muy pesado…? Bueno, no sé, ¿no podrías…?

Lung agachó la cabeza.

—Sube —le contestó—. Puedo llevar a diez de tu tamaño sin darme cuenta.

—¿Y qué pasa conmigo? —exclamó Subaida Ghalib poniendo los brazos en jarras—. Temo que es demasiado incluso para un dragón, ¿me equivoco?

Lung volvió a agachar el cuello sonriendo. Entonces, Subaida se remangó sus amplios ropajes y trepó por las púas del dragón.

Piel de Azufre miró con expresión sombría a la chica y a la mujer, pero Ginebra le tendió la mano diciendo:

—Hola, estoy realmente muy contenta de conocerte.

Y su rostro peludo se iluminó.

Mientras Lung trasladaba a sus tres amazonas hasta la tumba del jinete del dragón, que estaba situada en una colina detrás de las cabañas, Ben, junto con Barnabás Wiesengrund y Pata de Mosca, lo seguía a pie.

—Sí —dijo el profesor mientras delante de ellos el rabo de Lung se arrastraba por la arena—, la verdad es que a Ginebra también le encanta cabalgar sobre elefantes y camellos. Yo me doy por satisfecho con sostenerme a lomos de un burro. Ah, por cierto —pasó a Ben el brazo por los hombros—, mi esposa nos espera junto a la tumba. Espero que allí nos cuentes por fin todas vuestras aventuras desde nuestro último encuentro. Vita arde en deseos de conoceros, a ti, a Piel de Azufre y, sobre todo, a Pata de Mosca. Ella conoce a algunos duendes, pero siempre ha tenido muchas ganas de encontrarse con un homúnculo.

—¿Has oído, Pata de Mosca? —preguntó Ben volviendo la cabeza hacia el hombrecillo sentado en su hombro.

Pero el homúnculo estaba sumido en sus pensamientos. Ante sus ojos desfilaban aún los rostros felices de los habitantes del pueblo al paso de Lung por sus cabañas. Hasta entonces, sólo en dos ocasiones había entrado con su maestro en un pueblo de humanos, pero Ortiga Abrasadora jamás había sido portador de suerte. Miedo era todo lo que traía. Y disfrutaba con ello.

—¿Te ocurre algo, Pata de Mosca? —le preguntó Ben preocupado.

—¡Oh, no, no, joven señor! —respondió el homúnculo pasándose la mano por la frente.

El profesor rodeó los hombros de Ben con su brazo.

—¡Ay, me muero de curiosidad! Dime sólo una cosa —miró hacia el cielo, pero seguía sin divisar cuervo alguno. A pesar de todo, bajó la voz—. ¿Conocía el djin la respuesta? ¿Planteaste la pregunta correcta?

Ben sonrió.

—Sí, pero sus palabras fueron un tanto enigmáticas.

—¿Enigmáticas? Es típico de esas criaturas, pero… —el profesor meneó la cabeza—. No, no, luego me contarás lo que te dijo. Cuando esté presente Vita. Ella también merece oírlo. Sin ella jamás me habría atrevido a subir al maldito avión que nos trajo hasta aquí. Además, desde esa historia de espías me he vuelto muy cauteloso.

Pata de Mosca no pudo evitarlo. Al escuchar la palabra «espías», dio un respingo.

—Mi querido Pata de Mosca —le dijo el profesor—. En cierto modo pareces enfermo. ¿Acaso no te sienta bien volar?

—Yo también creo que tiene mal aspecto —confirmó Ben preocupado, dirigiendo a Pata de Mosca una mirada de reojo.

—No, no —balbuceó el homúnculo—. No es nada, de veras. Sólo que el calor me disgusta. No estoy acostumbrado a él —se limpió el sudor de la frente—. He sido creado para el frío. Para el frío y la oscuridad.

Ben lo miró sorprendido.

—¿Cómo? Yo creía que procedías de Arabia.

Pata de Mosca lo miró asustado.

—¿Arabia? Yo... ejem, es verdad, pero...

Barnabás Wiesengrund ahorró al homúnculo la difícil respuesta.

—Perdonad que os interrumpa —les dijo señalando hacia delante—, pero estamos a punto de llegar a la tumba. Es eso de ahí arriba. ¡Ahí está Vita! —saludó agitando la mano, y la dejó caer asustado—. ¡Madre mía! ¿Estás viendo eso, hijo?

—Sí —contestó Ben frunciendo el ceño—. Ahí nos esperan ya dos cuervos gordos.

28. En la tumba del jinete del dragón

La tumba del jinete del dragón estaba situada en la cima de una suave colina. Con sus columnas grises parecía un pequeño templo. Una escalera ascendía desde cada uno de los puntos cardinales. Las amazonas de Lung echaron pie a tierra en el arranque de la escalera norte, y Subaida Ghalib condujo al dragón por los desgastados peldaños. Ginebra tiraba de Piel de Azufre y saludó a su madre que estaba arriba, entre las columnas, mirándolos llena de impaciencia. Alrededor de sus piernas rondaban tres gatos, que se alejaron rápidamente al ver al dragón.

La tumba parecía muy antigua. La cúpula de piedra sustentada por las columnas aún se conservaba bien. Sin embargo, la cámara sepulcral que albergaba se había hundido en algunos lugares. Los muros estaban adornados con flores y pámpanos de piedra blanca.

Al ascender Lung por la escalera, los dos cuervos que estaban posados en la cúpula levantaron el vuelo y se alejaron graznando. Pero permanecieron cerca, dos puntos negros en el cielo sin nubes. Los monos que estaban sentados en el escalón de arriba se marcharon saltando y chillando, y treparon a los árboles que crecían al pie de la colina. Lung cruzó con Subaida las columnas de la tumba e inclinó la cabeza ante la esposa del profesor.

Vita Wiesengrund correspondió a su reverencia. Era casi tan alta y delgada como su marido. Su pelo oscuro había comenzado a encanecer. Sonriendo, rodeó a su hija con los brazos y miró primero al dragón y luego a Piel de Azufre.

—Es maravilloso veros a todos —les comunicó—. ¿Dónde está el jinete del dragón?

—¡Aquí lo tienes, querida! —exclamó Barnabás Wiesengrund haciendo subir a Ben el último escalón—. Me acaba de preguntar por qué se llama este lugar la «tumba del jinete del dragón». ¿Quieres contárselo tú?

—No, eso debería hacerlo Subaida —respondió Vita Wiesengrund.

Sonriendo a Ben, se sentó con él en el lomo de un dragón de piedra que montaba guardia ante la tumba.

—Es que la historia del jinete del dragón estaba casi olvidada —informó en voz baja al muchacho— hasta que Subaida la rescató.

—Sí, es cierto. A pesar de que es verídica —Subaida Ghalib miró al cielo—. No debemos perder de vista a esos cuervos —murmuró—. Los gatos no los han asustado ni pizca. Pero en fin, vamos con la historia… —se reclinó en la cabeza del dragón de piedra—. Hace unos trescientos años —comenzó, mirando a Ben— vivía en el pueblo de ahí abajo un chico no mayor que tú. Todas las noches de plenilunio se sentaba en la playa a contemplar a los dragones que venían de las montañas para bañarse en el mar a la luz de la luna. Una noche se tiró al agua, nadó hacia ellos y se subió a lomos de uno. El dragón se lo permitió y el chico se quedó sentado hasta que el dragón se elevó sobre el agua y se marchó volando con él. Al principio, su familia se quedó muy entristecida, pero cada vez que retornaban los dragones, regresaba también el muchacho, y así año tras año hasta que fue tan viejo que su pelo se tornó blanco. Entonces regresó al pueblo para ver otra vez a sus hermanos, y a los hijos y nietos de éstos. Pero apenas puso los pies en el poblado, cayó enfermo, tan enfermo que nadie era capaz de ayudarlo. Una noche, cuando una virulenta fiebre lo estremecía, uno de los dragones descendió de las montañas, a pesar de que no lucía la luna. Sentándose ante la cabaña del jinete del dragón, la envolvió en fuego azul, y al despuntar el alba volvió a marcharse volando. El jinete del dragón sanó y vivió todavía muchos, muchísimos años, tantos que llegó un momento en que todos perdieron la cuenta. Y mientras vivió, todos los años cayó lluvia abundante sobre los campos del pueblo y los pescadores siempre sacaron las redes repletas. Cuando por fin murió, erigieron esta tumba como homenaje a él y a los dragones. La noche después de su entierro un único dragón retornó y sopló su fuego sobre las blancas paredes. Se dice que desde entonces cualquier enfermo que coloque su mano sobre estas piedras halla cura. Por las noches, cuando el frío se abate sobre la tierra y las personas tiemblan, encuentran aquí cobijo, porque las piedras siempre se mantienen calientes, como si en ellas morara el fuego del dragón.

—¿Es eso cierto? —preguntó Ben—. ¿Lo de las piedras calientes? ¿Lo ha comprobado usted?

Subaida Ghalib sonrió.

—Claro que sí —repuso—. La historia no miente.

Ben pasó la mano por los antiquísimos muros y la detuvo sobre una de las flores de piedra que los adornaban. Después miró a Lung.

—No me habías contado que tuvieras semejantes poderes —le dijo—. ¿Has curado alguna vez a alguien?

El dragón asintió agachando la cabeza.

—Claro. A duendes, animales heridos, a todos cuantos se sometieron a mi fuego. A humanos, no. Allí de donde venimos Piel de Azufre y yo, los humanos creen que el fuego de dragón quema y destruye. ¿No pensabas tú lo mismo?

Ben negó con un gesto.

—No pretendo interrumpir vuestro hermoso cuento —gruñó Piel de Azufre—, pero, por favor, mirad al cielo.

Los cuervos se habían aproximado de nuevo y daban vueltas por encima de la cúpula de piedra de la tumba con roncos graznidos.

—Ya va siendo hora de espantar a esos chicos —Piel de Azufre se sentó junto a Ben en el dragón de piedra y metió la mano en su mochila—. Desde que tuvimos que librarnos de ese cuervo en el mar, no voy a ninguna parte sin un buen puñado de piedras.

—Vaya, de modo que vas a intentarlo con saliva de duende —le dijo Vita Wiesengrund.

Piel de Azufre la miró sonriente.

—Tú lo has dicho. Presta atención.

Se disponía a escupirse en las pezuñas cuando de improviso Pata de Mosca saltó a sus hombros desde los de Ben.

—¡Piel de Azufre —gritó excitado—, Piel de Azufre, deja que Lung escupa su fuego sobre la piedra!

—¿Por qué? —replicó asombrada; luego frunció el ceño con gesto de desaprobación—. ¿A qué viene esto, alfeñique? No te metas en asuntos que desconoces. Esto es magia de duendes, ¿entendido? —y volvió a fruncir los labios para escupir sobre las piedras.

—¡Obstinada orejuda! —gritó Pata de Mosca desesperado—. ¿No te das cuenta de que son unos cuervos extraños? ¿O es que los ojos sólo te sirven para distinguir una seta de otra?

Piel de Azufre le gruñó enfurecida:

—¿Qué bobadas son ésas? Un cuervo es un cuervo.

—¡No, qué va! —chilló Pata de Mosca agitando los brazos tan alterado que a punto estuvo de caerse—. Un cuervo no es un cuervo, señorita Sabelotodo. Y a ésos de ahí sólo conseguirás enfurecerlos con tus absurdas piedrecitas. Se irán volando y le comunicarán a su maestro dónde estamos y él nos encontrará y...

—Cálmate, Pata de Mosca —replicó Ben dando al homúnculo unos golpecitos en la espalda para tranquilizarlo—. ¿Qué debemos hacer?

—¡El fuego de dragón! —exclamó Pata de Mosca—. Lo he leído en el libro. En el libro del profesor. Puede...

—Devolver a los seres encantados a su forma original —lo interrumpió Barnabás Wiesengrund, meditabundo, alzando su mirada hacia el cielo—. Sí, eso dice. Pero ¿cómo has llegado a la conclusión de que esos de ahí arriba son cuervos embrujados, mi querido amigo?

—Yo, yo... —Pata de Mosca, al percibir la mirada de desconfianza de Piel de Azufre, regresó a toda prisa a los hombros de Ben.

Pero también el chico lo miraba asombrado.

—Eso, ¿cómo llegaste a esa conclusión, Pata de Mosca? —le preguntó—. ¿Simplemente por los ojos rojos?

—¡Exacto! —repuso, aliviado, el homúnculo—. Por los ojos rojos. Es público y notorio que los seres encantados tienen los ojos rojos.

—¿Ah, sí? —Vita Wiesengrund miró a su esposo—. ¿Habías oído hablar de eso, Barnabás?

El profesor negó con la cabeza.

—Tú también tienes los ojos rojos —gruñó Piel de Azufre mirando al homúnculo.

—¡Por supuesto! —replicó iracundo Pata de Mosca—. Un homúnculo es una criatura encantada, ¿no?

Piel de Azufre seguía mirándolo con desconfianza.

—Intentadlo —aconsejó Ginebra—. Lo demás es pura palabrería. Esos cuervos son realmente extraños. Intentadlo. A lo mejor Pata de Mosca tiene razón.

Lung miró, meditabundo, primero a la chica y luego a los cuervos.

—De acuerdo, intentémoslo —dijo, y pasando su cuello por encima de los hombros de Piel de Azufre sopló muy suavemente una lluvia de chispas azules sobre las piedrecitas que sostenía en su pata.

Piel de Azufre observó con el ceño fruncido cómo las chispas se extinguían, dejando tan sólo un resplandor azul sobre las piedras.

—Saliva de duende y fuego de dragón —murmuró—. Veamos de qué sirve todo esto.

Y a continuación escupió en cada piedra y las frotó con la saliva a conciencia.

Los cuervos se habían acercado más.

—¡Esperad un momento! —les gritó Piel de Azufre—. Ahí va un regalo de duende para vosotros.

De un salto subió a la cabeza del dragón de piedra, cogió impulso, apuntó… y disparó. Primero una piedra, luego otra.

Ambas dieron en el blanco.

Pero esta vez no se quedaron adheridas mucho rato. Los cuervos se las sacudieron del plumaje con furiosos chillidos y se abalanzaron disparados sobre Piel de Azufre.

—¡Maldición! —gritó ésta, poniéndose a cubierto de un brinco tras el dragón de piedra—. ¡Ésta me la pagarás, Pata de Mosca!

Lung enseñó los dientes y se colocó ante los humanos en ademán de protección. Los cuervos pasaron lanzados sobre la cúpula de piedra y, de improviso, comenzaron a tambalearse.

—¡Se están transformando! —gritó Ginebra atisbando por detrás del lomo de Lung—. ¡Cambian de forma! ¡Fijaos!

Todos lo presenciaron con sus propios ojos.

Los picos curvos se encogieron. Las alas negras se transformaron en pinzas castañeteantes que se cerraban de pánico en torno al vacío. Sus cuerpecitos acorazados pataleaban mientras la tierra los atraía de manera inexorable. Tras aterrizar en una de las escaleras, rodaron por los desgastados escalones y desaparecieron entre los arbustos espinosos que crecían al pie de la colina.

—¡Cagarrias y gurumelos! —susurró Piel de Azufre—. Tenía razón el homúnculo —reconoció incorporándose aturdida.

—¡Se han convertido en cangrejos! —exclamó Ben mirando incrédulo al profesor.

Barnabás Wiesengrund asintió con aire pensativo.

—Antes de que alguien los transformase en cuervos fueron cangrejos —afirmó—. Interesante, muy interesante, ¿no es cierto, Vita?

—Desde luego —respondió su mujer levantándose con un suspiro.

—¿Y qué hacemos ahora con esos chicos? —preguntó Piel de Azufre avanzando hasta el peldaño superior de la escalera por la que habían rodado los cuervos transformados—. ¿Los atrapo?

—No es necesario —explicó Subaida Ghalib—. Con el embrujo desaparece también el recuerdo de su maestro. Vuelven a ser animales completamente normales. El fuego de dragón revela la verdadera naturaleza de las cosas. ¿No es cierto, Lung?

El dragón había levantado la cabeza y contemplaba el cielo azul.

—Sí —contestó—. Así es. Mis padres me lo contaron hace muchísimo tiempo, pero yo aún no lo había comprobado. Ya no quedan demasiadas cosas encantadas en el mundo.

Las manos de Pata de Mosca temblaban tanto que las ocultó bajo su chaqueta. ¿En qué se transformaría él si lo alcanzaba el fuego del dragón? Sus ojos y los de Lung se cruzaron. Pata de Mosca apartó deprisa la vista, pero Lung no había percibido su miedo. Estaba demasiado enfrascado en sus propios pensamientos.

—Si esos cuervos eran espías de Ortiga Abrasadora —dijo entonces—, debió de transformarlos él. Un dragón ¿es capaz de convertir a un ser acuático en una criatura aérea? —preguntó dirigiendo una inquisitiva mirada a Subaida Ghalib.

La investigadora de dragones, pensativa, daba vueltas a uno de sus anillos.

—Ninguna historia habla de un dragón que posea tales poderes —respondió—. A decir verdad es muy, pero que muy extraño.

—Hay muchas cosas extrañas en Ortiga Abrasadora —replicó Barnabás Wiesengrund apoyándose en una columna—. Hasta ahora no se lo había contado más que a Vita y a Subaida: cuando me honró con su visita, salió de un pozo. Es decir, del agua. Algo singular en un ser de fuego, ¿no os parece? ¿De dónde procede?

Todos callaron desconcertados.

—¿Y sabéis qué es lo más raro de todo? —prosiguió el profesor—. ¡Que Ortiga Abrasadora no haya aparecido por aquí en persona!

Los demás lo miraron asustados.

—Por eso he venido —exclamó Barnabás—. Ese monstruo acudió a mí para recuperar su escama. Así que pensé que el próximo en recibir su visita sería Ben. Que quizá atacase a Lung, porque le encanta cazar dragones. Pero no, en lugar de eso, manda a sus espías para que os acechen a vosotros, a la gente de este pueblo y a Subaida. ¿Qué se propone?

—Creo que yo puedo responder a esa pregunta —terció Lung.

Miró colina abajo, al mar bañado por la luz del sol.

—Ortiga Abrasadora confía en que lo conduzcamos a *La orilla del cielo*. Pretende que encontremos para él a los dragones que se le escaparon entonces.

Ben lo miró aterrado.

—¡Claro! —gritó Piel de Azufre—. Él ignora su paradero. Antaño, cuando los sorprendió en el mar, se le escaparon porque se interpuso la serpiente marina, y desde entonces ha perdido su rastro.

Lung meneó la cabeza y miró, interrogante, a los humanos.

—¿Qué debo hacer? Estamos muy cerca de nuestro destino, pero ¿cómo tendré la seguridad de que no nos sigue? ¿De que uno de sus cuervos no se oculta en la noche en pos de mí cuando continúe el vuelo?

Ben se había quedado estupefacto.

—Es cierto —murmuró—. Y seguramente hasta conoce desde hace mucho tiempo la respuesta del djin. Pata de Mosca vio un cuervo en la sima. ¡Maldita sea! —golpeó con la mano el lomo del dragón de piedra—. Hemos sido de gran ayuda para ese monstruo. Se ha limitado a esperarnos. Incluso hemos preguntado al djin por él.

Nadie respondió. Los Wiesengrund se miraban preocupados. De repente, Pata de Mosca dijo bajito, tan bajito que solamente llegó a oídos de Ben:

—Ortiga Abrasadora ignora lo que os dijo el djin, joven señor.

Las palabras brotaron espontáneamente de la boca del homúnculo. Como si estuvieran hartas de ser siempre reprimidas y silenciadas.

Todos lo miraron. Todos.

Piel de Azufre entornó los ojos como un gato hambriento.

—¿Y tú cómo lo sabes, alfeñique? —gruñó con una voz amenazadoramente tranquila—. ¿Cómo lo sabes con tanta seguridad?

Pata de Mosca no la miró. No miró a nadie. Su corazón latía como si quisiera salírsele del pecho.

—Porque su espía era *yo* —repuso—. Yo era el espía de Ortiga Abrasadora.

29. Pata de Mosca, el traidor

Pata de Mosca cerró los ojos. Esperaba que Ben lo expulsara de su hombro, que Lung lo transformase con su fuego en una chinche, pero nada sucedió. Entre las antiguas columnas se hizo un silencio sepulcral. Un viento cálido recorrió la tierra en dirección al mar acariciando el pelo del pequeño homúnculo.

Al ver que nada ocurría, Pata de Mosca abrió de nuevo los ojos y lanzó un rápido vistazo de reojo. Ben lo contemplaba horrorizado, tan horrorizado y decepcionado que su mirada partió el corazón al homúnculo.

—¿Tú? —balbuceó Ben—. ¿Tú? Pero, pero… ¿qué hay de los cuervos?

Pata de Mosca se miraba las piernas finas como alambres, que se difuminaron al empañarse sus ojos. Las lágrimas resbalaron por su puntiaguda nariz y gotearon sobre su mano y su regazo.

—Los cuervos son sus ojos —sollozó el homúnculo—, pero sus oídos… soy yo. Yo soy el espía del que oyó hablar el profesor. Se lo he contado todo. Que el profesor tiene dos escamas suyas, que estáis buscando *La orilla del cielo*, que queríais preguntar al djin azul, lo único que… —no pudo continuar.

—¡Yo-siempre-lo-supe! —rugió Piel de Azufre.

Y de un salto se abalanzó sobre el homúnculo intentando apresarlo con sus garras afiladas.

—¡Déjalo! —gritó Ben, haciéndola retroceder de un empujón.

—¿Cómo? —el pelaje de Piel de Azufre se erizó de ira—. Pero ¿todavía lo proteges a pesar de que él mismo reconoce habernos delatado a ese monstruo? —gruñó y volvió a avanzar enseñando los dientes—. Me daba en la nariz que había algo en el alfeñique que no encajaba. Pero tú y Lung estabais completamente chiflados por el hombrecillo. ¡Debería arrancarle ahora mismo la cabeza de un mordisco!

—¡No harás nada en absoluto, Piel de Azufre! —exclamó Ben alzando su mano protectora ante Pata de Mosca—. Deja de hacerte la salvaje. Ya estás viendo que lo lamenta…

Se quitó del hombro a Pata de Mosca con cuidado y lo depositó en la palma de su mano. Las lágrimas seguían goteando de la nariz del homúnculo. Ben sacó un pañuelo polvoriento del bolsillo del pantalón y limpió el rostro del hombrecillo.

—Era mi maestro —balbuceó el homúnculo—. Yo abrillantaba sus escamas. Le cortaba las garras y le conté mil veces sus heroicas hazañas, que jamás se hartaba de escuchar. Yo fui su limpiacorazas desde que me crearon, ignoro a partir de qué —prorrumpió de nuevo en sollozos—. Quién sabe, a lo mejor también soy uno de esos cangrejos de pinzas castañeteantes, quién sabe. En cualquier caso, me trajo a este mundo la misma persona que creó a Ortiga Abrasadora. Hace muchos cientos de años, oscuros, fríos y solitarios años. Yo tenía once hermanos y Ortiga Abrasadora se los comió a todos —Pata de Mosca se cubrió el rostro con las manos—. También devoró a nuestro creador. Y con vosotros pretende hacer lo mismo. Con vosotros y con todos los dragones. Sin excepción.

Ginebra se situó de pronto junto a Ben. Apartándose de la frente sus largos cabellos, dirigió al homúnculo una mirada compasiva.

—¿Por qué desea devorar a todos los dragones? —le preguntó—. Él es uno de ellos, vamos, digo yo.

—¡No lo es! —respondió con voz entrecortada Pata de Mosca—. Tan sólo lo parece. Caza dragones porque fue creado para ello. Igual que un gato, que nace para cazar ratones.

—¿Cómo? —Barnabás Wiesengrund lo miró incrédulo por encima del hombro de Ben—. ¿Que Ortiga Abrasadora no es un dragón? Entonces, ¿qué es?

—Lo ignoro —susurró Pata de Mosca—. Tampoco sé a partir de qué criatura lo creó el alquimista. Su coraza es de metal indestructible, pero nadie sabe lo que se oculta debajo. El creador dio a Ortiga Abrasadora aspecto de dragón para que pudiera aproximarse mejor hasta ellos durante la caza. Cualquier dragón sabe que es preferible huir de los humanos, pero ningún dragón huye de uno de sus congéneres.

—Eso es verdad —asintió pensativa Subaida Ghalib—. Pero ¿para qué necesitaba el alquimista un monstruo que matase dragones?

—Para sus experimentos —Pata de Mosca se limpió las lágrimas de los ojos con una punta de su chaqueta—. Era un alquimista de gran talento. Como podéis comprobar por mí, había descubierto el secreto de crear vida. Pero eso no le bastaba. Deseaba fabricar oro, como todos los alquimistas de su tiempo. Tratándose del oro, las personas enloquecen por completo, ¿no?

Vita Wiesengrund pasó a Ginebra la mano por el pelo y asintió.

—Sí, algunas sí —reconoció.

—Bien, pues mi creador... —prosiguió Pata de Mosca con voz temblorosa— comprobó que para fabricar oro necesitaba un componente ineludible: los cuernos molidos de los dragones, que se componen de un material aun más raro que el marfil. Pero los caballeros que envió a cazarlos para proveerle de cuernos no abatían suficientes dragones. Para sus experimentos necesitaba más, muchos más. Así que creó su propio matador de dragones —Pata de Mosca miró a Lung—. Le dio aspecto de auténtico dragón, pero lo hizo mucho más grande y fuerte que ellos. Ortiga Abrasadora, sin embargo, era incapaz de volar, porque el alquimista lo envolvió en una pesada coraza de metal indestructible, a la que nada, ni siquiera el fuego de dragón, podía dañar... y después envió de caza a Ortiga Abrasadora.

Pata de Mosca calló unos instantes y dirigió la vista a las barcas de pesca, que faenaban en el mar.

—Los atrapó a todos —continuó el homúnculo—. Se abatió sobre ellos como una tempestad. Mi creador se dedicaba día y noche a sus experimentos. Un día, de repente, los dragones desaparecieron. Ortiga Abrasadora los buscó por todas partes hasta que sus garras perdieron el filo y le dolieron los huesos. Pero los dragones siguieron sin dar señales de vida. Mi creador estaba loco de ira. Pronto tendría que suspender todos sus experimentos. Rápidamente comprendió que aquélla no era la mayor de sus preocupaciones. Ortiga Abrasadora comenzó a aburrirse, y cuanto más se aburría, más aumentaban su maldad y su cólera. El alquimista creó a los cuervos encantados para que recorrieran el mundo en busca de los dragones desaparecidos, pero en vano. Entonces Ortiga Abrasadora, llevado por la ira, devoró primero a todos mis hermanos. Sólo me dejó a mí porque necesitaba un limpiacorazas.

Pata de Mosca cerró los ojos al recordarlo.

—Y luego, un buen día —prosiguió en voz baja—, cuando otro de los cuervos regresó sin noticias de los dragones, Ortiga Abrasadora, el Dorado, devoró a nuestro creador, y con él el misterio de su origen. Pero a los dragones... —levantó la cabeza hacia Lung—, todavía los sigue buscando. Los últimos que encontró se le escaparon. Las serpientes marinas y la impaciencia lo privaron de su botín. Esta vez es más astuto y espera con paciencia a que *vosotros* lo conduzcáis hasta la meta de su larga búsqueda.

El homúnculo calló y con él todos los demás.

Un mosquito se posó en las delgadas piernas de Pata de Mosca, pero éste lo ahuyentó con un movimiento de la mano.

—¿Dónde está ahora Ortiga Abrasadora? —preguntó Ben—. ¿Por aquí o en las cercanías?

Piel de Azufre miró inquieta en torno suyo. A ninguno de ellos se le había ocurrido pensar que el dragón dorado estuviera muy cerca.

Pata de Mosca, sin embargo, negó con la cabeza.

—No —contestó—. Ortiga Abrasadora está lejos, muy lejos, pues aunque le informé de la respuesta del djin —una fugaz sonrisa se deslizó por su cara llorosa—, le mentí. Por primera vez —miró orgulloso a su alrededor—, por primera vez en mi vida, yo, Pata de Mosca, mentí a Ortiga Abrasadora, el Dorado.

—¿Ah, sí? —preguntó recelosa Piel de Azufre—. Y nosotros tenemos que creerte, ¿verdad? ¿Por qué ibas a mentirle de repente, habiendo sido un espía fabuloso que ha tomado el pelo a todo el mundo?

Pata de Mosca la miró enfurecido.

—¡Desde luego que no por ti! —replicó desdeñoso—. Si te devorase no derramaría ni una sola lágrima.

—¡Pfff, te devorará a *ti*! —bufó Piel de Azufre, iracunda—. En el caso de que le hayas mentido, claro.

—¡Le he mentido! —insistió Pata de Mosca con voz temblorosa—. Lo envié al Gran Desierto, muy lejos de aquí, porque, porque…

—carraspeó y dirigió una tímida mirada a Ben— porque también quería comerse al pequeño humano. El joven señor fue amable conmigo sin motivo. Amabilísimo. Nunca se había portado nadie así conmigo —Pata de Mosca se sorbió los mocos, se restregó la nariz, bajó la mirada a sus rodillas huesudas y añadió en voz muy baja—: Por eso he decidido también que a partir de ahora será mi maestro. Si él quiere... —el homúnculo miró atemorizado al muchacho.

—¡Su maestro! ¡Por la amanita muscaria! —Piel de Azufre soltó una risita sarcástica—. ¡Qué gran honor! ¿Y cuándo *lo* traicionarás?

Ben volvió a sentarse sobre el dragón de piedra y depositó a Pata de Mosca encima de su rodilla.

—Déjate de pamplinas sobre maestros y de llamarme continuamente «joven señor» —le ordenó—. Podemos ser amigos. Sencillamente amigos. ¿Entendido?

Pata de Mosca sonrió. Otra lágrima se deslizó por su nariz. Pero esta vez de alegría.

—Amigos —repitió—. Sí, amigos.

Barnabás Wiesengrund, con un carraspeo, se inclinó sobre ambos.

—Pata de Mosca —le dijo—. ¿A qué te referías hace un momento con eso de que enviaste a Ortiga Abrasadora al desierto? ¿A qué desierto?

—Al más grande que logré encontrar en vuestro mapa —respondió el homúnculo—. Sólo el desierto puede retener cierto tiempo a Ortiga Abrasadora, ¿sabéis? Porque... —Pata de Mosca bajó la voz como si su antiguo maestro fuese la sombra negra que proyectaba la cúpula de piedra—, él habla y ve a través del agua. Sólo el agua le confiere poder y movilidad. Así que lo envié al lugar donde casi no existe.

—Es un maestro del agua —musitó Lung.

—¿Qué? —Barnabás Wiesengrund lo miró atónito.

—Eso nos contó una serpiente marina que encontramos durante nuestro viaje —le explicó el dragón—. Nos dijo que Ortiga Abrasadora tenía más poder sobre el agua que ella misma.

—¿Cómo? —preguntó Ginebra mirando con curiosidad al homúnculo—. ¿Sabes lo que eso significa?

Pata de Mosca negó con la cabeza.

—Por desgracia, no conozco todos los misterios en los que lo inició el alquimista. Cuando yo o algún otro de sus servidores escupe en el agua o tira una piedra dentro, aparece la imagen de Ortiga Abrasadora. Habla con nosotros como si estuviera a nuestro lado, aunque se encuentre en la otra punta del mundo. Ignoro cómo lo consigue.

—¡Ah, de modo que eso es lo que hacías aquel día junto al aljibe! —exclamó Piel de Azufre—. Cuando me contaste que estabas hablando con tu reflejo. ¡Pequeña langosta traicionera! ¡Canijo...!

—¡Cállate, Piel de Azufre! —la interrumpió Lung mirando al homúnculo.

Pata de Mosca agachó la cabeza avergonzado.

—Tiene razón —murmuró—. Aquel día hablé con mi maestro.

—Pues eso es lo que debes seguir haciendo —le dijo Subaida Ghalib.

Pata de Mosca se volvió hacia ella asombrado.

—A lo mejor puedes reparar tu propia traición —le explicó la investigadora de dragones.

—¡A mí se me acaba de ocurrir lo mismo, Subaida! —Barnabás Wiesengrund se golpeó la palma de la mano con el puño—. Pata de Mosca podría convertirse en una especie de agente doble. ¿Qué te parece, Vita?

Su mujer asintió.

—No es ninguna tontería.

—¿Agente doble? ¿Y eso qué es? —preguntó Piel de Azufre.

—¡Muy sencillo! Pata de Mosca fingirá que sigue siendo el espía de Ortiga Abrasadora —le explicó Ben—, pero en realidad lo será nuestro. ¿Comprendes?

Piel de Azufre se limitó a fruncir el ceño.

—¡Está claro! Pata de Mosca podría seguir desviándolo de vuestro rastro —exclamó Ginebra. Miró ansiosa al homúnculo y añadió—: ¿Harías eso? Quiero decir, ¿no será demasiado peligroso?

Pata de Mosca sacudió la cabeza.

—No, qué va —contestó—. Pero me temo que Ortiga Abrasadora sabe hace mucho que lo he traicionado. Os olvidáis de los cuervos.

—Bah, esos son cangrejos de nuevo —comentó Piel de Azufre con un despectivo ademán.

—Él tiene muchos más cuervos, cara peluda —replicó Pata de Mosca con altivez—. Por ejemplo, aquel con el que jugaste a tu jueguecito de las piedras encima del mar. Era mi montura, y ya muy desconfiado de por sí. Tu pedrada debió de enfadarlo mucho.

—Bueno, ¿y qué? —gruñó Piel de Azufre.

—Pero ¿de verdad no tienes más que pelos en la cabeza? —exclamó el homúnculo—. ¿No comprendes que su furia quizá lo impulse a ver a mi antiguo maestro? ¿No crees que cuando el cuervo cuente a Ortiga Abrasadora que hemos cruzado el mar de Arabia a lomos de una serpiente marina se despertará su desconfianza a pesar de que yo le haya dicho que los dragones se ocultan en un desierto situado muchos miles de kilómetros más al oeste?

—¡Oh! —murmuró Piel de Azufre rascándose detrás de la oreja.

—¡No! —Pata de Mosca meneó la cabeza—. No sé si es una buena idea comparecer ante él. ¡No menospreciéis a Ortiga Abrasadora! —el homúnculo se estremeció y miró a Lung, que lo observaba preocupado desde las alturas—. No sé por qué buscas

La orilla del cielo, pero creo que deberías regresar. O acaso guíes a vuestro mayor enemigo hasta la meta de sus malvadas pesadillas.

Lung calló ante la mirada de Pata de Mosca.

Después, informó:

—He emprendido este largo viaje para encontrar una nueva patria para mí y para los dragones que hace mucho, muchísimo tiempo, se dirigieron hacia el norte huyendo de Ortiga Abrasadora y de los humanos. Allí teníamos una patria, un valle apartado, húmedo y frío, pero en el que vivíamos en paz. Ahora lo ambicionan los humanos. *La orilla del cielo* es nuestra única esperanza. ¿Dónde si no voy a encontrar un lugar que todavía no pertenezca a los humanos?

—Así que por eso estás aquí —comentó en voz baja Subaida Ghalib—. Por eso buscas *La orilla del cielo*, según me refirió Barnabás —asintió—. Claro, el Himalaya, donde al parecer se esconde ese misterioso lugar, no pertenece realmente a los humanos. Quizá por eso no encontré yo *La orilla del cielo*. Porque soy humana. Creo que tú podrías lograrlo. Mas ¿cómo impediremos que Ortiga Abrasadora te siga hasta allí?

Barnabás Wiesengrund sacudió la cabeza sin saber qué partido tomar.

—Lung tampoco puede volver a casa —murmuró—, o conducirá a Ortiga Abrasadora hasta los dragones del norte. ¡La situación es verdaderamente endiablada, amigo mío!

—¡Sin duda! —Subaida Ghalib suspiró—. Pero creo que todo esto tenía que suceder. Todavía no habéis escuchado hasta el final la antigua historia del jinete del dragón. Seguidme, quiero enseñaros algo, sobre todo a ti, jinete del dragón.

Y tomando a Ben de la mano lo arrastró hacia el interior de la tumba medio derruida...

30. Ortiga Abrasadora se entera de todo

—¡Escupe! —bramaba muy alto Ortiga Abrasadora—. ¡Escupe de una vez, enano inútil!

Con el rabo contrayéndose convulsivamente, estaba sentado entre las dunas, rodeado por las montañas de arena de las que Barba de Guijo lo había liberado. Fue una suerte para Ortiga Abrasadora que los enanos de las rocas estuvieran acostumbrados a cavar.

Barba de Guijo reunió con esfuerzo una gota de saliva en su boca seca y, frunciendo los labios, la escupió en la fuente que había tallado en el cactus mordido.

—¡Esto será inútil, Áureo Señor! —despotricaba—. ¡Fijaos! El sol nos asará antes de haber reunido el líquido suficiente.

—¡Escupe! —gruñó Ortiga Abrasadora, contribuyendo él mismo con un charco de saliva de un verde tóxico.

—¡Huyyyyy! —Barba de Guijo se inclinó sobre la fuente tan excitado que su sombrero estuvo a punto de caerse dentro—. ¡Eso ha sido colosal, Áureo Señor! ¡Un lago entero! ¿Lago digo? ¡Un mar de saliva! ¡Y funciona! ¡Increíble! El sol se refleja en él. ¡Ojalá no lo evapore enseguida!

—¡Pues sitúate de forma que puedas darle sombra, cabeza de chorlito! —gruñó Ortiga Abrasadora.

Después volvió a escupir. ¡Plas! Un charco verde flotó sobre la carne del cactus. ¡Pis, pas!, Barba de Guijo aportó su parte. Escupieron y escupieron hasta que las fauces de Ortiga Abrasadora se secaron.

—¡Aparta! —rugió.

Y tirando de un empujón al enano a la arena caliente, clavó un ojo rojo en el charquito que habían creado entre los dos. Por un instante aquel caldo verde siguió turbio, pero de repente comenzó a relucir como un espejo y la oscura figura de un cuervo apareció en la fuente hecha en el cactus.

—¡Por fin! —graznó el cuervo, dejando caer la piedra que sostenía en el pico—. ¿Dónde estabais, maestro? He tirado más piedras a este mar que estrellas hay en el cielo. ¡Tenéis que devorar al duende! ¡Al instante! ¡Mirad esto!

Levantó furioso el ala izquierda donde seguía pegada la piedrecita que Piel de Azufre le había arrojado. La saliva de duende era muy consistente.

—¡No seas tan quejica! —gruñó Ortiga Abrasadora—. Y olvídate del duende. ¿Dónde está Pata de Mosca? ¿Qué hizo cuando escuchó al djin? ¿Meterse pasas en las orejas? ¡En este maldito desierto al que me ha enviado no se encuentra ni la punta de la cola de un dragón!

El cuervo abrió el pico, lo cerró y volvió a abrirlo.

—¿Desierto? ¿Cómo que desierto? —graznó asombrado—. ¿De qué me habláis, maestro? El dragón plateado hace mucho que sobrevoló el mar, y Pata de Mosca con él. Los vi por última vez a lomos de una serpiente marina. ¿Acaso no os ha informado de ello? —volvió a levantar sus alas con gesto acusador—. Allí es donde el duende hizo magia con la piedra. Por eso os llamaba. Pata de Mosca no movió ni un dedo para impedir a esa cara peluda que lo hiciera.

Ortiga Abrasadora frunció el ceño.

—¿El mar? —gruñó.

El cuervo se inclinó un poco hacia delante.

—¡Maestro! —gritó—. Maestro, os veo tan mal.

Impaciente, Ortiga Abrasadora volvió a escupir en el recipiente hecho con el cactus.

—¡Sí! —exclamó el cuervo—. Sí, ahora os percibo mucho mejor.

—¿Qué mar? —lo interpeló rudamente Ortiga Abrasadora.

—¡Vos lo conocéis, maestro! —respondió el cuervo—. Y también a la serpiente. ¿No recordáis la noche que disteis caza a los dragones mientras se bañaban? Estoy seguro de que era la misma serpiente que os detuvo entonces.

—¡Silencio! —rugió Ortiga Abrasadora.

Poco le faltó para destrozar la fuente de un zarpazo de rabia. Resollando, hundió sus garras en la arena.

—¡Yo no me acuerdo! ¡Y será mejor que tampoco te acuerdes tú! Ahora lárgate, necesito reflexionar.

El cuervo retrocedió asustado.

—¿Y el duende? —graznó pusilánime—. ¿Qué pasa con el duende?

—¡Que te largueeeees! —bramó Ortiga Abrasadora.

La imagen del cuervo se esfumó y en el charco verde tan sólo se reflejó el sol del desierto.

—¡Pa-ta-de-Mos-ca! —bufó Ortiga Abrasadora.

Se incorporó y, resoplando, golpeó la arena con sus coletazos.

—¡Eeeeesa pulga pestilenteeee! ¡Ese engendro de patas de araña! ¡Ese narigudo cerebro de mosquito! ¡Ha osado de verdad mentirme a miiiiiií! —los ojos de Ortiga Abrasadora ardían como fuego—. ¡Lo aplastaré! —vociferaba en medio de la inmensidad del desierto—. ¡Lo cascaré como a una nuez, lo devoraré igual que a sus hermanos! ¡Aaaarg! —abría la boca y gritaba tan fuerte que Barba de Guijo se arrojó temblando sobre la arena, cubriéndose los oídos con su sombrero.

—¡A mi espalda, limpiacorazas! —le ordenó Ortiga Abrasadora con tono grosero.

—¡Sí, Vuestra Doracidad! —balbuceó el enano.

Con las rodillas temblorosas corrió por el rabo de su maestro y trepó hasta arriba con tal celeridad que por poco pierde el sombrero.

—Y ahora, ¿volveremos por fin a casa, Vuestra Doracidad? —le preguntó.

—¿A casa? —Ortiga Abrasadora rió roncamente—. Ahora vamos de caza. Pero antes le contarás al traicionero Pata de Mosca mi espantoso final en el desierto.

—¿Vuestro qué? —preguntó Barba de Guijo estupefacto.

—¡Que me he oxidado, cretino! —le increpó Ortiga Abrasadora—. Oxidado, enarenado, sepultado, desecado, piensa lo que se te antoje. Basta con que parezca sincero, tan sincero que el pequeño traidor dé saltos de alegría y nos conduzca hasta nuestro botín sin sospechar nada.

—Pero —Barba de Guijo se elevó jadeando hasta la gigantesca cabeza de su maestro—, ¿cómo volveréis a encontrar a ese patas de araña?

—Deja que yo me ocupe de eso —le respondió Ortiga Abrasadora—. Adivino hacia dónde se dirigía el dragón plateado. Pero ahora, lo primero que necesitamos es un espejo de agua grande y hermoso para que relates tu falsa historia. Y como no la cuentes de forma que crea cada una de tus palabras, enano —Ortiga Abrasadora deformó su hocico en una sonrisa horrenda—, te devoraré.

Barba de Guijo se estremeció.

Ortiga Abrasadora hundió una garra negra en el charquito de saliva y desapareció del Gran Desierto como un espectro. En la arena sólo quedaron las huellas de sus formidables zarpas. Y el plumero de Barba de Guijo. Pero el viento del desierto no tardó en cubrirlos para siempre.

31. El regreso del jinete del dragón

En la tumba del jinete del dragón estaba oscuro, a pesar de que fuera el sol del mediodía ardía sobre la tierra. Sólo un par de rayos polvorientos se colaban por las rendijas del muro, cayendo sobre los extraños dibujos que adornaban las paredes de la tumba. La cúpula de albañilería albergaba un espacio de tales dimensiones que hasta Lung cabía debajo. Un aroma exótico y denso ascendía de unas hojas marchitas que cubrían el suelo alrededor de un sarcófago de piedra.

—Mira —dijo Subaida Ghalib haciendo que Ben se acercara a él. Las hojas secas crujían bajo sus pies—. ¿Ves esos extraños caracteres? —la investigadora de dragones pasó la mano por la lápida de piedra que cubría el sarcófago.

Ben asintió.

—Me costó mucho tiempo descifrarlos —prosiguió Subaida—. Numerosos signos estaban corroídos por el aire salado del mar. Y abajo, en el pueblo, nadie sabía lo que aquí estaba escrito. Nadie recordaba las antiguas historias. Gracias a la ayuda de dos mujeres muy viejas cuyas abuelas les habían hablado del jinete del dragón, conseguí despertar de nuevo a la vida las palabras olvidadas, y hoy, cuando os vi a ti y a Piel de Azufre entrar en el pueblo a lomos de Lung, se hicieron realidad durante un instante.

—¿Qué es lo que dice? —preguntó Ben.

Su corazón había latido enloquecido cuando la señora Ghalib lo introdujo en la tumba. Los cementerios lo desazonaban. Le daban miedo. Y ahora se había metido en una tumba. Pero el aroma que exhalaban las hojas lo tranquilizaba.

—Aquí dice —contestó Subaida Ghalib pasando sus dedos llenos de anillos por los signos medio corroídos— que el jinete del dragón regresará en la figura de un chico de piel tan pálida como la luna llena para salvar a sus amigos, los dragones, de un poderoso enemigo.

Ben contempló el sarcófago con incredulidad.

—¿Eso dice? Pero... —se volvió desconcertado hacia el profesor.

—¿Acaso lo anunció en su día una pitonisa? —preguntó Barnabás Wiesengrund.

Subaida Ghalib asintió.

—Ella estaba presente cuando el jinete del dragón murió. Algunos afirman incluso que las palabras del jinete fueron exactamente ésas.

—¿Regresar? Pero él era humano, ¿verdad? —preguntó Piel de Azufre soltando una risita—. Y vosotros, los humanos, no regresáis del otro mundo. Os perdéis allí. Os perdéis u olvidáis el mundo del que procedéis.

—¿Y tú qué sabes si eso es aplicable a todos los humanos? —le preguntó Subaida Ghalib—. Yo sé que tú puedes ir al otro mundo las veces que se te antoje. Todos los seres fabulosos pueden hacerlo. Excepto los que mueren de muerte violenta. Pero algunas personas creen que sólo tenemos que conocer la muerte un poquito mejor para volver cuando nos apetezca. Así que, ¿quién sabe? A lo mejor Ben lleva en su seno algo del antiguo jinete del dragón.

El chico se miró desasosegado de arriba abajo.

—¡Venga ya! —Piel de Azufre se rió burlona—. Si lo encontramos en medio de cajones y de cajas de cartón al otro lado del mundo, y no tenía ni idea, pero es que ni idea, de dragones ni de duendes.

—Eso es cierto —terció Lung inclinando su cuello sobre el hombro del chico—. Pero se ha convertido en un jinete de dragón, Piel de Azufre, en un auténtico jinete de dragón. No hay muchos en el mundo. Nunca los hubo, ni siquiera en los tiempos en que los dragones vagaban libres sin necesidad de ocultarse. A mí —levantó la cabeza y miró a su alrededor—, me da completamente igual que lleve en su seno algo del antiguo jinete del dragón… Está aquí y quizá pueda ayudarnos a vencer a Ortiga Abrasadora. Sea como fuere, hay una cosa que sí que es cierta —Lung dio un empujoncito a Ben y le apartó el pelo de la cara con un soplido—: es pálido como la luna. En este momento, me parece que incluso se ve un poco más pálido todavía.

Ben dirigió al dragón una sonrisa tímida.

—Pffff —Piel de Azufre cogió una de las hojas aromáticas y la colocó debajo de su nariz—, yo también soy un jinete de dragón. Desde que tengo memoria. Pero nadie habla de ello.

—En cualquier caso, no eres pálida como la luna —medió Pata de Mosca contemplando su rostro peludo—. Más bien tienes el color de las nubes de lluvia, para que lo sepas.

Piel de Azufre le sacó la lengua.

—A ti nadie te ha dado vela en este entierro —le bufó.

Barnabás Wiesengrund se aclaró la garganta y se apoyó en el viejo sarcófago, meditabundo.

—Mi querida Subaida —dijo—, supongo que nos has enseñado esta antigua inscripción porque opinas que Lung debería continuar, pese a su inquietante perseguidor. ¿Me equivoco?

La investigadora de dragones asintió.

—En absoluto. Lung ha llegado tan lejos, le han ayudado tantos en su camino, que sencillamente me niego a creer que todo haya sido en vano. Opino que ya va siendo hora de que los dragones hagan desaparecer a Ortiga Abrasadora para siempre, en lugar de esconderse de él por más tiempo. ¿Ha habido nunca mejor ocasión para ello? —miró a su alrededor—. Tenemos un dragón que ya no tiene nada que perder, una duende que espanta del cielo a los cuervos encantados, un muchacho humano que es un auténtico jinete de dragón y que incluso aparece en una antigua profecía, un homúnculo que conoce casi todos los secretos de su maestro —levantó sus brazos haciendo tintinear sus pulseras— y humanos que añoran a los dragones surcando los cielos. Sí, creo que Lung debe proseguir su viaje. Yo le revelaré cómo puede vencer a la luna.

En la tumba del jinete del dragón reinó el silencio. Todos contemplaban expectantes al dragón, que miraba al suelo, pensativo. Finalmente alzó la cabeza, observó en torno suyo y asintió.

—Continuaré el vuelo —anunció—. Quizá sea cierto lo que dice esa piedra. Acaso se refiera realmente a nosotros. Pero antes de proseguir el vuelo, Pata de Mosca debe intentar averiguar dónde se encuentra ahora su señor —rogó dirigiendo una mirada interrogante al homúnculo.

Pata de Mosca notó que sus piernas empezaban a temblar, pero asintió.

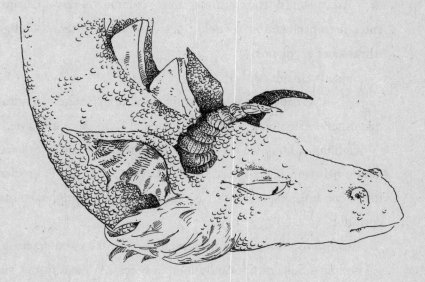

—Lo intentaré —musitó—. Tan cierto como que me llamo Pata de Mosca y he salido de un vaso.

Cuando regresaron, el poblado parecía desierto. El calor del mediodía gravitaba sobre personas y animales. El aire era demasiado denso para respirar. Ni siquiera se veían niños. Pero dentro de las cabañas guisaban y asaban, y detrás de las cortinas de colores, por todas partes, surgían voces excitadas.

—En el pueblo, todos esperan que nos traigas suerte —informó Subaida a Lung mientras se dirigían a su cabaña—. Creen que la suerte llueve de las escamas de un dragón igual que el polvo de oro, que se depositará sobre nuestros tejados y en las redes de nuestros pescadores y que permanecerá aunque te hayas ido volando con tus amigos hace mucho tiempo.

—Esta misma noche continuaremos —comunicó Lung—. Cuanto antes reemprendamos el vuelo, más difícil le resultará a Ortiga Abrasadora seguirnos.

Subaida Ghalib asintió.

—Sí, es verdad. Pero si he de ayudarte a burlar a la luna, tendrás que esperar esta noche a que esté alta en el cielo. Acompáñame.

Condujo a Lung y a los demás a la parte trasera de su cabaña, donde había un huerto cercado en el árido suelo. En él crecían flores con hojas espinosas cuyos capullos estaban completamente cerrados.

—Como todos sabéis, la mayoría de las plantas viven gracias al sol —explicó Subaida apoyándose en la cerca—. A estas flores, sin embargo, les ocurre algo diferente. Se alimentan de la luz de la luna.

—Asombroso —murmuró Barnabás Wiesengrund.

Vita se apoyó en la valla para contemplar con mayor detenimiento las extrañas plantas.

—Nunca había oído hablar de una planta semejante, Subaida —comentó—. ¿Dónde la descubriste?

La investigadora de dragones sonrió.

—Encontré las semillas ahí arriba, en la tumba del jinete del dragón. Las plantas debieron de haber sido depositadas allí alguna vez y se habían convertido en polvo hace mucho tiempo, pero sus semillas seguían alrededor del sarcófago. Así que las recogí, las dejé unos días en agua y luego las sembré aquí. El resultado lo tenéis ante vuestros ojos. Las hojas que pisasteis en la tumba son restos de mi última cosecha. Yo sigo secando allá arriba las flores para obtener nueva simiente. Y, dicho sea de paso, las he llamado flores de dragón, ¿cómo si no? —Subaida Ghalib acarició uno de los capullos firmemente cerrados—. Sólo se abren a la luz de la luna. Sus flores azules exhalan entonces un aroma tan intenso que todas las mariposas nocturnas revolotean a su alrededor como si fuesen farolillos. Pero lo más asombroso es que cuanto más tiempo las ilumina la luna, más intenso es su brillo, hasta que la luz de la luna se concentra en sus hojas como gotas de rocío.

—¡Inconcebible! —Barnabás Wiesengrund contemplaba las flores fascinado—. ¿Lo descubriste por casualidad o te habló alguien de esta planta?

—Oye, Barnabás —replicó Subaida Ghalib—, ¿qué es la casualidad? Yo recordé las historias antiquísimas en las que los dragones también volaban de día por el cielo. De eso sólo hablan las historias antiguas, muy antiguas. «¿Por qué?», me pregunté a mí misma. «¿Por qué desde cierto momento los dragones sólo pueden volar a la luz de la luna?» Busqué una respuesta ahí arriba, en las inscripciones de la tumba... y encontré las semillas, por casualidad si quieres. Creo que el jinete del dragón también seguía la pista del misterio. Al fin y al cabo, el dragón que lo curó con su fuego llegó también en una noche sin luna, ¿no? —la mujer observó los ojos dorados de Lung—. Creo que estas flores le proporcionaron la fuerza necesaria. Creo que el rocío que recogen en sus hojas posee el poder de la luna.

—¿De veras? —Piel de Azufre rebullía debajo de la valla olfateando las hojas espinosas—. Pero nunca has hecho la prueba, ¿no es eso?

La investigadora de dragones negó con un gesto.

—¿Cómo? Lung es el primer dragón vivo que he visto en mi vida. No existe otro ser capaz de elevarse en el aire únicamente con ayuda de la luna.

—¿Has oído? —Piel de Azufre se volvió hacia Lung—. También puede ocurrir que caigas del cielo en picado si confías en estas cosas espinosas.

Lung agitó las alas.

—A lo mejor no necesitamos su ayuda, Piel de Azufre. Tal vez cuando aparezca la luna negra hayamos llegado a *La orilla del cielo*. Pero ¿qué será de nosotros si vuelve a sucedernos lo mismo que cuando estábamos sobrevolando el mar? ¿Qué haremos si la luna nos falla encima de las montañas?

Piel de Azufre se estremeció.

—Vale, vale, ya está bien. Tienes razón —arrancó una hoja a una flor y mordisqueó la punta con desconfianza—. No sabe del todo mal, aunque sabe más a maro que a luz de luna, si quieres que te diga la verdad.

—¿He de comerla? —preguntó Lung a la investigadora de dragones.

Subaida Ghalib meneó la cabeza.

—No. Basta con que lamas el rocío de sus hojas. Pero como no puedo darte las flores, desde que Barnabás me habló de ti, he recogido el rocío de luna. Esta noche haré lo mismo con el fin de entregarte una botellita llena para el viaje. Si la luna falla, uno de tus amigos te verterá unas gotas en la lengua. Seguramente notarás cuántas necesitas. El rocío permanecerá claro como el agua hasta la próxima luna llena, después se enturbiará. Así pues, si necesitas más para tu vuelo de regreso, tendrás que hacerme otra visita.

Lung asintió y miró pensativo al horizonte.

—Me muero de impaciencia —musitó—. Quiero avistar de una vez *La orilla del cielo*.

32. Un cúmulo de mentiras

A Pata de Mosca le encantaba la fiesta de los humanos: los cantos, la risa, el baile, y los niños persiguiéndose por la playa mientras la luna dibujaba una calle luminosa sobre el mar.

El homúnculo estaba sentado con Ben, Piel de Azufre y los Wiesengrund delante de la cabaña de Subaida Ghalib. Lung se había tumbado en la playa, y sólo acertaban a divisar su cabeza, tan rodeado estaba por los habitantes del pueblo. Siempre había alguien deseoso de acariciar las escamas del dragón, de trepar por su lomo picudo o de sentarse entre sus zarpas. Lung lo soportaba todo amablemente, pero Piel de Azufre lo conocía bastante para percibir su impaciencia.

—¿Veis cómo se contraen sus orejas? —dijo embutiéndose una pata llena de arroz en la boca.

Dentro había pasas, almendras dulces y especias tan suculentas que, por primera vez en su larga vida, Piel de Azufre no se hartaba de la comida de los humanos.

—Cuando las orejas de Lung respingan de esa manera —precisó chasqueando la lengua— es que está impaciente, muy impaciente diría yo. ¿Veis esa arruga sobre su hocico? Os lo aseguro, lo que más le gustaría ahora es levantarse de un salto y emprender el vuelo.

—Muy pronto podrá hacerlo —dijo Subaida Ghalib sentándose a su lado. En la mano sostenía una botellita de cristal rojo en la que relucía un líquido plateado—. He recogido todas las gotas de las hojas de las flores de dragón. Lamento no poder hacer más por vosotros. Toma, jinete del dragón —entregó la botellita a Ben—, guárdala con mucho cuidado. Confío en que no la necesitéis, pero estoy segura de que os ayudará.

Ben asintió y depositó el rocío de luna en su mochila. También llevaba dentro el mapa de la rata. Había hablado con Barnabás Wiesengrund de las indicaciones del djin. El profesor había explicado a Ben que el palacio que había visto en el ojo del djin sólo podía ser un monasterio que los Wiesengrund conocían de un viaje anterior. Se encontraba a poca distancia del lugar donde el Indo cambia su curso hacia el este, muy dentro del Himalaya. En ese territorio, el mapa de Gilbert Rabogrís mostraba numerosas manchas blancas.

—¿Qué opinas tú, especialista en dragones? —le preguntó Piel de Azufre sacudiéndose de la piel unos granos de arroz—. ¿Puede llevarse un duende hambriento algo de comida humana como provisión?

Subaida Ghalib se echó a reír.

—Desde luego —afirmó—. Al fin y al cabo todos deseamos que conserves tus fuerzas. Quién sabe cuántos cuervos encantados tendrás que espantar todavía en el cielo.

—Sí, quién sabe —murmuró Piel de Azufre mirando hacia arriba.

Sus ojos penetrantes no descubrieron ni el menor puntito negro entre las estrellas, pero desconfiaba. La noche era una excelente capa tras la que ocultar las plumas negras.

—Eh, Pata de Mosca —dijo tirando de la manga al homúnculo—, búscate algún charco. Ya va siendo hora de hablar con tu maestro.

Pata de Mosca, que estaba sentado en la rodilla de Ben contemplando con expresión soñadora a los asistentes a la fiesta, se sobresaltó.

—¿Qué has dicho?

—¡Ortiga Abrasadora! —repitió Piel de Azufre impaciente—. ¡Tu antiguo maestro! Averigua si sigue en el desierto. Pronto emprenderemos el vuelo.

—Oh, claro —musitó Pata de Mosca, deprimido.

—¿Quieres que te acompañe? —preguntó Ben.

—Oh, ¿haríais eso, joven señor? —Pata de Mosca miró, agradecido, al muchacho.

—Por supuesto —Ben sentó al homúnculo en su hombro y se levantó—. Pero como vuelvas a llamarme «joven señor», me marcharé y tendrás que hablar solo con el monstruo.

Pata de Mosca asintió y se agarró al jersey del chico.

—Bien, encargaos de eso vosotros —les recomendó Barnabás Wiesengrund mientras se alejaban—. Entretanto, Subaida y yo libraremos a Lung de sus admiradores.

Ben condujo a Pata de Mosca hasta el huerto de flores de dragón. En el suelo, junto a la valla, estaba incrustado el pilón de una fuente poco profunda, que Subaida utilizaba para regar las plantas cuando el calor marchitaba sus hojas. Estaba tapada con un plástico negro para que el valioso líquido no se evaporara con el sol.

Ben depositó en el suelo a Pata de Mosca, apartó el plástico y se sentó en la valla. Las flores de dragón habían abierto del todo sus capullos y sus hojas espinosas brillaban en la oscuridad.

—¿Qué ocurrirá si realmente continúa en el desierto? —preguntó Ben—. ¿Podrá contestarte a pesar de todo?

El homúnculo meneó la cabeza.

—No, sin agua, imposible. Pero no creo que Ortiga Abrasadora siga en el desierto.

—¿Por qué?

—Lo intuyo —murmuró Pata de Mosca cogiendo una piedra pequeña.

Ben se deslizaba, inquieto, por encima de la valla.

—Si llegara a aparecer, ¿crees que podría verme aquí? —inquirió.

Pata de Mosca sacudió la cabeza. Con las piernas temblorosas se acercó al borde del agua. Su reflejo era más pálido que el de la luna. Pero el aroma de las flores inundaba la noche y tranquilizó su desbocado corazón.

—Permanece oscura —susurró el homúnculo—. ¡Permanece oscura, agua!

Después tiró la piedra. ¡Plas! Círculos brillantes se expandieron por la superficie. Pata de Mosca contuvo la respiración. En la oscura pila apareció una imagen. Pero no era la de Ortiga Abrasadora.

—¡Barba de Guijo! —Pata de Mosca retrocedió, sorprendido.

—¡Oh, Pata de Mosca, por fin das señales de vida! —el enano de las rocas echó hacia atrás su desmesurado sombrero; gruesas lágrimas rodaban por su nariz—. El maestro, el Gran Dorado —levantó de golpe sus cortos bracitos y volvió a dejarlos caer con aire de impotencia—, él, él, él…

—¿Qué… qué… qué le ha pasado? —tartamudeó Pata de Mosca.

Ben, curioso, se inclinó hacia abajo apoyado en la valla.

—¡Se hundió! —gimió Barba de Guijo—. ¡En la arena! Zas, desapareció. ¡Oooh! —puso los ojos en blanco y prosiguió con voz ronca—: ¡Fue taaaan horrible, Pata de Mosca! Los chirridos. Los chillidos… y luego, de repente… —el enano se inclinó hasta que pareció que su nariz iba a atravesar el agua— todo quedó en silencio. En completo silencio —volvió a enderezarse y se encogió de hombros—. ¿Qué podía hacer yo? ¿Desenterrarlo? Imposible. ¡Soy demasiado pequeño!

Pata de Mosca observó pensativo al compungido enano. Lo que acababa de contarle Barba de Guijo le resultaba increíble.

¿Era de verdad posible que todas sus preocupaciones hubieran desaparecido en la arena de un desierto lejano?

—¿Dónde estás ahora, Barba de Guijo? —preguntó Pata de Mosca al enano, que se sorbía los mocos.

—¿Yo? —Barba de Guijo se limpió la nariz en la manga de su chaqueta—. Tuve suerte. Pasó una caravana por donde... —volvió a echarse a llorar—, por donde se hundió mi Áureo Señor. Logré aferrarme a la pata de un camello. Así llegué a una ciudad, una ciudad humana repleta de oro y diamantes. Un lugar maravilloso, te lo aseguro, absolutamente maravilloso.

Pata de Mosca asintió y, clavando sus ojos en el agua, se enfrascó en sus pensamientos.

—¿Y tú? —le preguntó el enano—. ¿Dónde estás ahora?

Pata de Mosca estaba a punto de abrir la boca, pero en el último instante se contuvo.

—Nosotros —dijo rehuyendo la respuesta— no conseguimos salir del desierto hasta ayer, y tampoco hemos descubierto a los dragones. Ese infame djin nos mintió.

—Sí. ¡Menudo canalla! —Barba de Guijo observaba a Pata de Mosca, pero el homúnculo apenas conseguía distinguir los ojos del enano, la sombra de la gigantesca ala de su sombrero caía sobre ellos.

—¿Qué vais a hacer ahora? —quiso saber Barba de Guijo—. ¿Por dónde piensa seguir su búsqueda el dragón?

Pata de Mosca, encogiéndose de hombros, adoptó una expresión de indiferencia.

—No lo sé. Anda terriblemente cabizbajo. ¿Has visto a Cuervo últimamente?

Barba de Guijo sacudió la cabeza.

—No, ¿por qué lo preguntas? —miró a su alrededor—. Ahora tengo que terminar —cuchicheó—. Que te vaya bien, Pata de Mosca. Quizá volvamos a vernos algún día.

—Sí —murmuró Pata de Mosca mientras la imagen de Barba de Guijo se desvanecía en el agua negra.

—¡Hurraaaa! —Ben bajó de la valla de un salto.

Levantó a Pata de Mosca, se lo puso en la cabeza y bailó con él alrededor de las flores de dragón.

—¡Nos hemos librado de él! —cantaba—. ¡Nos hemos librado de éeeeeel! Hundido ha quedado en la arena, hasta las mismas orejas. Hundido está en la miseria. Ese viejo y repulsivo engendro de dragón, por fin desapareció. ¡Caramba, amigo! —rió apoyándose en la valla—. ¿Lo has oído? ¡Soy un verdadero poeta! ¡Je!

Volvió a quitarse de la cabeza a Pata de Mosca y lo sostuvo delante de su rostro.

—¿Callas? No pareces muy dichoso que digamos. ¿Acaso le tenías cariño a ese devorador de dragones?

—¡No! —Pata de Mosca sacudió la cabeza indignado—. Es sólo... —se frotó su nariz puntiaguda— que parece demasiado bueno para ser verdad, ¿sabéis? Me ha fastidiado tantísimo tiempo, le he tenido tanto miedo durante cientos y cientos de años que ahora... —miró al chico—, ahora ¿se hunde sin más ni más en la arena? ¡No! —sacudió la cabeza—. Me resisto a creerlo.

—¡Pero qué dices! —Ben le dio un empujoncito con el dedo en su pecho esmirriado—. El enano no parece un mentiroso. El desierto está plagado de arenas movedizas. Lo vi una vez por televisión. Esas arenas movedizas son capaces de tragarse a un camello entero como si fuera una pulga, créeme.

Pata de Mosca asintió.

—Sí, sí, yo también he oído hablar de eso. Pero...

—No hay pero que valga —replicó Ben colocándolo en su hombro—. Tú nos has salvado. Después de todo, tú fuiste quien lo envió al desierto. ¿Te figuras la cara que pondrá Piel de Azufre cuando se lo contemos? ¡Me muero de impaciencia por hacerlo!

Y a continuación echó a correr hacia la playa tan rápido como se lo permitían sus piernas, para transmitir la buena noticia.

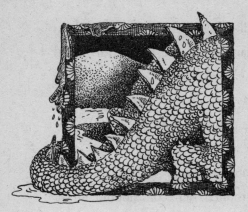

33. Frente a frente

—¡Bien hecho! —gruñó Ortiga Abrasadora—. Lo has hecho realmente bien, enano. Ese miserable de patas de araña te ha creído.

Sacó el hocico fuera del agua y, resoplando, deslizó su gigantesco cuerpo hasta la orilla.

Una bandada de pájaros levantó el vuelo y huyó con gritos estridentes hacia el cielo nocturno. Barba de Guijo, aferrado a un cuerno, miraba preocupado hacia abajo, donde el gran río, negro como la tinta, lamía las escamas de Ortiga Abrasadora.

—¿Qué os parecería una pequeña recompensa? —le preguntó—. ¡Dadme una de vuestras escamas, Áureo Señor!

—¿Por esa mentirijilla de nada? Bah. ¡Cállate! —bufó el dragón.

Barba de Guijo, ofendido, masculló entre dientes.

—Ahora seguiré su rastro —rechinó Ortiga Abrasadora.

—¿De quién?

—¡Del dragón plateado, cabeza de chorlito!

—Pero allí hay humanos —comentó preocupado el enano enderezándose el sombrero—. Montones de humanos. ¿Qué pasará si os ven? Vuestras escamas brillan a la luz de la luna, Áureo Señor.

—¡Cierra el pico!

Ortiga Abrasadora avanzó pesadamente por el barro de la orilla hacia la colina tras la que se alzaba el pueblo.

Allí seguían celebrando la fiesta. El viento llevaba hasta él música y risas que encubrían el rumor del mar. Ortiga Abrasadora aguzó el oído y, jadeando, se abrió paso hasta la cima de la colina.

Allí estaba el dragón plateado.

Lung se encontraba a la orilla del mar, rodeado de gente, y Ben y Piel de Azufre trepaban en ese momento a su lomo.

Ortiga Abrasadora absorbió con avidez el aire nocturno, olfateando y resoplando.

—Sí, ahora he venteado su rastro —dijo entre susurros—. Ya no se me escapará. La caza ha comenzado. ¡Por fin!

Se relamió su horrendo hocico. El ansia de la caza abrasaba sus miembros como un fuego devastador. Impaciente, pisoteaba el suelo con sus patas.

—¿Cómo pensáis seguirlo? —preguntó el enano mientras limpiaba unas salpicaduras de cieno del río en la frente acorazada de Ortiga Abrasadora—. Él puede volar; vos, no.

—¡Bah! —Ortiga Abrasadora sacudió la cabeza despectivo—. Desde aquí sólo existe una ruta hacia las montañas, y es el río. Si él vuela, yo nado. El camino es el mismo. Además llevo su olor en la nariz y lo encontraré siempre. El viento me susurrará dónde se encuentra.

Abajo, en la playa, Lung se volvió. Tras dar la espalda al mar, que seguía brillando como la plata a la luz de la luna, miró hacia el norte. Los humanos que lo rodeaban retrocedieron. Sólo cuatro se quedaron quietos: un hombre alto y delgado, dos mujeres, una bajita, la otra alta, y una niña. El dragón se inclinó hacia ellos.

—Ahí está ese profesor —gruñó Ortiga Abrasadora—. El que tiene mi escama. ¿Cómo demonios ha llegado hasta aquí?

—No tengo ni idea, Vuestra Doracidad.

Barba de Guijo, nervioso, se llevó la mano debajo de su camisa, donde la alianza de Barnabás Wiesengrund colgaba de una cinta.

—Bueno, ya me encargaré más tarde de ése —bufó Ortiga Abrasadora—. Ahora no tengo tiempo. Me reservaré esa diversión para más adelante.

—Mirad, Áureo Señor —susurró Barba de Guijo—, el dragón parte.

Lung desplegó las alas, que brillaban como si estuvieran hechas de luz de luna.

—¡En marcha! —murmuró Ortiga Abrasadora—. ¡Adelante, hacia *La orilla del cielo*, mi pequeño dragón rastreador! Búscame a los demás.

En ese momento el chico miró hacia las colinas.

Las escamas de Ortiga Abrasadora brillaban a la luz de la luna, tan deslumbrantes que Ben cerró los ojos. Al instante siguiente ese rayo dorado había desaparecido. Una nube se había deslizado delante de la luna, una enorme nube de tormenta. Su sombra envolvió la cima de las colinas en la oscuridad. El chico, confundido, contempló fijamente la noche.

Ortiga Abrasadora soltó una risa ronca.

—¿Lo ves, enano? —gruñó—. Hasta las nubes están de nuestra parte.

El dragón plateado batió las alas y ascendió ligero como un pájaro en el cielo oscuro. Describió unos cuantos círculos sobre las cabañas mientras las gentes de la playa lo despedían agitando las manos, y luego aleteó adentrándose en la noche.

Ortiga Abrasadora lo siguió con la vista unos instantes. Después fue resbalando, jadeante, colina abajo para sumergirse de nuevo en el río. Se deslizó sigiloso por el agua oscura, espantando a pelícanos y flamencos, arrancándolos de su sueño, y lanzando bocados a todo cuanto aleteaba delante de su boca.

—¡Áureo Señor! —susurró Barba de Guijo—. Yo no sé nadar.

—Ni falta que te hace —Ortiga Abrasadora levantó el hocico fuera del agua para olfatear—. Ah, está sobre nosotros —gruñó—. No avanza con rapidez. El viento de las montañas le sopla de frente. ¡Magnífico!

—¡Áureo Señor! —Barba de Guijo se aferró al cuerno de Ortiga Abrasadora.

—¿Y ahora qué quieres?

—¿Conocéis este río? ¿Habéis nadado alguna vez por él?

—Sí —gruñó Ortiga Abrasadora—. La vez que se me escaparon los dragones por culpa de la condenada serpiente. Lo recorrí entero. Me desgasté las garras en las malditas montañas de las que procede. Ni rastro de ellos. Nada. Ni la punta de la cola, ni una mísera escama. Se habían disuelto en el aire. Pero ahora —golpeó el agua con un coletazo tan fuerte que las olas llegaron chapoteando hasta la lejana orilla—, ahora ése de ahí arriba me conducirá hasta ellos. Y si no los encuentra, él será mi presa. Menos es nada.

Barba de Guijo escuchaba sólo a medias las palabras de su maestro. El enorme río permanecía en calma. Sólo se escuchaba el rumor del agua que, entre murmullos, chapoteos y chasquidos, chocaba contra las escamas de Ortiga Abrasadora.

—¿Sabéis de qué se componen las montañas de las que procede el río? —le preguntó el enano—. ¿Qué aspecto tienen sus entrañas? ¿Hay allí oro y piedras preciosas?

—No lo sé —gruñó Ortiga Abrasadora lanzándole una tarascada a un pez gordo que saltó irreflexivamente del agua ante sus fauces—. Esas cuestiones sólo interesan a los humanos y a los enanos.

El resto de la noche nadaron en silencio a contracorriente. Lung ya se había adelantado un trecho, pero esto no inquietaba a Ortiga Abrasadora. La luna se desvanecería pronto en los albores de la mañana y el dragón plateado se vería obligado a buscar un escondite para pasar el día. Ortiga Abrasadora, sin embargo, se sumergiría muy hondo en las aguas del río, tan hondo que sólo asomarían sus cuernos y el enano a duras penas podría respirar. Entonces esperaría el tiempo necesario hasta que el olor del dragón llegase de nuevo hasta su nariz.

No, Lung ya no se le escaparía.

—¡Ahí están! —gritó Ben—. ¡Las vi en el ojo de Asif! ¡Seguro! ¿Las ves, Lung?

Con ademán excitado señaló hacia el este, donde la luz roja del sol naciente caía sobre una cordillera de formas extrañas. Llevaban dos noches sobrevolando tierras calurosas y llanas, lagos cubiertos de aves, y antiquísimas fortalezas que se alzaban en montañas verdes, de cuyo aspecto cabría deducir que el tiempo se había detenido. A Ben algunos lugares le resultaban familiares. Creía haberlos visto en los ojos del djin. Aquellas montañas, sin embargo, las recordaba perfectamente. Eran como la espalda dentada de un dragón dormido.

—¡Ten cuidado, si sigues pataleando de esa forma acabarás rompiendo las correas! —lo regañó Piel de Azufre mientras Lung descendía suavemente.

—¡Estoy completamente seguro, Piel de Azufre! —exclamó Ben—. ¡El monasterio tiene que estar detrás de esas montañas!

—¡Aún se encuentran muy lejos! —comentó Lung—. Pero conseguiremos llegar a sus estribaciones.

Con unos aletazos se deslizó sobre el río, que buscaba su camino por entre las orillas rocosas. La luna desaparecía ya, pero Lung siguió volando hasta que tuvo debajo de él las estribaciones de las Montañas del Dragón como unas zarpas rocosas. Sobrevoló en círculo las laderas buscando, hasta que se posó en una cima rocosa.

Abajo en las profundidades, se oía el rumor del río. Ante sus ojos las montañas, primero suaves, después cada vez más escarpadas, se alzaban hacia el cielo. Una cumbre seguía a otra igual que los picos de un dragón gigantesco. La siguiente cordillera era todavía más alta. Sus laderas cubiertas de nieve relucían a la luz del sol.

Lung se plantó de golpe entre las rocas, estiró bostezando sus cansados miembros y dejó que Ben y Piel de Azufre descendieran de su lomo.

—Parece que estamos en el camino correcto —dijo Piel de Azufre escudriñando a su alrededor—. Ni rastro de humanos. Sólo la carretera ahí abajo que sigue el curso del río, y por lo visto nadie la utiliza desde hace siglos.

—¡Qué cansado estoy! —murmuró Lung tumbándose con un bostezo a la sombra de un peñasco—. En los últimos días he dormido muy poco y he charlado en exceso.

—Te despertaremos cuando vuelva a oscurecer —contestó Ben. Miró hacia las montañas en forma de lomo de dragón y todas las imágenes que había presenciado en los ojos del djin reaparecieron de repente—. Ya no puede estar muy lejos —murmuró—. Estoy completamente seguro. Qué extraño. Me da la impresión de que he estado aquí antes.

—Bueno, es que has estado —comentó burlona Piel de Azufre—. ¿O no eres acaso el jinete del dragón redivivo?

—Anda, déjalo ya.

Ben cogió dos de las exquisitas tortas que le había empaquetado Subaida Ghalib y se sentó con el mapa al lado de Lung. El dragón ya se había dormido.

—Detrás todo es amarillo —musitó Ben mordisqueando su torta—. ¿Qué significará? —pensativo apartó del mapa unas miguitas—. Bueno, da igual, nos limitaremos a permanecer cerca del río.

Pata de Mosca, adormilado, sacó la cabeza de la mochila y observó a su alrededor.

—¿Dónde estamos? —preguntó.

—En el buen camino —respondió Piel de Azufre hurgando en su mochila—. ¡Qué faena! Una cantimplora de agua se ha abierto. ¡Y la otra está casi vacía! —dio un codazo a Ben, que seguía inclinado sobre el mapa—. Eh, jinete del dragón, si todo te resulta tan familiar seguro que sabrás dónde podemos encontrar agua, ¿no?

—¿Agua? —Ben levantó la vista preocupado.

Dobló el mapa, lo guardó en la mochila y miró en torno suyo.

—Iré a buscarla —dijo—. Eh, Pata de Mosca, ¿te apetece acompañarme?

—Aquí estoy —dijo el homúnculo saliendo de la mochila—. Ya veréis, soy un buscador de agua de primera.

—Desde luego, y todos conocemos el motivo —gruñó Piel de Azufre.

—Vamos, Piel de Azufre, no seas quisquillosa.

Y sentando en su hombro a Pata de Mosca, Ben se colgó las cantimploras al cuello y se enroscó alrededor de la cabeza el pañuelo que le había regalado el profesor.

—Hasta ahora —se despidió.

—Hasta ahora —musitó Piel de Azufre acurrucándose junto a Lung—. No hace falta que os molestéis en buscar setas. En este yermo no crecería ni la amanita más raquítica.

Chasqueó la lengua y luego empezó a roncar.

—¿Qué es una amanita? —preguntó Ben en voz baja a Pata de Mosca—. Yo no la reconocería ni aunque me diera saltos en la mano.

—Las amanitas son un género de setas al que pertenecen las especies más exquisitas y también las más venenosas —contestó susurrando Pata de Mosca—. Se dividen en numerosas especies.

—¿Ah, sí? —Ben lo miró asombrado—. ¿También eres un experto en setas? En serio, chico, me tienes completamente asombrado por la cantidad de conocimientos que caben en esa cabeza tan pequeña. En comparación, la mía está tan vacía como esta cantimplora. ¡Dime algunas!

Pata de Mosca obedeció mientras emprendían la marcha: amanita caesarea, amanita phalloides, amanita muscaria, amanita pantherina, amanita rubescens.

Ben halló una pendiente que no caía demasiado a pico y confió en el buen olfato de Pata de Mosca. Muy pronto se toparon con una fuente. Un agua espumeante manaba entre las piedras y buscaba después su camino montaña abajo. Ben depositó a Pata de Mosca en una piedra, se arrodilló junto al manantial y sumergió las cantimploras en el agua clara.

—La verdad es que me encantaría saber por qué la rata sombreó en amarillo todo lo de ahí enfrente —murmuró.

En las laderas de las montañas situadas frente a ellos no se descubría ningún ser viviente. Su sombra oscura se proyectaba sobre el valle.

—Lo ignoro, joven señor —contestó Pata de Mosca escurriéndose de la piedra en la que estaba sentado—. Pero creo que deberíamos regresar junto a los demás por el camino más corto.

—¡Qué va! —Ben enroscó el tapón de las cantimploras y se las colgó al cuello—. Me has vuelto a llamar «joven señor». La próxima vez te daré un pellizco en la nariz.

Ben se disponía a alzar al homúnculo hasta su hombro cuando de repente oyó un rumor encima de él. Una sombra cayó sobre las rocas que lo rodeaban, como si las nubes ocultasen el sol. Ben miró al cielo y, asustado, se apretó contra la ladera de la montaña.

Un pájaro gigantesco se abatió sobre él, sacó las garras para cogerlo, y lo arrancó de las rocas como si fuera un escarabajo.

—¡Joven señor! —chilló Pata de Mosca—. ¡Joven señor!

Ben intentó morder las garras del pájaro gigante. Se retorció como una lombriz de tierra, pero no sirvió de nada. El pájaro profirió un grito áspero y ascendió hacia el cielo con su botín.

—¡Pata de Mosca! —gritó Ben desde las alturas—. ¡Ve a buscar a Lung, Pata de Mosca! ¡Ve a buscar a Lung! —después, el enorme pájaro se lo llevó.

Volaba hacia las montañas con forma de lomo de dragón.

Durante unos instantes, Pata de Mosca se quedó paralizado. Conteniendo la respiración de horror, siguió con la vista al formidable pájaro. Un sollozo brotó de su pecho. Luego, se incorporó y trepó presuroso como una araña peñas arriba.

—¡Más deprisa, Pata de Mosca, más deprisa! —jadeaba.

El precipicio que se abría a su espalda le inspiraba tal pavor que sentía náuseas. Resbalaba continuamente, perdiendo apoyo y deslizándose pendiente abajo. Sus finos dedos pronto quedaron desollados, sus rodillas huesudas, magulladas. Su corazón latía cada vez más deprisa, pero él no le prestaba atención. Sólo pensaba en las enormes alas del pájaro, que con cada aleteo se alejaba un poco más con el muchacho. Cuando divisó al fin la punta del rabo de Lung asomando entre las rocas, Pata de Mosca sollozó de alivio.

—¡Socorro! —gritó con el poquito aliento que le quedaba—. ¡Socorro, deprisa!

Con sus manitas sacudió el rabo del dragón dormido y tiró del pelaje de Piel de Azufre hasta que, entre sus dedos, se quedó con un mechón de pelos. Lung abrió los ojos, medio dormido. Piel de Azufre se levantó de un brinco, como si acabase de morderla una serpiente.

—¿Estás loco? —le rugió al homúnculo—. ¿Qué...? —no pudo seguir hablando.

—¡El joven señor! —chilló Pata de Mosca con voz estridente—. ¡Por favor, deprisa! ¡Deprisa! Un pájaro gigante… ¡Se lo ha llevado un pájaro gigante!

Lung se incorporó de un salto.

—¿Dónde? —preguntó.

—Se ha marchado volando hacia las Montañas del Dragón —gritó Pata de Mosca—. ¡Tienes que seguirlo!

—¡Eso es imposible! —gimió Piel de Azufre señalando el cielo—. Lung no puede volar. La luna ha desaparecido hace mucho rato.

—Saca la botellita —ordenó Lung—. Apresúrate.

Con las piernas temblorosas, Piel de Azufre sacó el rocío de luna de la mochila de Ben y vertió tres gotas en la lengua de Lung. Ella y el homúnculo contemplaron al dragón conteniendo el aliento. Éste cerró los ojos unos instantes, volvió a abrirlos y se acercó al borde del precipicio.

—Aprisa, subid —les dijo—. Hemos de intentarlo.

Piel de Azufre cogió a Pata de Mosca y las mochilas y trepó al lomo de Lung. El dragón abrió las alas, se impulsó con los pies, y alzó el vuelo.

—¡Funciona! —gritó Pata de Mosca aferrándose a los brazos peludos de Piel de Azufre—. ¡Gracias al cielo!

Lung se sentía tan fuerte como si la luna llena iluminase desde el cielo. Iba disparado por entre las rocas, ascendiendo más y más, mientras su sombra se deslizaba veloz por las montañas iluminadas por la luz del día. Pronto llegaron a la cordillera del Dragón. Cinco cumbres se elevaban en el cielo azul, proyectando sus sombras sobre valles y gargantas. Lung miró buscando en torno suyo.

—¡Trompeta de los muertos! —se lamentó Piel de Azufre—. Aquí es más difícil encontrar un pájaro gigante que una trufa en el bosque.

—¡Pues hemos de encontrarlo! —se lamentó Pata de Mosca retorciéndose sus manitas—. ¡Oh, por favor!

Lung se adentró volando en la primera garganta.

—¡Ben! —gritaba Piel de Azufre—. ¡Contesta, Ben!

—¡Contesta, joven señor! —vociferaba Pata de Mosca.

El dragón giró la cabeza y profirió un fuerte berrido como Piel de Azufre nunca había oído hasta entonces. El grito del dragón resonó entre las piedras, recorrió las gargantas y no se extinguió hasta mucho más allá, pero ni siquiera los finos oídos de Piel de Azufre captaron una respuesta.

—Yo he leído algo de ese pájaro —clamaba Pata de Mosca—. En el libro del profesor. Es el ave Roc. La hemos atraído nosotros, igual que al basilisco y a la serpiente. ¡Qué desgracia más grande!

—¡Hablas demasiado, alfeñique! —lo regañó Piel de Azufre—. El nombre del pájaro de nada nos sirve. Tenemos que encontrarlo, así que cierra el pico y abre los ojos.

—¡Sí, sí! —se lamentaba Pata de Mosca—. Pero si se ha comido ya al joven señor, ¿qué?

Su pregunta quedó en el aire.

35. En el nido del ave gigante

El pájaro aún no se había comido a Ben.

Lo arrastraba cada vez más hacia el interior de las montañas. El muchacho apenas se atrevía a mirar hacia abajo. Primero había luchado contra las afiladas garras, pero ahora se aferraba a ellas desesperado, temeroso de que el pájaro lo soltase si encontraba en otro sitio una presa más atractiva.

A lomos de Lung no se había mareado jamás, pero balancearse indefenso en el aire sin un apoyo, sin nada entre él y la tierra salvo el vacío, era una sensación completamente distinta.

Era comida para pájaros. No se había imaginado así el final de su viaje. Ben apretó los dientes, que siguieron castañeteando a pesar de todo. No sabría decir si era debido al viento o al temor. De pronto, el pájaro gigante voló sobre una pared rocosa muy escarpada y, tras ascender, soltó al muchacho.

Ben gritó y cayó de golpe en un nido enorme situado como una corona hirsuta en la punta de una roca. Estaba hecho con troncos de árboles arrancados. En el centro, sobre un grueso colchón de plumas, se acomodaba la cría del pájaro, que saludó

344

a su madre con roncos graznidos y el pico muy abierto, pero ésta había vuelto a extender sus alas y se alejaba volando en busca de nuevas presas.

La cría giró de improviso la cabeza, sobre la que apenas crecían unos cañones, y bajó los ojos hacia Ben, clavando su mirada hambrienta en el chico.

—¡Maldición! —susurró Ben—. ¡Oh, maldición!

Desesperado, miró a su alrededor. Sólo había una posibilidad de salvarse de ese pico ávido. Levantándose de un salto, se abrió paso entre las plumas hacia el borde del nido.

Al ver salir corriendo a su presa, la cría graznó furiosa. Con su pico gigante lanzó un picotazo a Ben, pero éste logró apartarse por los pelos. Desesperado, se hundió entre las plumas y se arrastró bajo ellas hasta que sus dedos chocaron con el borde del nido. Justo cuando se disponía a introducirse entre los troncos protectores, el pollo lo agarró por la pierna. Con sus últimas fuerzas, Ben logró liberarse del poderoso pico y se deslizó entre los troncos entrelazados.

La cría adelantó la cabeza sorprendida, se incorporó con torpeza y picoteó la pared del nido. Pero Ben se había hundido tanto entre las ramas, que no llegó a alcanzarlo. El pollo daba picotazos cada vez más furiosos. Arrancaba troncos enteros, pero en cuanto se acercaba al escondrijo de Ben, éste se metía en el agujero más cercano. Le faltó poco para ser ensartado por las ramas y los vástagos, que desgarraron su ropa y arañaron su rostro, pero eso era preferible a terminar en el pico hambriento del pájaro.

Cuando la cría, encolerizada, había despedazado casi la mitad del borde del nido, Ben oyó de pronto un bramido. Resonó tan potente y furioso entre las quebradas que el pollo, asustado, apartó de repente su pelado cuello. «¡Es Lung!», pensó Ben. «¡Seguro!» Su corazón latió más deprisa, pero esta vez de alegría. Después oyó a alguien gritar su nombre.

—¡Piel de Azufre! —vociferó a su vez—. ¡Piel de Azufre, estoy aquiiií! ¡Aquí arriba!

La cría adelantó la cabeza hacia él. A pesar de todo, Ben se abrió paso con esfuerzo entre las ramas hasta que logró mirar garganta abajo. Ahí venía Lung. Se acercaba disparado al nido gigante batiendo sus alas. Piel de Azufre, sentada sobre su lomo, agitaba los puños.

—¡Ya vamos! —gritaba—. ¡No te dejes comer!

Con un poderoso aleteo, Lung se posó en el borde del nido, a escasa distancia del lugar que Ben ocupaba entre los troncos. El joven polluelo gigante retrocedió atemorizado. Sus graznidos se hicieron más roncos y abría el pico con gesto amenazador. Ben comprobó, preocupado, que Lung no era mucho mayor que el pollo. Pero cuando éste intentó pegarle otro picotazo a Ben, el dragón enseñó los dientes y gruñó de una forma tan ominosa que la cría retrocedió aterrada.

Ben avanzó entre las ramas hasta que su cabeza apareció junto a las patas de Lung.

—¡Ay, joven señor! —exclamó Pata de Mosca inclinándose preocupado desde el lomo del dragón—. ¿Estáis ileso?

—¡Pues claro que lo está! ¡Pero no por mucho tiempo! —Piel de Azufre se descolgó por el cuello de Lung y tiró de la mano del muchacho.

Las ramas se enganchaban en la ropa del chico, pero Piel de Azufre consiguió sacarlo de entre la maleza y subirlo al lomo del dragón. Pata de Mosca se agarró a la chaqueta de Ben y recorrió el cielo con cara de preocupación. Sin embargo, aún no se divisaba a la madre.

Lung dirigió a la cría otro gruñido amenazador, extendió las alas y se elevó de nuevo en el aire. Tras salir disparado como una flecha, describió una curva y se deslizó quebrada abajo. Pero no llegó muy lejos.

—¡Allí! —gritó Pata de Mosca señalando hacia el frente con dedos temblorosos—. ¡Allí! ¡Ya viene!

El ave gigante venía derecha hacia ellos, con una cabra montés entre sus garras. Los extremos de sus formidables alas rozaban las paredes rocosas de la garganta.

—¡Da la vuelta! —aconsejó Ben a Lung—. Da la vuelta, es mucho más grande que tú.

Pero el dragón vacilaba.

—¡Da la vuelta, Lung! —chilló Piel de Azufre—. ¿O prefieres recogernos del suelo cuando hayas terminado de luchar con ella?

El pollo piaba a sus espaldas. Su madre le respondió con un grito iracundo. Dejando caer su presa, se lanzó contra el dragón, abalanzándose sobre él con las plumas erizadas y las garras dispuestas a clavarse. Ben divisaba ya el blanco de sus ojos cuando Lung dio la vuelta.

—Sujetaos bien —les ordenó.

Se dejó caer como una piedra hasta muy abajo, allí donde la quebrada se estrechaba tanto que impediría al ave gigante seguirlo.

Pata de Mosca miró, temeroso, a su alrededor. El pájaro gigante estaba justo encima de ellos. Su sombra negra caía sobre Lung. Se dejaba caer, pero sus alas chocaban contra las peñas. Con furiosos graznidos volvía a ascender para intentarlo de nuevo. Y a cada caída en picado se acercaba un poco más al dragón en fuga.

Lung notó que sus fuerzas lo abandonaban. Sus alas comenzaron a pesarle y entró en barrena.

—¡Ya no hace efecto! —gritó Piel de Azufre; desesperada, echó mano hacia atrás—. ¡Deprisa, deprisa, la botellita!

Ben buscó en su mochila y se la entregó a Piel de Azufre. Ésta desató las correas y se deslizó hacia delante.

—¡Ya voy! —gritó mientras se descolgaba por el largo cuello del dragón—. ¡Gira la cabeza, Lung!

Ben oyó a lo lejos a la cría del pájaro gigante piando cada vez más desesperada. Su madre volvió a intentar descender por la garganta, pero en vano. Al fin, con un ronco graznido, dio la vuelta.

—¡Retrocede! —gritó Ben—. ¡Regresa junto a su cría, Piel de Azufre!

—¿Cómo? —le contestó ésta—. ¿Y no se le podía haber ocurrido antes?

Colgando del cuello del dragón, vertió en su lengua una gota de agua de luna con brazos temblorosos.

Lung sintió renacer sus fuerzas en el acto.

—¿Puedes sostenerte todavía, Piel de Azufre? —gritó planeando despacio hacia el suelo.

—¡Sí, sí! —respondió la duende—. Tú sigue volando. ¡Aléjate como sea de ese miserable pajarraco!

La garganta siguió estrechándose y no tardó en convertirse en una rendija entre las paredes rocosas. Lung se deslizó entre ellas como por el ojo de una aguja. Delante se extendía un valle extenso, yermo, como un manantial lleno de piedras colocado entre las montañas. No parecía haber sido hollado jamás por pie alguno. Sólo el viento jugueteaba con la escasa hierba.

Lung se posó al pie de una montaña redonda como el lomo encorvado de un gato. Tras ella se alzaban otras cumbres nevadas de un blanco resplandeciente que brillaban al sol.

Con un suspiro de alivio, Piel de Azufre se soltó del cuello de Lung dejándose caer de golpe sobre la hierba.

—¡No volveré a hacerlo nunca más, os lo garantizo! —jadeó—. Por nada del mundo. ¡Trompetas de la muerte y pedos de lobo, qué mal me encuentro! —y sentándose en el suelo, arrancó más briznas de hierba de entre las piedras y se las embutió apresuradamente en la boca.

Ben se deslizó por el lomo de Lung con Pata de Mosca en brazos. Aún resonaban en sus oídos los graznidos del polluelo. Su pantalón estaba roto, tenía las manos arañadas y había perdido su kefia entre las ramas del nido gigante.

—¡Qué horror! —exclamó Piel de Azufre al verlo, y soltó una risita—. A juzgar por tu aspecto, se diría que has intentado robar sus zarzamoras a las hadas.

Ben se quitó algunas hojas mustias del pelo y esbozó una sonrisa.

—No puedes imaginar lo que me alegré al veros.

—Agradéceselo a Pata de Mosca —replicó Piel de Azufre mientras guardaba la botellita con el rocío de luna entre los objetos de Ben—. A Pata de Mosca y a la investigadora de dragones. Sin su elixir, Lung habría tenido que ir a buscarte a pie.

Ben sentó en su brazo a Pata de Mosca y golpeó suavemente su nariz.

—Muchas gracias —le dijo.

Luego acarició el largo cuello de Lung y propinó un tímido codazo en el costado a Piel de Azufre.

—Gracias —repitió—. A decir verdad, creía que iba a terminar mis días convertido en alpiste.

—¡Eso jamás lo habríamos permitido! —repuso Piel de Azufre chasqueando la lengua y limpiándose los labios con la mano—. Anda, echa un vistazo a ese mapa tuyo tan completo y dinos dónde hemos aterrizado —señaló las montañas que les rodeaban—. ¿También tienes la impresión de haber estado aquí antes?

Ben miró a su alrededor y sacudió la cabeza.

—¿Oyes el río? —preguntó preocupado.

Piel de Azufre aguzó el oído.

—No, hace mucho que he dejado de oírlo. Pero ésas de ahí —señaló las cumbres cubiertas de nieve— se han acercado un buen trecho, si no me equivoco.

—Cierto —murmuró Ben.

A su lado, Lung se estiró y dejó escapar un bostezo.

—Ay-ay-ay —balbució Ben—. Te has quedado de nuevo sin dormir.

—No importa —dijo Lung bostezando de nuevo.

—¿Qué significa eso de «no importa»? —Piel de Azufre meneó la cabeza—. Necesitas dormir. Quién sabe cuántas montañas tendremos que cruzar todavía. Seguramente las peores aún están por llegar. ¿Cómo quieres atravesarlas bostezando?

Trepó un poco por la ladera y escudriñó en torno suyo.

—¡Aquí! —gritó de repente desde más arriba—. Aquí hay una cueva. Venid.

Lung y Ben subieron cansados hasta ella.

—Espero que no sea la morada de otro de esos horribles basiliscos —murmuró el dragón mientras Piel de Azufre desaparecía en su interior—. ¿O alguno de vosotros lleva encima un espejo?

36. El rastro perdido

—¿Dónde se ha metido? —gruñó Ortiga Abrasadora sacando la cabeza del agua espumeante. Las montañas de un negro grisáceo ocultaban el cielo, y el río chocaba contra ellas como si quisiera apartarlas. Sus olas oscuras chapoteaban sobre las escamas del monstruo y casi barrían a Barba de Guijo de la frente acorazada.

—¡Áureo Señor! —graznó el enano escupiendo el agua helada del río—. ¿Cuándo nos dirigiremos a la orilla? ¡Que un enano no es un pez!

Se había empapado hasta la camiseta de lana. Sus dientes castañeteaban y ya había pescado su sombrero de las aguas del río siete veces.

—¿A la orilla? —resopló Ortiga Abrasadora—. ¿Es que voy a tener que pelearme ahora con los humanos?

Barba de Guijo, tiritando, miró hacia delante. Sobre el río de aguas turbulentas se veía un puente colgante. Las casas se acurrucaban al pie de las laderas de las montañas y una carretera discurría bordeando la orilla, entre enormes bloques rocosos casi enterrada por masas de tierra desprendidas de las laderas durante la última lluvia. En el puente no había nadie, salvo dos pájaros posados en sus cuerdas frágiles. Por la carretera, sin embargo, viajaba un autobús solitario y entre las casas pululaba la gente.

—¿Dónde está? —volvió a gruñir Ortiga Abrasadora—. ¡No puede haber ido muy lejos! ¡Imposible!

Venteó el fresco aire nocturno. En el techo del mundo los días eran muy calurosos, pero en cuanto se ponía el sol, un frío gélido recorría los valles como si las montañas soplasen hacia abajo su aliento de nieve.

—Ha pasado ya bastante tiempo desde que lo olfateásteis, Áureo Señor —comentó Barba de Guijo sacudiendo el agua del ala de su sombrero—. Tal vez demasiado.

—Sí, sí, ya lo sé —rechinó Ortiga Abrasadora y siguió nadando hasta que la sombra del puente se proyectó sobre él—. Todo iba perfectamente hasta llegar a estas montañas, y entonces, de pronto, se pierde el rastro. ¡Aaaarg! —escupió furibundo en las aguas agitadas.

—Claro, seguramente él no sigue el río —Barba de Guijo estornudó y se frotó las manos heladas—. Os habéis equivocado, Áureo Señor. Él vuela por encima de las montañas. ¿Cómo vais a seguirlo?

—¡Cállate ya!

Ortiga Abrasadora hundió la cabeza en el agua resoplando y se volvió. La corriente lo arrastró hacia el sur. El lugar donde había perdido el rastro de Lung no estaba muy lejos.

—¡Áureo Señor! —gritó de pronto el enano—. ¡Cuidado, un barco se dirige río arriba justo hacia nosotros!

Ortiga Abrasadora levantó de golpe el hocico.

—¡Aaaah! ¡Me viene que ni pintado! —gruñó—. Sí, voy a darle un empujoncito. Lo embestiré, lo abollaré, lo sumergiré un poco. Agárrate bien, limpiacorazas. Será muy divertido. Me encanta oír los chillidos de esos bípedos —se plantó con fuerza contra la corriente y hundió la cabeza en el agua—. ¡Un empellón será suficiente! —susurró—. En el agua esos humanos son unos escarabajos desvalidos.

Una estrecha lancha avanzaba con esfuerzo río arriba, a contracorriente. Cuando estuvo muy cerca, Ortiga Abrasadora levantó la cabeza y observó atentamente a los humanos. La mayoría miraban hacia la orilla, donde estaban las casas. Sólo un hombre alto y delgado y una niña contemplaban las montañas difuminándose en el crepúsculo.

—¡Fíjate en eso, enano! —Ortiga Abrasadora encogió la cabeza y al reírse un estremecimiento sacudió todo su cuerpo—. ¿A quién tenemos ahí? Si es el profesor, el que me robó mi escama. Vaya sorpresa —con unos cuantos coletazos se apartó hasta que su coraza chocó con la orilla rocosa.

El barco se deslizó junto a él sin que sus ocupantes intuyeran de qué peligro se habían librado. Sólo la niña miró hacia el lugar donde Ortiga Abrasadora acechaba en el agua. Agarrando a su padre de la manga, gritó algo en medio del estruendo del río, pero Barnabás Wiesengrund se limitó a acariciar distraídamente el pelo de su hija sin perder de vista las montañas.

—¡Vaya, así que finalmente no lo habéis volcado! —Barba de Guijo suspiró agarrándose con toda su fuerza a uno de los cuernos—. ¡Muy astuto, muy astuto por vuestra parte, Áureo Señor! Eso sólo nos habría traído disgustos —se dio cuenta de que su maestro cambiaba de rumbo—. Eh, pero ¿adónde vamos ahora? —exclamó enfurecido mesándose las barbas—. ¡Pensaba que queríamos retroceder, Áureo Señor! Volver al lugar donde perdisteis el rastro.

—¡Pues he cambiado de opinión! —respondió Ortiga Abrasadora nadando río arriba como si la corriente no lo afectase—. Un buen cazador obedece a su olfato y a mí me da en la nariz que si sigo a ese hombrecillo, volveré a encontrar al dragón plateado, ¿comprendes?

—No —replicó enfurruñado Barba de Guijo, estornudando tres veces seguidas.

—No importa —gruñó Ortiga Abrasadora—. Vosotros, los enanos, sois topos, no cazadores. Seguro que tú no cazarías ni cochinillas de la humedad. Ahora cállate y procura que el río no te arrastre de mi cabeza. Puede ser que todavía te necesite.

Dicho esto, continuó tras el barco de los humanos en medio de la noche que se iniciaba.

—¡Pero lo he visto de verdad! —decía Ginebra a su padre que seguía contemplando las montañas desde la borda.

—Se ven muchas cosas en el agua espumeante, tesoro —contestó Barnabás Wiesengrund con una sonrisa—. Sobre todo en un río tan sagrado como éste.

—Pero es que era idéntico a como tú lo describiste —insistió Ginebra—. Sus escamas eran doradas, y sus ojos, de un rojo horrible.

Barnabás Wiesengrund suspiró.

—Eso sólo demuestra que tu madre tenía razón. Te he hablado demasiado de ese monstruo horripilante, eso es todo.

—¡Bobadas! —exclamó Ginebra golpeando enojada la borda—. Tú siempre me has contado muchas cosas. ¿Acaso veo por todas partes hadas, o gigantes, o basiliscos?

Barnabás Wiesengrund la observó, meditabundo.

—No, la verdad es que no —reconoció.

Las estrellas brillaban sobre las montañas cubiertas de nieve. Hacía un frío atroz. El profesor estrechó algo más el chal alrededor del cuello de su hija y la miró cara a cara muy serio.

—Cuéntame exactamente lo que has visto.

—Miraba fuera del agua —refirió Ginebra—. Muy cerca de la orilla. Sus ojos brillaban como bolas de fuego, él… —se colocó las manos encima de la cabeza— tenía dos cuernos horribles y de uno colgaba un enano. ¡Un enano calado como una sopa!

Su padre inspiró profundamente.

—¿Has visto todo eso?

Ginebra asintió con orgullo.

—Vosotros me habéis enseñado a mirar con atención.

Barnabás Wiesengrund asintió.

—Sí. Y tú has sido una alumna excelente. Siempre has sido la primera en ver las hadas de nuestro jardín.

Miró, pensativo, al río.

—Eso significa que Ortiga Abrasadora no se hundió en la arena —murmuró—. Sabe Dios que no es una buena noticia. Tendremos que contárselo a Lung en cuanto lo encontremos en el monasterio.

—¿Crees que nos está siguiendo? —preguntó Ginebra.

—¿Quién?

—Ortiga Abrasadora.

—¿A nosotros? —su padre la miró asustado—. Espero que no.

Durante el resto de la noche, escudriñaron una y otra vez las oscuras aguas del río desde la borda. Pero la oscuridad ocultó a sus ojos a Ortiga Abrasadora.

37. Un fuego antiguo

—Lo siento —dijo Ben inclinándose con un suspiro sobre el mapa de la rata—. No tengo ni idea de nuestra situación. Mientras volábamos por encima del río todo estaba claro, pero ahora... —se encogió de hombros— podríamos estar en cualquier parte.

Golpeó suavemente con el dedo todas las manchas blancas que se abrían como agujeros en el mapa al este del curso del Indo.

—¡Bonita perspectiva! —Piel de Azufre suspiró—. ¿Qué pensará el profesor si no llegamos a tiempo al monasterio?

—Todo es por mi culpa —musitó Ben volviendo a doblar el mapa—. Si no hubierais ido a buscarme, seguro que ya habríais llegado.

—Sí, y tú serías comida para pájaros —contestó Piel de Azufre—. Olvídalo.

—Ahora tumbaos y dormid —murmuró Lung desde el rincón más oscuro de la cueva.

Se había enroscado muy apretado, con el hocico apoyado en la punta de la cola y los ojos cerrados. El vuelo a plena luz del día lo había agotado más que tres noches de viaje. Ni siquiera la preocupación por el camino correcto podía ahuyentar el sueño de sus párpados.

—Sí, tienes razón —dijo Ben con un murmullo, y, estirándose en el fresco suelo de la cueva, colocó su cabeza sobre la mochila.

Pata de Mosca se tumbó a su lado, usando la mano del chico como almohada.

Piel de Azufre fue la única que permaneció de pie, indecisa y olfateando.

—¿Es que no lo oléis? —les preguntó.

—¿Qué? —musitó Lung medio dormido—. ¿Setas?

—¡No! Huele a fuego.

—Bueno, ¿y qué? —Ben abrió los ojos—. Aquí hay fuegos antiguos por todas partes, ya lo ves. Parece un refugio muy frecuentado.

Piel de Azufre sacudió la cabeza.

—Algunos no lo son —comentó—. Éste de aquí, por ejemplo —precisó esparciendo con la pata las ramas carbonizadas—, es de hace dos días como mucho, y este otro es muy reciente. Tiene justo unas horas.

—Entonces monta guardia —suspiró Lung amodorrado—. Y despiértame si viene alguien.

Acto seguido, se durmió como un tronco.

—Unas horas. ¿Estás segura? —Ben se frotó los ojos despabilándose y se sentó.

Pata de Mosca se apoyó en su brazo, bostezando.

—Pero ¿a cuál te refieres, cara peluda? —le preguntó.

—¡A éste de aquí! —insistió Piel de Azufre señalando un montoncito diminuto.

—¡Por todos los cielos! —gimió Ben tumbándose de nuevo—. Eso parece el fuego de una lombriz de tierra, Piel de Azufre.

Y colocándose de lado, se hizo un ovillo e instantes después dormía casi tan profundamente como Lung.

—De una lombriz de tierra, ¡bah! —Piel de Azufre, irritada, cogió su mochila y se sentó a la entrada de la cueva.

Pata de Mosca la siguió.

—No puedo conciliar el sueño —le explicó—. He dormido tanto en los últimos tiempos que me bastará para los próximos cien años —se situó al lado de la duende—. ¿De verdad te preocupa el fuego?

—En cualquier caso pienso mantener los ojos y los oídos bien abiertos —gruñó Piel de Azufre mientras sacaba de su mochila la bolsa de setas secas que le había dado el profesor.

Pata de Mosca, cauteloso, salió de la cueva. El extenso valle ardía al sol del mediodía. No se oían ruidos extraños.

—Así debe de ser la luna —comentó el homúnculo.

—¿La luna? —Piel de Azufre mordisqueaba un robellón—. Pues yo me la imagino completamente distinta. Neblinosa y húmeda. Y muy fría.

—Hmm… —Pata de Mosca miró a su alrededor, pensativo.

—Sólo espero que el fuego no proceda de los elfos del polvo —murmuró Piel de Azufre—. No, imposible, los elfos del polvo no encienden hogueras. Oye, ¿y los trolls? ¿Hay trolls de montaña de tu tamaño?

—No, que yo sepa.

Pata de Mosca cazó un mosquito que pasaba zumbando y se lo introdujo en la boca tapándosela pudorosamente con la mano.

De repente, Piel de Azufre se llevó un dedo a los labios en señal de advertencia. Tiró su mochila dentro de la cueva, agarró a Pata de Mosca y se ocultó con él detrás de las rocas.

El homúnculo escuchó un ligero zumbido, después unos golpes, y por delante de la entrada de la cueva rodó un avioncito lleno de polvo. Era de color verde rana, cubierto desde el morro hasta la cola con impresiones de zarpas de color negro. En las alas destacaba un signo que a Piel de Azufre le resultó extrañamente familiar.

La cabina se abrió de golpe y de ella descendió una rata gris. Estaba tan gorda que, embutida en su traje de aviador, parecía una morcilla a punto de reventar.

—¡Excelente aterrizaje! —la oyeron decir Piel de Azufre y Pata de Mosca—. Impecable. Eres una aviadora genial, Lola Rabogrís, sí, desde luego que lo eres.

La rata dio la espalda a la cueva. Sacó del avión un par de rollos de papel, palos y unos prismáticos.

—¿Dónde habré dejado el libro? —murmuró—. Rayos y hélices, ¿dónde habré metido ese chisme?

Piel de Azufre cogió en brazos a Pata de Mosca, se puso un dedo sobre los labios y se deslizó fuera de su escondite.

—¿Tu nombre es Rabogrís? —le preguntó.

La rata volvió la cabeza y del susto se le cayó todo al suelo.

—¿Cómo? ¿Quién? ¿Qué? —balbuceó.

Después se introdujo de un salto en su avión e intentó ponerlo en marcha.

—¡Alto, alto! —Piel de Azufre se interpuso en el camino de la pequeña máquina sujetando la hélice—. ¿Adónde vas? Oye, ¿no tendrás por casualidad un pariente llamado Gilbert que es blanco como un champiñón?

La rata miró estupefacta a la duende. Después volvió a desconectar el motor de su avión y asomó su puntiaguda nariz por la cabina.

—¿Conoces a Gilbert? —preguntó.

—Le compramos un mapa —contestó Piel de Azufre—. El sello que estampó encima es igual que los signos que llevas en las alas. Aunque el mapa desde luego no ha impedido que nos perdiéramos y llegásemos hasta aquí.

—¿Un mapa? —la rata volvió a salir de su avión y bajó al suelo de un salto—. ¿Un mapa de estas regiones? —observó la cueva y luego a Piel de Azufre—. No esconderás por casualidad a un dragón ahí dentro, ¿eh?

Piel de Azufre sonrió.

—Pues sí.

Lola Rabogrís puso los ojos en blanco y, enfurecida, masculló entre dientes:

—¡Así que es culpa vuestra que ande vagando por estas tierras dejadas de la mano de Dios! —renegó—. ¡Pues muchas gracias, ya digo! ¡Mis más asquerosas gracias!

—¿A nosotros? —quiso saber Piel de Azufre—. ¿A qué viene eso?

—Desde que estuvisteis en casa de Gilbert —la rata recogía las cosas que había dejado caer por la repentina aparición de Piel de Azufre—, sólo piensa en las zonas blancas. ¡Y justo cuando estaba disfrutando de unas pequeñas y amenas vacaciones con mi hermano en la India, me llama y me llena los oídos de lamentaciones! ¡Lola, tienes que volar al Himalaya! ¡Lola, hazle este favor a tu anciano tío! ¡Lola, tengo que eliminar las manchas blancas de mis mapas! ¡Por favor, Lola!

La rata jadeaba bajo el peso de sus pertrechos, que trasladaba hasta la oscura cueva.

—¿No podrías hacer algo útil en lugar de mirarme como un pasmarote? —reprendió a Piel de Azufre—. Empuja al avión dentro de la cueva o en poco tiempo estará tan caliente que se podrán freír huevos de avestruz encima.

—¡Es igual que su tío! —gruñó Piel de Azufre; y depositando a Pata de Mosca en el suelo, se encaminó al avión.

Era tan ligero que se lo llevó bajo el brazo. Cuando lo metió en la cueva, Lola Rabogrís estaba petrificada delante del dormido Lung.

—¡Vientos y tempestades! —susurró—. Es un dragón de verdad.

—¿Y qué te figurabas? No lo despiertes, necesita dormir o nunca saldremos de aquí —Piel de Azufre dejó el avión en el suelo y lo miró con más atención—. ¿De dónde has sacado este aparato? —preguntó en voz baja.

—De una juguetería —murmuró Lola Rabogrís sin apartar la vista de Lung—. Lógicamente, he tenido que hacerle algunos arreglos. Es maravilloso. Ni siquiera en estas montañas me ha causado problemas —dio unos pasitos cautelosos hacia Lung. Erguida, apenas era más alta que una de las zarpas del dragón—. Hermoso —susurró—. Pero ¿qué come? —y volviéndose preocupada hacia Piel de Azufre, añadió—: Confío en que ratas no.

Piel de Azufre soltó una risita.

—Puedes estar completamente tranquila. Solamente luz de luna. Es todo cuanto necesita.

—Ajajá. Luz de luna —la rata dio una cabezadita—. Interesante fuente de energía. Una vez intenté construir baterías de luz lunar, pero no resultó.

Se volvió hacia Ben, que seguía durmiendo a la entrada de la cueva, agotado por su aventura con el pájaro gigante.

—¿También lleváis a un humano con vosotros? —comentó en voz baja—. Mi tío sólo me habló del dragón y de ti. De ese pequeñajo —señaló a Pata de Mosca—, tampoco me contó una palabra.

Piel de Azufre se encogió de hombros y empujó con la pata la hélice del avión de Lola, que giró ronroneando.

—Esos dos se sumaron no sé cómo —explicó—. De vez en cuando te dan algún soponcio, pero por lo demás son tipos legales. El pequeño es un homincoloso.

—¡Homúnculo! —la corrigió Pata de Mosca inclinándose ante Lola Rabogrís.

—Ajá —dijo ella mirándolo de la cabeza a los pies—. No me lo tomes a mal, pero pareces la versión de juguete de un humano.

Pata de Mosca exhibió una tímida sonrisa.

—Bueno, en cierto modo es verdad —admitió—. ¿Podría preguntaros cuánto habéis avanzado en la labor de cartografiar estos parajes?

—Casi he terminado —contestó Lola acariciándose los pelos del bigote—. Solamente he vuelto para anotar mis descubrimientos de hoy.

Piel de Azufre la miró sorprendida.

—Entonces ¿conoces esta zona?

—Claro —la rata se encogió de hombros—. Conozco cada maldita piedra de esta región.

—¿De veras? —Piel de Azufre corrió hacia Ben y lo sacudió con fuerza—. ¡Despierta! —le cuchicheó al oído—. ¡Despierta, aquí hay alguien que puede enseñarnos el camino! ¡El camino hacia el monasterio!

Ben se dio la vuelta, adormilado, y miró a Piel de Azufre entornando los ojos.

—¿Qué ocurre? ¿Quién ha venido?

Piel de Azufre señaló a Lola. La rata gorda retrocedió por si las moscas, pero puso los brazos en jarras y miró valerosamente cara a cara al humano. Ben se incorporó sorprendido.

—¿De dónde ha salido ésta? —preguntó estupefacto.

—¿Cómo que ésta? Tienes delante a Lola Rabogrís —exclamó ofendida la rata.

—¡Es la sobrina de la rata blanca! —dijo la duende—. La ha enviado Gilbert para que cartografíe esta región para él. Ven —levantó a Ben tirando de su manga—. Hablaremos de todo lo demás fuera de la cueva. De lo contrario, despertaremos a Lung.

Fuera seguía haciendo un calor desagradable, pero a la sombra de una gran roca emplazada junto a la entrada de la cueva se podía resistir.

—Saca el mapa —dijo Piel de Azufre.

Ben obedeció y lo extendió delante de la rata.

—¿Puedes decirnos dónde estamos? —preguntó Piel de Azufre, muy interesada, a Lola.

La rata examinó el mapa de su tío y escudriñó a su alrededor frunciendo el ceño.

—Veamos —murmuró—. Sí, todo aclarado —levantó la pata y golpeó suavemente un territorio al sureste del Indo—. Estáis aquí, entre estas montañas, en el Valle de las Piedras, como yo lo llamo.

—Buscamos un monasterio —le explicó Ben—. Se alza en la ladera de una montaña, en un lugar donde el valle del Indo es amplio y verde. Es grande, con muchos edificios y banderas ondeando al viento.

—Hmm... —Lola asintió mirando al chico—. Lo conozco, lo conozco. Buena descripción. Ya has estado allí alguna vez, ¿verdad?

—No —Ben negó con la cabeza—. Lo vi en el ojo doscientos veintitrés de un djin.

Lola Rabogrís se quedó boquiabierta.

—¿De veras? —replicó—. Bueno, como ya he dicho, conozco ese lugar. Esta lleno de monjes con la cabeza rapada, niños pequeños y adultos. Una variedad humana muy amistosa. Extremadamente hospitalaria, aunque beben un té repugnante.

Ben la miró esperanzado.

—¿Podrías guiarnos hasta allí?

—Claro —aceptó Lola Rabogrís encogiéndose de hombros—. Pero mi avión seguro que no es tan veloz como el dragón.

—¡Seguro que no! —Lung sacó su largo cuello de la cueva y, bostezando, observó con curiosidad a la gruesa rata.

Del susto, Lola se cayó al suelo.

—Es, es, es... —tartamudeó— más grande de lo que yo pensaba.

—Es de tamaño mediano —confirmó Piel de Azufre—. Hay dragones más grandes y otros más pequeños que él.

—Lung, ésta es Lola —la presentó Ben—. La sobrina de Gilbert Rabogrís. ¿No es una increíble casualidad? Lola puede guiarnos hasta el monasterio.

—Casualidad, casualidad —murmuró Lola sin apartar los ojos del dragón—. Si estoy en estas montañas es exclusivamente por vuestra culpa.

—Tienes razón —exclamó Pata de Mosca—. ¡Desde luego, no es una casualidad! Es el destino.

—¿Qué? —preguntó Piel de Azufre.

—Un encuentro predeterminado —explicó Pata de Mosca—. Algo que simplemente tenía que suceder. Yo sólo puedo calificarlo de buen augurio, de excelente augurio.

—Ah, ya —Piel de Azufre se encogió de hombros—. Bueno, llámalo como quieras. Sea como fuere, Lola puede sacarnos de aquí —alzó los ojos al cielo—. Deberíamos partir lo antes posible, aunque… debemos guardar el rocío de luna para casos de emergencia. Emprenderemos el vuelo en cuanto salga la luna. ¿De acuerdo?

Lung asintió.

—¿Conoces también a Rosa Rabogrís? —preguntó a Lola—. Debe de ser tía tuya.

—Por supuesto que la conozco —Lola salió con un trotecillo del mapa, para que Ben pudiera doblarlo de nuevo—. La vi en una fiesta familiar. Fue la primera vez que oí hablar de dragones.

—¿Y aquí? —le preguntó Ben ansioso, inclinándose hacia delante—. ¿Has visto dragones aquí, en las montañas?

—¿Aquí? —Lola Rabogrís negó con la cabeza—. No, ni siquiera la punta de un rabo. A pesar de que he sobrevolado todos los rincones. Creedme. Sé por qué lo preguntas. Vosotros estáis buscando *La orilla del cielo*. Tan sólo puedo deciros que no he visto semejante lugar. Un montón de cumbres blancas, sí, claro. Pero de dragones, ni rastro.

—¡Eso, eso... es imposible! —balbuceó Ben—. Yo he visto ese valle. ¡Y un dragón en una cueva enorme!

Lola Rabogrís lo escrutó con aire de incredulidad.

—¿Dónde lo has visto? —le preguntó—. ¿En el ojo de tu djin? No, créeme. Aquí no hay dragones. Monasterios, vacas peludas, algunos humanos, pero nada más. Absolutamente nada.

—¡Era un valle entre cumbres blancas, cubierto de niebla! ¡Y la cueva era maravillosa! —insistió Ben.

Lola se limitó a menear la cabeza.

—Aquí hay cientos de valles y tantas cumbres blancas que uno podría volverse loco si intentara contarlos. ¿Dragones, dices? No. Lo siento. Y eso es precisamente lo que le contaré también a tío Gilbert. *La orilla del cielo* no existe. Y tampoco el recóndito valle de los dragones. Todo eso no es más que una bonita fábula.

38. El monasterio

Lung volvió a alcanzar el Indo justo a medianoche. El agua refulgía a la luz de las estrellas. El valle fluvial era vasto y fértil. Ben distinguió campos de labor y cabañas en la oscuridad. Muy por encima de ellos, al otro lado del río, en la escarpada pendiente de una montaña, se alzaba el monasterio. Sus muros claros brillaban como el papel a la luz de la luna menguante.

—¡Ahí está! —susurró Ben—. Era justo así. Exactamente igual.

Con un zumbido, el avión de Lola Rabogrís pasó volando a su lado. La rata abrió la cabina y se asomó inclinándose hacia Ben.

—¿Qué? —gritó entre el ruido de la hélice—. ¿Es éste?
Ben asintió.

Lola volvió a cerrar satisfecha el techo de la carlinga y salió zumbando hacia delante. Aunque su avión era mucho más rápido de lo que habían supuesto, aquel vuelo fue para Lung el más cómodo de todo el viaje. El dragón se deslizó sigiloso sobre el extenso valle, dejó atrás el río y se dirigió hacia los altos muros del monasterio.

Pegados a la roca había varios edificios, grandes y pequeños, estrechamente apiñados. Ben divisó altos zócalos de piedra, sin aberturas, paredes que ascendían inclinándose, ventanas estrechas y oscuras, techos planos, muros y senderos de piedra que serpenteaban monte abajo.

—¿Dónde aterrizo? —gritó Lung a la rata.

—En la plaza de delante del edificio principal —le respondió ésta—. No debes temer nada de estos humanos. Además, a estas horas están todos durmiendo. Yo me adelantaré volando.

El pequeño avión desapareció en las profundidades con un ruidoso zumbido.

—¡Eh, mirad ahí! —exclamó Piel de Azufre cuando Lung describía círculos sobre la plaza delantera del edificio más grande—. ¡Ahí abajo está el profesor!

El dragón se dejó caer. Una figura alta se irguió en los peldaños de la escalera del monasterio y corrió hacia Lung.

—¡Dios mío, estaba ya preocupadísimo! —gritó Barnabás Wiesengrund—. Pero ¿dónde os habéis metido tanto tiempo?

Su voz resonaba entre los viejos muros, pero todo permanecía en calma. Unos ratones pasaron por las piedras como una exhalación.

—Ay, sólo tuvimos que impedir que nuestro hombrecito terminara en la panza de un pájaro gigante —le respondió Piel de Azufre descendiendo del lomo del dragón con su mochila.

—¿Cómo? —el profesor, asustado, levantó la vista hacia Ben.

—No fue tan terrible —explicó Ben deslizándose por el rabo de Lung hacia el suelo.

—¿En serio? —exclamó el profesor cuando Ben llegó a su lado—. ¡Pero si estás lleno de arañazos!

—¡Arañado es mejor que devorado! —sentenció Piel de Azufre—. Algo es algo, ¿no?

—Bueno, bien mirado... —Barnabás Wiesengrund retrocedió y por poco pisa el avión de la rata.

—¡Eh, eh! —gritó Lola con voz estridente—. ¡Ten algo más de cuidado, gigantón!

El profesor se volvió sorprendido. Lola Rabogrís salió de su cabina y saltó pesadamente delante de sus pies.

—He oído hablar mucho de usted, profesor —le dijo.

—¿De veras? Confío en que sólo para bien —Barnabás Wiesengrund se arrodilló y estrechó con cuidado la pata de Lola—. Encantado —saludó—. ¿Con quién tengo el gusto de hablar?

Lola soltó una risita, halagada.

—Con Rabogrís —precisó ella—. Con Lola Rabogrís, piloto, cartógrafa y, en este caso concreto, guía.

—Nos hemos extraviado un poco —explicó Piel de Azufre situándose junto a ellos—. ¿Qué tal te ha ido a ti, profesor?

—Oh, hemos tenido una travesía muy tranquila —Barnabás Wiesengrund volvió a levantarse con un suspiro—. Aunque Ginebra afirma... —rascándose la cabeza, levantó los ojos hacia las oscuras ventanas del monasterio—. Para ser sinceros, no sé siquiera si debo contároslo...

—¿Qué es lo que afirma? —preguntó Ben.

Pata de Mosca se apoyó en su mejilla bostezando.

—Ginebra... —el profesor carraspeó—, Ginebra afirma que ha visto a Ortiga Abrasadora.

—¿Dónde? —gritó Piel de Azufre.

Al homúnculo se le cortó la respiración del susto. Lung y Ben intercambiaron una mirada de preocupación.

—¿Qué sucede? —Lola se abrió paso entre las largas piernas y los miró de hito en hito, muerta de curiosidad.

—¡Alguien nos persigue! —gruñó Piel de Azufre—. Creíamos habernos librado de él. Pero quizá nos equivocamos.

—¿Qué os parecería un pequeño vuelo de reconocimiento? —preguntó Lola solícita—. Describidme el aspecto de vuestro perseguidor y su situación aproximada, y partiré en el acto.

—¿Lo harías? —preguntó Lung.

—Por descontado que sí —la rata se acarició las orejas—. Y con sumo placer. Es algo distinto a medir estúpidas montañas y aburridos valles para mi querido tío. Así pues, ¿qué debo buscar? ¿Un duende, un humano, un dragón o acaso algo parecido al pequeño homiculpus o algo así?

Lung negó con la cabeza.

—Es un dragón —respondió—. Mucho más grande que yo. Con escamas de oro...

—Lleva consigo a un enano de las rocas —añadió Barnabás Wiesengrund—. Un enano con un sombrero desmesurado. Mi hija cree haber visto a ambos en el río, al oeste del gran puente colgante, donde la carretera está sepultada por un corrimiento de tierras.

—Conozco ese paraje, vaya si lo conozco —comentó con indiferencia Lola Rabogrís—. Saldré zumbando enseguida a echar una ojeada.

La oronda rata volvió a subir a su avión a la velocidad del rayo. El motor empezó a ronronear y el pequeño aparato ascendió como una bala hacia el cielo estrellado. Muy pronto desapareció incluso para los agudos ojos de Piel de Azufre.

—Una joven muy despierta —dijo el profesor admirado—. Me tranquiliza mucho que eche una ojeada por nosotros. ¿De qué la conocéis?

—Oooh, estas ratas están por todas partes —contestó Piel de Azufre mirando a su alrededor—. Basta con esperar y al momento te sale al paso una.

—Es la sobrina de la rata que nos vendió el mapa —le explicó Ben—. Su tío la ha enviado aquí para medir unos cuantos lugares blancos de las montañas —miró al profesor—. Lola sostiene que *La orilla del cielo* no existe.

Barnabás Wiesengrund devolvió la mirada a Ben, pensativo.

—¿Eso dice? Bueno, yo en tu lugar sólo confiaría en lo que te mostró el djin. Ahora mismo nos ocuparemos de descifrar sus indicaciones. Sígueme —y, pasando al chico el brazo por los hombros, lo condujo hacia la gran escalinata que ascendía hasta el edificio principal del monasterio—. Quiero presentaros a alguien. Le he contado lo de vuestra búsqueda y os espera desde hace mucho tiempo.

Lung y Piel de Azufre los siguieron subiendo por los numerosos escalones.

—Esto es el *dukhang* —les explicó Barnabás Wiesengrund cuando llegaron ante la pesada puerta de entrada, pintada con extrañas figuras y con un picaporte artísticamente forjado—. Es la sala de oración y reunión de los monjes. Pero no vayáis a pensar que aquí ocurre lo mismo que en nuestras iglesias. Aquí se ríe mucho, es un lugar alegre.

Abrió la pesada puerta.

La sala en la que penetraron era tan alta que hasta Lung podía permanecer erguido en su interior. Estaba oscuro, pero innumerables lamparillas titilaban en la descomunal estancia.

Altas columnas sustentaban el techo. Las paredes estaban adornadas con frescos, y grandes cuadros colgaban entre estantes repletos de libros antiquísimos. Eran tan coloristas y extraños que a Ben le habría gustado detenerse delante de cada uno de ellos. Pero el profesor los condujo más allá. Entre las columnas se veían filas de asientos bajos. En la primera les esperaba un hombre bajito de pelo gris cortado al rape.

Vestía unos ropajes de un rojo brillante. Cuando el profesor y Ben se le acercaron, sonrió.

Lung los seguía vacilante. Era la segunda vez en su vida que entraba en una casa de humanos. La luz de las miles de lamparillas hacía refulgir sus escamas. Sus garras raspaban el suelo y su cola dejaba escuchar un ligero susurro. Piel de Azufre permanecía pegadita a su cuerpo, con la pata apoyada en las cálidas escamas de Lung, mientras sus orejas se contraían nerviosamente y su mirada inquieta vagaba de una columna a otra.

—Árboles —susurró a Lung—, aquí tienen árboles de piedra.

Cuando se detuvieron ante el monje, éste se inclinó.

—Permitidme que haga las presentaciones —informó Barnabás Wiesengrund—, éste es el honorable lama de este monasterio. El monje de mayor rango aquí.

El lama empezó a hablar en voz baja.

—Sed cordialmente bienvenidos al monasterio de las piedras de luna —tradujo Pata de Mosca a Ben—. Nos alegramos sobremanera. Según nuestras creencias, la llegada de un dragón anuncia un acontecimiento feliz. Pero nuestra alegría también es grande porque al fin, tras largo tiempo, volvemos a acoger bajo nuestro techo a un jinete de dragón.

Ben, sorprendido, miraba alternativamente al monje y al profesor.

Barnabás Wiesengrund asintió.

—Sí, sí, has oído bien. El jinete del dragón, cuya tumba nos enseñó Subaida, estuvo aquí. Varias veces incluso, si he entendido bien a mi amigo. Existe incluso un cuadro que lo recuerda. Está colgado ahí enfrente.

Ben se volvió y se dirigió a la hornacina que le señalaba el profesor. Entre dos estantes colgaba un gran *kakemono* en el que se veía a un dragón volando con un chico sobre su lomo. Tras él aparecía una figura pequeña.

—¡Piel de Azufre! —exclamó Ben muy excitado, indicando con una seña a la duende que se acercara—. Fíjate, es casi igual que tú, ¿no crees?

Lung también se acercó. Curioso, adelantó la cabeza por encima del hombro del muchacho.

—Es cierto, Piel de Azufre —reconoció asombrado—. Esa figura es igual que tú.

—Bueno... —Piel de Azufre se encogió de hombros, aunque no pudo disimular una sonrisa de orgullo—, los dragones siempre han sentido predilección por los duendes. Lo sabe todo el mundo.

—Pero me llama la atención una diferencia —susurró Pata de Mosca desde el hombro de Ben—. Ése tiene cuatro brazos.

—¿Cuatro brazos? —Piel de Azufre se acercó un poco más al cuadro—. Es verdad —murmuró—. Pero no creo que signifique nada. Mirad un momento a vuestro alrededor. En los cuadros, casi todos tienen un montón de brazos.

—Cierto —admitió Ben mirando en torno suyo; muchos de los cuadros de las paredes mostraban figuras con varios brazos—. ¿Qué significará?

—¡Acercaos a ver esto! —gritó en ese momento el profesor—. El jinete del dragón se dejó olvidado algo aquí.

El lama los condujo hasta un pequeño cofrecillo de madera colocado en un nicho junto al altar de la sala de oración.

—Éstas —volvió a traducir Pata de Mosca— son las sagradas piedras de luna que el jinete del dragón donó al monasterio. Dan suerte y salud y mantienen a los malos espíritus alejados de este valle.

Las piedras era blancas como la leche y apenas mayores que el puño de Ben. En su interior se percibía un resplandor, como si la luz de la luna estuviera atrapada dentro.

—Destruye la luz de la luna —susurró Ben mirando a Lung—. ¿Lo recuerdas? ¿Crees que el djin se referiría a una de estas piedras?

El dragón meneó la cabeza, meditabundo. Barnabás Wiesengrund tradujo al lama las palabras de Ben. El monje sonrió y observó al chico.

—Dice —cuchicheó Pata de Mosca al oído de Ben— que después del refrigerio matinal devolverá al jinete del dragón lo que le pertenece. Para que de ese modo pueda cumplir su misión.

—¿Quiere decir que me dará una de las piedras sagradas? —Ben miró primero a Lung y luego al lama.

El monje asintió.

—Sí, creo que lo has entendido bien —dijo Barnabás Wiesengrund.

Ben hizo una tímida reverencia al monje.

—Gracias. Es realmente muy amable por su parte. Pero ¿no cree usted que se perderá la suerte si la rompo?

El profesor tradujo al lama la pregunta.

El monje soltó una estrepitosa carcajada. Cogiendo de la mano a Ben, se lo llevó consigo.

—Jinete del dragón —tradujo Pata de Mosca—, ninguna piedra puede entrañar tanta suerte como la que entraña la visita de un dragón. Pero tú debes golpear con fuerza, para que la piedra de luna se rompa de verdad, pues esos a quienes quieres llamar gustan de dormir mucho tiempo. Después del desayuno te mostraré la cabeza del dragón.

Ben miró asombrado al monje.

—¿Le contó usted todo eso? —preguntó al profesor en voz baja—. Lo que dijo el djin, quiero decir.

—No fue necesario —le respondió Barnabás Wiesengrund entre susurros—. Ya lo sabía todo. Tú pareces estar cumpliendo una profecía tras otra. Formas parte de una historia antiquísima, muchacho.

—Increíble —musitó Ben girándose para admirar de nuevo el cofrecillo con las piedras de luna.

Luego, él y los demás siguieron al monje hasta el exterior, donde el sol rojo brillante asomaba por encima de los picos cubiertos de nieve. Los edificios del monasterio eran ahora un hervidero de monjes, algunos de ellos más jóvenes que él mismo, según comprobó el chico sorprendido.

—Pero si hay niños entre ellos —dijo en voz muy baja a Barnabás Wiesengrund.

El profesor asintió.

—Sí, claro. Las personas de esta zona del mundo creen que todos nosotros vivimos muchas vidas en este planeta. Por eso cada uno de esos niños puede ser mayor que el más viejo de los monjes adultos. Una idea interesante, ¿no te parece?

Ben asintió, confundido.

De repente, entre la apacible muchedumbre de la plaza del monasterio se produjo un alboroto. Lung había asomado su largo cuello por la puerta del *dukhang*. La mayoría de los monjes se detuvieron como si se hubiesen quedado petrificados. El lama levantó las manos y dirigió unas palabras a la multitud.

—Dice que la suerte manará de las escamas de Lung como nieve lunar —musitó Pata de Mosca— y que tú y Piel de Azufre sois jinetes de dragón que necesitáis su ayuda.

Ben asintió y contempló a todos los congregados abajo, que miraban al dragón asombrados, pero sin temor.

—Ben, de desayuno nos ofrecerán enseguida *tsampa*, harina de cebada tostada, y té caliente con manteca —le informó Barnabás Wiesengrund en voz baja—. Es muy sano y ventajoso en estas alturas, pero a uno puede sentarle bastante mal la primera vez que lo prueba. ¿Quieres que te disculpe y acompañas a Ginebra mientras dura el refrigerio? Ella seguro que ha preparado un desayuno mucho más suculento.

Ben observó al lama. Éste le devolvió la mirada y sonrió. Luego, susurró algo al oído de Pata de Mosca.

—El lama dice que entiende bastante bien algunas palabras de nuestro idioma —tradujo el homúnculo— y que nadie te acusará de descortesía si tú, jinete del dragón, renuncias a tomar *tsampa* y té con manteca y prefieres la compañía de la inteligente hija del profesor.

—Gracias —balbuceó Ben devolviendo al lama la sonrisa—. Pata de Mosca, dile que me encanta este lugar y que... —miró las montañas que se alzaban al otro lado del valle— y que en cierto modo me siento aquí como en casa, a pesar de que en el lugar de donde procedo todo es distinto, completamente distinto. Díselo, ¿eh? Sólo que con mejores palabras.

Pata de Mosca asintió y se volvió de nuevo hacia el lama, que escuchó atentamente al homúnculo y luego respondió con una leve sonrisa.

—El lama dice que, en su opinión, es muy posible que tú ya hayas estado aquí —transmitió Pata de Mosca a Ben—. En otra vida.

—Ven, jinete del dragón —le aconsejó Barnabás Wiesengrund—. Antes de que tu cabeza estalle de tanta sabiduría, te llevaré a ver a Ginebra. Cuando finalice el desayuno, iré a recogerte.

—Barnabás, ¿qué crees que deberíamos hacer Piel de Azufre y yo? —preguntó Lung alargando su hocico sobre los hombros del profesor.

—Oh, estas personas colmarán todos tus deseos, Lung —contestó el profesor Wiesengrund—. ¿Qué te parece si te echas a dormir sin más en el *dukhang*? Allí nadie te molestará, al contrario, te cubrirán de oraciones hasta el punto de que por fuerza hallarás *La orilla del cielo*.

—¿Y yo? —preguntó Piel de Azufre—. ¿Qué será de mí mientras Lung duerme y vosotros bebéis té con manteca? A mí no me gustan el té ni la manteca, y no digamos ambas cosas juntas.

—También te llevaré con Ginebra —respondió el profesor—. En nuestra habitación hay una cama muy blanda y mullida, y seguro que sus galletas te gustarán.

Después condujo a los dos escaleras abajo, entre la multitud de monjes parados con aire reverente, hasta llegar a una casita que se apoyaba en el elevado muro del *dukhang*.

Lung, por su parte, siguió al lama hasta la colosal sala de oraciones, se hizo un ovillo entre las columnas y se durmió profundamente, mientras los monjes se sentaban a su alrededor y murmuraban en voz baja sus oraciones, deseando que toda la suerte de la Tierra y del cielo descendiera sobre las escamas del dragón.

39. El informe de la rata

A Piel de Azufre le gustó tanto el desayuno de Ginebra, que casi se comió la mitad ella sola. A Ben no le importó. De todos modos no tenía hambre. Las emociones de los días pasados y el pensamiento de lo que les deparaba el porvenir le habían quitado el apetito. Le sucedía lo mismo siempre que estaba nervioso.

Cuando Piel de Azufre se enroscó con la barriga bien repleta en la cama de Ginebra y empezó a roncar en voz alta, Ben y la chica se deslizaron hasta el exterior, se sentaron en uno de los muros bajos del monasterio y dirigieron la vista hacia abajo, al río.

La niebla matinal aún estaba suspendida entre las montañas, pero el sol ascendía sobre las cumbres nevadas, calentando poco a poco el frío ambiente.

—¿Qué hermoso es esto, verdad? —dijo Ginebra.

Ben asintió. Pata de Mosca, sentado en su regazo, echaba una cabezadita. Abajo, en el valle, le gente trabajaba en los campos verdes. Desde allí arriba apenas eran mayores que escarabajos.

—¿Dónde está tu madre? —preguntó Ben.

—En el templo de los dioses furiosos —respondió Ginebra. Y volviéndose, señaló un edificio pintado de rojo situado a la izquierda del *dukhang*—. Cada monasterio de por aquí tiene uno. El que se encuentra al lado es el de los dioses amables, pero los furiosos son considerados de gran utilidad, pues tienen un aspecto tan aterrador que mantienen alejados a los malos espíritus que, según dicen, pululan por estas montañas.

—Ah, ya —Ben miró admirado a la chica—. Hay que ver cuánto sabes.

—Bah —Ginebra se encogió de hombros—. No es de extrañar con los padres que tengo. Mi madre copia las pinturas de las paredes de los templos. Cuando volvamos a casa, se las enseñará a gente rica y les pedirá dinero para restaurarlas. Los monjes no tienen dinero para hacerlo y las pinturas son muy antiguas, ¿sabes?

—Ah, ya —repitió Ben mientras tapaba al durmiente Pata de Mosca con la punta de su chaqueta—. Tienes mucha suerte con tus padres.

Ginebra lo observó de reojo con curiosidad.

—Papá dice que tú no tienes padres.

Ben cogió una piedrecita del muro y la hizo rodar de un lado a otro entre los dedos.

—Es cierto. Nunca los tuve.

Ginebra lo miró pensativa.

—Pero ahora tienes a Lung —le dijo—. A Lung y a Piel de Azufre y a… a Pata de Mosca —sonrió señalando al pequeño homúnculo.

—Cierto —respondió Ben—. Pero eso es diferente —de pronto, entornó los ojos y miró hacia el oeste, donde el río desaparecía detrás de las montañas—. ¡Creo que vuelve Lola! Allí, ¿la ves? —y arrojando la piedra por encima del muro, se inclinó hacia delante.

—¿Lola? —preguntó Ginebra—. ¿La rata de la que me has hablado?

Ben asintió. Se oyó un ligero zumbido que fue intensificándose, y por fin el pequeño avión aterrizó brioso sobre el muro, a su lado. Lola Rabogrís abrió la cabina y salió con esfuerzo.

—¡Nada! —anunció, y, tras saltar sobre una de las alas, se descolgó hasta el muro—. Nada, ni rastro. Fin de la alarma, diría yo.

Pata de Mosca se despertó, se frotó los ojos y miró desconcertado a la rata.

—Ah, eres tú, Lola —murmuró medio dormido.

—Justo, ósculogoloso —contestó la rata, y volviéndose a Ginebra añadió—: ¿Y ésta quién es, si puede saberse?

—Ginebra —la presentó Ben—. La hija del profesor, el que por poco pisa tu avión. Ella cree haber visto a Ortiga Abrasadora.

—Lo vi, no te quepa duda —remachó Ginebra—. Tan seguro como que me llamo Ginebra.

—Tal vez —Lola Rabogrís abrió una compuerta situada bajo el ala de su avión y sacó una lata de pan—, pero ahora esa bestia ha desaparecido. He sobrevolado el río tan bajo que los peces me tomaban por un mosquito y el agua salpicaba la cabina. Pero no he visto a ningún dragón dorado con un enano. Ni rastro de él.

—¡Uf, menuda suerte! —suspiró Ben aliviado—. Creía que volvíamos a tenerlo pegado a los talones. Gracias, Lola.

—No hay de qué —contestó la rata—. Siempre a tu servicio.

Se introdujo unas migas de pan entre los dientes y se tumbó sobre el muro.

—¡Ah! —suspiró poniendo al sol su hocico afilado—. Descansar es lo mejor del mundo. Menos mal que no me ve el bueno de mi tío. Del enfado, se haría nudos en el rabo.

Ginebra continuaba callada. Frunciendo el ceño, su mirada descendió hasta el río.

—Pues yo apuesto a que el monstruo está en algún lugar ahí abajo, acechándonos —apuntó.

—¡Qué va, está hundido en la arena! —la contradijo Ben—. Seguro. Tenías que haber oído a ese enano. Seguro que no mentía. Vamos —le dijo dándole un codazo—, cuéntame algo más de ese templo.

—¿Cuál? —murmuró Ginebra sin mirarlo.

—El que está visitando tu madre —contestó Ben—, el dedicado a los dioses iracundos.

—El *gonkhang* —musitó Ginebra—. Así se llama. Bueno, si te empeñas...

Cuando Barnabás Wiesengrund bajó las escaleras de la gran sala de oración acompañado por Lung y el lama, se encontró a su hija y a Ben en el muro, entre Lola Rabogrís, que roncaba ruidosamente, y Pata de Mosca, que en ese momento se dedicaba a estirar un poco las piernas.

Los chicos estaban tan enfrascados en su conversación que ni siquiera los oyeron llegar.

—Siento mucho molestaros —les dijo Barnabás Wiesengrund apareciendo a sus espaldas—. Pero Ben puede empezar a destrozar la luz de la luna. El lama le ha traído una de las piedras sagradas.

El monje abrió las manos y mostró la piedra blanca, que también brillaba a la luz del día. Ben bajó del muro y la recogió con sumo cuidado.

—¿Dónde está Piel de Azufre? —preguntó Lung, acechando a su alrededor.

—En mi cama —contestó Ginebra—. Atiborrada de comida y roncando.

—Vaya, vaya —sonrió su padre—. ¿Y qué os ha contado nuestra amiga la rata?

—Ni rastro de Ortiga Abrasadora —respondió Ben contemplando la piedra de luna.

A la luz del sol le pareció más oscura.

—Caramba, eso es de lo más tranquilizador —Barnabás Wiesengrund miró a su hija—. ¿O no, Ginebra?

Ginebra frunció el ceño.

—No lo sé.

—En fin, acompañadme —dijo Barnabás cogiendo del brazo a su hija y a Ben—. Vamos a buscar a Piel de Azufre y a Vita. Luego, el jinete del dragón se dispondrá a averiguar el enigma que le planteó el djin. Os aseguro que hacía mucho tiempo que no sentía tanta curiosidad. ¿Quién aparecerá cuando Ben rompa la piedra?

40. Trabajo para Barba de Guijo

Lola Rabogrís se había equivocado completamente. Ortiga Abrasadora estaba muy cerca. Acechaba desde el fondo del Indo, profundamente hundido en el cieno, justo donde la sombra del monasterio se proyectaba sobre el agua. En aquella zona el río era tan profundo que ni un mísero destello de las escamas doradas de Ortiga Abrasadora salía a la superficie. Allí yacía él, paciente, esperando el regreso de su limpiacorazas.

Antes de que Ortiga Abrasadora se sumergiera en el río al amparo de la noche, Barba de Guijo había saltado a la orilla, ocultándose entre unos matojos de hierba. Y cuando un largo día y media noche después llegó Lung volando desde las montañas, el enano de las rocas se puso en camino. Recorrió a grandes zancadas los campos de labor y las cabañas, hasta alcanzar la montaña en cuya ladera se alzaba el monasterio.

Barba de Guijo comenzó a trepar.

La montaña era alta, muy alta, pero, a fin de cuentas, Barba de Guijo era un enano de las rocas. Le gustaba escalar casi tanto como el oro. Las piedras de la montaña murmuraban y susurraban bajo los dedos de Barba de Guijo como si estuvieran esperándolo. Le hablaron de cuevas gigantescas con columnas de piedras preciosas, de vetas de oro y de extraños seres que moraban en su interior. Mientras ascendía por la pedregosa pendiente, Barba de Guijo reía de felicidad. Habría podido continuar su escalada eternamente, pero cuando la aurora se arrastraba sobre las cumbres, se izó sobre el muro bajo que rodeaba el monasterio y se asomó con cautela para contemplar el patio que se extendía a sus pies.

Barba de Guijo llegó justo a tiempo de ver desaparecer en el *dukhang* a Lung y a sus amigos. El enano incluso los siguió escaleras arriba, pero a su llegada la pesada puerta de la sala ya se había cerrado, y por más que intentó abrir una rendija con sus dedos fuertes y cortos, aquélla no se movió.

—Bueno —murmuró el enano escudriñando a su alrededor—, mala suerte, pero tarde o temprano tendrán que salir.

Revisó el patio buscando un escondrijo desde el que poder vigilar la escalera y el patio sin ser molestado. No le resultó difícil encontrar el agujero adecuado en los viejos muros.

—Maravilloso —susurró Barba de Guijo introduciéndose entre las piedras—. Como hecho a medida.

Después, esperó.

Su escondite estaba bien elegido. Cuando Lung y los demás volvieron a salir de la sala de oración, Barba de Guijo apenas acertó a percibir otra cosa que las desgastadas sandalias de innumerables monjes. Mientras todos rezaban arriba, en el *dukhang*, Ben y Ginebra se sentaron en el muro a un tiro de piedra de él. Así se enteró Barba de Guijo de que una rata voladora había estado buscando a su maestro sin encontrarlo y de que el chico creía de verdad que Ortiga Abrasadora se había hundido en la arena del desierto. El enano vio la piedra en la mano del lama y oyó hablar de las enigmáticas palabras del djin. Presenció cómo Ben recibía la piedra, y cuando Lung y sus jinetes siguieron al monje para resolver el enigma del djin, Barba de Guijo se deslizó furtivamente tras ellos.

41. Burr-Burr-Chan

El lama condujo a sus visitantes al otro lado del terreno del monasterio, allí donde se alzaban el *gonkhang* y el *lhakhang*, el templo de los dioses iracundos y el de los pacíficos. Barba de Guijo, el espía de Ortiga Abrasadora, los seguía corriendo veloz de muro a muro.

Al pasar junto al templo rojo, el lama se detuvo.

—Éste es —Vita Wiesengrund tradujo sus palabras— el templo de los dioses iracundos, que han de mantener todo lo malo alejado del monasterio y del pueblo.

—Por ejemplo, ¿qué? —preguntó Piel de Azufre mirando incómoda a su alrededor.

—Malos espíritus —contestó el lama—, tempestades de nieve, aludes, corrimientos de tierras, enfermedades graves…

—Hambre —añadió Piel de Azufre.

El lama rió.

—Por descontado —y continuó su camino.

A Barba de Guijo le acometió un extraño escalofrío. Con las rodillas temblorosas pasó a hurtadillas junto a los muros de color rojo oscuro. Su respiración se aceleró y sintió como si de las paredes del templo salieran manos que se alargaban hacia él, agarrándolo y arrastrándolo a la oscuridad.

Con un grito agudo saltó hacia delante, yendo a parar casi bajo los talones de Barnabás Wiesengrund.

—¿Qué ha sido eso? —preguntó el profesor volviéndose—. ¿Lo has oído tú, Vita?

Su mujer asintió.

—Ha sonado como si acabases de pisar el rabo a un pobre gato, Barnabás.

El profesor meneó la cabeza y miró de nuevo a su alrededor, pero Barba de Guijo se había escondido en un agujero

del muro.

—A lo mejor eran malos espíritus —sugirió Ginebra.

—Seguramente —repuso su padre—. Venid, creo que el lama ha llegado a su destino.

El anciano monje se había detenido donde la falda de la montaña se comprimía contra los muros del monasterio. En ese lugar, la roca parecía un queso lleno de agujeros. Ben y Piel de Azufre echaron la cabeza hacia atrás. Por todas partes se abrían agujeros en la piedra. Y de tal tamaño que Piel de Azufre y Ben habrían cabido cómodamente en su interior.

—¿Qué es esto? —preguntó Ben dirigiendo una inquisitiva mirada al lama.

Pata de Mosca tradujo una vez más.

—Son viviendas —contestó el lama—. Las viviendas de aquellos a quienes pretendes pedir auxilio. No suelen dejarse ver. Sólo muy pocos de nosotros hemos acertado a atisbarlos. Pero, al parecer, son seres amables. Y estuvieron aquí antes que nosotros, mucho antes que nosotros.

El lama se acercó a la pared de piedra arrastrando tras de sí a Ben.

En la oscuridad, el chico no lo percibió enseguida, pero de la roca asomaban las cabezas de dos dragones de piedra.

—Se parecen a Lung —susurró Ben—. Son idénticos a Lung.

Sentía el cálido aliento del dragón en la espalda.

—Ésos son el dragón del principio y el dragón del final —le explicó el lama—. Para lo que te propones, deberías escoger el del principio.

Ben asintió.

—Vamos, jinete del dragón, golpea —cuchicheó Piel de Azufre.

Entonces, Ben levantó la piedra de luna y la estrelló con toda su fuerza contra los cuernos del dragón de piedra.

La piedra se rompió en mil pedazos y todos creyeron percibir un estruendo, que fue desapareciendo lentamente en el interior de la montaña. Después se hizo el silencio. Un silencio sepulcral. Esperaron.

Las montañas proyectaban sus sombras sobre el monasterio, mientras el sol se ponía despacio. Un viento frío soplaba desde las cumbres nevadas hacia el valle.

De pronto una figura apareció en uno de los agujeros de la roca, muy por encima de las cabezas de los que esperaban.

Era un duende de aspecto casi igual al de Piel de Azufre, aunque de piel más clara y más gruesa. Y tenía cuatro brazos con los que se apoyaba contra las piedras.

—Veinte dedos, Pata de Mosca —susurró Ben—. Tiene veinte dedos. Tal como dijo el djin.

El homúnculo se limitó a asentir.

El duende desconocido miró con desconfianza hacia abajo, echó una breve ojeada a los humanos y luego fijó los ojos en el dragón.

—¡Caramba! —exclamó en la lengua de los seres fabulosos, que entiende en el acto cualquier ser viviente, tanto humano como animal—. ¿Así que al final os lo habéis pensado? ¿Al cabo de tantos años? ¡Pensaba que os habíais enmohecido en vuestro escondite! —el duende extraño escupió despectivamente sobre las piedras—. ¿Qué ha sucedido para que de pronto te envíen aquí a pedirnos ayuda? ¿Y qué clase de duende raro es ése que te acompaña? ¿Dónde ha dejado sus otros brazos?

—¡Solamente tengo dos! —bufó Piel de Azufre—. ¡Tal como conviene a un duende, gonfidio viscoso! Y nadie nos ha enviado. Estamos aquí por libre decisión. Los demás no se han atrevido, pero ninguno de ellos está enmohecido.

—¡Ooohhh! —dijo el extraño sonriendo—. ¡Gonfidio viscoso!

Al menos entiendes algo de setas. Mi nombre es Burr-Burr-Chan, y tú ¿cómo te llamas?

—Piel de Azufre —respondió Lung dando un paso adelante—. En una cosa tienes razón: estamos aquí porque necesitamos ayuda. Hemos venido de muy lejos para encontrar *La orilla del cielo*, y un djin nos ha revelado que tú podrías mostrárnosla.

—¿Desde muy lejos? —Burr-Burr-Chan frunció su ceño peludo—. ¿Qué quieres decir?

—Que hemos recorrido medio mundo sólo para escuchar tus impertinencias —bramó Piel de Azufre.

—Tranquilízate, Piel de Azufre —le recomendó Lung apartándola a un lado con el hocico; luego alzó de nuevo los ojos hacia Burr-Burr-Chan.

—Venimos de un valle muy lejano situado al noroeste, al que mi estirpe se trasladó hace cientos de años, cuando el mundo empezó a pertenecer a los humanos. Pero ahora, ellos también alargan sus dedos hacia él, y nosotros hemos de buscar una nueva patria. Por eso salí a buscar *La orilla del cielo*, el lugar del que proceden los dragones. Estoy aquí para preguntarte si lo conoces.

—¡Por supuesto que lo conozco! —respondió Burr-Burr-Chan—. Tan bien como a mi pellejo. Sin embargo, hace mucho que no he estado allí.

Ben se quedó sin aliento.

—Entonces, ¿existe? —exclamó Piel de Azufre—. ¿De veras existe ese lugar?

—¿Qué creías? —Burr-Burr-Chan arrugó orgulloso la nariz y miró a Lung con desconfianza—. ¿No vienes tú de allí? ¿Hay otros dragones en el mundo?

Lung asintió.

—¿Nos conducirás hasta ese lugar? —preguntó—. ¿Nos enseñarás dónde está *La orilla del cielo*?

Durante unos instantes eternos, el duende enmudeció. Suspirando, se sentó en el agujero rocoso del que había salido y balanceó las patas.

—¿Por qué no? —repuso al fin—. Pero ahora mismo te diré que tus parientes no te alegrarán demasiado.

—¿Qué quieres decir? —preguntó Piel de Azufre.

Burr-Burr-Chan se encogió de hombros y cruzó los brazos delante del pecho.

—Que se han convertido en unos cobardicas, labios temblones, rabo entre las piernas. Hace más de cincuenta inviernos que no me dejo caer por allí, pero así era la última vez que los vi —se inclinó hacia Piel de Azufre—. ¡Figúrate que ya no salen de su cueva! ¡Ni siquiera de noche! Cuando los visité, estaban tan flojos como hojas mustias porque les faltaba la luz de la luna. Tenían los ojos turbios como charcos debido a la oscuridad, las alas cubiertas de polvo pues ya no las utilizaban, y la barriga gorda, porque comían liquen en lugar de beber luz de luna. Sí, comprendo que os asuste —Burr-Burr-Chan asintió—. Es triste comprobar en qué se han convertido los dragones.

El duende se inclinó hacia delante y bajó la voz.

—¿Sabéis de quién se esconden? De los humanos, no. Se esconden del dragón dorado desde la noche en que salió del mar para darles caza.

—Lo sabemos —precisó Ben situándose junto a Lung—. Pero ¿dónde se ocultan? ¿En una cueva?

Burr-Burr-Chan se giró hacia él, sorprendido.

—¿Pero qué clase de muchachito eres tú? ¿Blanco como un champiñón y acompañado por un dragón? ¿Pretendes decirme que has venido hasta aquí montado en su lomo?

—Exacto —respondió Lung empujando a Ben con el hocico.

Burr-Burr-Chan soltó un silbido entre dientes.

—El jinete del dragón. ¿Has sido tú quien ha roto la piedra que me ha convocado aquí?

Ben asintió.

El lama murmuró algo en voz baja.

—Sí, sí, ya lo sé —Burr-Burr-Chan se rascó la cabeza—. La vieja historia: cuando regrese el jinete del dragón, la plata se tornará más valiosa que el oro.

El duende entornó los ojos y escudriñó a Ben de la cabeza a los pies.

—Los dragones se ocultan en una cueva —anunció despacio—. En una cueva maravillosa, situada en lo más profundo de la cordillera que llaman *La orilla del cielo*. Nosotros, los dubidai, los duendes de estas montañas, excavamos esa cueva para ellos. Pero no la construimos para que se enterrasen vivos en ella. Cuando empezaron a comportarse así, en la época en que los persiguió el dragón dorado, rompimos la amistad con ellos y regresamos aquí. Como despedida les dijimos que sólo existía un modo de reconciliarnos: el día que nos pidieran ayuda con una piedra de luna para vencer al dragón de oro, regresaríamos a su lado —miró a Lung—. Te llevaré con ellos, pero no me quedaré allí, pues todavía no nos han llamado.

—El dragón dorado ha muerto —respondió Lung—. Se ha hundido en las arenas de un desierto lejano. Los demás dragones ya no necesitan esconderse más.

—¡Él no ha muerto! —gritó Ginebra.

Todos se volvieron hacia ella.

Burr-Burr-Chan aguzó sus orejas peludas.

—¡No tienes ninguna prueba de eso, Ginebra! —le reprochó Barnabás Wiesengrund.

—¡Yo-lo-vi! —afirmó Ginebra con obstinación adelantando la barbilla—. Con mis propios ojos. No he imaginado ni una sola de sus escamas. Y tampoco soñé con el enano que iba sobre su cabeza, digáis lo que digáis. ¡El Dorado no se ha hundido en la arena! Nos ha seguido por el río. Y apuesto mi colección de zapatos de hada a que está muy cerca de aquí, acechando nuestros próximos movimientos.

—¡Interesante! —exclamó Burr-Burr-Chan.

De un salto, salió de su agujero en la roca y aterrizó sobre la cabeza del dragón de piedra.

—Prestad atención —dijo levantando sus cuatro brazos—. Os conduciré hasta *La orilla del cielo*. Os encontráis más cerca de lo que imagináis. Sólo tenemos que volar por encima de esta montaña de aquí —golpeó las rocas— y podréis verla, justo por donde sale el sol. Una cadena de montañas tan hermosas como champiñones blancos. Los dragones se ocultan en el valle situado detrás. Vosotros no hallaríais la entrada de la cueva ni aunque os dierais de bruces con ella. Tan sólo la conocen los dragones y los dubidai, pero yo os la enseñaré. De repente, siento un cosquilleo rarísimo en la piel. Uno de esos cosquilleos que sólo me asaltan cuando me espera algo grande, una aventura emocionante —Burr-Burr-Chan se pasó la lengua por los labios y miró al cielo—. Partiremos en cuanto se ponga el sol.

Luego dio un salto hacia la cueva más cercana... y desapareció.

42. Despedida y partida

—¡D ubidai, bah! —rezongó Piel de Azufre en cuanto desapareció Burr-Burr-Chan—. ¿Y eso es un duende? La verdad, cualquiera sabe. Igual nos lleva derechitos a las fauces de Ortiga Abrasadora.

—¡No digas bobadas! —Ben dio unos tirones a sus puntiagudas orejas—. ¡Alégrate, duende gruñón! ¡Lo hemos conseguido! ¡Nos guiará hasta *La orilla del cielo*! ¡Y si Ortiga Abrasadora asoma su horrible hocico por allí, lo haremos huir hasta el mar!

—¡Vaya, vaya! —Piel de Azufre arrugó la nariz—. ¿Sabes una cosa? ¡Estás chalado, hombrecillo!

El lama susurró algo a los Wiesengrund.

—¿Qué ha dicho? —preguntó Ben a Pata de Mosca.

—Lo pequeño vencerá a lo grande —contestó el homúnculo—, y la amabilidad a la crueldad.

—Eso espero —refunfuñó Piel de Azufre. De repente, giró la cabeza y olfateó—. ¡Puaj, aquí huele a enano de las rocas! Esos tipos de sombreros ridículos andan picando por todas las montañas.

—¿Qué dices? —preguntó Ginebra asustada.

—Que huele a enano —repitió Piel de Azufre—. ¿Qué pasa?

—¿Dónde? —susurró Ben agarrándola del brazo—. ¿Dónde exactamente?

En ese preciso instante, una figura pequeña salió disparada de un agujero de la piedra y se alejó de allí a la velocidad del rayo.

—¡Barba de Guijo! —gritó Pata de Mosca, a punto de caerse de cabeza del hombro de Ben—. ¡Es Barba de Guijo! ¡El nuevo limpiacorazas de Ortiga Abrasadora! ¡Capturadlo! ¡Deprisa, capturadlo! ¡Lo revelará todo!

Se abalanzaron todos sobre él, tropezando entre ellos y cortándose el paso unos a otros.

Cuando llegaron a la plaza situada ante la sala de oraciones, el enano había desaparecido.

Piel de Azufre olfateó, despotricando, cada rincón oscuro. Unos monjes que volvían de recoger leña la miraron asombrados. Cuando el lama les preguntó si habían visto a una figura pequeña salir corriendo, señalaron el muro en el que Lola Rabogrís seguía roncando al lado de su avión.

Ben y Ginebra corrieron hacia allí, se asomaron por el muro y atisbaron en la oscuridad. Sin embargo, en el flanco de la montaña, cortado a pico, no captaron el menor movimiento sospechoso.

—¡Maldición! —exclamó Ben enfurecido—. ¡Se nos ha escapado!

—¿Quién? —preguntó Lola Rabogrís incorporándose adormilada.

—Un espía —contestó Ben y, volviéndose hacia Lung, añadió—: Y ahora, ¿qué? ¿Qué haremos? Se lo contará todo a Ortiga Abrasadora.

El dragón se limitó a menear la cabeza.

—¿Un espía? —preguntó la rata, incrédula—. ¿A quién te refieres?

—Al que tú no descubriste en tu vuelo de reconocimiento —le reprochó Piel de Azufre alzando su nariz al viento—. ¡Mira que no poder oler a ese cuesco de lobo averrugado! Hay algo que me tapona la nariz.

Miró a su alrededor y señaló un montón de tortas marrones que se apilaban delante del muro.

—¿Eso qué es?

—Estiércol —respondió Barnabás Wiesengrund—. Boñigas secas de yak, ni más ni menos.

El lama asintió y pronunció unas palabras.

—Dice que necesitan el estiércol para calentarse, pues aquí la madera escasea —tradujo Pata de Mosca.

Piel de Azufre suspiró.

—¿Cómo demonios voy a oler algo? —exclamó desesperada—. ¿Cómo voy a oler al maldito enano, si todo apesta a estiércol de yak? Sea lo que sea eso.

—¿Quieres que baje por las peñas, joven señor? —preguntó el homúnculo.

Ben negó con la cabeza.

—Es demasiado peligroso —suspiró—. Se nos ha escapado, no hay nada que hacer.

—Que pueda correr tan rápido con unas piernas tan cortas es increíble —comentó Vita Wiesengrund—. En fin, los enanos de las rocas son unos tipos muy ágiles, sobre todo en las montañas.

—Mientras nadie les quite el sombrero.

Pata de Mosca se subió al muro y miró hacia las profundidades. Durante un segundo creyó percibir un ligero resoplido. Pero el precipicio lo mareaba y apartó la cabeza.

—¿Qué pasa si les quitas el sombrero? —quiso saber Ben.

—Les entra vértigo —respondió Pata de Mosca trepando de nuevo al brazo del chico.

—¡Esto ocurre por no creer uno a sus hijos! —murmuró con expresión sombría Barnabás Wiesengrund, pasando la mano por el hombro de Ginebra—. He de disculparme contigo. Tenías razón, soy un viejo cegato.

—Bueno, ya está bien —replicó Ginebra—. Haber tenido razón no me consuela.

Lung estiró el cuello por encima del muro y miró hacia el río, en cuyas aguas pardas se reflejaba el sol.

—Por lo tanto hemos de ser más rápidos que Ortiga Abrasadora —sentenció—. Seguro que el enano ha oído las palabras de Burr-Burr-Chan, y ellos se pondrán en marcha inmediatamente.

—¡Ajá! ¡De modo que os habéis enterado del emplazamiento de *La orilla del cielo* y ese espía lo ha oído! —Lola Rabogrís se levantó de un salto—. Bueno, ¿y qué? Ese dragón dorado no puede volar, ¿verdad? Pues entonces, para Lung será un juego de niños dejarlo atrás.

Pero Pata de Mosca sacudió la cabeza agobiado.

—No creas que es tan sencillo. Ortiga Abrasadora conoce muchos caminos —y golpeándose las rodillas picudas, añadió—: Ay, ¿por qué describiría con tanto detalle Burr-Burr-Chan el lugar donde se encuentran los dragones?

—No logrará dar con la entrada de la cueva —comentó Ginebra—. Burr-Burr-Chan dijo que nadie podrá encontrarla.

—Sí, siempre que no guiemos hasta allí a Ortiga Abrasadora —gruñó, malhumorada, Piel de Azufre.

Todos callaron.

—Lo cierto es que lo de hundirse en la arena habría sido demasiado bonito —murmuró Ben, cariacontecido.

Entonces, el lama le puso la mano sobre los hombros y musitó algo. Ben miró interrogante a Pata de Mosca.

—Eso sería demasiado fácil, jinete del dragón —tradujo el homúnculo.

Ben negó con la cabeza.

—Es posible —admitió—. Pero lo cierto es que por una vez me encantaría que las cosas fueran fáciles.

Ben y los demás ya se habían acostumbrado al aire enrarecido del techo del mundo. Los monjes, sin embargo, insistieron en darles provisiones y ropa de abrigo para sobrevolar las altas montañas. Hasta Piel de Azufre comprendió que para combatir el frío por encima de las nubes necesitaría ponerse ropas humanas sobre su pelaje.

Un chico de la edad de Ben condujo a éste y al profesor a una casa situada al borde de las dependencias del monasterio, donde los monjes guardaban provisiones y ropa. Mientras se dirigían allí, Ben reparó en lo grande que era el monasterio y en la cantidad de personas que acogía.

—A todos nosotros nos encantaría acompañaros —le decía Barnabás Wiesengrund mientras seguían al joven monje—. Me refiero a Vita, a Ginebra y a mí. Pero me temo que en esta empresa los humanos no tenemos nada que hacer —dio a Ben una palmada en el hombro—, excepto el jinete del dragón, como es lógico.

Ben sonrió. El jinete del dragón. Todos los monjes con los que se cruzaban se inclinaban a su paso. Y él no sabía dónde fijar la vista.

—¿Sabes ya qué harás después? —preguntó el profesor sin mirar a Ben—. Quiero decir, si encontráis *La orilla del cielo* y todo va bien y... —carraspeando, se pasó la mano por sus cabellos grises— y Lung regresa a buscar a sus parientes. ¿Quieres quedarte para siempre con los dragones?

Dirigió a Ben una tímida mirada de reojo.

El chico se encogió de hombros.

—No lo sé, aún no lo he pensado. De momento no hay un antes y un después, ¿sabe?

El profesor asintió.

—Claro, claro, conozco esa sensación. Surge casi siempre que uno experimenta algo extraordinario. Pero —carraspeó nuevamente— en el caso de que te apeteciera, es decir —se sonó la nariz con un pañuelo muy grande—, en el caso de que tras todas estas aventuras te apeteciera volver a vivir entre los seres humanos… —miró al cielo—. Bueno, Vita te adora y Ginebra se ha quejado muchas veces de ser hija única. A lo mejor —miró a Ben y se puso colorado—, a lo mejor te apetecería considerarnos tu familia durante algún tiempo. ¿Qué te parece?

Ben contempló en silencio a Barnabás Wiesengrund.

—Naturalmente, es una simple propuesta —se apresuró a precisar el profesor—. Una de mis locas ideas. Pero…

—Me gustaría mucho —le interrumpió Ben—. Muchísimo.

—¿Ah, sí? —Barnabás Wiesengrund soltó un suspiro de alivio—. ¡Oh, qué alegría tan grande! Esto hará aún más dura la espera. Ahora nos proponemos buscar a Pegaso —informó con una sonrisa—. ¿Lo recuerdas?

Ben asintió.

—Me encantaría participar en la búsqueda —contestó el muchacho tendiendo la mano a Barnabás Wiesengrund.

Todo estaba preparado para partir en cuanto oscureciera entre las montañas. Ben y Piel de Azufre iban muy abrigados, con cálidos gorros cónicos en la cabeza, guantes y chaleco. Pata de Mosca, envuelto en un trozo de piel de oveja, estaba en el regazo de

Ben, con la punta cortada del pulgar de un guante cubriendo su cabeza. La mochila de Piel de Azufre contenía albaricoques secos y un termo lleno de té caliente con manteca —«por si acaso», comentó el lama sonriendo mientras Piel de Azufre olfateaba con desconfianza.

Lung no temía al frío y los monjes tampoco parecían notarlo. Con sus finos ropajes acompañaron al dragón en medio de la gélida noche hasta las cuevas de los dubidai. A la luz de las antorchas, Lung brillaba con la misma claridad que la luna que caía sobre ellos. Lola Rabogrís volaba ante ellos con un zumbido. La rata había decidido unirse al dragón. Saludó con la mano a los monjes, como si toda aquella agitación fuera en su honor.

Burr-Burr-Chan ya esperaba a Lung en el mismo agujero de la roca por el que había salido esa tarde, pero en esta ocasión no estaba solo. Otros dubidai asomaban por los demás agujeros. Todos habían venido para ver al dragón extranjero. Cuando Lung se detuvo debajo de las cuevas y miró hacia arriba, se levantó un murmullo de excitación. Cabezas peludas, grandes y pequeñas, se asomaron para contemplar al dragón plateado.

Burr-Burr-Chan se echó la mochila a la espalda, se descolgó por las rocas y trepó al lomo de Lung como si no hubiera hecho otra cosa en su vida.

—¿Queda sitio para mi equipaje? —preguntó acomodándose delante de Piel de Azufre.

—Dámelo —refunfuñó Piel de Azufre colgando la mochila junto a las suyas—. ¿Qué llevas dentro, piedras?

—¡Setas! —le dijo al oído Burr-Burr-Chan—. Las setas más exquisitas del mundo. Apuesto a que no las has comido mejores jamás.

—Permíteme que lo dude —farfulló Piel de Azufre mientras se ataba con las correas—, porque si son de estas montañas, seguro que rechinan entre los dientes.

Burr-Burr-Chan se limitó a sonreír.

—Toma —le dijo poniendo unas cuantas setas diminutas en la pata de Piel de Azufre—. No saben muy bien, pero en cambio ayudan a combatir el mal de altura. Dale otra al joven humano y a los dos diminutos. Al dragón no le hará falta, pero vosotros debéis comerlas sin rechistar, ¿entendido?

Piel de Azufre asintió y se introdujo una seta en la boca.

—La verdad es que no son nada del otro mundo —murmuró, pasando el resto a los demás.

Burr-Burr-Chan apoyó sus cuatro patas en las cálidas escamas de Lung.

—Oh, había olvidado por completo lo maravilloso que es cabalgar a lomos de un dragón —susurró.

Lung se giró hacia él.

—¿Listo? —preguntó.

Burr-Burr-Chan asintió.

—Hemos sujetado una correa más en tu puesto —le gritó Ben desde atrás—. Átate bien.

Burr-Burr-Chan se ciñó la correa alrededor de su barriga peluda.

—Una cosa más —Piel de Azufre le dio un golpecito en el hombro—. A lo mejor no nos hemos librado de ese dragón dorado. Su enano de las rocas nos estaba escuchando ayer cuando tú describías con maravillosa exactitud el camino hacia *La orilla del cielo*. ¿Comprendes lo que esto significa?

Burr-Burr-Chan se rascó, pensativo, la barriga.

—Sí. Que debemos llegar antes que él, ¿verdad? —se apoyó en el cuello de Lung—. ¿Qué piensas hacer? —preguntó al dragón—. ¿Qué piensas hacer si aparece el Dorado en *La orilla del cielo*? ¿Esconderte con los demás?

Lung volvió la cabeza hacia él.

—No volveré a esconderme nunca —aseguró.

—¡Claro que sí! —exclamó asustada Piel de Azufre—. ¡Por supuesto que te esconderás! Hasta que se marche de nuevo. ¿Qué vas a hacer si no?

Lung no contestó.

—¿Preparados? —preguntó.

—¡Preparados! —contestó Burr-Burr-Chan deslizándose un poco más hacia delante—. ¡Vamos a despertar de su sueño a los dragones!

Los monjes retrocedieron con sus antorchas y Lung desplegó las alas. La media luna iba disminuyendo, y por eso había tomado por precaución un poco de rocío de luna. Sentía sus alas tan ligeras como las plumas de un pájaro.

—¡Mucha suerte! —gritó Barnabás Wiesengrund.

—¡Volved pronto! —les deseó Vita, y Ginebra lanzó a Ben una tableta de chocolate.

Él la atrapó justo antes de que cayera en el regazo de Piel de Azufre. Lola Rabogrís puso en marcha su avión y Lung se elevó en el cielo por encima del monasterio. Tras sobrevolar la montaña en cuya ladera se alzaba, salió disparado hacia las cumbres cubiertas de nieve que bordeaban el cielo por el este.

43. Los perseguidores

Barba de Guijo se había escondido entre las rocas apenas un metro por debajo del muro, en una rendija tan estrecha que para meterse dentro tuvo que agachar la cabeza. Allí se acurrucó mientras lo buscaban, temblando, conteniendo el aliento y con la espalda apretada contra la fría roca. Había sentido en la nariz el cálido aliento del dragón y rechinado los dientes de rabia cuando el traicionero homúnculo sugirió bajar por las rocas. Que se atreviera a bajar, ese patas de araña. Lo empujaría montaña abajo, al abismo, allí donde Ortiga Abrasadora aguardaba en el cieno. Pero Pata de Mosca, el esmirriado cobarde, no se atrevió.

Cuando por fin dejó de escuchar voces arriba, estaba oscuro como boca de lobo. La montaña le susurraba sus historias al oído, pero el enano, saliendo de la hendidura que lo había salvado, se apartó de ella y descendió hasta el valle. A oscuras le resultó mucho más fatigoso que de día, pero Barba de Guijo encontró el camino.

Una vez abajo, pasó corriendo frente a las cabañas. ¿Valdría la pena entrar furtivamente en ellas a buscar anillos, cadenas de oro, monedas y piedras preciosas? Sin embargo, las cabañas no olían a riqueza. Barba de Guijo siguió pasando presuroso ante establos llenos de cabras y ovejas y cruzó los campos hasta llegar al río, en cuyas aguas párduscas aguardaba Ortiga Abrasadora.

En la orilla, el enano volvió a mirar a su alrededor. Todo estaba en calma. Los humanos dormían, cansados del duro trabajo en los campos. Sus animales se refugiaban en los establos del frío y de las alimañas que acechaban pensando sólo en el botín. Barba de Guijo arrancó una rama de un arbusto cercano y azotó el agua con ella.

—¡Áureo Señor! —gritó en voz baja—. He vuelto, Áureo Señor.

Ortiga Abrasadora salió del río resoplando.

—¿Qué has averiguado? —gruñó sacudiéndose el barro de las escamas.

—¡Todo! —respondió con orgullo Barba de Guijo—. ¡Los dragones se escondieron, Áureo Señor! Por eso no los habéis encontrado a lo largo de tantos años. Se ocultaron en la cueva de una montaña. Antaño, cuando los buscabais, habríais debido llevar con vos a un enano de las rocas. ¡No hay cueva que nosotros no seamos capaces de descubrir!

—¿Y dónde está esa cueva? —preguntó Ortiga Abrasadora impaciente.

—Tenéis que pasar esa montaña de ahí —respondió Barba de Guijo haciéndose el importante—. La montaña donde se alza el monasterio. Después giraréis hacia el este y al momento —sonrió con sarcasmo— daréis con la cordillera que ellos llaman *La orilla del cielo*. Hallaréis la entrada de la cueva en el valle de detrás.

Ortiga Abrasadora se incorporó incrédulo. El agua chorreaba de su cuerpo gigantesco.

—¿Que están allí? —gruñó—. Conozco ese valle. Lo recorrí hasta desgastarme las garras. ¡Ja! —se relamió los dientes y sonrió—. Esos estúpidos no habrían podido buscarse un escondite mejor.

—¿Por qué lo decís, Áureo Señor? —preguntó con curiosidad Barba de Guijo.

—¡Pronto lo verás! —Ortiga Abrasadora resopló satisfecho—. ¿Ha partido ya el dragón plateado?

Barba de Guijo se encogió de hombros y contempló con el ceño fruncido las escamas mugrientas de Ortiga Abrasadora.

—Seguramente. Pretendía emprender el vuelo en cuanto anocheciera. Pero ya lo encontraréis. Primero voy a limpiaros las escamas, Áureo Señor. El hermoso oro, que ya no se percibe…

—¡Olvídate del oro! —le bufó el monstruo—. Ven aquí y métete en mi boca —y acercando a la orilla sus horrendas fauces, las abrió de par en par.

—¡No, no! —Barba de Guijo retrocedió tenaz—. Ya estáis queriendo engullirme otra vez.

—¿Algo más? —gruñó Ortiga Abrasadora—. Tengo que sumergirme ahora mismo, muy hondo y durante mucho tiempo. ¡Así que entra de una vez!

—¡Pero es que no me gusta estar ahí abajo! —refunfuñó Barba de Guijo mientras se dirigía con las piernas temblorosas hacia los enormes dientes de Ortiga Abrasadora.

—Caramba, y yo que creía que a los enanos os gustaban las cuevas. ¿Qué otra cosa es mi estómago? —comentó Ortiga Abrasadora burlón—. ¡Venga, salta!

—¡No! —se resistía el enano.

Pero después se sujetó el sombrero y saltó entre los pavorosos dientes, encima de la gigantesca lengua. Y Ortiga Abrasadora se lo tragó.

44. La orilla del cielo

Lung volaba. Las nueve cumbres blancas que formaban *La orilla del cielo* relucían a lo lejos, como si la luz de las estrellas se quedase adherida a ellas. El avión de la rata volaba a sotavento del dragón.

Lung se sentía fuerte, como si la luz de la luna corriera por sus venas. Y ligero, como si estuviera hecho de la misma materia que la noche. Por fin estaba a punto de alcanzar su objetivo. Su corazón latía impetuoso y esperanzado y lo llevaba por el cielo más veloz que nunca, tan veloz que muy pronto la rata fue incapaz de seguirlo y aterrizó en su cola.

—¡Yujuuuuu! —gritaba Burr-Burr-Chan—. ¡Yujuuuu, había olvidado lo estupendo que es cabalgar en un dragón!

Con dos patas se agarraba a las correas y con las otras dos rebuscó en su mochila y sacó una seta. Desprendía un aroma tan delicioso que Piel de Azufre olvidó todas sus preocupaciones por lo que les aguardaba y se inclinó sobre el hombro de Burr-Burr-Chan olisqueando.

—¡Boletos y cantarelos! —dijo relamiéndose—. ¿Qué seta es ésa? Huele a puerro, a…

—Es un *shitake* —respondió Burr-Burr-Chan chasqueando la lengua—. Un auténtico *shitake*. ¿Quieres probarlo?

Metió la mano en su mochila, sacó una segunda seta y la tiró al regazo de Piel de Azufre por encima del hombro.

—Son prácticos tus cuatro brazos —murmuró ella, y olfateando la extraña seta la mordisqueó con cautela.

—Muy prácticos —contestó su compañero; iba mirando hacia delante, allí donde *La orilla del cielo* se iba agrandando en la noche—. ¡Admirable, admirable, ya casi hemos llegado! Tu dragón es un auténtico as del vuelo, ¡voto a bríos!

—Se ha entrenado bastante en las últimas semanas —comentó Piel de Azufre con la boca llena; y poniendo los ojos en blanco, añadió entusiasmada—: ¿Estas setas crecen en las rocas?

—¡Qué dices! —Burr-Burr-Chan soltó tal carcajada que Lung, sorprendido, giró la cabeza—. Esta duende amiga tuya es muy graciosa —Burr-Burr-Chan reventaba de risa—. Sí, de veras.

—La graciosa duende está a punto de arrancarte de un mordisco dos de tus veinte dedos —bufó Piel de Azufre.

Burr-Burr-Chan se volvió hacia ella esbozando una amplia sonrisa.

—Ninguna seta crece en las piedras —le dijo—. Ésta crece en la madera, y sobre ella la cultivamos nosotros en nuestras cuevas. ¿Vosotros no lo hacéis?

—No —gruñó Piel de Azufre—. ¿Y qué?

Irritada, golpeó la espalda del duende.

—¡Piel de Azufre, dejad ya de discutir! —le advirtió Lung—. Necesito pensar.

Piel de Azufre agachó la cabeza, ofendida, y se concentró en la seta que mordisqueaba.

—Necesita pensar —rezongó—. ¿En qué, si puede saberse? ¿En lo que hará si nos sigue ese monstruo? ¿Qué hay que pensar al respecto? ¿Acaso piensa luchar con él? ¡Bah! —inquieta, escupió al abismo.

—¿Cómo que luchar? —Ben deslizó la cabeza sobre su hombro.

—Olvídalo —refunfuñó Piel de Azufre—. Estaba pensando en voz alta.

Y después examinó con expresión sombría las montañas cada vez más próximas.

Ben encasquetó el gorro-dedo-de-guante en las orejas de Pata de Mosca y lo envolvió mejor en la piel de oveja. Cuanto más ascendía Lung, más aumentaba el frío, y Ben agradecía las ropas de abrigo que les habían entregado los monjes. Intentaba alegrarse por estar tan cerca de su objetivo, pero la imagen de Ortiga Abrasadora se interponía una y otra vez.

De repente, Ben sintió algo encima del hombro. Se volvió asustado y apenas tuvo tiempo de agarrar por su larga cola a Lola Rabogrís.

—Eh, ¿qué haces aquí, Lola? —preguntó el chico.

—¡Cielo santo! ¿Acaso pretendías tirarme? —respondió la rata castañeteándole los dientes—. En mi avión hace demasiado frío. La calefacción sólo funciona durante el vuelo. ¿No te quedará un sitito libre en la mochila para mí?

—Faltaría más —Ben colocó a la temblorosa rata entre sus pertenencias—. Pero ¿qué ha sido de tu avión?

—Está bien amarrado —contestó Lola—. En la cola de Lung.

Con un suspiro de alivio, encogió la cabeza hasta que sólo sus orejas y la punta del hocico asomaron por la mochila.

—¿He de ascender más, Burr-Burr-Chan? —preguntó Lung mientras el viento silbaba cada vez más fuerte alrededor de sus cabezas.

—Sí —respondió el interpelado—. El paso que tenemos que cruzar se encuentra a más altura y no existe otro camino hacia el valle.

A medida que Lung ascendía, Ben notó cómo los latidos de su corazón atronaban sus oídos. La noche le presionaba las sienes con sus puños negros. Le costaba respirar. Piel de Azufre se encogió como un gatito. Sólo Burr-Burr-Chan seguía erguido y satisfecho. Estaba acostumbrado a las grandes alturas. Había nacido en las montañas que los humanos llaman el techo del mundo.

Las cumbres blancas estaban ahora tan cerca que a Ben le dio la impresión de que le bastaría alargar la mano para tocar la nieve de sus laderas. Lung volaba hacia el paso situado entre las dos montañas más altas. Las rocas negras se fundían con la oscuridad de la noche. Las torres de piedra se alzaban traicioneras en el aire, cerrando el paso al dragón. Cuando Lung se situó justo entre ambas cumbres, el viento se precipitó sobre él como un lobo hambriento. Pasó aullando bajo las alas del dragón y lo arrastró hacia las rocas como si fuera una hoja.

—¡Cuidado! —vociferó Burr-Burr-Chan.

Pero Lung había recuperado el control. Con todas sus fuerzas hizo frente al viento y se liberó de sus garras invisibles. Los copos de nieve se arremolinaban sobre ellos, cubriendo al dragón y las cabezas y los hombros de sus jinetes. Los dientes de Ben castañeteaban.

—¡Lo conseguimos! —gritó Burr-Burr-Chan—. ¿Lo veis? Ahí delante está el punto más alto.

Lung pasó lanzado por encima, dejó definitivamente atrás al viento aullador y se adentró volando en el valle de los dragones.

Entre las montañas había un lago, redondo como la luna.

En sus orillas crecían las flores azules de Subaida Ghalib, que brillaban en la oscuridad. Parecía como si las estrellas del cielo hubieran caído al valle.

—¡Trufas y sombrerillos! —musitó Piel de Azufre.

—Nosotros llamamos a ese lago el *Ojo de la Luna* —les comunicó Burr-Burr-Chan mientras el dragón volaba hacia las aguas relucientes—. ¡Dirígete al otro lado! Vuela hacia…

—¡No! ¡Ni se te ocurra! —chilló Pata de Mosca con voz estridente, liberándose de la piel de oveja—. ¡Peluda cabeza de chorlito! —gritó a Burr-Burr-Chan—. ¡No nos hablaste del lago! ¡No nos dijiste ni una palabra de él!

—¿Peluda cabeza de chorlito? —Burr-Burr-Chan giró la cabeza enfadado, pero el homúnculo no le prestaba atención.

—¡Vuela más alto, Lung! —gritaba tirando de las riendas—. ¡Ese lago es una puerta! ¡Una puerta abierta!

Lung, sin embargo, ya lo había comprendido. Batiendo vigorosamente las alas salió disparado hacia arriba en dirección a la orilla de enfrente. Miró preocupado hacia abajo, pero allí nada se movía. Los copos de nieve desaparecían en las negras olas. Con una fuerte sacudida, el dragón aterrizó en un saliente rocoso, muchos metros por encima de las flores resplandecientes. Temblando, plegó sus alas plateadas.

—Yo no veo nada, Lung —susurró Piel de Azufre escudriñando con ahínco la noche—. De veras que no.

Se volvió furiosa hacia Pata de Mosca, que se apretaba tembloroso contra el regazo de Ben.

—Este alfeñique acabará por volvernos locos a todos. ¿Cómo iba a poder llegar aquí tan deprisa su antiguo maestro, eh?

—Déjalo en paz —le ordenó Ben con tono seco—. ¿No ves que está completamente helado?

Con los dedos rígidos, que ni siquiera los guantes de los monjes lograban mantener calientes, Ben cogió el termo de té y con cuidado le ofreció un traguito a Pata de Mosca. Luego, él tomó otro. Su extraño sabor casi le produjo arcadas, pero un grato calorcillo se extendió por su cuerpo.

Lung permanecía inmóvil, sin apartar la vista de la superficie del lago.

—En cualquier caso, ¡nosotros tenemos una ventaja! —dijo cuchicheando Piel de Azufre—. Porque ese monstruo no puede volar.

—¡Sólo la tendríamos si aquí no hubiera agua, membrilla orejuda! —le renegó Pata de Mosca, cuyos temblores había mitigado el té—. ¿Acaso no es agua eso de ahí abajo? Sólo os digo una cosa: seguramente ya está aquí, y nos observa.

Todos callaron, asustados.

—Entonces, tenemos un problema —gruñó Burr-Burr-Chan—. Porque yo no debo mostraros la entrada de la cueva de los dragones mientras esté acechándonos el Dorado, ¿no es eso?

—¡Claro que no! —Lung meneó la cabeza—. Ya ha averiguado demasiadas cosas gracias a nosotros. Sólo podemos ir a la cueva cuando sepamos que Ortiga Abrasadora está lejos de este lugar.

Dirigió una mirada de angustia hacia el lago.

—¿Lo habremos traído de verdad hasta aquí? —murmuró.

El valle era más hermoso todavía que en sus sueños. Lung contempló *La orilla del cielo*, bajó la vista hacia el mar de flores azules, cubierto de rocío de luna, y aspiró el aroma que ascendía hasta él. Luego, cerró los ojos... y venteó la proximidad de los otros dragones. Con toda claridad, tan nítida como el perfume de las flores o el gélido aire nocturno.

Lung volvió a abrir los ojos, oscurecidos por la ira. Un gruñido brotó de su garganta. Sus amigos lo miraron asustados.

—Voy a bajar —informó el dragón—. Iré yo solo. Si Ortiga Abrasadora está ahí, saldrá.

—¡Qué disparate! —exclamó asustada Piel de Azufre—. Pero ¿qué dices? Aunque saliera, ¿pretendes enfrentarte solo a él? Te devorará de un bocado, y nosotros nos quedaremos atrapados hasta el fin de nuestros días en estas rocas sin setas. ¿Para esto hemos recorrido medio mundo volando? ¡No! ¡Si alguien baja tiene que pasar desapercibido!

—Ella tiene razón, Lung —dijo Ben—. Uno de nosotros ha de averiguar si Ortiga Abrasadora nos acecha. Y si de verdad está ahí, tendremos que distraerlo nosotros para que tú puedas llegar sin ser visto a la cueva de los dragones con Burr-Burr-Chan.

—¡E-xac-to! —Lola Rabogrís salió de un salto de la mochila de Ben, brincó hasta las rodillas del muchacho y abriendo sus cortos brazos, exclamó—: ¡Me presento voluntaria! ¡Es una cuestión de honor! ¡No hay problema! Es la tarea ideal para mí.

—¡Bah! —Piel de Azufre, despectiva, le dio un empujón en el pecho—. ¿Para que vuelvas a contarnos que no hay nada, igual que la última vez?

La rata le dirigió una mirada furibunda.

—¡Todo el mundo puede equivocarse, cabeza peluda! —bufó—. Pero esta vez me llevaré conmigo al ósculomusculoso. Seguro que él conoce al dedillo las tretas de su antiguo maestro, ¿verdad?

Pata de Mosca tragó saliva.

—¿Yo? —preguntó—. ¿Yo? ¿En el avión? Pero…

—¡Excelente idea, Pata de Mosca! —exclamó Ben—. Vosotros dos sois tan pequeños que con toda seguridad no acertará a veros.

Pata de Mosca sentía escalofríos.

—¿Y qué pasará si nosotros lo vemos? —preguntó con voz temblorosa—. ¿Qué sucederá si está de verdad ahí abajo? ¿Qué lo distraerá entonces?

—¡No hay de qué preocuparse, ósculogoloso! —dijo Lola con los ojos muy brillantes—. Si los descubrimos, haré un *looping* como señal. Después distraeremos al monstruo y Lung volará lo más deprisa que pueda hacia la cueva y desaparecerá en su interior.

—¿Distraer? —preguntó Pata de Mosca con voz débil—. Pero ¿cómo?

—¡Espera y verás! —lo animó Lola, dándole una palmada tan fuerte en los hombros que casi se cae de cabeza del lomo de Lung—. Tú limítate a observar. Del vuelo me encargo yo.

—¡Qué tranquilizador! —murmuró Pata de Mosca—. En ese caso, sólo me queda una pregunta: ¿Qué es un «luping»?

—Una vuelta de campana en el aire —contestó Lola—. Produce un maravilloso cosquilleo debajo del ombligo. Es absolutamente indescriptible.

—¿Ah, sí? —Pata de Mosca se restregó la nariz con gesto nervioso.

—No está mal el plan —murmuró Burr-Burr-Chan—. Podría funcionar.

—Cualquiera sabe —gruñó Piel de Azufre—. No me gusta dejar todo en manos de estos dos alfeñiques.

—¿Ah, sí? ¿Pretendes bajar volando, cara peluda? —le preguntó Lola—. ¡Vamos, homusculoso! —cogió la mano de Pata de Mosca—. Ahora hagamos algo útil —y volviéndose de nuevo hacia Lung, añadió—: ¿A que resulta práctico contar con un par de individuos pequeñitos?

Lung asintió.

—Muy práctico —respondió—. ¿Sabes una cosa, rata? Creo que algún día el mundo será de los pequeños.

—No tengo nada que objetar a eso —replicó Lola.

Después, arrastrando a Pata de Mosca, subió por el regazo de Ben, caminó haciendo equilibrios por el lomo de Lung y condujo al homúnculo hasta el lugar donde había dejado amarrado su avión. Tras soltar las delgadas cadenas, Lola abrió la cabina y ambos subieron.

Pata de Mosca lanzó una postrera mirada a Ben y sonrió medroso. Ben lo saludó con la mano. Luego, Lola encendió el motor. El rugido llenó la noche igual que el canto de los grillos, y el pequeño avión con los dos exploradores voló hacia el *Ojo de la Luna*.

45. El Ojo de la Luna

—¡Pero qué grande es este lago! —vociferó Lola entre el estrépito del motor.

—Sí —susurró Pata de Mosca—. Grande como el mar.

Mientras miraba por la ventana, oía el castañeteo de sus dientes.

El motor atronaba sus oídos y sus rodillas chocaban entre sí. ¡Volar en un avión de hojalata! ¡Qué horror! Unos cuantos trozos de metal, un dispositivo ronroneante entre ellos y la nada. Quería volver al poderoso lomo de Lung, al cálido regazo de Ben, a la mochila, a cualquier parte con tal de abandonar aquella máquina infernal.

—Eh, Pata de Mosca, informa. ¿Ves algo sospechoso, jamónconcol? —le preguntó la rata.

Pata de Mosca tragó saliva. Pero uno no puede tragarse el miedo.

—No —respondió con voz temblorosa—. Nada. Salvo las estrellas.

Se reflejaban abajo, en el agua, como diminutas luciérnagas.

—Acércate más a la orilla —gritó Pata de Mosca a la rata—. Ahí es donde prefiere esconderse. Suele tumbarse entre el cieno.

Lola giró en el acto y regresó volando a la orilla describiendo un amplio arco. A Pata de Mosca le dio un vuelco el corazón.

El lago se extendía debajo de ellos como un espejo de cristal negro. El avión voló ronroneando sobre el agua. Todo estaba oscuro. Sólo las flores de la orilla brillaban con su misterioso tono azul.

Pata de Mosca acechó por encima del hombro hacia el lugar donde Lung se había posado. Pero el dragón ya no daba señales de vida. Debía de haberse escondido, para esperar su señal en alguna quebrada. Pata de Mosca se giró de nuevo y contempló el agua. De repente, como si surgiera de la nada, sintió un extraño estremecimiento en el pecho.

—¡Está aquí! —gritó asustado.

—¿Dónde? —Lola aferró el timón esforzándose por ver en la oscuridad.

Sin embargo, no logró descubrir nada sospechoso.

—¡No lo sé! —gritó Pata de Mosca—. Pero lo intuyo con absoluta claridad.

—Tal vez tengas razón —Lola apretó su nariz puntiaguda contra la ventanilla de la cabina—. Ahí delante se riza el agua de una forma muy sospechosa. Como si hubiera caído una piedra grande —aminoró la velocidad—. Apagaré las luces —dijo en voz baja—. Observemos eso de cerca.

Las rodillas de Pata de Mosca temblaron de nuevo. La idea de volver a ver a su antiguo maestro helaba su sangre. Lola voló en zigzag hacia el lugar sospechoso. No necesitaba luces. Sus ojos, igual que los de Pata de Mosca, eran capaces de ver en la oscuridad; con la luz de las estrellas les bastaba.

En el lugar donde se rizaba el agua y las olas chapoteaban inquietas contra la orilla, las flores aparecían tronchadas como si alguien se hubiese abierto camino a través de los espesos tallos. Debía de haber sido una criatura pequeña. Del tamaño de un enano.

—¡Ahí! —Pata de Mosca saltó en su asiento y se dio un cabezazo contra el techo del avión—. ¡Por ahí delante va corriendo Barba de Guijo!

Lola dirigió su avión hacia la orilla. El enano de las rocas, asustado, asomó la cabeza por entre las luminosas flores y miró al objeto que, con un zumbido, volaba directo hacia él. El enano no lo pensó dos veces. Rápido como el rayo, regresó al agua.

Lola Rabogrís desvió bruscamente el avión.

Le dio alcance en la orilla del lago. Barba de Guijo corría lo más rápido que sus cortas piernas le permitían.

—¡Agárralo, colíncoloso! —gritó Lola.

Abrió la cabina y descendió tanto que el tren de aterrizaje del avión rozaba las flores. Pata de Mosca, haciendo acopio de todo su valor, se asomó fuera del avión y alargó el brazo para agarrar a Barba de Guijo del cuello. Pero en ese mismo instante, la espumosa agua del lago chapoteó contra la orilla. Una boca formidable surgió de las olas, abriéndose tras el enano fugitivo.

Y de pronto, ¡zas!, desapareció.

Lola viró de golpe y Pata de Mosca se cayó en su asiento.

—¡Se lo ha comido! —gritó incrédula la rata—. ¡Se lo ha zampado por las buenas!

—¡Huye! —vociferaba Pata de Mosca—. ¡Huye de aquí! ¡Rápido!

—Eso es más fácil de decir que de hacer —decía Lola luchando a brazo partido con el timón.

El pequeño avión zigzagueaba y se tambaleaba sin conseguir alejarse de los dientes relucientes de Ortiga Abrasadora, que se cerraban una y otra vez mientras se proyectaba fuera del agua, enrabietado por el pequeño objeto ronroneante.

Pata de Mosca miraba agobiado por la ventanilla trasera. ¿Y Lung? ¿Echaba a volar?

—¡No has hecho un *looping*! —se lamentaba—. Ésa era la señal.

—Es imposible no divisar al monstruo ahí abajo —replicaba a grito pelado Lola—. ¡Me imagino que lo habrán visto incluso sin nuestra maldita señal!

El avión empezó a fallar. El motor petardeaba.

Todo el cuerpo de Pata de Mosca temblaba. Al atisbar por la ventanilla trasera, percibió un destello plateado en la ladera de las montañas negras.

—¡Vuela! —gritó Pata de Mosca, como si el dragón pudiera oírle—. ¡Vuela antes de que te vea!

Y Lung alzó el vuelo. Abrió las alas y se lanzó hacia el lago.

—¡No! —gritó Pata de Mosca asustado—. ¡Lola, Lola, Lung viene hacia aquí!

—¡Maldición! —despotricó la rata esquivando la zarpa de Ortiga Abrasadora—. ¡Cree que tiene que ayudarnos! ¡Sujétate fuerte, Pata de Mosca!

Lola subió bruscamente hacia arriba el morro del avión e hizo un *looping* encima de la boca de Ortiga Abrasadora, abierta de par en par. Luego ascendió e hizo otro, y otro, hasta que a Pata de Mosca se le subió el estómago a la garganta. El homúnculo miraba fijamente hacia abajo, donde su antiguo maestro se revolvía en el agua. Después miró en dirección opuesta y vio a Lung inmóvil, suspendido en el aire.

—¡Por favor, oh, por favor, vuelve a la cueva! —susurraba Pata de Mosca a pesar de que su corazón latía desbocado por miedo a Ortiga Abrasadora y de que los berridos del monstruo le rompieran los tímpanos.

—¿Qué hace? ¿Da la vuelta? —gritó Lola, y jugándose la vida describió una espiral alrededor del cuello de Ortiga Abrasadora.

Lung se volvió.

Se alejó como una flecha mientras el dragón dorado sólo tenía ojos para el pequeño avión, un trasto absurdo y diminuto que osaba burlarse de él.

—Está volando —exclamó Pata de Mosca, con la voz casi quebrada de la alegría—. Ha dado la vuelta y se dirige hacia las montañas.

—Maravilloso —contestó Lola y, acelerando, pasó por entre las patas de Ortiga Abrasadora.

Éste lanzó un zarpazo al avión con sus dos patas, pero su coraza era demasiado pesada y, resoplando, cayó al agua como un saco.

Pata de Mosca presenció cómo Lung ascendía cada vez más alto hasta posarse en una ladera cubierta de nieve. De repente, desapareció como si se hubiera volatilizado.

—¡Rata! —gritó el homúnculo—. Lo hemos conseguido. Lung se ha ido. Está en la cueva —se dejó caer en su asiento suspirando—. ¡Ya puedes dar media vuelta!

—¿Dar media vuelta? —gritó Lola—. ¿Ahora que empezábamos a divertirnos? No, ahora es cuando viene lo mejor.

Y describiendo una amplia curva con su avión, voló derecha hacia los cuernos de Ortiga Abrasadora.

—Pero ¿qué haces? —gritó Pata de Mosca aterrorizado.

Ortiga Abrasadora levantó la cabeza, incrédulo, entornó los ojos y divisó aquel objeto ronroneante que volvía a lanzarse contra él como un abejorro furioso.

—Una última pasadita —vociferaba Lola—. ¡Avante toda máquinaaaaa! ¡Yujuuuu!

Echando espumarajos de rabia, el dragón dorado se giró, lanzó un mordisco, y otro, y otro... sin capturar entre sus dientes más que el aire nocturno.

—¡Jojojooo! —gritaba Lola volando a toda velocidad alrededor de Ortiga Abrasadora hasta que el dragón empezó a dar vueltas en el agua como si fuera un oso amaestrado—. ¡Jojojooo! Parece que tu viejo maestro está un poquito entrado en años, ¿eh, ranúnculo? Desde luego no es muy rápido que digamos —agitó la mano a través del cristal—. ¡Adiós! ¡Túmbate otra vez en el barro, cretino, y oxídate!

Luego, dirigió su avión en vertical hacia el cielo, hasta que Pata de Mosca dejó de saber dónde tenía los dedos de los pies y dónde la nariz.

—¡Tariiii, taraaaa, dubidubidaaaaa! —la rata dio unos golpecitos elogiosos en el cuadro de mandos de su avión—. ¡Bien hecho, viejo compañero de hojalata! Eres único.

Ortiga Abrasadora bramaba tan fuerte detrás de ellos que Pata de Mosca se tapó los oídos. Pero el avión ya estaba fuera de su alcance.

—Bueno, ¿qué te ha parecido, requeteósculo? —le preguntó Lola tamborileando alegre en el timón—. ¿Nos hemos ganado el desayuno?

—Oh, sí —murmuró Pata de Mosca.

Miró a su antiguo maestro que los seguía con sus ojos rojos como si pretendiera atraparlos en el cielo con la imaginación. ¿Habría reconocido a Pata de Mosca cuando éste alargó el brazo para coger a Barba de Guijo?

El homúnculo se acurrucó.

—¡No quiero volver a verlo nunca más! —susurró apretando los puños—. Nunca, nunca más.

Aunque volara cien veces alrededor del hocico de Ortiga Abrasadora, se librara doscientas de sus dientes, escupiera trescientas en su cabeza acorazada... siempre le tendría miedo. Siempre.

—Aterrizaré en el mismo lugar al que llegamos —le comunicó Lola—. ¿De acuerdo?

—De acuerdo —murmuró Pata de Mosca soltando un profundo suspiro—. Pero ¿qué haremos después? ¿Cómo encontraremos a los demás?

—Bah —Lola hizo unas cuantas acrobacias y sonrió—, ya vendrán ellos a buscarnos. Ahora lo primero es tomar un buen desayuno, ¿no es verdad, divinomúsculo?

Pata de Mosca asintió.

Abajo, en el lago, Ortiga Abrasadora se zambulló de nuevo en el agua, sumergiéndose y desapareciendo como si aquello sólo hubiera sido un mal sueño.

46. La cueva de los dragones

Lung, en medio de la nieve, contemplaba el lago. Quedaba muy lejos, allí abajo, pero sus ojos de dragón distinguían perfectamente a Ortiga Abrasadora revolviéndose en el agua e intentando golpear al diminuto objeto que revoloteaba a su alrededor burlándose de él.

—Vamos —le aconsejó Burr-Burr-Chan descendiendo del lomo de Lung—. Ya has visto la señal. Ella sabrá apañárselas sola. Nosotros hemos de darnos prisa o ese monstruo nos descubrirá.

El dubidai caminó deprisa por la nieve. Ben y Piel de Azufre lo siguieron hasta una pared rocosa que se elevaba muy alta, blanca de nieve. Burr-Burr-Chan se detuvo ante ella.

Lung se situó a su lado y le dirigió una inquisitiva mirada.

—¿Y ahora?

Burr-Burr-Chan soltó una risita.

—Ya os dije que os daríais de bruces con ella y no la veríais —puso su dedo peludo en un lugar de la lisa pared rocosa que alcanzó a duras penas—. ¿Ves esa depresión de ahí? Mete el hombro dentro y empuja fuerte.

Lung obedeció. Apenas presionó la piedra helada, la pared rocosa se desplazó hacia un lado y un negro túnel se abrió ante ellos. El dragón, cauteloso, alargó el cuello hacia el interior.

—¡Vamos, entrad todos! —Burr-Burr-Chan empujó a Ben y a Piel de Azufre hacia el oscuro pasadizo.

Lung dirigió una última mirada al lago, donde Lola Rabogrís seguía hostigando a Ortiga Abrasadora. Después se dio la vuelta y desapareció en el túnel.

Un aroma familiar llegó hasta él. Flotaba muy débilmente en el aire frío, que se iba calentando a medida que avanzaban hacia el interior de la montaña. Era el propio olor de Lung, penetrante y fresco como el aire por encima de las nubes: el olor de los dragones. De repente se sintió como si hubiera regresado a casa.

El túnel conducía hacia abajo. A veces giraba a la izquierda, otras a la derecha. En ocasiones se bifurcaba formando corredores más estrechos, de una altura sólo apta para duendes. De algunos pasadizos brotaba un aroma a setas embriagador. El estómago de Piel de Azufre gruñía, pero ella siguió avanzando valerosamente.

—Aquí no está oscuro —comentó Ben cuando ya se habían internado muy profundamente dentro de la montaña—. ¿Cómo es posible?

—Piedra de luna —respondió Burr-Burr-Chan—. Utilizamos piedra de luna para las paredes. Absorbe la luz como una esponja. Basta con dejar entrar de vez en cuando un poco de luz lunar o que un dragón sople su fuego por el túnel para que dure años. Sin embargo, esto se ha oscurecido mucho desde la última vez que estuve aquí –alzó la vista hacia los muros relucientes y se encogió de hombros–. Seguramente no dejan entrar ni la luz de la luna por puro miedo al dragón dorado. Me muero de impaciencia por saber qué dicen cuando se enteren de que está ahí abajo en carne y hueso, nadando en el lago.

–Se enfurecerán –murmuró Piel de Azufre tirándose nerviosa de las orejas–. Muchísimo. Seguramente no querrán ni escuchar nuestras razones.

–No podemos luchar contra los humanos –dijo Lung–. Si expulsamos a cien, acudirán mil. Pero a Ortiga Abrasadora sí podemos hacerle frente.

–¿Qué? –Piel de Azufre le cerró el paso inquieta–. ¿Ya empiezas otra vez a hablar de luchas? ¡Y eso que emprendimos este viaje para encontrar un lugar en el que vivir en paz! ¿Luchar con ese monstruo? ¡Bah!

–Pesa demasiado –dijo tras ella Burr-Burr-Chan–. Y se queda enseguida sin aliento por culpa de su coraza. Además, tampoco parece muy listo. Con qué facilidad le ha tomado el pelo la rata…

–¡Bobadas! –Piel de Azufre se volvió furiosa hacia él–. ¡Bobadas, bobadas, y bobadas! ¡Es veinte veces más grande que Lung!

–¿Más grande? –Burr-Burr-Chan se encogió de hombros–. Bueno, ¿y qué?

—No te alteres, Piel de Azufre —replicó Lung apartando suavemente a un lado a la duende—. Permítenos continuar.

—¡Claro, claro! —gruñó Piel de Azufre enfadada—. Pero dejad de hablar de luchas, ¿vale?

Continuaron andando en silencio. Durante un gran trecho, el túnel siguió descendiendo hasta que de pronto describió una curva cerrada y desembocó en una cueva enorme. El techo desprendía un brillo debido a millares de piedras de luna. Las estalactitas colgaban en la oscuridad como espuma congelada. Otras crecían desde el suelo hacia el techo.

Ben avanzó unos pasos, asombrado. Jamás había visto un lugar parecido. Allí, en el interior de la montaña, las piedras parecían haber cobrado vida. Le pareció como si estuviera entre plantas extrañas, árboles y colinas, todos ellos de una piedra que desprendía un resplandor plateado.

—Bueno, ¿dónde están los demás dragones? —preguntó Piel de Azufre a su espalda.

—Se han escondido —contestó Burr-Burr-Chan—. Apuesto lo que sea.

Lung penetró vacilante en la cueva. Piel de Azufre lo siguió. Burr-Burr-Chan y Ben caminaban despacio tras ellos. En medio de la cueva, entre colinas picudas de piedra, Lung se detuvo.

—¿Dónde estáis? —gritó.

No recibió respuesta. Sólo el eco de su propia voz.

—¡Eh, hola! —gritó Piel de Azufre—. Hemos recorrido medio mundo volando, al menos podríais asomar la nariz y saludarnos.

Tampoco ella obtuvo respuesta.

Sólo se oía un leve rumor procedente de un bosque de estalactitas situado en el rincón más alejado de la cueva.

Piel de Azufre levantó las orejas.

—¿Has oído eso? —susurró a Lung.

El dragón asintió.

—Esto está oscuro —dijo—. Lo iluminaré un poco.

Y estirando su largo cuello, escupió fuego. Una llamarada azul pasó siseando entre las piedras, lamió las paredes oscuras y alcanzó el techo. Toda la cueva de los dragones empezó a relucir con tal claridad que, por un instante, Ben se vio obligado a cerrar los ojos. Las piedras de luna del techo resplandecían. Las paredes despedían reflejos irisados y el fuego del dragón

se concentraba en la punta de las estalactitas y las estalagmitas formando llamaradas chisporroteantes.

—¡Sí! —exclamó Burr-Burr-Chan levantando los brazos—. ¡Sí, éste es justo el aspecto que debe tener!

Lung cerró la boca y escudriñó a su alrededor.

—Lung —musitó Ben poniendo la mano sobre las escamas—. Ahí detrás hay alguien. ¿Ves los ojos?

—Lo sé —respondió el dragón en voz baja—. Llevan ahí mucho rato. Esperemos un poco.

Durante unos instantes reinó el silencio. El fuego de Lung ardía, crepitando, entre las piedras. De repente, un dragón salió del bosque de estalactitas del fondo de la cueva. Era algo más pequeño que Lung, de miembros más finos, pero sus escamas desprendían el mismo fulgor plateado.

—Es una dragona —cuchicheó Piel de Azufre a Ben—. Puedes reconocerla por los cuernos. Son rectos, no curvos como los de Lung.

Ben asintió.

La dragona olfateó, y avanzó vacilante hacia Lung. Durante unos instantes permanecieron en silencio frente a frente.

—No eres dorado —dijo al fin la dragona con voz ronca.

—No —contestó Lung—. Soy como tú.

—Yo... no estaba segura —comentó la dragona vacilante—. Nunca he visto personalmente al Dorado. Pero he oído cosas espantosas de él. Al parecer es muy astuto, y a veces lleva consigo a seres diminutos.

Miró con curiosidad primero a Piel de Azufre y luego a Burr-Burr-Chan.

—Son duendes —le explicó Lung—. Seguro que también has oído hablar de ellos.

La dragona frunció el ceño.

—Al parecer nos traicionaron. Cuando nosotros más los necesitábamos.

—¿Cómo? —exclamó furioso Burr-Burr-Chan—. Nosotros...

Lung lo miró y negó con la cabeza.

—No te acalores —le aconsejó—, ya habrá tiempo más tarde para las explicaciones.

—¿Dónde están los demás? —preguntó Ben saliendo de la sombra de Lung.

La dragona retrocedió sorprendida.

—¡El jinete del dragón! —susurró—. ¡El jinete del dragón ha vuelto!

Ben agachó la cabeza con timidez.

—¿Que dónde están los demás? —la dragona se inclinó hacia él, hasta que la punta de su hocico casi rozó su nariz—. Están aquí. Mira a tu alrededor.

Ben apartó la vista, estupefacto.

—¿Dónde?

—Ahí —respondió la dragona señalando con la cabeza un lugar detrás de él.

Piel de Azufre soltó un silbido.

—Sí —musitó—, tiene razón. Ahí están.

Trepó a una de las colinas picudas que se alzaban alrededor, y acarició en silencio la piedra escamosa. Lung y los demás la contemplaban con incredulidad.

Ben alargó la mano y acarició pétreas colas de dragón y cuellos agachados de roca gris. La dragona lo siguió.

—Eramos veintitrés —informó—. Pero yo soy la única que queda. Maya, la imprudente, me llamaban siempre. Maya, la lunática —meneó la cabeza pensativa.

Lung se volvió hacia ella.

—¿Qué sucedió?

—Dejaron de salir al exterior —contestó Maya en voz baja—. Ya no volaban a la luz de la luna. Muy lentamente se fueron transformando. Yo se lo advertí. «Olvidar la luna», les dije, «será mucho más peligroso para vosotros que el dragón dorado». Pero se negaron a escucharme. Se tornaron perezosos, indolentes, malhumorados. Cuando yo me deslizaba fuera a la luz de la luna o bajaba volando al lago en las noches de plenilunio, se burlaban de mí. Contaban sin parar la vieja historia del dragón dorado, insistiendo en que nos aniquilaría a todos si no nos escondíamos de él. «Ten cuidado, está ahí fuera», me decían siempre que me apetecía salir. «Esperándonos». Pero él nunca estaba. Yo les dije: «Hay otra historia más, recordad, la del jinete del dragón que volverá el día que la plata se torne más valiosa que el oro. Con nosotros, vencerá al dragón dorado». Pero ellos se limitaban a menear la cabeza y decían que el jinete del dragón estaba muerto y nunca regresaría —miró a Ben—. Pero yo tenía razón. El jinete del dragón ha vuelto.

—Tal vez —intervino Lung mirando a los dragones petrificados—. Pero también ha vuelto alguien más. Ortiga Abrasadora está aquí. El dragón dorado.

—Nos ha venido siguiendo —añadió Piel de Azufre—. Está abajo, en el lago.

Maya miró asustada a los dos.

—¿El dragón dorado? —preguntó perpleja—. ¿Así que existe de verdad? ¿Y está aquí?

—Ha estado aquí muchas veces —informó Burr-Burr-Chan—. Pero nunca ha encontrado la entrada de la cueva. Y esta vez tampoco lo hará.

Lung asintió.

—A pesar de todo, lo hemos conducido hasta aquí. Lo siento —agachó la cabeza—. Tenía tantas ganas de encontrar este lugar que he guiado hasta vuestra puerta a Ortiga Abrasadora. Pero yo tampoco pienso esconderme más de él. Voy a...

—¿A qué? —preguntó Maya.

Un temblor recorrió sus escamas.

—Voy a luchar con él —contestó Lung—. Lo echaré de aquí. Lo expulsaré para siempre. Estoy harto de esconderme.

Ben y los duendes se miraron asustados.

—¿Que quieres luchar con él? —Maya miró a Lung—. He deseado eso cientos, miles de veces cuando los demás me contaban cómo el devorador de dragones, protegido por su piel dorada y armado con mil dientes hambrientos, les dio caza. ¿Es tan espantoso como decían?

—No exageraban un ápice —gruñó Piel de Azufre.

Lung asintió.

—Es horrendo. Pero me enfrentaré a él.

—Sí —murmuró Maya y luego observó en silencio la cueva de pronto tan iluminada—. Te ayudaré —afirmó—. Juntos quizá lo consigamos. Es lo que siempre decía a los otros: unidos somos más fuertes que él. Pero tenían demasiado miedo —sacudió la cabeza, entristecida—. Mirad en qué nos convierte el miedo —señaló con la cabeza los dragones petrificados—. Yo no quiero acabar como ellos, humillados, inmóviles, sin vida. ¿Sabes? —se acercó a Lung—, deberíais atraerlo hasta aquí. Así debe ser. Y nosotros dos lo venceremos, tal como afirman las antiguas historias: «Cuando regrese el jinete del dragón, la plata se tornará más valiosa que el oro».

—Vosotros dos, ¡vaya, vaya! —Piel de Azufre arrugó la nariz, ofendida—. ¿No os parece que podríais necesitar algo de ayuda durante el combate?

—Tampoco cuentan conmigo —dijo Ben.

—Necesitamos toda la ayuda posible —reconoció Lung propinando a Piel de Azufre un empujoncito en su barriga peluda.

—Bien, entonces seríamos cinco. No... —Piel de Azufre se sentó sobre una cola de dragón petrificada—. ¡Siete! Faltan Pata de Mosca y la rata.

—¡Pata de Mosca y Lola! —gritó asustado Lung—. ¡Esos dos siguen ahí fuera!

—¡Cortinario de montaña! —Burr-Burr-Chan se levantó de un salto—. Seguro que están esperando en nuestro viejo campo de aterrizaje. Hay un túnel de setas que llega hasta allí. Eh, Piel de Azufre, vamos a buscarlos.

—¡Un momento, tengo que quitarme estas ropas humanas!

Piel de Azufre se desprendió a toda prisa de las prendas que los monjes le habían dado para el vuelo. A continuación, los dos duendes echaron a correr.

Ben permaneció en la cueva con los dos dragones.

—¿Una rata y un tal Pata de Mosca? —preguntó Maya con curiosidad.

Lung asintió.

—Ninguno de los dos es mayor que una de tus orejas, pero son muy valientes.

Durante unos instantes se quedaron en silencio contemplando a los dragones petrificados.

—¿No se podría devolverlos a la vida? —preguntó Ben.

Maya negó con la cabeza.

—¿Cómo vas a traer la luna hasta aquí?

—¡A lo mejor sirve el rocío de luna! —Ben miró interrogante a Lung.

—¿El rocío de luna? —preguntó Maya.

—Sí. Tú lo conoces —contestó Lung—. Se deposita todas las noches de luna en las flores azules que crecen abajo, junto al lago. Si lames el de las flores, te permite volar de día. ¿No lo sabías?

Maya negó con la cabeza.

—Olvídalo —le aconsejó Ben—. ¿Cómo vamos a recoger el rocío si Ortiga Abrasadora está ahí abajo, sumergido en el lago?

—A mí aún me quedan unas gotas —precisó Lung—. Pero no bastarán. Además, quién sabe si no las necesitaremos todavía.

—¡Cierto! —murmuró Ben desilusionado, acariciando las escamas de los dragones de piedra.

—Que no, que no salgo —dijo Barba de Guijo. Estaba dentro de la panza de su maestro, sentado en la cajita de oro que contenía el corazón de Ortiga Abrasadora, y miraba mal-humorado el jugo con el que el dragón dorado hacía la digestión. De él se alzaban pestilentes velos de vapor que herían su nariz.

—¡Sal, limpiacorazas! —bramaba desde arriba.

—¡Que no! —gritó Barba de Guijo desde el fondo del descomunal gaznate—. ¡Prometedme primero que no volveréis a tragarme! Ya estoy harto. ¿Qué pasará si alguna vez me cuelo por el conducto equivocado? ¿Qué ocurrirá si la próxima vez aterrizo en los jugos de ahí abajo?

Al contemplar el líquido borboteante sintió un escalofrío.

—¡No digas sandeces! —la voz iracunda de Ortiga Abrasadora llegó a sus oídos desde arriba—. ¡Me he tragado mil veces al traidor de Pata de Mosca, y él jamás se coló por el conducto equivocado!

—Vale, vale —murmuró Barba de Guijo enderezándose el sombrero—. Di lo que quieras. ¡Además estoy molido de tanto chapotear en el agua! –gritó–. ¿Habéis atrapado a ese abejorro de hojalata? No está flotando en el caldo.

–¡Se me ha escapado! –gruñó Ortiga Abrasadora. Barba de Guijo notó que su cuerpo colosal temblaba de ira–. Aterrizó arriba, en las montañas. Donde antes estaba el dragón plateado.

–Ajá –Barba de Guijo se rascó la barba malhumorado–. ¿Y dónde está ahora? ¿Os ha dicho dónde se encuentra el escondrijo de los dragones?

–¡No! –rugió Ortiga Abrasadora–. Ha desaparecido. ¡Y ahora, sal de una vez! Tienes que trepar hasta el lugar donde aterrizó el abejorro de hojalata. ¡Ya viste quién iba dentro! ¡El traidor de patas de araña! ¡Aaarrrg! Lo aplastaré como a una cucaracha, pero antes nos conducirá hasta su nuevo maestro.

–¿De veras? –Barba de Guijo seguía de morros–. ¿Y qué me darás si lo encuentro a él y a la cucaracha? –preguntó deslizando la mano bajo su camiseta y acariciando la alianza de Barnabás Wiesengrund.

–¿Cómo osas preguntarme algo así? –vociferó Ortiga Abrasadora–. ¡Sal de ahí o me agitaré hasta que caigas en mis jugos gástricos!

–Vale, vale, ya voy.

Barba de Guijo se incorporó despotricando y ascendió por el gaznate de su maestro.

–Entiendo perfectamente por qué se largó el tal Pata de Mosca –masculló entre dientes–. Oh, vaya si lo entiendo.

—Se han olvidado de nosotros —murmuró Pata de Mosca caminando inquieto de un lado a otro—. ¡Qué desagradecidos!

—¡Qué va! —contestó la rata mientras removía la cazuela colocada sobre su diminuto hornillo de camping.

El sol ascendía lentamente por el cielo nuboso y una niebla espesa flotaba entre las montañas. Los velos blancos lo ocultaban todo, las flores, el lago y a Ortiga Abrasadora. Caso de que aún estuviera allí. Lola probó el mejunje que borboteaba en la cazuela, se relamió y continuó removiendo.

—¡Siéntate de una vez, ranúnculo! Te lo digo por enésima vez, ¡ya vendrán! A más tardar cuando haya oscurecido. La verdad es que no entiendo por qué te lamentas tanto. Tenemos cuanto necesitamos: comida, bebida caliente, hasta sacos de dormir. Dos, que yo soy muy práctica.

—Pero es que estoy preocupado —se lamentaba Pata de Mosca—. ¿Quién sabe cómo serán esos otros dragones? A lo mejor idénticos a los de las viejas historias. ¡Puede que hasta les guste devorar a jóvenes humanos!

La rata soltó una risita.

—Esto es increíble. Créeme, el chico sabe cuidar perfectamente de sí mismo. Y si no lo hace, Lung está con él. Eso sin contar a los duendes de cabeza peluda.

Pata de Mosca suspiró y volvió a mirar abajo, hacia la niebla.

—¿Todos los ósculogolosos son como tú? —preguntó Lola.

—¿Cómo? —murmuró Pata de Mosca sin volverse.

—Bueno, tan pesimistas… —Lola sacó una cucharada de sopa de la cazuela y la sorbió despacito—. ¡Puaj! —farfulló—. Otra vez me he pasado con la sal.

De repente, levantó su hocico afilado y olfateó. Sus orejas se estremecieron.

Pata de Mosca la miró asustado.

—¿Te apetece comer algo? —le preguntó Lola alzando mucho la voz.

Al mismo tiempo, con gesto discreto señalaba con la pata detrás de ella. Allí estaba su avión, asegurado con unas cuantas piedras grandes. Detrás de las ruedas se movía algo.

Pata de Mosca contuvo la respiración.

—¿Comer? —balbuceó—. Oh, sí, con mucho gusto —y con disimulo dio un paso hacia el avión.

—Bueno, entonces traeré los platos —anunció la rata levantándose.

Y de repente, en un abrir y cerrar de ojos, saltó entre las ruedas y agarró una pierna gorda. Pata de Mosca acudió en su ayuda y entre los dos sacaron de debajo del avión a un enano que pataleaba.

—¡Es Barba de Guijo! —exclamó Pata de Mosca asustado—. ¡De nuevo ese enano de las rocas!

Barba de Guijo no le prestaba atención. Lanzaba mordiscos, patadas y puñetazos en torno suyo, y a punto estuvo de empujar a Lola montaña abajo. Los enanos de las rocas son fuertes, mucho más fuertes que una rata o un homúnculo de nariz pálida. Pero justo cuando Barba de Guijo se acababa de liberar de la llave de Lola gracias a un violento empujón, Pata de Mosca le arrebató de improviso el sombrero de la cabeza.

El enano se paralizó al instante. Cerró los ojos, se apartó del precipicio tambaleándose y, gimiendo, se cayó. Pata de Mosca consiguió agarrar el sombrero antes de que rodara montaña abajo y se lo puso. Resbalaba casi por encima de su nariz, pero no le desagradaba. Al contrario: se acercó al precipicio hasta que las puntas de sus zapatos estuvieron en el vacío sin importarle lo más mínimo.

—Asombroso —murmuró.

Dándose la vuelta, se echó el sombrero hacia atrás de forma que le permitiera ver por debajo del ala. De pronto, las montañas le parecían completamente distintas: brillaban y relucían con todos los colores del arco iris. Pata de Mosca miró, boquiabierto, a su alrededor.

—¡Eh, échame una mano ósculomusculoso! —Lola sacó una cuerda larga de su mono—. Tenemos que atar al enano, ¿o prefieres que regrese corriendo junto a su maestro? La ocurrencia del sombrero ha sido genial. A mí se me había olvidado por completo.

—Te saludo, Barba de Guijo —dijo Pata de Mosca sentándose encima de la barriga del enano, mientras Lola ataba al prisionero—. La verdad es que eres un espía muy laborioso, de veras. Mucho más laborioso de lo que lo fui yo durante trescientos años.

—¡Traidor! —gruñó el enano escupiendo a Pata de Mosca en el pecho—. Devuélveme mi sombrero.

Pata de Mosca se limitó a encogerse de hombros.

—Ni lo sueñes, ¿por qué? —se inclinó sobre el enano—. Sé de sobra por qué sirves con tanta solicitud a tu maestro. Porque el oro de sus escamas te ciega. Sin embargo, ¿cómo piensas acercarte a ellas sin que te devore? ¿Pretendes arrancárselas durante el sueño? No te lo aconsejo. Ya sabes el gran apego que siente por cada una de ellas. ¿Has olvidado que intentó zamparse al profesor solamente por una? ¿Tú qué crees? —acercó su cabeza un poco más al enano—. ¿Le da miedo que alguien averigüe de qué está hecha su coraza? ¿O le aterroriza aún más que alguien llegue a enterarse del contenido de esa caja que él llama su corazón?

Barba de Guijo apretó los labios enfurecido y miró al fuego.

—¿Qué hacemos con él? —preguntó Lola—. ¿Alguna propuesta inteligente, levepedúnculo?

—Nos lo llevaremos con nosotros, ¿qué otra cosa podemos hacer si no? —dijo alguien tras ellos.

Lola y Pata de Mosca se volvieron asustados. Piel de Azufre apareció de pronto delante de las peñas. Por encima de su hombro sonreía Burr-Burr-Chan.

–¿De dónde venís? –preguntó perplejo Pata de Mosca–. ¿Habéis hallado la cueva de los dragones?

–Así es –contestó Piel de Azufre–. Y, por lo que veo, vosotros habéis encontrado al pequeño espía. No está mal. Y encima –prosiguió tras dar un mordisco a una seta arrugada–, en el trayecto nos hemos topado con un par de antiguos criaderos de setas, de la época en la que aún vivían aquí los dubidai. La montaña está completamente horadada por pasadizos –se relamió y observó burlona a Pata de Mosca–. ¿Tienes un sombrero nuevo, alfeñique?

El homúnculo se dio un golpecito suave en el ala.

–Es un sombrero milagroso –dijo.

–También fue milagrosa la manera en que os burlasteis de Ortiga Abrasadora –elogió Burr-Burr-Chan–. Rebozuelo atrompetado y boleto, no estuvo nada mal. ¡Y ahora, además, le habéis echado el guante a un espía!

Lola se acarició las orejas, halagada.

–Una minucia –comentó.

–Bueno, la minucia la llevaré yo. Vosotros coged el resto –dijo Burr-Burr-Chan lanzando otra mirada hacia el valle.

La niebla se disipaba lentamente. Pájaros negros volaban en círculo entre los blancos jirones. Nubes enteras de ellos aparecían y desaparecían entre la niebla.

–Qué raro –murmuró el duende–. Nunca había visto esos pájaros negros. ¿De dónde habrán salido tan de repente?

Piel de Azufre y Pata de Mosca se plantaron a su lado a la velocidad del rayo.

—¡Los cuervos! —gruñó Piel de Azufre—. Esperaba que tarde o temprano reaparecerían.

—¡Los ha convocado a todos! —gimió Pata de Mosca escondiéndose detrás de la pierna de Piel de Azufre—. ¡Ay, ay, ahora sí que estamos perdidos! ¡Nos verán! ¡Nos cogerán de las rocas!

—Pero ¿qué estás diciendo? —la rata se situó junto a él y soltó un silbido tan estridente que Pata de Mosca se sobresaltó—. ¡En efecto! ¡Qué enorme bandada de cuervos! Mi tío me habló de unos ejemplares muy desagradables. ¿Son ésos de ahí abajo?

Pata de Mosca asintió.

—Cuervos encantados. Y esta vez son tantos que Piel de Azufre no logrará espantarlos con unas cuantas piedrecitas.

—Larguémonos de aquí con viento fresco —aconsejó Piel de Azufre apartando a Burr-Burr-Chan del precipicio—. Antes de que nos descubran.

—¡Ortiga Abrasadora, el Dorado, os devorará a todos! —gritó Barba de Guijo intentando morder el pie peludo de Burr-Burr-Chan.

Pero el duende se limitó a soltar una risa burlona.

—Para eso primero tendrá que arrastrar su coraza hasta aquí arriba —comentó, echándose al enano al hombro como si fuera un saco.

—Y tu astuto amo ignora todavía dónde está la entrada secreta —sentenció Piel de Azufre.

—¡Ya lo averiguará! —chilló Barba de Guijo pegando patadas en torno suyo—. Os aplastará a todos como cucarachas. Os...

Burr-Burr-Chan le metió la barba en la boca. Después desapareció con el prisionero por el pasadizo del que había salido.

—¡Vamos, alfeñique! —exclamó Piel de Azufre cogiendo en brazos a Pata de Mosca—. No sea que te lleven de verdad los cuervos.

Lola apagó el fuego con el pie, entregó a Piel de Azufre la diminuta cazuela de sopa y guardó el resto de sus cosas en el avión.

—Si lo deseas, también puedes volar conmigo, levepedúnculo —ofreció ella, y, subiendo a la cabina, puso el motor en marcha.

—No, gracias —respondió Pata de Mosca aferrándose al brazo de Piel de Azufre—. Creo que con un vuelo contigo me basta y me sobra para toda la vida.

—Como quieras.

La rata cerró la cabina y se adentró en el pasadizo volando por encima de sus cabezas. Piel de Azufre lanzó una última mirada de preocupación a los cuervos que se arremolinaban en el cielo. Luego, se internó en la galería y corrió desde dentro la piedra que ocultaba la puerta y el pasadizo de los dubidai.

49. El plan

Burr-Burr-Chan condujo a Barba de Guijo atado de pies y manos hasta una pequeña cavidad en lo más profundo de la cueva principal de los dragones. Desde allí, ni siquiera los oídos de un enano captarían lo que ellos maquinaban contra su maestro en la cueva de los dragones. Barba de Guijo escupió su barba e insultó a grito pelado al duende cuando éste lo dejó solo. Burr-Burr-Chan se limitó a reírse.

Cuando regresó a la cueva grande, los demás estaban reunidos sentados en círculo, silenciosos e indecisos. Burr-Burr-Chan se acomodó junto a Piel de Azufre.

—¿Qué? —le preguntó en un susurro—. Por lo visto no se os ha ocurrido nada, ¿eh?

Piel de Azufre negó con la cabeza.

—Abajo, en el valle, es imposible atacarlo —informó Lola Rabogrís—. Puede desaparecer en el lago en cualquier momento.

—¿Y en las laderas de las montañas? —sugirió Pata de Mosca—. Allí su coraza será un obstáculo para él.

Lung desechó esa idea.

—Es muy difícil volar hasta allí —explicó—. Podríamos despeñarnos entre las rocas.

Piel de Azufre suspiró.

—Entonces tenemos que alejarlo de ese lugar —exclamó Burr-Burr-Chan—. Atraerlo hasta un valle en el que no haya agua.

—No sé… —murmuró Ben.

Comenzaron a discutir.

¿Cómo atacarlo? El fuego de dragón resultaba inútil contra la coraza de Ortiga Abrasadora, de sobra lo sabían. Piel de Azufre propuso atraerlo primero a las montañas y después empujarlo al vacío, pero Lung se limitó a negar con un gesto. Ortiga Abrasadora era demasiado grande y pesado. Ni siquiera él y Maya juntos lo conseguirían. Lola, con un valor temerario, propuso entrar volando en su garganta y destruirlo desde dentro. Pero los demás se opusieron, y Pata de Mosca le explicó que Ortiga Abrasadora guardaba su corazón en una caja acorazada. Así fue planteándose y rechazándose una propuesta tras otra, hasta que la indecisión se apoderó de todos.

Pensativo, Ben metió la mano en la bolsa que colgaba de su cuello y, sacando la escama dorada de Ortiga Abrasadora, la sostuvo en la mano: era fría y brillante.

—¿Qué tienes ahí? —preguntó Burr-Burr-Chan mirándolo con curiosidad.

—Una escama de Ortiga Abrasadora —respondió Ben acariciando el frío metal con los dedos—. La encontró el profesor Wiesengrund. Él posee otra —el muchacho sacudió la cabeza—.

He intentado arañarla con mi navaja, la he golpeado con piedras. Incluso la he arrojado al fuego. No muestra ni siquiera un rasguño —suspiró y colocó la escama sobre la palma de su mano—. Con estos chismes Ortiga Abrasadora está blindado de la cabeza a los pies. ¿Cómo vamos a vencerlo? Se reirá de nosotros.

Lola Rabogrís saltó fuera de su avión y trepó a la rodilla de Ben. Pata de Mosca se sentaba en la otra.

—¿Habéis probado con fuego de dragón? —les preguntó.

Ben asintió.

—Lung y Maya han escupido fuego sobre la escama cuando estabais fuera. Nada. No ha sucedido nada. Ni siquiera se calienta.

—Lógico —medió Pata de Mosca frotándose la punta de la nariz—. Ortiga Abrasadora fue creado para matar dragones. ¿Pensáis acaso que su coraza sería sensible al fuego? No, creedme —sacudió la cabeza—. He bruñido esa coraza durante trescientos años. Sencillamente, no hay nada capaz de atravesarla.

—Pues tiene que haber una solución —dijo Lung, deambulando inquieto por entre los dragones petrificados.

Ben, con la escama en la mano, la giraba de un lado a otro.

—Guarda esa cosa horrible —gruñó Piel de Azufre escupiendo encima—. Apuesto a que atrae la desgracia.

—¡Qué asco, Piel de Azufre! No hagas eso.

Ben limpió la escama con la manga, pero la saliva de duende no era tan fácil de eliminar. Se adhería al metal como una fina película.

—¡Esperad! —Lung se plantó de repente detrás de Ben, mientras contemplaba la escama.

—Está muy empañada —constató Pata de Mosca—. Eso no le gustaría un ápice a Ortiga Abrasadora. Tendríais que ver cómo se refleja en el agua cuando tiene sus escamas pulidas. Sobre todo cuando sale de caza. ¡Ay, en esas ocasiones tenía que abrillantarlo hasta que me sangraban los dedos!

—Saliva de duende y fuego de dragón —murmuró Lung levantando la cabeza—. Piel de Azufre, ¿te acuerdas de los cuervos?

Piel de Azufre asintió confundida.

—La saliva de duende y el fuego de dragón los transformaron, ¿no es verdad?

—Sí, pero…

Lung se deslizó entre Ben y el duende.

—Deja la escama en el suelo —ordenó—. Y los demás, apartaos. Sobre todo tú, Pata de Mosca.

El homúnculo bajó a toda prisa de la rodilla de Ben y se ocultó detrás de la cola de Maya.

—¿Qué te propones? —preguntó ésta asombrada.

Lung no contestó. Miraba fascinado la escama de Ortiga Abrasadora. Al fin abrió la boca y sopló encima su fuego. Muy suavemente. La llama azul lamió el metal.

Y lo fundió.

La escama de Ortiga Abrasadora se derritió igual que la

mantequilla expuesta al sol. Se deshizo, convirtiéndose en un charco dorado sobre el grisáceo suelo rocoso de la cueva.

Lung alzó la cabeza y dirigió una mirada de triunfo a su alrededor.

Los demás se acercaron mudos de asombro. Pata de Mosca se arrodilló junto al charco y con sumo cuidado introdujo la punta del dedo. Lola, a su lado, deslizó su rabo por el oro líquido.

—Mirad esto —anunció riendo—. A partir de hoy me llamaré Rabodorado.

Ben apoyó los dedos en el flanco de Lung.

—¡Eso es! —balbuceó—. Tú lo has descubierto, Lung. Ya sabemos el modo de destruirlo.

—¿Ah, sí? —replicó sarcástica Piel de Azufre—. ¿Y cómo vamos a aplicar la saliva de duende en la coraza de Ortiga Abrasadora?

Los demás callaron.

Pata de Mosca se levantó.

—No hay nada más fácil —afirmó limpiándose en la chaqueta el dedo dorado.

Todos lo miraban.

—Piel de Azufre —dijo el homúnculo—, por favor, tráeme el equipaje de nuestro prisionero.

—¿Desea algo más el señor? —refunfuñó Piel de Azufre.

Sin embargo, cogió la mochila de Barba de Guijo y la tiró a los pies de Pata de Mosca.

—Mi más humilde agradecimiento —dijo Pata de Mosca.

Y abriendo la mochila, hurgó en ella. Sacó una almádena, cerillas, velas, un peine para la barba, un cepillo para el sombrero, dos trapos… y una botella de cristal verde.

—¡Vaya, vaya! —exclamó Pata de Mosca levantando la botella—. Todavía queda más de la mitad.

—¿Y eso qué es? —preguntó Ben.

—El pulimento de la coraza de mi antiguo maestro —le explicó Pata de Mosca—. Un viejo enano de las rocas se lo prepara ex profeso. Unas gotas del mismo en un cubo de agua y sus escamas brillan como un espejo.

Pata de Mosca abrió la botella y la vació en el suelo de piedra.

—Toma —dijo alargando la botella vacía a Piel de Azufre—. Escupe. Puedes turnarte con Burr-Burr-Chan. Tenéis que conseguir llenarla algo más de la mitad.

Burr-Burr-Chan cogió la botella que le ofrecía el homúnculo.

—Una botellita tan pequeña seguro que la llenamos en dos tacadas, ¿a que sí, Piel de Azufre?

Ambos se sentaron riendo en el lomo de un dragón petrificado y comenzaron su labor.

—¿Se dará cuenta el enano? —preguntó Lung, preocupado, al homúnculo.

—Seguro que sí —repuso Pata de Mosca mientras volvía a guardar con sumo cuidado en la mochila los objetos de Barba de Guijo—. Lo notará en la primera escama. Así que añadirá más y más saliva de duende al agua de limpieza para conseguir pulir las escamas. Pero eso a nosotros sólo nos beneficia, ¿no?

—Ojalá siga actuando aunque se le añada tanta agua —dijo Maya.

Ben se encogió de hombros.

—Tenemos que intentarlo.

—Sí —afirmó Lung—. En cuanto los duendes hayan terminado, deberíamos dejar marchar al enano para que regrese cuanto antes junto a su maestro.

—No, no, de eso, nada —Pata de Mosca sacudió la cabeza con decisión—. Entonces sospecharía enseguida. No, lo dejaremos escapar.

—¿Qué? —preguntó Piel de Azufre estupefacta.

Burr-Burr-Chan y ella habían concluido su tarea.

—¡Caballero, aquí tiene una ración de saliva de duende! —dijo el dubidai colocando la botella entre los finos dedos del homúnculo.

Pata de Mosca la devolvió a su sitio con cuidado.

—Justo, lo dejaremos escapar —explicó, cerrando la mochila—. Y además le enseñaremos la entrada de esta cueva.

—¡Ahora sí que ha perdido la chaveta el alfeñique! —resopló Piel de Azufre—. Lo veía venir. Era sólo cuestión de tiempo.

—Piel de Azufre, deja que se explique —le ordenó Lung.

—¡*Tenemos* que atraerlo hasta aquí! —exclamó Pata de Mosca—. ¿O quieres que desaparezca por el agua al darse cuenta de que se está fundiendo su coraza? Él no enviará a los cuervos hasta aquí, porque los expondría demasiado al fuego de dragón. Una vez en la cueva, sólo podrá escapar por el túnel. Y nosotros podemos obstruirlo.

—¡Sí, sí, tienes razón! —murmuró Piel de Azufre.

—A pesar de todo es imposible —dijo Maya—. Os habéis olvidado de la luna. Nosotros no podremos volar en la cueva.

—¡Y fuera, tampoco! —replicó Pata de Mosca—. Ya os hemos hablado de los cuervos. Ellos oscurecerán la luna, como hicieron antaño en el mar, y vosotros aletearéis indefensos hasta caer en las fauces de Ortiga Abrasadora.

—Pata de Mosca tiene razón —comentó Lung a Maya—. Tenemos que atraerlo hasta aquí. Y nosotros volaremos. Todavía me queda algo de rocío de luna. Será suficiente para nosotros dos.

La dragona lo miró dubitativa, pero al fin asintió.

—De acuerdo, lo atraeremos hasta aquí. Pero lo destrozará todo, ¿verdad? —preguntó escudriñando a su alrededor.

—¡De eso nada, vosotros se lo impediréis! —exclamó Lola—. Y ahora que siga hablando el ósculocoloso. Quiero enterarme por fin de lo que se propone hacer con el enano.

Pata de Mosca miró en torno suyo dándose importancia.

—En cuanto salga la luna, nuestro preso se escapará —anunció—. Con todos los informes que Ortiga Abrasadora espera ansioso y con la botellita de saliva de duende. Revelará a su maestro la situación de la entrada de la cueva y cómo franquearla. Le sacará brillo a Ortiga Abrasadora con saliva de duende y luego… —Pata de Mosca sonrió— lo conducirá a la perdición.

—¿Cómo piensas organizarlo para que no se entere del plan? —preguntó Ben.

—Oh, dejad que de eso me ocupe yo, joven señor —respondió Pata de Mosca observándose el dedo, que relucía como el oro gracias al metal de la escama fundida—. Será mi venganza por trescientos años de tristeza y once hermanos devorados.

50. El espía
engañado

Barba de Guijo lo había intentado todo para librarse de sus ataduras: arrastrarse por el suelo de la cueva como un pez fuera del agua, restregar las manos atadas contra los bordes afilados de las piedras e intentar alcanzar la navaja de su bolsillo. Todo en vano. Los nudos de la rata eran magistrales. Y así yacía hora tras hora sobre el duro suelo de piedra como un saco de patatas, rechinando los dientes. Mientras los destellos de mil piedras maravillosas caían sobre él desde la oscuridad, soñaba con arrancar las patas de araña al homúnculo traicionero.

En cierto momento unos pasos se aproximaron y Barba de Guijo pensó que regresaban la rata gorda o uno de esos duendes desgreñados. Pero, para su sorpresa, el que salió del oscuro corredor por el que lo habían conducido hasta allí fue Pata de Mosca, el traidor, llevando su sombrero en la cabeza.

—¿Qué buscas aquí? —rugió Barba de Guijo retorciéndose en sus ataduras como un gusano—. ¿Pretendes sonsacarme? ¡Lárgate! ¡Regresa con tus amigos! Pero devuélveme mi sombrero, asqueroso traidor de patas de araña.

—¡Cállate! —susurró Pata de Mosca.

Se arrodilló junto al enano y Barba de Guijo, espantado, vio que sacaba una navaja del bolsillo.

—¡Socorro! —se desgañitaba el enano—. ¡Auxilio, Áureo Señor, quiere asesinarme!

—¡No digas tonterías! —Pata de Mosca empezó a cortar las ligaduras de Barba de Guijo—. Como sigas moviéndote, igual te rebano un dedo sin querer. Y si vuelves a gritar de ese modo, Piel de Azufre te comerá de desayuno.

Barba de Guijo cerró la boca.

—¡Los duendes no comen enanos! —gruñó.

—A veces, sí —insistió Pata de Mosca cortando la última atadura—. Una vez, hasta oí decir a uno que los enanos son agradablemente crujientes.

—¿Crujientes? —Barba de Guijo se incorporó intranquilo.

Escuchó, pero no oía nada, excepto el murmullo de las piedras.

Pata de Mosca le entregó la mochila.

—Toma, aquí tienes tus cosas. Ahora, larguémonos de aquí con viento fresco.

—¿Que nos larguemos? —el enano miró con desconfianza al homúnculo—. ¿Qué significa esto? ¿Es una trampa?

—¡Qué disparate! —cuchicheó Pata de Mosca tirando de él—. Aunque has estado a punto de estropear mi magnífico plan, no dejaré que te cojan los duendes. Aparte de que te necesito como mensajero.

—Pero ¿de qué hablas? —el enano de las rocas lo seguía a regañadientes por los oscuros corredores—. ¿A qué plan te refieres? ¡Tú nos has traicionado! Tú enviaste al desierto a Ortiga Abrasadora. ¿Sabes que me pasé días enteros desenterrándolo de la arena caliente? Eso es lo que tengo que agradecerte.

—¡Bobadas! —replicó Pata de Mosca en voz baja—. ¡No dices más que bobadas! Yo no soy un traidor. Soy el fiel limpiacorazas de Ortiga Abrasadora desde hace más de trescientos años, más tiempo del que llevas tú picando piedras, cabeza de yeso. ¿Crees que iba a convertirme en un traidor por un quítame allá esas pajas? ¡No, los cuervos tienen la culpa! Son ellos los que han difundido mentiras sobre mí. Nunca me han soportado. Pero yo me encargaré de que Ortiga Abrasadora vuelva por fin a salir de caza. Yo, Pata de Mosca, y no esos miserables picos torcidos. Y tú me ayudarás.

—¿Yo? —Barba de Guijo caminaba a trompicones tras él, patidifuso—. ¿Cómo? ¿Qué...?

—¡Chsssst! —Pata de Mosca le cubrió la boca con la mano—. Ahora no quiero oír ni pío, ¿entendido?

Barba de Guijo asintió y se quedó mudo de asombro. Habían llegado a la cueva grande.

En toda su vida había visto tales maravillas. Las piedras lo cegaron, murmurando en sus oídos incontables y maravillosas voces nunca escuchadas hasta entonces. Cuando el homúnculo lo obligó con rudeza a proseguir su camino, Barba de Guijo pareció despertar de un profundo sueño.

–¿Qué te pasa? ¿Quieres convertirte en piedra? –le dijo en voz muy baja Pata de Mosca arrastrando al enano por las entrañas brillantes de la tierra. Pasó por delante de los duendes dormidos, de la rata, que roncaba tumbada junto a su avión, y del chico humano, que se había enroscado igual que un gato. Barba de Guijo no reparó en ninguno de ellos. Sólo tenía ojos para las luminosas piedras de luna y para los dibujos brillantes de las paredes de la cueva. De pronto tropezó con la cola de un dragón dormido y se detuvo asustado.

Dos dragones plateados se tumbaban delante de él. Muy cerca el uno del otro, tan pegados que apenas se diferenciaban entre sí.

–¿Dos? –preguntó en un murmullo al homúnculo–. ¿Por qué sólo hay dos? ¿Dónde están los demás?

–En otra cueva –musitó Pata de Mosca–; y ahora, ¡ven de una vez! ¿O prefieres seguir ahí plantado cuando se despierten?

Barba de Guijo apretó el paso y continuó andando a trompicones.

–¿Cuántos son? –susurró–. Venga, suéltalo de una vez, Pata de Mosca. Seguro que el Gran Dorado me lo preguntará.

–Veinte –siseó Pata de Mosca por encima del hombro–, acaso más. Vamos.

–Veinte… –murmuró Barba de Guijo volviéndose otra vez a mirar a los dragones dormidos–. Muchísimos.

–Cuantos más, mejor –le contestó en voz baja Pata de Mosca–. Apuesto a que eso es lo que responderá él.

–Sí, tienes razón. Seguro que responderá eso.

Barba de Guijo asintió e intentó apartar la vista de las piedras. Sin embargo, las maravillas que lo rodeaban le hacían olvidar una y otra vez que estaba huyendo. Cuando dejaron atrás la cueva, el hechizo se rompió. El homúnculo lo arrastraba por un túnel interminable que ascendía hasta terminar delante de una gran plancha rocosa. Barba de Guijo escudriñó, confundido, a su alrededor, pero Pata de Mosca, sin decir palabra, lo condujo al exterior por un estrecho pasadizo lateral.

Ya había salido la luna. Detrás de los picos blancos palidecía la última banda del arrebol vespertino. El lago en el que aguardaba Ortiga Abrasadora se oscurecía entre las montañas. Los cuervos describían círculos sobre el agua.

—Toma tu sombrero —Pata de Mosca se lo encasquetó al enano de las rocas encima de sus cabellos desgreñados.

—¿Encontrarás solo este lugar?

Barba de Guijo asintió.

—Claro —contestó—. Unas piedras maravillosas. Únicas.

—Si tú lo dices… —Pata de Mosca se encogió de hombros y señaló la peña situada a su izquierda—. Ésa de ahí es la plancha de piedra que acabas de ver desde el interior. Cuando un dragón se apoya contra ella, se abre una puerta. Así que nuestro maestro debería acceder sin problemas a la montaña. El túnel que se inicia detrás es lo bastante espacioso incluso para él. Qué estúpido por parte de esos duendes, ¿verdad? —rió burlón.

—Él exigirá que lo limpie antes de emprender la gran cacería —Barba de Guijo se echó la mochila a la espalda—. Y está completamente cubierto de barro. Así que no esperes su ataque demasiado pronto.

El homúnculo, dirigiendo una extraña mirada al enano, asintió.

—Límpialo mejor que nunca —le advirtió—. Ésta será su mayor cacería. ¡Desde hace más de cien años!

—¡Sí, sí! —Barba de Guijo se encogió de hombros y comenzó el descenso—. Me gustaría que ya hubiera terminado para recibir de una vez mi salario. Me prometió dos de sus escamas por mis servicios.

—Dos escamas, vaya, vaya —murmuró Pata de Mosca mientras el enano descendía hacia las profundidades—. Qué generoso.

Durante unos instantes, el homúnculo siguió con la vista al nuevo limpiacorazas de Ortiga Abrasadora. Después, el frío de la noche lo obligó a regresar al interior de la montaña.

51. Atuendo de caza

—¿Terminas de una vez, limpiacorazas? —gruñó Ortiga Abrasadora.

Hundido hasta las rodillas en el agua oscura, contemplaba su reflejo resplandeciente. Barba de Guijo, acuclillado en su cabeza, bruñía su frente acorazada. El sudor corría por la barba del enano debido al esfuerzo, a pesar de la gélida noche.

—¡Níquel y sombrero de escayola! —mascullaba apretando los dientes—. Pero ¿qué pasa aquí? Se enturbian como vidrio opalino aunque los dedos me sangren de tanto frotar.

—¿Qué diablos farfullas? —bufó Ortiga Abrasadora, dando coletazos de impaciencia en el agua—. Ya has limpiado cuatro veces por lo menos ese lugar. ¿Sigue sin brillar?

Observó el agua inclinando la cabeza con desconfianza. Pero en la oscuridad de la noche, su reflejo apenas era una sombra dorada deformada por las olas.

—Maestro —graznó un cuervo posándose en una de las púas de la espalda de Ortiga Abrasadora.

El dragón se volvió, malhumorado.

—¿Qué ocurre? —refunfuñó.

—¿No deberíamos acompañaros a la cueva algunos de nosotros? —graznó el cuervo.

—¡Bobadas! —Ortiga Abrasadora meneó la cabeza—. Si os alcanzase el fuego de dragón caeríais del cielo asados. No, os volveré a necesitar más tarde. De manera que quedaos aquí, ¿entendido?

—¡Entendido, maestro! —graznó el cuervo y, agachando sumiso el pico, aleteó para regresar junto a los demás, que sobrevolaban el lago como una nube negra.

—Ojalá estén en forma esos dragones —gruñó Ortiga Abrasadora cuando su sirviente se alejó—. De lo contrario no sería divertido cazarlos. ¿Qué aspecto tenían, limpiacorazas?

—Solamente vi dos —contestó Barba de Guijo malhumorado, deslizándose unas escamas más allá—. Son más pequeños que vos, mucho más pequeños.

Sacudió las últimas gotas de pulimento de la botella y volvió a sumergir el paño en el agua.

—¿Dos? —Ortiga Abrasadora miró de soslayo al atareado enano—. ¿Y por qué sólo dos?

—Los demás estaban en otra cueva —contestó Barba de Guijo.

El enano frotaba sin parar y los nudillos le dolían, pero aquella capa permanecía adherida a las escamas de Ortiga Abrasadora. Con un suspiro, dejó caer el trapo y lo arrojó a la orilla junto con el cubo.

—¡Esto ha sido todo, Áureo Señor! —exclamó enjugándose el sudor de la frente con la barba y enderezando su sombrero.

—¡Al fin! —gruñó Ortiga Abrasadora.

Lanzó una última mirada a su reflejo, se estiró, se relamió los horrendos dientes y, resoplando, salió pesadamente del agua. Las flores azules se quebraron bajo sus zarpas. Ortiga Abrasadora se limpió el fango de las garras, se las afiló en los dientes por última vez y se dirigió como una apisonadora hacia las montañas.

—Bueno, ¿dónde es? —gruñó—. Venga, dímelo ya, limpiacorazas. ¿En esa montaña de ahí?

—Sí, Áureo Señor —Barba de Guijo asintió acurrucándose.

El frío le pellizcaba los redondos carrillos con sus tenazas de hielo. Ortiga Abrasadora caminaba seguro de su victoria por entre las flores aromáticas. Barba de Guijo lo oía rechinar los dientes y chasquear la lengua mientras se relamía y reía roncamente. Eso debía de ser lo que denominaban ansia de caza. El enano bostezó y recordó la enorme cueva. Qué piedras maravillosas había allí, qué tesoros nunca vistos. ¡Pero habría lucha! Esos veinte dragones seguro que no se dejarían comer por las buenas. Barba de Guijo frunció el ceño y resopló de frío. Un combate así era peligroso para la gente menuda como él. Podía caer fácilmente bajo las zarpas de los contendientes.

—¡Eh, Áureo Señor! —gritó—. Creo que será mejor que me quede aquí, ¿no? Sólo supondría una molestia para vos en vuestro magno combate.

Ortiga Abrasadora, sin embargo, no le prestaba la menor atención. Temblaba de ardor cinegético. Resollando, comenzó la ascensión por la ladera.

«Podría saltar», pensó Barba de Guijo. «Él no se dará cuenta. Y cuando todo haya pasado lo seguiré».

Miró hacia abajo. Pero el suelo estaba lejos, muy lejos. El enano de las rocas deambulaba inquieto de un lado a otro. Finos copos de nieve caían suavemente del cielo, cubriendo su sombrero. El viento acariciaba las rocas e inundó la noche de gemidos y suspiros. A Ortiga Abrasadora le agradaba aquello. Le gustaba el frío. Lo fortalecía. Ascendió poco a poco, resoplando y bufando por el peso de la armadura. Sus zarpas se hundían profundamente en la nieve recién caída.

—Ya sabía yo que el homúnculo no se atrevería a traicionarme —gruñó mientras se aproximaba lentamente a las blancas cumbres—. Es un tipo listo, y no un cabeza hueca ávido de oro como tú, enano.

Barba de Guijo frunció el ceño e hizo una mueca a Ortiga Abrasadora a hurtadillas.

—No obstante —el enorme dragón se izaba peñas arriba—, creo que lo devoraré. Es demasiado descarado para ser limpiacorazas. Me quedaré contigo.

—¿Cómo? —Barba de Guijo se incorporó despavorido—. ¿Qué habéis dicho?

Ortiga Abrasadora soltó una horrenda carcajada.

—Que te quedarás de limpiacorazas, eso es lo que he dicho. Y ahora, cierra el pico. He de concentrarme en la caza. ¡Aaaah! —se relamió y clavó sus garras en el flanco de la montaña—. Están tan cerca. Tan próximos al fin. Los arrancaré a mordiscos del techo de la cueva como si fueran inofensivas palomas.

Barba de Guijo se agarró, temblando, a uno de los cuernos.

—¡Pero yo no quiero ser vuestro limpiacorazas! —gritó al oído de Ortiga Abrasadora—. Quiero mi recompensa y luego volver a dedicarme a buscar piedras.

—¡Bah, blablablablá! —Ortiga Abrasadora soltó un gruñido amenazador—. Cierra el pico o te devoraré antes que al homúnculo, ¿y dónde conseguiría entonces un nuevo limpiacorazas? —jadeando, se detuvo en un saliente rocoso—. ¿Dónde es? —preguntó girando la cabeza—. Ya no debe de quedar muy lejos, ¿verdad?

Barba de Guijo se sorbió la nariz y cerró sus puños callosos, enfurecido.

—¡Vos me lo prometisteis! —gritó en el viento helado.

—¿Dón-de-es? —bramó Ortiga Abrasadora—. Muéstramelo, limpiacorazas, ¿o prefieres que te devore aquí mismo?

—¡Allí! —Barba de Guijo alzó un dedo tembloroso señalando hacia arriba—. Allí, en aquella hondonada grande donde se acumula la nieve.

—Bien —gruñó el dragón, impulsándose jadeando hacia arriba.

Barba de Guijo, entre sus cuernos, se mordía las barbas de rabia. Si no iba a recibir su premio, dejaba de ser limpiacorazas en el acto.

Sigiloso, comenzó a deslizarse por el cuello de Ortiga Abrasadora: muy despacio, en completo silencio y con toda la habilidad que había adquirido trepando por las montañas. Cuando

Ortiga Abrasadora se apoyó contra la plancha rocosa que ocultaba a sus presas, su limpiacorazas saltó a la nieve. Y cuando la losa de piedra se deslizó hacia un lado y Ortiga Abrasadora se adentró en el túnel arrastrando la cola, Barba de Guijo corrió sigilosamente tras él. Por su propio pie y a prudencial distancia. No para presenciar la gran cacería, qué va. Lo que de verdad anhelaba era regresar por fin a la cueva maravillosa.

52. El fin de Ortiga Abrasadora

Piel de Azufre corría por aquel túnel largo e interminable.

—¡Ya viene! —vociferaba—. ¡Ya viene!

Entró en la cueva como una flecha, corrió hacia Lung y subió agarrándose a su cola. Ben ya estaba sentado sobre su lomo, con Pata de Mosca en el regazo, como en las numerosas noches de su viaje. Burr-Burr-Chan se acomodaba entre las púas del lomo de Maya.

—¡Asciende montaña arriba como una máquina de los humanos! —jadeó Piel de Azufre ciñéndose las correas alrededor del cuerpo—. Gruñe y resopla y es grande como… como… como…

—Es más grande que todos nosotros —la interrumpió la rata encendiendo el motor de su avión—. De manera que, ¡adelante! Actuemos según lo convenido.

Y cerrando la cabina, elevó el avión en cuanto se puso en marcha y, describiendo una amplia curva, voló hacia un saliente rocoso situado sobre la salida del túnel. Allí aguardó la aparición de Ortiga Abrasadora.

—Mucha suerte —deseó Lung a Maya batiendo las alas—. ¿Tú qué crees, que los dragones sólo dan suerte a los humanos?

—Quién sabe —respondió Maya—. Sea como sea, nosotros vamos a necesitarla y mucho.

—Pata de Mosca, sujétate bien fuerte —aconsejó Ben revisando por última vez las correas—. ¿Está claro?

El homúnculo asintió con la vista clavada en la salida del túnel. Su corazón latía como el de un ratón atrapado. ¿Qué ocurriría si el estúpido enano había diluido tanto la saliva de duende que no surtía efecto?

—¿Prefieres meterte en la mochila? —le susurró Ben.

Pata de Mosca sacudió enérgicamente la cabeza. No quería perderse nada. Quería presenciar la aniquilación de Ortiga Abrasadora. Quería ver cómo se fundía la coraza que había limpiado durante tantos años y cómo Ortiga Abrasadora, sometido al fuego de dragón, se convertía en aquello de lo que había sido creado.

De repente, Piel de Azufre se incorporó más tiesa que una vela.

—¿Lo oís? —preguntó con voz ronca.

Todos respondieron afirmativamente, hasta Ben, a pesar de su débil oído de humano. Unas pisadas sordas, lentas y amenazadoras se iban acercando lentamente desde el túnel. Ortiga Abrasadora había venteado el escondrijo de sus presas. Estaba de caza.

Ben y Piel de Azufre se aferraban a las correas. Pata de Mosca apretaba la espalda con todas sus fuerzas contra la barriga del muchacho. Los dos dragones desplegaron sus alas y se elevaron en el aire. Volaron juntos hasta el techo de la cueva y allí giraron para esperar en la oscuridad.

Las pisadas se aproximaban poco a poco. Toda la cueva parecía temblar. De repente, la cabeza dorada de Ortiga Abrasadora asomó por el túnel.

Llevaba la cabeza gacha. Sólo así cabía su cuerpo gigantesco en el corredor de los dubidai. Despacio, con los ojos brillantes y rojos como la sangre, escudriñó a su alrededor, olfateando, venteando con avidez el rastro de los dragones.

Ben oyó sus pesados jadeos debido a la prolongada ascensión. La maldad y la crueldad inundaron la cueva como una nube oscura. Ortiga Abrasadora se deslizó fuera del túnel palmo a palmo, esforzándose para salir de la angostura, hasta que al final plantó en la cueva su formidable corpachón.

Sus patas se doblaban bajo el peso de la armadura, que cubría cada centímetro de su cuerpo abominable. Su cola torpe y pesada, que arrastraba por el suelo, rebosaba de afiladas púas. Resollando y enseñando los dientes, el monstruo miraba a su alrededor. Un gruñido de impaciencia brotó de su pecho.

Entonces, el avión de Lola Rabogrís emprendió el vuelo. Descendió zumbando hacia el cráneo blindado de Ortiga Abrasadora, giró ruidosamente alrededor de sus cuernos y cruzó disparado por delante de sus ojos.

Ortiga Abrasadora levantó la cabeza perplejo y lanzó un bocado al avión como si fuera una mosca molesta.

—¡Más lejos! —musitó Ben—. ¡No te acerques tanto, Lola!

Pero la rata era una aviadora genial. Imprevisible y rápida como el rayo, volaba alrededor de la cabeza del monstruo, aparecía bajo el mentón de Ortiga Abrasadora y le pasaba entre las piernas como una bala. Aterrizaba en su lomo, volvía a despegar justo cuando el dragón se disponía a soltarle un bocado y, de ese modo, fue atrayéndolo cada vez más hacia el interior de la cueva.

El juego de la rata enfurecía al Dorado, que golpeaba en torno suyo bramando y resollando, ansioso por pisotear, aplastar, destrozar a mordiscos aquel objeto molesto que le impedía buscar a sus auténticas presas. Cuando Ortiga Abrasadora estuvo en mitad de la cueva, delante de los dragones petrificados, Lung se precipitó desde el techo con un estrepitoso aleteo y el cuello estirado. Volaba de frente hacia Ortiga Abrasadora. Maya hizo otro tanto desde un lateral.

El monstruo alzó la cabeza sorprendido. Con un rugido, enseñó sus horrendos dientes. Su aliento apestoso casi hizo retroceder a los dragones. Lola viró el avión y aterrizó en la cabeza de un dragón petrificado. En principio había hecho su trabajo. Ahora les tocaba el turno a Lung y a Maya.

Los dos dragones giraban sobre la cabeza de su enemigo.

—¡Aaaaarrr! —gruñía Ortiga Abrasadora, lamiéndose el morro y siguiéndolos con sus ojos rojos—. ¡Si son dos!

Su voz hacía retumbar las columnas de piedra. Sonaba tan profunda y hueca como si brotara de un túnel de hierro.

—Y lleváis con vosotros a vuestros duendes. ¡No está mal! Siempre son un postre apetitoso.

—¿Un postre? —Piel de Azufre se inclinó tanto desde el lomo de Lung que el aliento ardiente de Ortiga Abrasadora penetró en su nariz—. En la carta de hoy figuras tú, albóndiga dorada.

Ortiga Abrasadora ni siquiera la miró. Tras lanzar una fugaz ojeada a Lung y a Maya, se relamió y se irguió con gesto amenazador.

—¿Dónde están los demás? —bramó, acechando impaciente a su alrededor. Su cuerpo temblaba de avidez. Sus garras escarbaban inquietas el suelo de piedra—. ¡Salid! Quiero cazaros a todos juntos. Quiero que huyáis a la desbandada como los patos cuando atrape a uno de vosotros.

Rugiendo, levantó una zarpa y destrozó una estalactita como si fuera de cristal. Esquirlas de piedra volaron por la cueva. Pero los dos dragones continuaron girando impávidos por encima de su cabeza.

—¡Aquí no hay ninguno más! —le gritó Lung haciendo una pasada tan baja, que sus alas casi rozaron el hocico de Ortiga Abrasadora.

Ben y Piel de Azufre se quedaron sin aliento al aproximarse tanto al monstruo. Aferrados a las correas, se encogieron detrás de las púas de Lung.

—¡Aquí sólo estamos nosotros! —gritó Maya describiendo círculos por encima del engendro—. Pero te venceremos. Ya lo verás. Sólo nosotros dos, con nuestros jinetes.

Ortiga Abrasadora se revolvió encolerizado.

—¡Jinetes del dragón, bah! —torció el morro en una mueca burlona—. ¿Ahora me venís con esos viejos cuentos? ¿Dónde... están... los... demás?

Ben no se dio cuenta de que Pata de Mosca se soltaba de sus correas. Sin ser visto, igual que un ratoncito, el homúnculo trepó por la gruesa chaqueta del muchacho y se colocó encima de su hombro.

—¡Pata de Mosca! —balbuceó Ben asustado.

Pero el homúnculo ni lo miró.

Colocándose las manos junto a la boca, gritó con voz estridente:

—¡Eh! ¡Mirad quién está aquí, maestro!

Ortiga Abrasadora levantó la cabeza sorprendido.

—¡Estoy aquí, maestro! —gritó Pata de Mosca—. En el hombro del jinete del dragón. ¿Comprendéis? No hay ningún otro dragón. ¡Engañé al enano! ¡Os he engañado a vos! ¡Vais a fundiros y yo lo contemplaré complacido!

—¡Pata de Mosca! —siseó Ben—. Baja de ahí.

Intentó coger al homúnculo para quitárselo del hombro, pero Pata de Mosca se agarró con fuerza a los pelos del muchacho mientras sacudía su puño diminuto.

—¡Ésta es mi venganza! —chillaba—. ¡Ésta es mi venganza, maestro!

Ortiga Abrasadora esbozó una mueca sarcástica.

—¡Vivir para ver! —gruñó—. Patas de araña sentado en el dragón plateado. Mi antiguo limpiacorazas... Observa a ese mentecato, Barba de Guijo, y que lo que voy a hacer con él ahora mismo te sirva de lección.

—¿Barba de Guijo? —se desgañitó Pata de Mosca, que por poco se cae de cabeza—. Pero ¿es que no os habéis dado cuenta? Barba de Guijo ha desaparecido. Se ha marchado, igual que yo. Ya no tenéis limpiacorazas. Y la verdad es que dentro de poco tampoco lo necesitaréis.

—¡Silencio, Pata de Mosca! —gritó Lung girando la cabeza.

De improviso, Ortiga Abrasadora se alzó jadeando sobre sus patas traseras y lanzó un zarpazo al dragón remolineante con toda su fuerza. Lung lo esquivó en el último segundo. Pata de Mosca, sin embargo, lanzó un gritó agudo, alargó la mano buscando en vano un asidero... y se precipitó de cabeza al vacío.

—¡Pata de Mosca! —gritó Ben inclinándose hacia delante. Pero su mano sólo aferró el vacío.

El homúnculo cayó justo sobre la frente blindada de Ortiga Abrasadora. Desde allí resbaló por el grueso cuello y se quedó colgando, pataleando, entre dos picos.

Ortiga Abrasadora, con un gruñido, volvió a dejarse caer sobre las zarpas.

—¡Ya te tengo, patas de araña! —gruñó mientras lanzaba un bocado hacia el lugar donde se agarraba su sirviente traidor pataleando con sus escuálidas piernas.

—¡Lung! —gritó Ben—. ¡Lung, tenemos que ayudarlo!

Pero en ese momento ambos dragones se abalanzaban ya sobre Ortiga Abrasadora por dos lados. Justo cuando abrían sus fauces para escupir su fuego sobre él, Pata de Mosca profirió un alarido penetrante.

—¡No! —gritó—. ¡Fuego de dragón, no! ¡Me transformará! ¡No! ¡Oh, no, por favor!

Los dragones frenaron su vuelo.

—¿Estás loco, Pata de Mosca? —gritó Piel de Azufre—. Te va a devorar.

Ortiga Abrasadora se volvió gruñendo e intentó de nuevo dar un mordisco en las piernas a Pata de Mosca. Lung y Maya lo distrajeron una vez más, golpeando su coraza con las patas, pero Ortiga Abrasadora se los sacudía igual que a moscardones. A Ben casi se le paró el corazón de la desesperación. Por un instante, cerró los ojos. De repente, oyó un zumbido.

Venía la rata.

Su avión se dirigía a toda velocidad hacia el lomo blindado de Ortiga Abrasadora. El techo de la cabina se abrió y Lola se asomó, vociferando:

—¡Venga, ósculomusculoso, adentro!

Con una maniobra arriesgadísima se acercó volando al pataleante Pata de Mosca.

—¡Salta, Pata de Mosca! —gritó Lung—. ¡Salta!

Y clavó las garras de sus zarpas en el pescuezo acorazado de Ortiga Abrasadora para distraerlo durante unos valiosos segundos.

Cuando el dragón dorado, rugiendo, lanzó una tarascada a Lung, el homúnculo soltó el pico al que estaba agarrado… y cayó en el asiento trasero del avión de Lola. La rata aceleró en el acto y el avión salió disparado hacia el techo de la cueva con el techo de la carlinga abierto y el tembloroso Pata de Mosca dentro.

Ortiga Abrasadora bramó tan fuerte que los duendes se apretaron las patas contra sus sensibles oídos. Rugiendo, el Dorado volvió a levantarse intentando golpear a sus dos congéneres. Sus garras pasaron rozando las alas de Maya. Pero en lugar de huir, la dragona se lanzó sobre él como una gata furiosa, con la boca abierta y escupiendo fuego azul.

Lung se acercó por el otro lado. Una llamarada formidable brotó de sus fauces cayendo sobre la cabeza de Ortiga Abrasadora. El fuego de Maya envolvió el lomo dorado, llameó por la cola de Ortiga Abrasadora y lamió sus patas.

El dragón dorado enseñó los dientes y soltó tal carcajada, que desde el techo de la cueva llovieron piedras.

Fuego de dragón.

¡Cuántas veces lo había lamido! Su coraza lo convertiría en vapor. Su frialdad devoraría las llamas azules, y cuando los dos dragones estuvieran exhaustos y desalentados, los atraparía en el aire como a murciélagos indefensos. Gruñendo de alegría anticipada, se relamió los labios. Entonces notó que algo se escurría por su frente y goteaba sobre sus ojos. Disgustado, levantó la zarpa para limpiarse… y se quedó de piedra.

Sus garras se deformaban. Sus escamas parecían hojas secas. Ortiga Abrasadora parpadeó. Lo que goteaba de su frente impidiéndole la visión era oro líquido.

Los dragones se lanzaban de nuevo a la carga. Una vez más, el fuego azul lamió su cuerpo y sus miembros comenzaron a arder. Contempló con ojos vidriosos su coraza, que se estaba transformando en una viscosa papilla dorada. Horrorizado, soltó un berrido y se golpeó las llamas azules. De sus zarpas saltó oro. Ortiga Abrasadora bramaba y jadeaba. Los dragones regresaban volando. Intentó apresarlos, pero resbaló en un charco de oro fundido.

Entonces, por primera vez en su larga y malvada vida, sintió nacer en su interior el miedo, negro y caliente. Acechó a su alrededor, acosado. ¿Adónde huir? ¿Adónde, para librarse del fuego que devoraba su armadura? Se sentía cada vez más caliente. Su cuerpo ardía. Su fuerza mermaba a la par que sus escamas. Tenía que encontrar agua. Sumergirse en ella.

Ortiga Abrasadora miró inexpresivamente el túnel por el que había llegado hacía una eternidad, cuando todavía era Ortiga Abrasadora, el Dorado, Ortiga Abrasadora, el Invencible. Pero los dragones plateados describían círculos volando delante del túnel y las llamaradas de fuego azul seguían brotando de sus fauces convirtiendo su valiosa coraza en papilla. Ortiga Abrasadora se encogía. Gruñendo, intentó levantar las zarpas, pero éstas permanecían firmemente adheridas a los charcos dorados, que aumentaban de tamaño. Ortiga Abrasadora sintió que se le partía el corazón.

Un vapor blanco brotó de sus fauces, húmedo y helado. El frío escapaba silbando de su cuerpo, hasta que se desplomó como un globo desinflado. El vapor de hielo ascendió por la cueva y quedó flotando en forma de nubes sobre los dragones de piedra.

Lung y Maya se quedaron quietos en medio de la neblina blanca. Hacía frío en la cueva, un frío glacial. Ben y Piel de Azufre se apretaban tiritando uno contra otro, mirando hacia abajo con los ojos entornados. Pero los vapores envolvían a Ortiga Abrasadora y apenas se distinguía de él una sombra encogida.

Lung y Maya, vacilantes, descendieron sumergiéndose en las nubes frías. Copos de nieve se depositaron en el pellejo de Piel de Azufre y ardieron helados en el rostro de Ben. No se oía el menor sonido, salvo el ronroneo del avión de Lola brotando de la niebla.

—¡Ahí! —musitó Burr-Burr-Chan cuando Maya y Lung se posaron en el suelo cubierto de oro—. ¡Ahí está!

53. La petición del enano

La coraza de Ortiga Abrasadora yacía como una piel desollada en medio de una gigantesca charca de oro. Los copos de nieve se fundían en su superficie con un siseo. De entre los dientes de su hocico entreabierto brotaba un vapor verdoso. Ahora, los ojos eran negros como faroles apagados.

Con pasos indecisos, los dos dragones vadearon el oro líquido dirigiéndose a lo que quedaba de su enemigo. Lola pasó zumbando junto a ellos y aterrizó en la coraza derretida. Cuando la rata abrió de golpe la cabina, Pata de Mosca asomó la cabeza por detrás del asiento trasero y contempló incrédulo lo que un día fue su maestro.

—¡Fijaos en eso! —exclamó Lola saltando a una de las alas—. Este tipo era pura chapa. Igual que una máquina humana, ¿a que sí? —dio unos golpecitos en el oro: seguía caliente—. Suena a hueco.

Pata de Mosca atisbaba por la cabina con los ojos abiertos como platos.

—¡Enseguida se mostrará! —susurraba.

—¿A qué te refieres?

Lola se sentó en el borde del ala balanceando las piernas.

Pero el homúnculo no respondió. Como hechizado, clavaba sus ojos en el morro abierto de Ortiga Abrasadora, del que seguía brotando un humo verde.

—¿A qué esperas, Pata de Mosca? —preguntó Lung aproximándose despacio—. Ortiga Abrasadora ha muerto.

El homúnculo lo miró.

—¿Murieron los cuervos? —preguntó—. No. Volvieron a convertirse en lo que fueron en su día. ¿De qué criatura creó el alquimista a Ortiga Abrasadora? Él no pudo darle vida porque era incapaz de crearla. Solamente podía tomarla prestada… de otra criatura.

—¿De otra criatura? —Piel de Azufre se removió inquieta en el lomo de Lung—. ¿Crees que está a punto de salir algo de ahí? —tiró de las correas—. Vámonos, Lung, podemos presenciarlo desde una distancia más segura, ¿no te parece?

Pero el dragón no se movió.

—¿Qué criatura, Pata de Mosca? —preguntó.

—Oh, no hay muchos animales cuya vida pueda uno tomar prestada como si fuera una chaqueta —respondió el homúnculo sin apartar la vista del hocico de Ortiga Abrasadora.

Los demás se miraban desconcertados.

—¡Por favor, ósculodelicioso, no nos tengas sobre ascuas! —rogó Lola levantándose—. ¿Ha terminado el combate?

—¡Ahí! —susurró Pata de Mosca sin mirarla; y, agachándose, señaló hacia abajo—: ¡Mirad! ¡Ahí viene la vida de Ortiga Abrasadora!

Del hocico entreabierto emergió un sapo.

Con un chapoteo aterrizó en la charca dorada, volvió a saltar, despavorido, y brincó a una piedra cubierta de nieve que sobresalía del oro.

—¿Un sapo? —Piel de Azufre se inclinó sobre el lomo de Lung con cara de incredulidad.

El sapo la miró con sus ojos dorados y empezó a croar, preso de la inquietud.

—¡Tonterías, ósculomusculoso! —exclamó la rata—. Tú lo que quieres es tomarnos el pelo. El monstruo se lo tragaría en algún momento, eso es todo.

Pata de Mosca meneó la cabeza.

—Me importa un bledo que me creáis o no. El alquimista era bueno creando lo más horrendo a partir de lo diminuto.

—¿Tenemos que atraparlo, Pata de Mosca? —preguntó Lung.

—¡Oh, no! —el homúnculo sacudió la cabeza asustado—. El sapo es inofensivo. La maldad de Ortiga Abrasadora era la maldad de nuestro creador, no la suya.

Piel de Azufre frunció el ceño.

—¡Un sapo, psss! —dirigió a Pata de Mosca una sonrisa burlona—. Así que por eso no querías que te alcanzara el fuego de dragón, porque tú también te habrías convertido en un saltarín parecido, ¿eh?

Pata de Mosca la miró irritado.

—No —contestó ofendido—. Yo seguramente me habría convertido en algo mucho más pequeño, si tanto te interesa saberlo. Para criaturas de mi tamaño, el alquimista utilizaba preferentemente cochinillas de la humedad o arañas —y dicho esto le dio la espalda a Piel de Azufre.

Lung y Maya trasladaron a sus jinetes a una zona libre del oro fundido que cubría el suelo de la cueva. El sapo los siguió con la vista. Tampoco se movió cuando Ben y los duendes bajaron del lomo del dragón y se acercaron al borde de la charca de oro para contemplar de nuevo la coraza fundida de Ortiga Abrasadora. Sin embargo, cuando Lola puso en marcha su avión, el sapo se alejó saltando.

Piel de Azufre intentó seguirlo, pero Lung la retuvo suavemente con el hocico.

—Deja que se vaya —dijo volviéndose.

Algo pequeño corría veloz por la nieve hacia él, con un sombrero descomunal y barba desgreñada. Tirándose boca abajo ante Lung y Maya, clamó con voz lastimera:

—Piedad, dragones de plata, tened piedad de mí. Satisfaced una petición. La petición de mi vida. Satisfacedla o mi corazón será pasto de la nostalgia el resto de mi miserable existencia.

—¿No es éste el pequeño espía de Ortiga Abrasadora? —preguntó Maya asombrada.

—¡Sí, sí, lo admito! —Barba de Guijo se incorporó y, poniéndose de rodillas, alzó la vista con timidez—. Pero no voluntariamente. Él me obligó, por supuesto.

—Bah, ¡mentiroso! —gritó Pata de Mosca bajando del avión de la rata—. En su día corriste voluntariamente hacia él. Por pura avidez de oro. ¡Sin ti jamás habría sabido nada de Lung!

—Sí, bueno —murmuró Barba de Guijo tirándose de la barba—. Quizá. Pero…

—Observa a tu alrededor —le interrumpió Pata de Mosca—. Ahora puedes bañarte en su oro. ¿Qué te parece?

—¿Es ésa tu petición? —Lung se estiró y desde su altura miró al enano con el ceño fruncido—. Responde de una vez. Todos nosotros estamos cansados.

Pero Barba de Guijo negó con la cabeza con tal energía que casi se le cayó el sombrero.

—¡No, no, el oro ya no me interesa! —gritó—. Ni pizca. Me trae sin cuidado. Quiero… —extendió sus brazos—, quiero quedarme en la cueva. Ése es mi deseo —y miró expectante a los dos dragones.

—¿Para qué? —preguntó, suspicaz, Burr-Burr-Chan.

—Me gustaría embellecerla —musitó Barba de Guijo.

Miró en torno suyo con devoción.

—Desearía sacar a la luz las piedras que se esconden en ella, con mucho cuidado, con mucho tiento. Puedo verlas, ¿sabéis? Las oigo susurrar. En las paredes, en las columnas. Un leve golpeteo por aquí. Un delicado arañazo por allá. Y relucirán y destellarán con todos los colores del arco iris —suspirando, cerró los ojos—. Será maravilloso.

—Ajá —refunfuñó Burr-Burr-Chan—. Lo cierto es que no suena nada mal. Sin embargo, la decisión compete a los dragones.

Lung bostezó y miró a Maya. La dragona apenas podía tenerse sobre sus patas de cansancio. Había escupido tanto fuego que por primera vez en su vida tenía frío.

—No sé —dijo dirigiendo los ojos a los dragones petrificados—. Ahora que no tengo que esconderme más del Dorado ya no necesito esta cueva. Pero ¿qué les sucederá a ellos? ¿No los molestarán sus golpes?

Barba de Guijo escudriñó a su alrededor.

—¿De quién hablas? —preguntó intranquilo.

—Ven —repuso Lung ofreciéndole su cola.

El enano, vacilando, tomó asiento entre sus picos y Lung, bordeando la enorme charca, lo condujo hasta los dragones petrificados. Maya y los demás los siguieron.

—Esto de aquí —explicó Lung cuando Barba de Guijo saltó de su cola a la pata de un dragón de piedra—, son los otros veinte dragones que buscaba Ortiga Abrasadora. Pata de Mosca te mintió para no atenuar la sed de caza de Ortiga Abrasadora y atraerlo hasta aquí.

El enano contempló con interés los cuerpos petrificados.

—Dejaron de alimentarse de la luz de la luna —aclaró Maya.

Se dejó caer en el suelo. La nieve se fundía con el calor de la cueva. El agua brillaba en el suelo. Para Ortiga Abrasadora era demasiado tarde para desaparecer en ella.

—Sí, sí, los acontecimientos se precipitan —murmuró Barba de Guijo golpeando con aire experto una zarpa de piedra—. Las piedras crecen rápido, y eso suele pasarse por alto.

Nadie le prestaba atención. Lung, somnoliento, se tumbó al lado de Maya. Burr-Burr-Chan y Piel de Azufre se preparaban un tentempié de setas. Lola limpiaba las salpicaduras de oro de su avión. Todos estaban cansados del combate que acababan de librar. Ben era el único que había escuchado las palabras de Barba de Guijo.

—¿Qué quieres decir? —preguntó agachándose junto al enano, mientras Pata de Mosca se subía a su rodilla—. ¿Has visto alguna vez algo parecido? ¿Que algo vivo se convierta en piedra?

—Seguro —Barba de Guijo apoyó la mano en las escamas de piedra del dragón—. A las criaturas fabulosas les sucede con gran facilidad. Vuestros castillos están repletos de ellas. Dragones, leones alados, unicornios, demonios, todos petrificados. Los humanos los encuentran y los exhiben, creyendo que son de piedra. Pero se equivocan. Casi siempre queda todavía en ellos un hálito de vida. Pero de eso no entienden nada los humanos. ¡Los exponen como si fuesen obra suya! ¡Pfff! —el enano arrugó despectivamente la nariz—. ¡Pueblo vanidoso! En éstos de aquí —Barba de Guijo se echó el sombrero hacia atrás y alzó la vista hacia los dragones petrificados—, la costra aún no es gruesa. ¡Sería fácil resquebrajarla de un golpe!

—¿De un golpe? —Ben miró al enano, incrédulo.

—Exacto —Barba de Guijo se enderezó el sombrero—. Pero no lo haré por nada del mundo. Me gustan mucho más petrificados.

—¡Lung! —gritó Ben, dando tal respingo que Pata de Mosca resbaló de su rodilla—. Lung, escucha esto.

El dragón levantó la cabeza, adormilado. También Maya se sobresaltó.

Barba de Guijo, asustado, agarró del brazo a Pata de Mosca.

—¿Qué le pasa al hombrecito? —preguntó en voz baja—. Si no he hecho nada. Ni siquiera he sacado el martillo. Tú eres testigo.

—¡El enano dice que puede despertarlos! —gritó Ben excitado.

—¿A quién? —murmuró Lung bostezando.

—¡A los dragones! —gritó Ben—. A los dragones petrificados. Él dice que la piedra no es más que una delgada capa. Como una cáscara, ¿entendéis?

Piel de Azufre y Burr-Burr-Chan levantaron la vista de su merienda, sorprendidos.

—Creo que el enano pretende que le demos permiso para empezar a martillear por aquí —opinó Piel de Azufre mordiendo el pedúnculo de una seta—. Romper la cáscara de un golpe. ¡Qué locura!

—¡De locura, nada! —Barba de Guijo se plantó ofendido ante las garras de los dragones petrificados—. Os lo demostraré —y sacando su martillo de la mochila, el enano trepó por una cola dentada hasta situarse sobre el lomo de piedra–. ¡Llevará tiempo! –gritó hacia abajo–. ¡Pero ya veréis!

Los dragones lo miraban dubitativos.

–¿Podemos ayudarte? –preguntó Maya.

El enano de las rocas se limitó a sacudir despectivo la cabeza.

–¿Vosotros? ¿Con esas zarpas gigantescas? No, no. Ni siquiera el hombrecito tiene en los dedos la sensibilidad necesaria para ello –se enderezó el sombrero haciéndose el importante–. Nosotros, los enanos de las rocas, somos los únicos que podemos hacerlo. Los únicos.

–Pues apaga y vámonos –rezongó Piel de Azufre concentrándose de nuevo en sus setas–. Porque en ese caso no saltará ninguno fuera de su cáscara hasta que me quede sin dientes.

–¡Un día! –gritó Barba de Guijo irritado agitando el martillo en dirección a ellos–. Un día, quizá incluso menos. Ya lo verás.

Pata de Mosca suspiró y se repantigó en el regazo de Ben.

–Son un pueblo de lo más vanidoso, estos enanos de las rocas –le susurró al chico–. Lo saben todo mejor que nadie, todo. Sin embargo, puede ser que lo consiga porque, a decir verdad, son expertos en piedras.

–¿Un día? –Lung bostezó y volvió a levantar la vista, dubitativo, hacia el enano–. La verdad es que fanfarroneas mucho. ¡No sabes hasta qué punto! Despiértanos si de verdad encuentras vida, ¿prometido?

—Claro, claro —respondió Barba de Guijo. Arrodillándose, pasó la mano por las escamas de piedra para comprobar y empezó a martillear con sumo cuidado, dando golpecitos suaves como el tictac de un reloj.

Ben contempló la labor del enano unos instantes, a pesar de que los ojos se le cerraban. En cierto momento, cuando los dragones y los duendes llevaban mucho rato dormidos e incluso unos ligeros ronquidos salían del avión de Lola, él también se durmió. Y Pata de Mosca lo secundó.

En la gran cueva se hizo un completo silencio. Barba de Guijo, sin embargo, proseguía su incansable martilleo. De vez en cuando echaba un vistazo a los restos del caparazón de Ortiga Abrasadora, que yacían entre el oro que se solidificaba poco a poco. Después soltaba unas risitas maliciosas, y reanudaba su labor.

54. Despierta un dragón

El primer dragón despertó cuando todos dormían aún.

Barba de Guijo había abierto a golpes una larga raja en la envoltura de piedra. Cuando volvió a levantar el martillo para ampliar un poco más la hendidura, la piedra vibró bajo sus pies. Fue una vibración muy débil, casi imperceptible. Barba de Guijo acercó el oído y escuchó. Se percibía un crujido, un raspar de escamas contra la áspera piedra. Grietas finas como pelos se fueron abriendo con un chasquido bajo los pies del enano, que, de un salto, se puso a salvo en lugar seguro. Aterrizó en la mullida tripa del chico dormido.

—¡Ayyy! —Ben se incorporó sobresaltado—. ¿Qué ocurre?

Pata de Mosca se frotaba los ojos perplejo.

—¡Conseguido! —exclamó Barba de Guijo bailando con sus gruesas botas en la tripa de Ben.

Pata de Mosca se volvió hacia los dragones petrificados.

—¡Escuchad, joven señor! —murmuró.

Pero Ben ya lo había oído. De la piedra brotaban resoplidos y quejidos.

—¡Lung! —Ben agarró a Pata de Mosca y a Barba de Guijo y retrocedió unos pasos—. ¡Lung, despierta! ¡Se está moviendo!

Todos se levantaron de golpe.

—¿Qué sucede? —gritó Lola saltando fuera de su avión.

—¡Está saliendo! —exclamó Ben.

De un par de saltos, la rata se plantó encima de su hombro.

La piedra gris en la que Barba de Guijo había realizado su hendidura, estallaba y crujía, se desmoronaba hasta que reventó en mil pedazos. Todos retrocedieron asustados.

Cubierto de polvo, tosiendo y con los miembros entumecidos, un dragón salió de entre las ruinas. Tenía los ojos medio cerrados. Tambaleándose, se sacudió unas piedras en las escamas y abrió los ojos. Miraba aturullado a su alrededor. Como alguien que despierta de un largo sueño.

Maya dio un paso hacia él.

—Cola Irisada —lo saludó—. ¿Me reconoces?

Durante unos instantes, el dragón desconocido se limitó a observarla. Después, alargó despacio el cuello y la olfateó.

—Maya… ¿Qué ha pasado? —preguntó.

Volvió la cabeza hacia Lung, que estaba detrás de Maya.

—¿Quién eres tú, y… —miró a los duendes y a Ben, sobre cuyos hombros se encontraban Barba de Guijo, Pata de Mosca y Lola— quiénes son éstos?

—Uno es un dubidai —respondió Burr-Burr-Chan cruzando sus cuatro brazos—. ¿Te acuerdas de nosotros, Cola Irisada?

El dragón asintió, confundido. De pronto, su mirada cayó sobre la coraza desplomada de Ortiga Abrasadora y retrocedió asustado.

—¡Está ahí! —susurró—. ¡El Dorado también está ahí!

—¡No, estaba! —precisó Piel de Azufre rascándose la tripa—. Pero lo hemos fundido.

—Bueno, nosotros precisamente, no —añadió Burr-Burr-Chan—. Han sido Lung y Maya.

Cola Irisada, cauteloso, dio otro paso hacia Maya.

—¿Que habéis vencido al Dorado? ¿Solamente vosotros dos?

Sacudió la cabeza, incrédulo, y cerró los ojos.

—Esto es un sueño —murmuró—. Un hermoso sueño. Desde luego que lo es.

—Te equivocas —dijo Maya empujándolo hasta que volvió a abrir los ojos—. El dragón dorado ha muerto.

—Bueno, más o menos —añadió Ben.

Cola Irisada se volvió admirado hacia él.

—¡El jinete del dragón! —musitó.

Maya asintió y sopló a Cola Irisada el polvo de piedra de la frente.

—El jinete del dragón ha regresado y el Dorado ha sido vencido.

—Como en los viejos relatos —murmuró Cola Irisada, contemplando la coraza derretida de Ortiga Abrasadora—. Como en las historias que tú, Maya, contabas siempre.

—Pero no fueron las historias las que lo vencieron —apuntó Ben depositando en el suelo a Lola y al enano.

—¡Cierto, fuimos nosotros! —exclamó Piel de Azufre abriendo los brazos—. Todos nosotros juntos. Duendes, dragones, hombrecito, homúnculo, enano y rata. ¡Una mezcla armoniosa! —se rió—. Por desgracia, tú te lo has perdido durmiendo. Igual que ésos de ahí.

Señaló a los demás dragones, que seguían ocultos bajo sus pieles de piedra. Cola Irisada se volvió y caminó hacia ellos. Incrédulo, se detuvo en medio de las ruinas de su propia envoltura de piedra.

—¿Qué ha sucedido? —preguntó en voz baja—. Explícamelo, Maya. Si no es un sueño, ¿qué es todo esto?

La dragona se puso a su lado y le dio un suave empujoncito con el hocico en el polvoriento costado.

—¿Te parece esto un sueño? No. Estás despierto. Ese enano de las rocas te ha despertado.

Barba de Guijo sacó pecho, henchido de orgullo.

—¿Y hará lo mismo con los demás? —preguntó Cola Irisada.

El enano cruzó los brazos y sonrió.

—Por supuesto. Si hacemos negocios.

—¡Por supuesto! —repitió Pata de Mosca desde el hombro de Ben—. Ya me lo esperaba, cabeza de yeso. Un enano de las rocas no hace nada sin exigir algo a cambio. ¿Qué es lo que quieres: oro, piedras preciosas?

—¡No! —exclamó furioso Barba de Guijo—. Nada de eso, homúnculo patas de araña. Os lo acabo de decir. Quiero quedarme en esta cueva. Martillear un poquito por aquí. Acicalar y pulir su belleza. Y de vez en cuando, coger alguna piedrecita diminuta. Nada más.

Maya le dirigió una mirada burlona.

—Cogerás más de una, enano —opinó—. Eres codicioso. Pero a pesar de todo, te permitiremos quedarte aquí... si despiertas a los demás.

Barba de Guijo le hizo una reverencia. Tan profunda que tuvo que sujetarse el sombrero.

—¡Yo los despertaré! —gritó—. ¡A todos, Argéntea Señora, a todos! Me pondré ahora mismo manos a la obra.

Y empuñando de nuevo la almádena, trepó por la cola petrificada más próxima y empezó a martillear como si lo persiguiera su antiguo maestro.

Lung y Maya se situaron a ambos lados de Cola Irisada y recorrieron con él el largo túnel hacia el exterior, adonde no había salido desde hacía más de mil noches. Los cuervos negros habían desaparecido. Los tres dragones sobrevolaron el valle a la luz de la luna creciente y Cola Irisada se lavó en el lago el polvo de sus escamas. El sapo que había prestado su vida a Ortiga Abrasadora los miraba desde la orilla. Cada rayo de luna que caía sobre las escamas de los dragones hacía desvanecerse más sus sombríos recuerdos.

55. Y ahora, ¿qué?

A mediodía del día siguiente, Lung estaba sentado en un saliente rocoso a gran altura sobre el valle, incapaz de conciliar el sueño. Los golpes y martillazos de Barba de Guijo lo habían expulsado de la gran cueva. Y ni siquiera el sol, cuya luz y calor solían adormilarlo, le servían de algo. Lung levantaba sin cesar la cabeza de las patas, suspirando cada vez que miraba las cumbres que lo rodeaban.

Al cabo de un rato se le acercó Ben y, trepando rocas arriba, se sentó junto al dragón. Lo miró preocupado.

—¿Qué sucede? —preguntó—. ¿Por qué no duermes?

—No puedo —contestó Lung—. ¿Qué hacen los demás?

—¡Bah! —Ben se encogió de hombros—. Nada especial. Dormir, ninguno. Burr-Burr-Chan está explicando a Piel de Azufre cómo cultivar setas. Maya cuenta a Cola Irisada lo sucedido mientras él dormía. Barba de Guijo martillea y Pata de Mosca está dando una vuelta en avión con Lola.

—¿De veras? —Lung asintió con un nuevo suspiro.

—¿Qué pretendes hacer ahora? —Ben miró al dragón con curiosidad—. ¿Regresar enseguida a casa, ahora que has encontrado este valle?

—Ojalá lo supiera —contestó Lung contemplando meditabundo las cumbres blancas—. Reflexioné mucho sobre ello durante las noches en las que volaba hacia aquí. ¿Qué pasará si regreso y los demás se niegan a seguirme?

Ben lo miró asombrado.

—¿Y eso por qué? Yo creía que tenían que irse. ¿No me contaste tú que los humanos pretenden inundar vuestro valle?

Lung asintió.

—Sí, sí, pero cuando partí, los demás se resistían a creer que eso llegase a ocurrir de verdad. Ellos pensaban intentar expulsar a los humanos. Igual que hacen las hadas, ¿sabes? Las hadas saben cómo impedir que los humanos construyan carreteras sobre sus colinas encantadas.

—¿De veras? —Ben miró a Lung con incredulidad—. ¿Cómo?

—Esparcen polvo mágico sobre los motores de las máquinas —contestó el dragón—. No paran de hacer trastadas, soplan polvos picapica en cascos y narices y provocan una lluvia tan torrencial que humanos y máquinas se hunden en el barro. Las hadas son pequeñas. Durante algunos instantes incluso son capaces de hacerse invisibles. Los humanos no pueden cogerlas. Con nosotros, los dragones, la cosa cambia.

—Desde luego —murmuró Ben mirando con admiración las escamas plateadas de Lung.

No se hartaba de mirar al dragón. Para él no había nada más hermoso en el mundo.

—¿Qué me aconsejas? —preguntó Lung al muchacho—. ¿Me quedo aquí, sin más? ¿O debo recorrer volando ese largo camino, regresar con los demás, que en absoluto desean venir aquí, que me consideran un loco? —Lung meneó la cabeza indeciso—. Tal vez ni siquiera creerán que he encontrado *La orilla del cielo*.

Ben se apoyó en las cálidas escamas del dragón y dirigió la vista hacia abajo, al lago.

—Creo que debes volver —dijo al cabo de un rato—. De lo contrario, estarías siempre pensando qué habría sido de ellos. Si los habrían matado los humanos. Si te habrían seguido hasta aquí. No dejarías de darle vueltas en la cabeza y enloquecerías.

Lung calló. Después asintió despacio.

—Tienes razón, jinete del dragón —dijo dando a Ben un empujoncito cariñoso con el hocico—. Claro que la tienes. He de regresar, por mucho que me guste esto. Lo mejor será que parta esta misma noche.

Y levantándose, se sacudió y volvió a mirar a su alrededor.

—Voy a avisar a Piel de Azufre y a los demás. Y tú ¿qué? ¿Quieres acompañarnos o prefieres que te lleve al monasterio? Con los Wiesengrund.

Ahora fue Ben el que calló.

—No sé —respondió al fin—. ¿Qué harías en mi caso?

Lung le miró.

—Te llevaré con los Wiesengrund —dijo—. Necesitas a los humanos. Igual que yo necesito a los demás dragones, igual que Piel de Azufre, que no es feliz sin otros duendes, aunque lo que más le guste sea discutir con ellos. Sin humanos, tarde o temprano te sentirías muy solo.

—Y sin vosotros, también —musitó Ben sin mirar al dragón.

—¡No, no! —Lung frotó su cabeza suavemente contra la del muchacho—. Créeme, volveremos a vernos. Yo te visitaré. Tantas veces como lo permita tu breve vida de humano.

—Oh, sí, por favor —le rogó el muchacho—. Ven a visitarme con frecuencia.

Y después rodeó con sus brazos el cuello de Lung y lo apretó con tanta fuerza como si no quisiera volver a soltarlo nunca.

56. El regreso

La luna pendía sobre el valle cuando Lung, con Ben y Piel de Azufre sobre el lomo, salió del túnel de los dubidai. El avión de Lola, con Pata de Mosca sentado en el asiento trasero, ronroneaba alrededor de los cuernos del dragón. Desde que la rata lo salvara de los dientes de Ortiga Abrasadora, eran inseparables.

Maya llevaba a sus espaldas a Burr-Burr-Chan. Deseaba acompañar a Lung hasta el monasterio. El martillo de Barba de Guijo había despertado a otros dos dragones, que junto con Cola Irisada salieron a despedir a Lung y a Maya y a contemplar de nuevo la luna. Barba de Guijo fue el único que se quedó en la cueva. Estaba tan enfrascado en su tenaz martilleo que cuando los dragones se despidieron de él se limitó a saludar con la cabeza.

—Vuelve pronto —dijo Cola Irisada a Lung cuando estaban a la salida del túnel—. Y trae a los demás. El valle es grande, demasiado grande para nosotros, aunque el enano llegue a despertarlos a todos.

Lung asintió.

—Lo intentaré —respondió—. Y si ellos no quieren, regresaré solo.

Echando una última ojeada a las montañas blancas y al lago negro, alzó los ojos hacia el cielo tachonado de estrellas. Después, desplegó las alas y se elevó sobre la ladera de la montaña. Maya lo alcanzó y voló a su lado hasta adentrarse en el desfiladero por el que Lung había llegado hacía tan poco tiempo.

Disfrutaba volando por las montañas al lado de otro dragón. A veces, cuando no estaba seguro de qué camino era el mejor, Maya y Burr-Burr-Chan se adelantaban para que el dubidai los guiase. Sin embargo, los dragones permanecían juntos la mayor parte del tiempo. Lung volaba más despacio de lo normal para que Maya se acostumbrase a las rarezas del viento.

Cuando sobrevolaron la montaña en cuya empinada ladera se encontraba el monasterio, contemplaron el suave brillo del Indo. La rata fue la primera en aterrizar ante la sala de oración.

Esta vez no los esperaba nadie. Sin embargo, antes de partir hacia *La orilla del cielo* Ben había llegado a un acuerdo con Barnabás Wiesengrund y el lama. Apenas Lung hubo plegado las alas, el muchacho bajó de su lomo, corrió hacia una larga fila de campanas que se balanceaban suavemente al viento junto a la escalera que conducía al *dukhang*, y tocó la más grande de todas. Su tañido resonó oscuro y rotundo en mitad de la noche, y muy pronto se abrieron por doquier puertas y ventanas y los monjes salieron en tropel de sus casitas.

Estos rodearon a los dos dragones entre risas y gritos alborozados. En aquel barullo, Ben casi no acertaba a volver junto a Lung. Cuando por fin logró abrirse paso hasta él, trepó enseguida a su lomo para buscar con la vista a los Wiesengrund.

Maya se había colocado pegadita a Lung. Sus orejas se contraían nerviosas mientras presenciaba con timidez aquel hervidero humano. Burr-Burr-Chan acariciaba sus escamas con gesto tranquilizador. Por fin, Ben descubrió al profesor y a su familia, acompañados por el lama, abriéndose paso hacia los dragones. Ginebra, sentada sobre los hombros de su madre, saludaba. Ben le devolvió el saludo con timidez.

—¡Bienvenido! —exclamó Barnabás Wiesengrund—. ¡Oh, qué alegría tan grande veros!

De puro nerviosismo estuvo a punto de tropezar y caer sobre unos niños monjes que estaban delante de Lung, mirándolo con expresión radiante. Cuando el lama les susurró unas palabras, asintieron y, diligentes, abrieron camino a los dragones hacia la escalera del *dukhang*. Barnabás Wiesengrund se abrazó al cuello de Lung, sacudió la pata peluda de Piel de Azufre y dirigió una amplia sonrisa a Ben.

—¿Qué tal, jinete del dragón? —gritó en medio del barullo de voces que le rodeaba—. A ver si acierto... ¿Lo habéis conseguido, ¿verdad? ¡Habéis vencido a Ortiga Abrasadora, el Dorado!

Ben asintió. Con tanta agitación fue incapaz de articular palabra. Los niños monjes, el menor de los cuales debía de tener justo la mitad de la edad de Ben, habían abierto a los dragones un callejón a través de la multitud, y el propio lama los condujo por la ancha escalera hasta la sala de oración. Maya, aliviada, desapareció en la fresca penumbra. El lama dirigió unas palabras a los monjes, que de pronto quedaron completamente en silencio a la luz de la luna. Después cerró la pesada puerta detrás de los dragones y se volvió hacia ellos sonriente.

—Dos dragones a la vez… —tradujo el profesor—. ¡Cuánta suerte augura eso para nuestro monasterio y para el valle! ¿Ha sucedido todo tal como estaba pronosticado? El regreso del jinete del dragón ¿nos ha devuelto a los dragones?

Ben descendió del lomo de Lung para colocarse junto al profesor con expresión tímida.

—Sí, creo que los dragones volverán —contestó—. Ortiga Abrasadora se ha marchado, y para siempre.

Barnabás Wiesengrund cogió su mano y se la estrechó con fuerza. Ginebra le sonrió. Ben no recordaba haberse sentido nunca más feliz… ni más tímido.

—Pero, pero… lo hemos conseguido todos juntos —balbuceó.

—¡Con saliva de duende y fuego de dragón! —Piel de Azufre se deslizó del lomo de Lung—. Con la astucia del homúnculo, la inteligencia del humano y la ayuda del enano. Aunque ésta última fue más bien involuntaria.

—Por lo visto tenéis muchas cosas que contar —apuntó Vita Wiesengrund.

Ben asintió.

—Muchas.

—Bien, en ese caso... —Barnabás Wiesengrund se frotó las manos y cruzó unas palabras con el lama. Acto seguido se volvió de nuevo hacia los dragones—. A estos humanos les encanta escuchar una buena historia —dijo—. ¿Creéis que queda tiempo para relatarles la vuestra antes de que Lung emprenda el viaje a casa? Se alegrarían mucho.

Los dragones intercambiaron una mirada y asintieron.

—¿Os apetece descansar antes un poco? —preguntó solícito Barnabás Wiesengrund—. ¿Desea alguien comer o beber algo?

—No estaría mal —respondieron al unísono Piel de Azufre y Burr-Burr-Chan.

Los dos duendes recibieron algo de comer. Ben también se zampó una montaña de arroz y dos tabletas de chocolate que le trajo Ginebra. Ahora que el nerviosismo era cosa del pasado, había recuperado el apetito.

Los dragones se tendieron al fondo de la sala, sobre el suelo de madera, y Lung colocó la cabeza encima del lomo de Maya. A la luz de las mil pequeñas lamparillas que iluminaban la sala, parecían salidos de uno de los cuadros de la pared. Cuando el lama abrió de nuevo la puerta y los monjes entraron en tropel, la visión de los dragones les hizo detenerse en seco entre las columnas.

Cuando Lung levantó la cabeza y el profesor les hizo seña de que se acercaran, siguieron avanzando despacio, con paso vacilante. Se sentaron en cuclillas alrededor de los dragones a respetuosa distancia. Los mayores situaron a los más jóvenes delante, donde se arrodillaron muy cerca de las zarpas plateadas.

Los Wiesengrund se acomodaron entre los monjes. Sin embargo, Ben y los duendes, Pata de Mosca y Lola se colocaron en las colas de Lung y Maya.

Cuando en la sala reinó un completo silencio y sólo se oía el roce de las túnicas, Lung carraspeó y empezó su relato… en la lengua de los seres fabulosos, que todo el mundo entiende.

Mientras fuera se ponía la luna y el sol emprendía su camino por el cielo, contó la historia de su búsqueda desde el principio. Sus palabras llenaban la sala de imágenes. Hablaba de inteligentes ratas blancas, de cuervos mágicos y enanos de las rocas, de elfos del polvo y de dubidai. Del basilisco que quedó reducido a ceniza. Del djin de los mil ojos. De la serpiente marina que recorría el mar y del ave Roc que atacó a Ben. Y al final, cuando en el exterior se ponía de nuevo el sol, Ortiga Abrasadora ascendía por la montaña de los dragones. Su coraza se fundió en el fuego azul y un sapo saltó fuera de su boca.

Entonces Lung calló, se estiró y miró a su alrededor.

—Aquí termina la historia —dijo—. La historia de Piel de Azufre y de Ben, el jinete del dragón, de Lung y de Ortiga Abrasadora, el Dorado, para quien sus sirvientes resultaron funestos. La próxima noche comienza una nueva historia cuyo final ignoro. Pero no os la contaré hasta que yo conozca el desenlace.

En ese momento el lama se levantó y, haciendo una reverencia a Lung, dijo:

—Te damos las gracias. Escribiremos todo lo que hemos oído. Y te deseamos suerte en el camino que te espera. Ahora nos iremos y os dejaremos solos para que recobréis fuerzas y podáis regresar a casa.

Como a una señal, los monjes se levantaron y abandonaron la sala en silencio. Al llegar a la puerta, todos giraron la cabeza hacia el lugar donde se encontraban los dragones, entre las columnas. Porque no estaban seguros de si volverían a tener en su vida la suerte de ver un dragón.

—Ben —dijo el profesor Wiesengrund cuando la sala estuvo vacía y sólo quedó el lama con ellos—, nosotros también tenemos que marcharnos mañana. Empieza el colegio de Ginebra. Ejem… —se pasó la mano tímidamente por el pelo gris—, ¿ha decidido ya el jinete del dragón lo que quiere hacer?

Ben miró a Lung, a Piel de Azufre y a Pata de Mosca, sentado en el suelo junto a Lola.

—Me gustaría mucho acompañarlos —dijo—. A ustedes, quiero decir.

—¡Espléndido! —exclamó emocionado Barnabás Wiesengrund estrechando tan vigorosamente la mano del chico que por poco le estruja los dedos—. ¿Has oído eso, Vita? ¿Lo has oído, Ginebra?

Vita Wiesengrund y su hija sonreían.

—Sí, lo hemos oído, Barnabás —contestó Vita—, pero no debes estrujar los dedos a mi futuro hijo, aunque sea de alegría.

Ginebra se inclinó hacia Ben y le dijo al oído:

—Siempre quise tener un hermano, ¿sabes? A veces es bastante fatigoso ser la única hija de la familia.

—Me lo imagino —le susurró Ben a su vez.

En ese momento, sin embargo, al pensar en su nueva familia, sólo acertaba a imaginar las cosas más maravillosas.

—¿Ves cómo cuchichean? —comentó Barnabás Wiesengrund a su esposa—. Ya tienen secretos para nosotros. Va a ser divertido.

Y en ese momento, oyó un sollozo.

Pata de Mosca, acurrucado en el suelo, se apretaba las manos delante de la cara. Diminutas lágrimas brotaban entre sus dedos y goteaban sobre sus rodillas picudas.

—¡Pata de Mosca! —Ben se arrodilló, preocupado, junto al homúnculo—. Si ya sabías que deseaba quedarme con los Wiesengrund.

—Claro, claro, pero... —el homúnculo sollozó aún más fuerte—, ¿qué voy a hacer ahora? ¿Adónde iré, joven señor?

Ben lo levantó deprisa y se lo puso encima del brazo.

—Tú te quedas conmigo, ¡faltaría más! —y mirando interrogante a su nueva madre, añadió—: Puedo, ¿no?

—Por supuesto —respondió Vita Wiesengrund—. Pata de Mosca nos resultará muy útil como traductor.

—¡Exacto! —exclamó Barnabás—. ¿Cuántos idiomas hablas?

—Noventa y tres —murmuró el homúnculo dejando de sollozar.

—¿Sabes una cosa? —Ginebra le dio un golpecito en la rodilla con el dedo—. Puedes vivir en mi casa de muñecas.

—¿Casa de muñecas? —el homúnculo se apartó las manos del rostro y contempló ofendido a la niña—. Yo no soy una muñeca. No, gracias, preferiría un rinconcito fresco y confortable en el sótano, rodeado de unos cuantos libros.

—Eso no será problema —comentó satisfecho Barnabás Wiesengrund—. Tenemos una casa grande y antigua con un sótano grande y antiguo. Pero viajamos mucho, como ya sabes. Supongo que te acostumbrarás.

—Sin el menor problema —Pata de Mosca se sacó de la manga un pañuelo y se sonó los mocos—. Incluso me he aficionado a conocer mundo.

—Bien, entonces todo aclarado —afirmó complacido el profesor—. Así que vamos a hacer las maletas —y dirigiéndose a Lung añadió—: ¿Podemos ayudarte en algo? ¿Cuándo piensas partir?

El dragón sacudió la cabeza.

—En cuanto salga la luna. Apenas he dormido en los últimos tiempos, pero ya me las arreglaré. Ahora sólo deseo partir. Y tú, Piel de Azufre, ¿qué tal te encuentras?

—Sin problemas —rezongó Piel de Azufre rascándose la barriga—. Es decir, excepto una minucia.

Lung la miró asombrado.

—¿De qué se trata?

Burr-Burr-Chan carraspeó.

—Que a mí también me gustaría ir con vosotros —explicó—. Para enseñar a cultivar setas a mis parientes de dos patas.

Lung asintió.

—Así que vuelvo a tener dos jinetes del dragón —comentó—. Tanto mejor.

Entonces se volvió a Maya, que estaba a su lado lamiéndose las escamas.

—¿Y tú? —le preguntó Lung—. ¿Encontrarás sola el camino de regreso?

—Por supuesto —Maya levantó la cabeza y lo miró—. Pero no pienso volver. Ya se ocupará Cola Irisada de los demás. Te acompañaré en tu vuelo.

El corazón de Lung se aceleró de pura alegría. De pronto casi daba igual lo que le esperase a su regreso a casa.

—¿Qué pasará si los demás no te creen? —le preguntó Maya como si hubiera leído sus pensamientos—. Si te acompaño, comprobarán que nos has encontrado, a nosotros y a *La orilla del cielo*. Juntos, seguro que los convencemos de que se vengan con nosotros.

—¡Dos dragones! —Barnabás Wiesengrund frunció el ceño preocupado—. La empresa no está exenta de peligros, mi querido Lung. Dos dragones encontrarán con mucha dificultad un escondite para pasar el día.

—¡No hay de qué preocuparse! —Lola Rabogrís se plantó de un brinco entre los enormes pies y zarpas—. Aquí está la mejor guía de dragones del mundo. Y casualmente, voy en su misma dirección. Los dragones, de vez en cuando, sólo tendrán que adaptarse un poquito a mi velocidad.

—Pero ¿ya quieres regresar? —preguntó sorprendido Pata de Mosca desde el brazo de Ben—. ¿Has acabado entonces tus mediciones topográficas?

—Mediciones topográficas, ¡bah! —la rata hizo un gesto despectivo con la pata—. ¿Sabes? Se me ha ocurrido una idea. Voy a falsear tanto el mapa de esta región, que nadie logrará encontrar jamás *La orilla del cielo* —se acarició satisfecha las orejas—. ¿Qué os parece?

Lung inclinó el cuello hacia la ratita y le dio un empujoncito suave en su gordo trasero.

—Gracias, decimos nosotros. Y aún os estaríamos más agradecidos a tu tío y a ti si ese mapa se difundiera.

—Oh, se difundirá —afirmó Lola—. Te lo garantizo. El tío Gilbert tiene una clientela selecta y una parentela muy numerosa.

—¡Magnífico! —Lung volvió a incorporarse con un suspiro—. En ese caso, invitaré ahora mismo a los niños monjes a un vuelo de despedida sobre mi lomo. ¿Me acompañas, Maya?

—Pues claro —respondió la dragona—. Y si les apetece, incluso llevaré a algunos de los mayores.

Así sucedió que abajo, a la orilla del río, los labradores que recorrían sus campos durante el crepúsculo vieron a dos dragones sobrevolando las montañas. Y sobre sus lomos dentados iban los monjes del monasterio riendo como niños. Hasta los mayores.

57. Buenas noticias

Dos meses más tarde, mientras los Wiesengrund desayunaban y Ben cogía un panecillo, Barnabás gritó:

—¡Rayos y truenos! —desde detrás de su periódico.

—Cielo santo —suspiró Pata de Mosca que, como siempre, se sentaba en la mesa junto al plato de Ben—. ¿Es que en esta zona del mundo no hay más que continuas tormentas?

—¡No, no! —exclamó el profesor, bajando el periódico—. No me refiero en modo alguno al tiempo, mi querido Pata de Mosca. Aquí hay una noticia que debería interesaros mucho a todos vosotros.

—¿Quizá sobre Pegaso? —preguntó su esposa mientras añadía un poco de leche a su café.

Barnabás Wiesengrund sacudió la cabeza.

—Unas cuantas hadas han vuelto a sumergir una excavadora en el barro —conjeturó Ginebra mientras se chupaba la mermelada de los dedos.

—Tampoco has acertado —contestó su padre.

—Bueno, ya está bien, Barnabás, no nos hagas rabiar —se quejó Vita—. ¿De qué se trata?

Ben escrutó al profesor.

—¿Algo referente a los dragones?

—¡E-xac-to! —exclamó Barnabás Wiesengrund—. El chico ha vuelto a dar en el clavo. ¡Prestad atención!

Leyó en voz alta:

Un extraño fenómeno se observó anteayer durante la noche en un valle escocés. Una gran bandada de pájaros gigantescos, que algunos observadores han calificado incluso de murciélagos gigantes, se alzó en el cielo y se dirigió hacia el sur a la luz de la luna llena. Por desgracia su rastro se perdió en alta mar, pero los científicos siguen haciendo conjeturas sobre la variedad de pájaro de que se trataba.

Ginebra y Ben se miraron.

—Eran ellos —murmuró Ben—. Lung ha conseguido convencer a los demás.

Miró hacia la ventana. Por allí sólo se divisaba un trozo de cielo gris, vacío.

—¿Sientes nostalgia, verdad? —Vita se inclinó sobre la mesa y le cogió la mano.

Ben asintió.

—Veamos —comentó Barnabás sirviéndose otro café—. Dentro de ocho semanas comienzan vuestras vacaciones y emprenderemos de nuevo la búsqueda de Pegaso. He ubierto un rastro interesante, no lejos de la antigua ersépolis. Desde allí no hay mucha distancia hasta el pueblo de Subaida. Supongo que, si todo va bien, Lung y los demás dragones alcanzarán el Himalaya dentro de un mes. ¿Qué os parece si le pido a nuestra buena amiga Lola Rabogrís que lleve un recado a *La orilla del cielo* para que se reúna con nosotros dentro de dos meses en casa de Subaida? —el profesor se giró hacia Ben—. Tú conoces bien su velocidad de crucero. ¿Crees que lo conseguirá?

—¡Quizá! —Ben casi vuelca su cacao de los nervios—. ¡Sí, seguramente! ¿Has oído eso, Pata de Mosca? A lo mejor vemos a Lung dentro de dos meses.

—Lo celebro —respondió el homúnculo, dando un sorbo de té de su taza-dedal—. Sólo temo que con ese motivo veremos también a Piel de Azufre, que volverá a enojarme hasta más allá de lo tolerable.

—De ninguna manera, se lo prohibiremos —comentó Ginebra pasándole un trocito de galleta—. Al primer enfado, le quitaremos las setas que hemos reunido para ella.

Ben se acercó a la ventana y contempló el cielo.

Dos meses.

A lo mejor dentro de dos meses volvía a cabalgar a lomos de Lung. Suspiró.

Dos meses podían hacerse largos. Interminables.

—Vamos —le dijo Ginebra apoyándose en la repisa de la ventana—. ¿Salimos a buscar huellas de hada?

Ben apartó la vista del cielo vacío y asintió.

—Ayer vi algunas allí abajo, junto al estanque —precisó el muchacho.

—Estupendo —Ginebra lo arrastró hacia la puerta que daba al jardín—. Entonces iremos allí primero.

—¡Abrigaos bien! —les aconsejó Vita Wiesengrund mientras se alejaban—. Esta mañana ya huele a otoño.

—¡Esperadme, os acompaño! —gritó Pata de Mosca, bajando a toda prisa por la pata de la mesa.

—Pero esta vez traducirás todo lo que las hadas nos digan —advirtió Ginebra mientras le ponía su chaqueta de punto—. ¿Prometido?

—¿Aunque no sean más que tonterías? —preguntó Pata de Mosca desdeñoso.

—Aun así —respondió Ginebra—. También me apetece oír las tonterías.

…en sonrió. Después colocó a Pata de Mosca en su brazo y …guió a su hermana al exterior.

Sí. Dos meses podían hacerse largos.

Pero con Ginebra, no.